흔해빠진 직업으로 세계최강

ARIFURETA SHOKUGYOU DE SEKAISAIKYOU

시라코메 료 shirakome ryo

illust.**타카야Ki** takayaki

8

CONTENTS

금발홍안 미소녀 유학생
유에

『흔해빠진』학교 생활

머리띠가 트레이드마크
시아

흔해빠진 **직업**으로

ARIFURETA SHOKUGYOU DE SEKAISAIKYOU

세계최강

#**8**

시라코메 료 지음
타카야Ki 일러스트
김장준 옮김

기묘한 광경이었다.

몇백 명이나 되는 아인이 저마다 자기 볼을 꼬집거나 때리고 머나먼 하늘을 바라보고 있었다.

꿈인지 생시인지 갈팡질팡하는 그들의 귀에는 바람을 가르는 소리가 웅웅 날카롭게 울렸고 눈에는 운해, 그리고 그 사이로 선을 그리며 흘러가는 지상이 보였다.

그렇다. 그들은 지금 하늘 위에 있었다.

—비공정 폴니르.

하지메가 제작한 중력 제어식 비행용 아티팩트. 그들은 그곳 선체 바닥에 접합한 초대형 곤돌라에 탑승 중이었다.

아인들이 토터스 세계에서 사상 처음으로 항공기에 탑승하게 된 이유는, 마찬가지로 사상 처음 아니, 전무후무한 대사건— 훗날 『하우리아의 난』, 『참수 토끼의 악몽』이라고 불리는 노예 해방 소동 때문이었다.

시아의 친아버지인 캄이 이끄는 하우리아 족이 제국에 반기를 들어 하룻밤 사이에 제성(帝城)을 함락했다. 그리고 제도의 모든 노예를 해방해 지금은 아인족의 고향인【하르치나 수해】로 돌아가는 도중이었다.

참고로 수해에는 공간 전이용 아티팩트 『게이트 홀』을 설치해서 마음만 먹으면 아인들을 눈 깜짝할 사이에 수해까지 보낼 수도 있었다.

그럼 왜 군이 제도 근교에 폴니르를 착륙시켜 선전이라도 하는 양 아인들을 태워 날아갔느냐? 그 이유는 오로지 『하지메 감독』의 연출을 위해서였다.

요컨대 제국 국민에 대한 설명, 『아인 노예 해방은 신의 뜻이다!』라는 연설에 설득력을 더한다는 속셈이었다. 하늘을 나는 거대한 물체를 타고 고향으로 돌아가는 모습은 제도 사람들에게도 틀림없이 심히 놀라운 광경이었을 것이다.

물론 『신의 뜻』이란 그냥 구실이었다. 노예 제도 폐지를 받아들이게 하기 위한 구실.

곤란한 일이 있을 때는 대개 신 탓으로 돌리면 된다는 하지메 감독의 천벌 받을 발상으로 심심찮게 이용당하는 에히트님의 심정은 과연 어떠할지……

아무튼 그런 이유로 아인 수천 명을 태우고 수해로 돌아가는 폴니르는, 그 경이적인 운반 능력의 대가로 조종자에게 제법 큰 부담을 떠넘기고 있었다.

"으어어어~."

함교에 있는 소파에서 세상 나른한 소리가 들렸다. 하지메였다.

앉은 자세부터 칠칠찮기 짝이 없었다. 팔다리를 아무렇게나 뻗고 등받이에 모든 체중을 실어 흐리멍덩해하는 모습은 흡사 회사 일로 녹초가 된 휴일의 아버지를 방불케 했다.

희미하게 빛나는 붉은 마력을 통해, 그냥 게으름을 피우는 게 아니라 지금도 마력을 야금야금 소비하며 조종에 힘쓰는 중임을 알 수 있었다.

실제로 무게에 비례해 마력 소비량과 조종 난이도가 올라가므로 지금 하지메는 생각보다 여유가 없었다.

그런데…… 이 나른한 모습에 『미소녀들』이 추가되는 순간 오만방자함의 체현자처럼 보이니 신기할 따름이었다.

"……팔자 좋군. 황제 앞에서 왕 행세냐? 나구모 하지메."

윙 소리를 내며 함교 문을 열고 들어온 【헤르샤 제국】 황제─가할드 D. 헤르샤가 반쯤은 기가 막히고 반쯤은 화가 난 눈으로 하지메를 돌아봤다.

좌우로 유에와 시아, 소파 뒤로 카오리를 거느리고 거만을 떠는 하렘 주인공 같은 하지메를…….

피곤한 하지메를 배려해서인지 유에와 시아 모두 밀착 상태였다. 카오리도 뒤에서 끌어안듯이 달라붙어 있었다. 딴에는 치유 마법을 걸기 위해서라고 말하지만 밀착할 필요가 있다는 이야기는 모두 금시초문이었다.

막대한 마력 소비를 견디며 조종에 정신을 집중하고, 아울러 마력 조작 훈련까지 하는 하지메는 정말로 성실한 노력가건만…….

슬프게도 가할드뿐 아니라 이곳에 있는 다른 사람에게는 이 부단한 내면 단련의 노고가 전혀 전해지지 않는 모양이었다.

"부럽─ 으흠. 보기 안 좋아요, 나구모 씨."

"릴리아나 님. 본심이 그대로 새고 있습니다."

쓴소리(?)를 한 사람은【하일리히 왕국】의 왕녀― 릴리아나 S. B. 하일리히. 그리고 정확한 충고를 한 사람은 그녀의 전속 시녀 헬리나였다.

이번 제성 함락은『페어베르겐과 제국』의 전쟁이 아니라, 어디까지나『하우리아 족과 제국』의 싸움이었다.

그러므로 가할드는 제국의 황제로서 정식으로【페어베르겐】최고 의사 결정 기관인 장로회에 출두해 계약 내용을 선언해야 했다. 그것이 캄의 요구였기 때문이다.

참고로 이곳에는 그들 말고도 아마노가와 코우키, 사카가미 류타로, 야에가시 시즈쿠에 타니구치 스즈, 그리고 황홀한 표정으로 움찔움찔 경련하는 티오가 있었다.

황홀 경련이 디폴트인 잡룡님께선 자기도 하지메 옆자리를 차지하겠다며 어째선지 루○ 다이브[#1]를 결행했고, 그 결과 하지메가 징그럽다면서 반사적으로 내민 발차기에 격추당했다. 그리고 이어진 조르기에 의식이 멀리멀리 날아가 버렸다.

무척 행복해 보이므로 누이 좋고 매부 좋은 일이라 하겠다. 너무나 행복해 보여 아무도 눈길을 주지 않을 정도였다.

릴리아나뿐 아니라 다른 여성들도 하지메에게 조금만 자제하자는 둥 잔소리를 하기에, 하지메는 시선을 외면하고 화제 전환을 시도했다.

"가할드. 함내 탐색은 끝났어?"

#1 루○ 다이브 루팡 다이브. 만화 『루팡 3세』의 주인공이 여자에게 뛰어드는 특유의 포즈. 제자리에서 뛰어올라 다이빙 자세로 뛰어든다.

"그래. 정말로 상상을 초월하는군. 어떻게 이런 쇳덩어리가 하늘을 나는지 도무지 모르겠어. 하지만 참으로 재미있다! 이봐, 나구모 하지메. 내 것도 한 대만 만들어줘. 돈은 부르는 대로 내마."

가할드는 마주한 소파에 풀썩 앉아 호기심으로 빛나는 눈으로 하지메를 봤다.

하지메는 귀찮다는 표정을 숨기려고도 하지 않았다.

"돈 같은 거 필요 없어. 포기해. 타는 것도 이번이 마지막일 테니까 지금 실컷 즐겨."

"그러지 말고, 응? 딱 한 대만. 작은 거라도 되니까."

"나한테 아무 득도 없는데 내가 왜?"

"으으, 돈이 싫다면 여자는 어떠냐! 딸 한 명이 마침 혼기가 찼거든. 트레이시라고 하는데 조금 전투광이긴 해도 얼굴은 반반해. 네 하렘에 추가해 줄게. 어때? 괜찮지 않냐?"

아무래도 가할드는 하지메를 여자라면 사족을 못 쓰는 인간이라고 생각하는 듯했다. 지금 상황만 놓고 보자면 차마 부정할 수 없는 점이 안타까울 따름이었다.

그러나 전투광 황녀님을 떠넘겨도 곤란할 뿐이었다. 하지메는 코웃음 치고 거절하려고 했으나, 그보다 먼저 여성 멤버들이 반응했다.

"……뇌룡, 당할래?"

"뭉개 버립니다?"

"장난쳐요? 네?"

"폐하와 나구모를 똑같이 취급하지 마세요."

"안 돼! 절대로 안 돼요! 나를 두고 어떻게!"

……등등. 하지메는 어깨를 으쓱하며 말했다.

"들었지?"

"쳇, 눈꼴시어서 원……. 응? 지금 릴리아나 공주도 뭐라고 하지 않았나?"

아니꼽다며 혀를 차던 가할드가 문득 뭔가를 깨닫고 릴리아나를 쳐다봤다. 거기에 따라 다른 멤버도 릴리아나를 돌아봤다.

"네? 아, 아이참, 잘못 들으셨겠죠."

"크큭, 그러고 보니 파티에서도 바이어스는 내버려 두고 신나게 춤췄지. 야, 나구모 하지메. 너 수작 부리는 속도가 너무 빠르지 않냐? 아무리 나라도 이건 좀 아닌 것 같은데."

"무무무슨 소리세요! 저, 저랑 나구모 씨는 결코 그런 관계가……! 그, 그렇죠? 나구모 씨!"

"그래. 천지가 뒤집혀도 그럴 일 없어."

"……그렇게까지 말씀하실 건……."

당황해서 전전긍긍하던 릴리아나가 하지메의 칼 같은 대답에 급속도로 시들해졌다. 그러고는 삐친 것처럼 고개를 돌려 버렸다. 릴리아나가 하지메에게 마음이 있다는 것은 그 태도만 봐도 명백했다.

사실 파티에서 댄스를 본 사람들 입장에서는 릴리아나의 속내야 뻔한 것이었다.

그것은 아마 하지메도 마찬가지였다. 그런데도 본인 앞에서 이토록 가차 없이 잘라 말하니 릴리아나에게는 동정의 시선이, 하지메에게는 비난의 시선이 몰렸다.

"……내가 무슨 잘못을 했다고 이런 눈총을 받아야 해? 애초에 공주님은 이미 사실상 유부녀잖아? 약혼자는 목이 날아갔지만, 그래도 황족과 나눈 혼인 약속이 사라지진 건 아니야. 그렇다면 결국 다른 황족이 그 자리를 대신하겠지?"

"아, 그거 말인데……."

말문이 막힌 릴리아나 대신 벌레를 백 마리 정도 씹은 표정인 가할드가 대답했다.

"솔직히 우리 일족은 지금 그럴 상황이 아니야. 빼면 죽는 저주의 목걸이를 평생 차야 하게 생겼다고. 이 어처구니없는 사태에 대처하느라 정신이 없어."

가할드가 말한 대로 그의 목에는 붉은 보석이 박힌 목걸이가 걸려 있었다.

—아티팩트 계약의 목걸이.

입에 담은 계약을 영혼을 걸고 지키게 하는 목걸이. 목걸이를 빼거나 계약을 어기면 그 시점에서 발광해 죽는 무시무시한 아티팩트였다.

"계약 내용으로 보면 황족 이외의 누군가가 약정을 깨도 황족이 『법에 의거해 처벌』하는 한 목은 붙어 있겠지만, 달리 말하면 국민이 목숨을 쥐고 있는 꼴이야. 발본색원을 위한 단속 체제 개혁과 확실하게 집행될 엄벌 마련, 그리고 제도 외 다른 마을에 있는 노예 해방 진행과 철저한 법 선전……
모두 죽지 않으려고 필사적이지."

가할드는 소파 등받이에 몸을 파묻고 못 살겠다는 듯 머리
를 벅벅 긁었다.

"언제 죽을지 모르는 인간을 왕국의 공주와 혼인시킬 수 없
다고 하면 반론할 말이 없어. 심지어 노예 해방으로 제국의
노동력이 심각하게 부족해. 내가 연설한 제도는 몰라도 다른
마을에서는 소동이 일어날 게 뻔해. 그쪽 대응과 진압에도 인
력을 나눠야 하니까 솔직히 **제국이 왕국에** 원조를 부탁하고
싶은 지경이다."

"그렇군. 한마디로 공주님의 결혼 이야기는 백지로 돌아갔
다, 이건가?"

"그런 셈이지. 상황이 안정되고 황족의 목숨을 보전할 수
있다고 판단되면 다시, 이번에는 우리 쪽에서 란델 전하에게
딸을 보내는 게 차선책이야."

가할드의 설명에 그 자리에 있는 모든 사람이 이해했다며
탄식을 흘렸다.

참고로 사실 황족 한 명이 「그딴 얼토당토않은 이야기가 어
딨나! 난 목걸이를 빼겠어!」라고 소리친 뒤 정말로 목걸이를
빼버렸는데, 아니나 다를까, 그는 발광해서 미쳐 날뛴 끝에
느닷없이 실이 끊어진 인형처럼 죽었다. 그런 일을 본 황족들
은 죽자 살자 이번 일에 매달리게 됐다.

"잘됐어, 릴리!"

"정말이야. 자유연애……까지는 아니더라도 일단 시간은 생겼어."

"맞아! 릴리, 다행이야!"

코우키, 시즈쿠, 카오리가 입을 모아 잘됐다고 말하고, 스즈나 류타로뿐 아니라 유에까지도 약혼 백지화를 축하한다며 축복의 말을 건넸다.

"고, 고맙습니다."

릴리아나는 눈을 살짝 굴리면서 어물어물 답했다. 눈앞에 장인어른 겸 황제 폐하가 있는 데다가 약혼자의 목이 날아간 일을 축하받아도 대답하기 곤란했다.

그러나 자신을 추행하려고 한 인간과 연을 끊은 것은 솔직히 기뻤는지, 감정을 감추는 데 능한 릴리아나도 웬일로 빛나는 눈동자에 진심이 드러났다.

제아무리 가할드라도 쓴웃음이 나오지 않을 수 없었다.

"뭐, 아무튼 그렇게 됐으니까 지금이라면 릴리아나 공주는 상대가 없어. 나구모 하지메. 원한다면 황제의 권력을 총동원해서 협력해주마."

"네?! 폐하! 무슨 말씀이신가요! 저, 저는 그런 건……."

릴리아나가 심히 동요했다. 옆에 있던 헬리나가 「공주님! 기회입니다! 이대로 돌격하셔야 합니다!」라며 역설하고 나섰다.

하지메 파티의 여성들이 주시하는 것도 모르고 릴리아나는 하지메를 힐끔 봤다. 뺨을 물들이고 꼼지락거리면서! 여간 요망한 것이 아니다!

당연히 무시로 대응한 하지메는 아무 일도 없었다는 양 가할드에게 말을 걸었다. 하지메는 공주님이 상대라도 흔들리는 법이 없었다.

　"그래서 보답으로 비공정을 달라고? 몇 번이나 말했지만, 나한테 득 될 게 없잖아. ……아니, 오히려 손해인가?"

　"하지메 씨! 무슨 뜻인가요?!"

　왕녀가 버럭 소리쳤다. 물론 무시했다.

　가할드가 믿어지지 않는다는 표정으로 말을 받았다.

　"아니, 일국의 왕녀님이라고. 남자라면 보통 손에 넣고 싶잖아?"

　"너랑 똑같이 취급하지 마. 나는 여자를 수집품처럼 모으는 취미는 없어. 왕녀라는 직함이 있으면 오히려 귀찮기만 하다고."

　"자, 주목하세요~! 여기 왕녀가 있어요~! 무시하지 말고 얘기 좀 들어주세요~! 제 얘기 좀 들어달라고요~!"

　왕녀가 양팔을 흔들며 어필했다. 물론 무시했다.

　"너, 권력에 너무 관심 없는 거 아니냐? 아니지, 이 경우에는 공주한테 관심이 없을 뿐인가?"

　"둘 다지."

　"아, 그렇죠. 안 듣고 계시겠죠. 제 얘기는 어차피 아무도 안 들으시겠죠. 그럼요, 관심조차 없으시겠죠……. 훌쩍…… 왕녀란 게 뭘까요……."

　왕녀가 울먹이며 쓰러졌다. 눈동자에서 희망의 빛과 생기가 사라졌다.

"릴리아나 님…… 가엾기도 하셔라……."

"릴리…… 우우, 왕녀님인데 왜 이렇게 애처롭지……."

"리, 릴리! 나는 제대로 듣고 있어! 기운 내!"

헬리나가 손수건으로 눈가를 훔쳤고 시즈쿠와 코우키가 함께 모여 위로했다.

그런 그들을 본 척도 하지 않고, 하지메는 아직도 끙끙 앓는 소리를 내면서 교섭을 포기하지 않는 가할드에게 한숨 쉬었다.

"지금은 내가 바라는 게 없으니까 포기해. 하지만 어쩌면 조만간 댁에게도 거래 재료가 생길지 모르지. 그때까지는 느긋하게 기다려."

"으으으으, 정말로 원하는 게 없나? 해줬으면 하는 일도? 솔직하게 말해 봐. 인간은 언제든 뭔가 바라는 게 있어. 아무 것도 필요 없다는 녀석은 인간이길 포기했거나 무슨 다른 꿍꿍이가 있는 녀석이지. ……아, 그러고 보니 너, 악마였었나?"

"시비 거는 거냐? ……일단 하고 싶은 말은 알겠어. 하지만……."

하지메는 그렇게 말하고 양팔에 낀 유에와 시아를 품으로 끌어당겼다.

"내가 정말로 필요한 건 보다시피 이미 이 팔 안에 있어. 더 이상 뭘 바라겠어?"

그러니까 교섭은 소용없다. 하지메는 그렇게 돌려 말하고 있었다.

유에는 기뻐하며 몸을 붙였고 시아는 자신도 유에랑 똑같이 강하게 안아줬다는 사실에 눈을 동그랗게 떴다. 그러나 곧 토끼 귀와 꼬리를 신나게 흔들며 세상을 다 가진 얼굴로 하지메에게 힘껏 안겼다.

하지메의 가슴에서 유에와 시아의 눈이 맞았다. 두 사람은 함께 쿡쿡 행복한 웃음을 흘렸다.

"아이고, 그러셔? 쳇. 눈꼴사나워서 못 봐주겠군. 갑판에서 경치 구경이나 하련다……."

가할드는 짜증스러운 표정으로 일어나 성큼성큼 함교에서 퇴장했다.

다시 나른하게 소파 깊이 몸을 파묻은 하지메에게 시즈쿠와 스즈는 얼굴을 발그레 붉히며 힐끗힐끗 눈길을 줬고, 코우키와 류타로는 어째선지 눈을 이리저리 굴리고 있었다.

눈앞에서 노골적으로 애정 행각을 벌이자 몹시 있기 불편한 눈치였다. 릴리아나가 썩은 생선 같은 눈을 한 것도 이 어색한 분위기가 원인일 것이다.

그런 그때, 하지메의 뒤쪽과 아래쪽에서 목소리가 들렸다.

"우~, 유에와 시아만 치사하게! 저, 저기, 하지메. 『팔 안』이란 건 비유지? 유에랑 시아만 그렇다는 의미는 아니지? 응?"

"주, 주인님. 훌륭한 발기술을 받자마자 미안하다만, 나도 안아줄 순 없겠느냐? 『팔 안』이 좋겠구나……."

카오리가 뒤에서 하지메를 끌어안고 어느샌가 부활한 티오가 천천히 몸을 일으켜 저마다 간절하게 자신을 어필했다.

그런 두 사람에게 유에가 반응했다. 몸을 일으켜 카오리와 티오를 힐끔 보더니―.

"……아쉽게 됐네."

"무, 무슨 뜻이야?!"

"뭣이?! 지금 건 그냥 듣고 넘어갈 수 없구나, 유에!"

무표정한 유에를 보며 카오리와 티오는 만화 같이 손수건이라도 물어뜯을 것처럼 분해했다. 유에는 조금 고개를 기울이고 무엇을 생각하는 척한 뒤 천천히 자신과 시아를 손가락으로 가리키고―.

"……승리자."

이어서 카오리와 티오를 가리키고―.

"……패배자."

여전히 무표정한 얼굴로 그렇게 말했다. 그리고 그대로 하지메의 가슴에 볼을 문질문질.

그 순간 함교에서 뚝, 하고 무엇이 끊어지는 소리가 들렸다.

"후, 후후후…… 유에도 참 이상한 말을 하네? 뜬금없이 무슨 영문 모를 소리를……. 어딘가 안 좋은 게 분명해."

몸에 힘을 빼고 흐느적거리는 카오리의 등 뒤로 눈보라가 휘몰아치며 일본도로 어깨를 톡톡 두드리는 한냐가 출현!

"그래. 분명히 그럴 게야. 그렇다면 우리가 고쳐줘야겠지."

몸에 힘을 빼고 일어난 티오에게서 시커먼 오라가 피어오르며 등 뒤로 날개를 펴고 포효하는 흑룡이 출현!

"이럴 때 잘 듣는 약이 있지?"

"암. 이상한 소리를 할 땐……."

"매가 약이야!"

"매가 약이렷다!"

무시무시한 분노? 패기? 같은 것들이 흘러넘쳤다. 그 압박감에 코우키와 류타로와 스즈가 서로 몸을 끌어안고 부들부들 떨었다. 코우키가 기어드는 목소리로 「저, 저게 카오리야?」라고 중얼거렸다.

두 사람의 프레셔를 받은 유에는 다시 느릿하게 고개를 들어 무표정을 거두고 입가에 작은 미소를 만들었다. 그리고 말해 버렸다.

"……그만둬. 진짜로 싸우면 나한테 이길 수 있을 리 없잖아?#2"

어디선가 들은 적 있는, 멋지게 사람을 열 받게 하는 근사한 대사를…….

"그래, 싸우자!"

"오냐, 싸우자!"

아니나 다를까 카오리와 티오는 한층 더 과열됐다.

"……응. 덤벼."

유에도 불난 집에 기름을 부었다. 그 뒤로 천둥소리가 울려 퍼지는 먹구름과 황금 뇌룡이 출현! 유에 님은 진짜로 한판 붙을 생각이다. 파이팅 자세가 아름답다.

"자, 잠깐만! 세 사람 다 진정해! 나구모! 너도 보지만 말고

#2 그만둬 ~ 없잖아? 애니메이션 「기동전사 건담 SEED」에서 등장하는 주인공 대사.

말려!"

시즈쿠가 어쩔 줄 몰라 땀을 삐질삐질 흘리면서 애써 싸움을 중재하려고 했다. 하지만 환상일 텐데 묘하게 선명하게 보이는 한냐, 흑룡, 그리고 뇌룡의 포악한 포효를 듣는 순간 「웅! 난 못 해!」라며 빠르게 포기하고 하지메에게 도움을 요청했다. 그러나 정작 하지메는—.

"나도 못 해. 그럴 기운 없어……."

소파에 추욱 늘어져 있었다. 나설 마음은 전혀 없나 보다.

원래 사소하게 치고받는 일은 일상다반사. 그녀들 나름의 커뮤니케이션 같은 것이므로 신경 쓰지 않는 것이기도 했다.

"너, 너란 애는~!"

하지만 아직 그런 자세한 내막까지는 모르는 시즈쿠는 뺨을 실룩거렸다.

그런 시즈쿠에게로 한냐의 출동 요청이 떨어졌다.

"시즈쿠! 전열을 맡아줘!"

"뭐야?! 나 언제 말려들었어?!"

아주 자연스럽게 시즈쿠의 참전이 결정됐다.

연이어 잡룡에게서도 출동 요청이 떨어졌다.

"자, 공주님, 함께 가자꾸나! 결계의 명수라지? 거기 있는 스즈와 함께 방어는 맡기겠다!"

"네? 저도요?! 저는 왜요?!"

"은근슬쩍 나도 들어갔어?!"

용인족의 완력으로 목덜미를 잡힌 릴리아나와 스즈가 눈물을 글썽이면서 끌려 들어갔다.

그 모습이 마치 도축장으로 가는 송아지를 보는 것 같았다. 「왕녀…… 나 왕녀인데……」라는 릴리아나의 혼잣말이 공허하게 울렸다. 자신의 믿음직한 전속 시녀에게 도움을 바라는 눈빛을 보냈지만—.

"릴리아나 님! 파이팅이에요! 정실부인께 인정받을 기회예요!"

전속 시녀조차 마음을 몰라줬다. 왕녀님의 눈이 죽었다.

스즈 또한 팔을 뻗어 코우키와 류타로에게 도움을 구하나, 두 사람은 눈을 휙 돌려 외면했다.

여자의 싸움에는 손을 대고 싶지 않기 때문이겠지. 그야 남자니까.

"버렸어! 스즈를 버렸어! 이따가 두고 봐~!"

스즈의 한 맺힌 목소리도 역시나 공허하게 울릴 뿐이었다.

"……시아, 전열은 맡길게."

"알았어요! 아무도 유에 씨에게 접근하지 못해요! 전부 깡그리 토끼 박살 내주겠어요!"

의욕 충만. 토끼 귀는 띠용띠용! 입에는 대담한 미소. 맞부딪힌 주먹에서는 충격파! 버그 토끼는 날뛰고 있다!

유에는 늘어진 하지메에게 전쟁터로 가는 남편이 아내에게 보일 법한 결의와 애정이 듬뿍 담긴 미소를 지어 보였다. ……보통은 반대겠지만.

"……하지메, 다녀올게. 격이 다르다는 걸 뼈저리게 알려줄게."

"그래~, 다녀와~. 너무 심하게 하진 말고."

"……돌아오면 열심히 한 상으로 안아줘야 해?"

"빨리 하고 와~."

"……응."

이 대화가 또 한냐 진영의 속을 긁었다. 전의는 이미 하늘 높은 줄 모르고 치솟았다.

이리하여 비장감 떠도는 여성들은 함교를 나갔다.

하늘 위는 언제나 쾌청했다. 언제나 싸우기 좋은 날씨라고도 하겠다.

얼마 지나지 않아 함교 밖에서 요란한 굉음이나 폭음이 들리기 시작했다.

코우키와 류타로는 움찔움찔 놀라며 정말로 놔둬도 될지 걱정스러운 기색이었다.

"재밌게들 노네."

하지만 하지메의 감상은 그것뿐이었다.

"……이 상황에서도 요지부동이라고?! 큭, 이게 나와 나구모의 차이인가!"

"아니, 그건 아니지. 코우키, 냉정해져."

늘어진 하지메의 조금 어긋난 감상.

분하게 어금니를 무는 코우키의 조금 어긋난 감정.

남자밖에 남지 않은 함교에서 류타로가 지친 한숨을 무겁게 내뱉었다.

그 후 격진과 폭음으로 아인들을 놀라게 하며 실컷 난리를 피운 여자들의 싸움이 끝날 무렵, 드디어 전방에 수해가 보이기 시작했다.

도중에 갑판에 갔을 황제 폐하의 비명이 들린 것 같기도 하지만…… 틀림없이 기분 탓일 것이다.

태양이 얼굴을 감추고 밤의 어둠이 내려앉을 무렵.

은은하고 따뜻한 자연의 빛이 【페어베르겐】을 비추고 있었다.

쉽게 불이 붙지만 금방 타지 않는 특수한 니뭇가지로 만든 횃불과, 빛을 내는 수해의 벌레를 가둔 칸델라였다.

카오리의 재생 마법으로 복구가 급속도로 진행된 【페어베르겐】은 『고요한 환상의 도시』라는 표현이 어울리는 본디 아름다운 모습을 되찾아 가고 있었다. 언뜻 보면 지난번 마인족과 제국의 습격이 다 꿈은 아니었을까 싶을 정도였다.

그래서 주민들은 오늘 하루가 무사히 지나갔다는 사실에 안도하며 집에서 가정의 단란함을 즐기는 등 습격 전과 같은 생활을 영위하고…… 있어야 했다. 원래대로라면…….

"서쪽 부락 비축 상황을 아는 사람, 누구 없어?!"

"주택 배분은 아직 멀었나?! 시간 없어! 빠릿빠릿하게 움직여!"

"히익?! 지금 하우리아가― 아, 뭐야? 그냥 토끼잖아……."

"너희는 언제까지 카오리 님 이야기나 하고 앉아 있냐! 빨리 일해!"

마치 주야가 뒤바뀐 것처럼 소란스러웠다. 종족, 남녀노소, 직업을 불문하고 모든 사람이 이리저리 분주하게 뛰어다녔다.

그러나 그들의 표정에 혼란이나 초조함은 보이지 않았다.

오히려 전에 없는 희망의 빛이 감도는 듯 보였다.

그런 도시의 소음을 밤바람과 함께 창문으로 들이면서, 장로 중 한 명— 삼인족 족장 알프레릭 하이퍼스트는 크게 한숨 쉬고 피로한 눈을 손가락으로 가볍게 눌러 마사지했다.

그리고 뭐라고 표현하기 힘든 오묘한 표정으로 손에 든 서류를 향해 눈을 되돌렸다.

서류의 내용은 수천 명 규모의 동포를 수용하기 위한 계획 보고서, 그에 동반한 각종 신청서였다.

"……이보게, 캄. 정말로 동포들은 돌아오는 건가?"

알프레릭이 작게 중얼거리자 그 직후 마치 방 안에 느닷없이 나타난 것처럼 인기척이 났다.

"아직도 그런 말을 하고 있는 건가. 확인할 수 없는 걸 이야기할 시간에, 어서 사람들을 수용할 준비를 갖춰라."

모습을 보인 사람은 기척을 없애고 대기하던 캄 하우리아였다.

캄을 비롯한 하우리아 족은 아인족 해방 소식을 【페어베르겐】에 전하고 수용 태세를 정비하도록 전하기 위해 하지메의 『게이트』로 먼저 돌아와 있었다.

하우리아 전용 염화석이 있으면 효율적으로 연락을 할 수 있기에 통신 요원 역할을 맡은 것이었다. 참고로 기척을 없애고 대기하던 이유는…… 그냥 취향이었다.

캄의 말을 듣고 알프레릭은 쓴웃음을 지었다.

"알아. 하지만 역시 쉽게 믿어지지 않아서 그래. 그 제국이 동포들을 해방했다는 게……."

"그것도 앞으로 몇 시간 안에 증명될 거다. 뭐, 마음은 이해한다. 우리도 설마 이 정도 성과를 낼 줄은 꿈에도 상상하지 못했으니까. 보스가 안 계셨다면 불가능했겠지."

"보스……. 자격자— 나구모 하지메 말인가? 그 이야기가 사실이라면 우리 손녀뿐 아니라 동포 전체를 구해준 은인이 되는군. 너무 큰 은혜야. 갚을 방법이 떠오르지 않아……."

"보스는 그런 건 기대하지 않으실 거다. 그보다 어서 손이나 움직여. 또 보고가 올라왔다."

매정하게 말하는 캄을 알프레릭이 한번 쳐다봤다.

캄은 염화석으로 동료와 무슨 이야기를 나누는지 시선을 허공에 두고 있었지만 바늘구멍만 한 빈틈도 없었다. 심지어 조금 전까지 인기척을 없애고 대기하던 것이 거짓말인 것처럼 일족의 우두머리에 어울리는 강렬한 패기를 띠고 있었다.

한때는 장로들 앞에서 머리를 조아렸고, 일족 처형이 결정된 후에는 체념한 표정을 짓고 있었는데…….

도저히 동일 인물이란 생각은 들지 않았다. 본래의 온화하고 심약한 분위기는 눈곱만큼도 없었다. 손을 대기만 해도 난도질당할 것 같은 예리함이 느껴졌다.

그리고 실제로 그 예리함은 진짜라고 이미 증명됐다.

【페어베르겐】으로 돌아온 하우리아 족은 장로들에게 자초지종과 해방된 동포의 수용 준비를 하라고 전했지만, 처음에는 알프레릭을 포함해 아무도 그 말을 믿지 않았다.

어떻게 보면 당연한 결과였다. 대체 누가 일개 부족이 군사

국가를 상대로 전쟁을 벌여 승리했다고 상상이나 하겠는가.

설령 예전 웅인족 정예 부대를 꺾고 마인족과 제국 습격에서 【페어베르겐】을 구한 실적이 있다고 해도 솔직히 이해의 범주를 넘어섰다.

그래서 캄의 보고와 요청을 헛소리라고 단정 지은 장로가 있어도 어쩔 수 없었다.

다만, 그 판단에 동조할 뿐 아니라 하우리아 족이 【페어베르겐】과 척을 진 점이나, 과거 장로 회의의 결정으로 처형 처분을 내린 사실에 앙심을 품고 무슨 흉계를 꾸미는 게 아닌가…… 그런 주장까지 나온 것이 문제였다.

『장로 참수 일보 직전 사건』의 발발이었다.

대개 언제나 흥분해 있는 호인족 족장 젤이 무슨 꿍꿍이냐며 캄에게 달려들려고 한 순간, 소리도 없이 출현한 하우리아 족이 순식간에 장로 회의 참석 인원을 제압해 버렸다.

물론 어마어마한 살기로 소도를 목에 들이대고서…….

알프레릭의 중재로 간신히 수습되었지만 역전의 전사인 젤을 포함해 호위 전사들도 누구 한 명 반응하지 못했다는 사실에, 그들은 하우리아 족의 실력을 실감할 수밖에 없었다.

혹은 하우리아 족이라면 분명히 『제성 함락』도 가능할지도 모른다고 생각했다. 아니, 생각할 수밖에 없었다.

그도 그럴 것이 하우리아 족의 얼굴이 엄청났으니까. 식은 땀을 넘어 아래쪽에서도 이것저것 나올 만큼 무서웠으니까.

경호하던 레긴 — 과거 하우리아 족을 습격한 웅인족 — 이

방 한쪽 구석에서 「윽, 누, 누가 약을 좀……. 악몽이, 웃는 토끼! 허억허억, 몸 떨림과 과호흡이 안 멈춰」라며 예사롭지 않은 식은땀을 흘리면서 벌벌 떨고 있었고…… 가장 우수한 전사라는 그가 PTSD가 발생할 정도의 트라우마를 품은 모습은, 그것을 본 모든 사람에게 정자세로 캄의 이야기를 경청하게 하는 겸허함을 가르쳐줬다.

그런 무서운 사건을 떠올린 알프레릭이 식은땀을 흘리고 있자니 캄이 말한 보고자가 방으로 들어왔다.

"할아버지, 배식 준비가 끝났어요. 이게 소비 후 식량 비축량이에요."

은쟁반에 옥구슬 굴러가듯하다는 표현이 어울리는 가녀린 목소리로 서류를 내민 사람은 알프레릭의 손녀— 알테나였다.

땅에 닿지나 않을까 싶은 기다란 금발과 깊은 숲을 생각나게 하는 비취색 눈동자를 가진 그녀도 제국에 납치됐다가 하지메와 하우리아 족에게 구출받은 사람 중 한 명이었다. 이렇게 무사히 고향으로 돌아온 그녀는 지금 열정적으로 할아버지를 보좌하고 있었다.

그러나 깊은 숲 속의 공주님인 그녀에게 저번 납치 사건은 괴로운 경험이었을 것이다. 할아버지로서 역시 걱정되지 않을 리 없었다.

"수고했다. ……하지만 알테나, 너도 돌아온 지 얼마 지나지 않았잖니? 너무 무리하지 말거라. 조금 쉬는 게 어떠냐?"

"저라면 괜찮아요. 동포들이 돌아온다고 하는데 가만히 있을 수 있나요."

알프레릭은 알테나에게 마음을 썼지만 그녀의 태도는 의연했다. 알프레릭은 그런 알테나를 눈부시게 바라봤다.

온실 속 화초처럼 자랐지만 알테나의 능력은 대단히 우수했다. 마음가짐에도 부족함이 없었다. 솔직히 말해 이렇게 바쁠 때 알테나가 보좌해주면 큰 도움이 됐다. 한때는 죽었다고 생각한 손녀의 늠름한 모습에 마음이 따뜻해졌ㅡ.

꼼지락꼼지락, 안절부절. 힐끔힐끔.

전혀 늠름하지 않았다. 이상하게 침착하지 못한 분위기였다.

조금 전의 진지한 분위기는 어디로 갔는가? 알프레릭은 의아하게 생각했지만 곧 그녀의 시선이 캄에게 향한 것을 알았다. 알프레릭이 한 차례 한숨 쉬었다.

"알테나. **그 사람**이 신경 쓰인다면 캄에게 물어보는 게 어떠냐?"

"……! 아, 아니에요. 저는 딱히 나구모 님을……."

"나는 나구모 하지메라고는 한마디도 하지 않았는데?"

"할아버지! 그런 식으로 말꼬리 잡지 말아주세요!"

손녀의 귀여운 동요에 알프레릭은 흐뭇한 시선을 보내는 한편, 설마 진심은 아니겠지, 하고 걱정을 품었다.

알테나는 성품, 용모, 태생으로 인해 혼담도 많았지만 오늘까지 모든 이야기를 거절했었다. 이유는 할아버지의 뒤를 이어 나라를 위해 일하고 싶기 때문이라고 했다.

그래서 지금까지 남자 이야기가 없었지만…….

알프레릭의 마음속에서 손녀 바보의 일면이 불쑥 고개를 들었다.

"흠, 나구모 하지메는 분명히 네 은인이지만, 네가 특별해서 그런 건 아니다. 애초에 실제로 도운 건 하우리아 족이지 않니? 너무 의식하는 것도 조금 아니라고 보는데…… 네 상대로도 어울리지 않는 사람이야."

"글쎄, 그런 게 아니라니까요! 나구모 님이 동포를 데리고 와주신다고 들어서 조금 궁금했을 뿐이에요. 정말로 그거뿐이라구요!"

알테나가 고개를 팽 돌려 버렸다. 토라진 모양이었다.

물론 그것은 오해를 사서 화가 났다기보다 속내를 들킨 민망함을 숨기기 위함 같았다.

알테나가 허둥지둥 방을 나가려고 하자 알프레릭은 다시 몰래 한숨 쉬었다. 아직 명확한 감정이 아니라 다행일까? 만약 그를 쫓는 길을 선택할 경우, 그 인생이 얼마나 다난할지 상상하기 어렵지 않았다. 가능하다면 사랑하는 손녀는 안정된 길을 걷길 바라는 것이 할아버지의 솔직한 마음이었다.

그런데 그때, 뜻밖에도 캄이 지금 막 나가려던 알테나에게 말을 걸었다.

"알테나 아가씨."

"네? 아, 네. 캄 씨, 무슨 일이신가요?"

무엇이 재밌는지 웃음 짓는 캄에게 알테나는 의심스러운 표정으로 대답했다. 캄이 경계하는 알테나를 보고 웃는 낯으로 말했다.

"보스는 언뜻 많은 여성을 끼고 다니는 것처럼 보이지만, 사실 일편단심인 분이지. 그리고 그분의 『특별』한 사람은 이미 정해져 있고 또한 확고부동해. 그 자리에 다가갈 수는 있겠지만, 상당한 시간과 노력을 들이고 큰 신뢰를 쌓아야만 할 거야."

"아, 네에…… 그런가요?"

갈피를 잡지 못하는 알테나를 향해 캄은 의미심장하게 웃었다.

"참고로 그 자리에 가장 가까운 사람은 나의 딸— 시아다. 우리와 함께 제국을 적으로 돌린 이유가 『시아의 웃음에 그늘이 지게 하고 싶지 않아서』였을 정도지."

"……! 그, 그랬나요?"

"그래. 보스는 시아를 위해서라면 일국을 상대할 수 있어. 그래, 시아를 위해서라면. 후후후."

"……!"

에둘러 「너는 내 딸한테 못 이긴다!」라고 말하는 것이었다. 알테나는 그것을 민감하게 알아챘다.

사실 알테나는 시아와 동갑인 열여섯 살이었다. 그러므로 동년배 여자아이와 비교당한 것도 모자라 상대도 되지 않는다는 말을 들으면…… 부아가 치미는 것도 어쩔 수 없었다.

"시아 씨라면…… 그 옅은 푸른빛이 도는 백발 토인족이지요? 죄송하지만, 제가 그분보다 못하다는 생각은 들지 않네요. 확실히 함께한 시간이 다르다는 의미에서는 차이가 있겠지만…… 저라도 비슷한 시간이 있다면……."

"아니지, 아니야. 우리 시아는 여러 면에서 특별한 존재거든. 알테나 아가씨를 위해서라도 쓸데없는 수고는 하지 말라고 충고해 두지. 부질없는 꿈을 좇다가는 혼기를 놓칠걸?"

"쓸데없는 참견이에요!"

"후우. 캄, 우리 손녀 좀 그만 괴롭혀……."

뿔난 알테나와 히죽거리는 캄을 보고 알프레릭이 땅이 꺼지도록 한숨 쉬었다.

캄이 알테나에게 도발에 가까운 말을 던진 이유는 약간의 노파심 때문이기도 했다. 물론 알테나를 위해서가 아닌 시아를 위한 노파심이었다.

수해에서 나갈 무렵 시아와 하지메의 관계는 까놓고 말해 시아의 강요나 다름없는 일방통행이었다.

하지만 『제성 함락』 전야의 모습을 보는 한 여행을 통해 상당히 친밀한 관계로 발전한 것 같았다. 캄은 느꼈다. 앞으로한 발자국만 더 다가가면 단번에 선을 넘는다! 보스 함락이코앞이다! 라고…….

그 한 발자국, 바꿔 말해 기폭제로 알테나를 쓸 수 있지 않을까, 하고 생각한 것이었다. 시아가 들으면 「엄청 쓸데없는 참견이에요!」라며 화를 낼 것 같았다.

알테나가 내심 경쟁심으로 불타는 것을 느끼고 캄은 미소지었다. 소녀의 풋풋한 연심(아직 연심 미만이지만)을 망설임없이 이용하는 그 모습은…… 실로 악마 같았다. 그가 보스라고 떠받드는 자와 마찬가지로…….

그러던 그때, 바깥이 조금 소란스러워졌다. 지금까지 들리던 분주한 소음과는 다른, 예상하지 못한 사태에 놀란 듯한 긴박한 소란이었다. 고함소리까지 들리기 시작했다.

"무슨 일인가!"

알프레릭이 창가로 달려가 크게 소리쳤다. 그리고 직후, 소란의 원인을 목격했다.

"빛, 기둥……?"

그 말대로 나뭇잎 사이로 햇빛, 아니, 그것과는 비교도 안 될 만큼 강한 빛이 하늘에서 나무를 뚫고 광장을 비추고 있었다.

이해하기 어려운 사태에 알프레릭의 눈이 커졌다.

그리고 자랑스럽고 침착한 목소리가 들렸다.

"걱정하지 마라, 알프레릭. ―보스가 도착하셨다."

【페어베르겐】 광장을 한낮처럼 비추는 빛의 정체.

그렇다. 그것은 수해 상공에 도착한 폴니르의 서치라이트였다.

쏟아지는 빛을 피해 아인들이 개미처럼 도망쳐 다녔다. 그리고 멀리서 대체 무슨 일이냐며 전전긍긍하는 표정으로 하늘을 올려다봤다. 전사들이 비장한 분위기를 보이면서도 필사적으로 무기를 들었다.

그 후, 사람이 흩어지길 기다린 것처럼 텅 빈 광장 중앙으로 나뭇가지를 부러뜨리면서 거대한 그림자가 내려왔다.

당연히 비공정을 모르는 사람들은 「뭐야, 신종 마물인가?!」

라고 비명을 지르며 우왕좌왕했다.

그런 대혼란 속에서 하강한 폴니르는 아랫부분인 곤돌라를 천천히 착지시키고 붉은 스파크를 일으키며 접합 부분을 분리했다. 그리고 본체를 곤돌라 옆에 착륙시켰다.

마물은 아니었다. 그건 가까이에서 보고 알았다.

하지만 본 적도 없는 이 물체는 대체 뭐란 말인가? 자신들에게 무슨 짓을 할 생각인가?

그런 불안이 광장에 소용돌이쳤다. 누구나 잔뜩 긴장한 눈으로 폴니르를 주목했다.

몇 초 후. 갑자기 덜컹 소리를 내며 곤돌라가 앞뒤로 벌컥 열렸다.

사람들이 소스라쳤다. 전사들도 예외는 아니었다. 아인답게 저마다 짐승 귀를 쫑긋 세웠고 긴 꼬리를 가진 종족은 그것을 가랑이 사이에 끼우고 있었다.

사람들이 주시하는 가운데, 문 열린 곤돌라의 어둠 속에서 나온 것은…….

미지의 몬스터— 는 당연히 아니었다. 쭈뼛거리는 토인족 소녀였다.

토인족 소녀는 험악한 표정으로 자신을 노려보는 동포들에게 토끼 귀를 힘없이 늘어뜨리고 있었다.

그 소심한 모습은 그야말로 『모두가 아는 숲 속 토끼』였다. 결코 피에 미쳐 목을 따러 다니는 토끼가 아니었다. 미지의 몬스터가 아니었다!

조금 긴장이 풀린 주민들은 이내 사태를 이해하기 시작한 것 같았다.

"정말로 돌아온 건가……."

누군가가 중얼거렸다. 반신반의하던 희망이 지금 현실이 되었다.

토인족 소녀를 시작으로 곤돌라에서 잇따라 노예로 잡혀갔던 아이들, 두 번 다시 고향땅을 밟을 일이 없다고 절망하던 자들이 나왔다.

그들은 하나같이 아직까지 믿어지지 않는다는 표정으로 주위를 돌아보고 있었다.

고요하고 맑은 공기. 우람하면서도 포용하는 듯한 안심감을 주는 나무들. 그리운 【페어베르겐】의 등불. 그리고 두 번 다시 만날 수 없다고 생각하던 동포들.

초목이 물을 빨아들이는 것처럼 조금씩, 조금씩 실감이 밀려왔다.

고향으로 돌아왔다는 실감이…….

그것은 【페어베르겐】 주민들도 같았다.

천천히 한 여성이 비틀대는 걸음으로 앞으로 나왔다. 처진 개 귀를 가진 30대 중반의 여성이었다. 눈가에 눈물이 고인 그녀가 한때는 영영 만나지 못하리라 포기한 사랑하는 이의 이름을 조심스레 불렀다.

그 목소리에 반응한 사람은 똑같이 개 귀를 가진 소년이었다. 제도에서 코우키가 걱정한 그 소년이었다. 소년은 여성이 눈에 들어오자 얼굴살을 구기고 눈물을 흘리더니 단걸음에 달려갔다.

"엄마!"

무릎을 꿇고 양팔을 벌린 여성의 가슴으로 개 귀 소년이 뛰어들었다. 엄마라고 불린 여성은 팔 안에 있는 아들이 헛것이 아니라고 확인하는 것처럼 강하게, 강하게 끌어안았다. 그리고 모자는 기적적인 재회에 환희의 눈물을 쏟았다.

그런 모자의 재회를 시작으로, 돌아온 아인들과 주민들은 땅을 뒤흔들 정도로 환성을 지르며 서로에게 달려갔다. 가족, 친구, 연인— 소중한 사람을 찾을 때마다 목이 쉬어라 그들의 무사함을 기뻐했다.

기쁨의 도가니에 빠진 【페어베르겐】은 평소의 고요함은 어디로 갔나 싶을 만큼 전례 없는 축제 분위기에 휩싸였다.

그렇게 환희하는 아인들의 난리통 속, 하지메 일행은 폴니르에서 내렸다. 그들 앞으로 알프레릭을 앞세운 장로들이 달려왔다.

"나구모 하지메…… 정말이지, 등장 한번 요란하군."

"아, 알프레릭. 이것저것 따지려니 귀찮더라고. 너그럽게 봐줘."

알프레릭이 머리 위로 뚝뚝 부러진 나무들을 보고 씁쓸하게 말하자 하지메는 약간 멋쩍게 뺨을 긁적이고 대답했다.

막대한 마력 소비로 지친 것은 사실이었다. 수해 밖에서 걸어오기도, 『게이트』로 한 명씩 전이시키기 귀찮았던 것도 사실이었다.

그러나 정확히 【페어베르겐】의 위치를 알 수 있었던 이유는 사전에 캄에게 좌표 위치를 알리는 아티팩트를 소지하도록 했기 때문이었다. 그러니까 지쳤건 말건 처음부터 이곳에 직접 착륙할 생각이었다. 참으로 뻔뻔한 변명이었다.

처음 방문했을 때는 이 도시를 멋지다고 평가해 놓고 귀찮아서 부쉈다. 제정신이 아니라고 생각해도 할 말이 없는 만행이었다.

일단 그런 자각이 있는지, 웬일로 눈을 마주치지 못하던 하지메는 돌격 치료가 전문인 카오리에게 도움을 요청했다.

"미안, 카오리. 부탁해도 될까?"

"다행이야. 하지메한테도 아직 상식은 남아 있었구나!"

「음? 지금 은근슬쩍 욕먹지 않았나?」라고 생각했지만 되물어 봤자 긁어 부스럼인지라 흘려듣기로 했다. 유에와 다른 일행까지 쓴웃음을 짓고 있는 것은 분명 기분 탓이다.

카오리가 부러진 위쪽 나무들을 향해 손을 들었다.

"―『절상』."

재생 마법 『절상』. 모든 파손된 것을 재생해 복원하는 마법이었다.

카오리가 마법을 기동한 순간, 분질러진 나무들이 한순간에 원래 모습으로 돌아갔다. 몇 번을 봐도 역시 눈을 의심하게 되는 신비하고 경이로운 광경이었다.

그리고 그 중심에는 은색으로 빛나는 마력광을 두른 카오리 님. 완만하게 나선을 그리는 반딧불 같은 빛에 싸인 그 자태는 오늘도 성스러웠다.

"오오, 우리의 카오리 님께서 또다시 기적을 보여주셨다!"

"카오리 님 만세! 페어베르겐의 수호 여신!"

아인분들이 열광하며 무릎 꿇어 감격의 눈물과 함께 그녀를 우러러 받들었다.

"하지 마! 하지 마세요! 우러러보지 말라구요~!"

카오리가 허겁지겁 돌아다니면서 무릎 꿇은 사람들을 억지로 일으켜 세우려고 했다.

"또 여신이 태어났구먼. 선생님은 풍작의 여신이라고 불리질 않나, 유일신을 숭배하는 대륙에서 무슨 신이 이리 자주 태어나나 모르겠어."

아이코와 함께 성교 교회 총본산을 날려 버린 티오가 감탄스럽게, 혹은 어이없게 말했다. 그에 비해 유에는 턱에 손을 대고 진지한 표정을 지었다.

"……응. 신에게 정면으로 싸움을 거는 스타일. 난 좋다고 생각해, 하지메."

"고마워, 유에. 그나저나 어째 이 광경을 앙카지에서도 본 것 같은데."

"아, 그거 말이죠?『카오리 님 봉샤 부대』."

영주의 아드님이 대장을 맡은 모 부대는 분명히 지금도 카오리 님과 재회할 날을 꿈꾸고 있으리라.

"카오리…… 훌륭하게 컸구나."

"시즈시즈가 왠지 엄마 같아. 그런데 나구모가 부순 걸 카오링이 고치고 감사받으면 그냥 자작극 아니야?"

친구의 성장을 곱씹는 엄마 시즈쿠에게 스즈가 상황을 정확하게 꼬집었다.

듣고 보니 그렇다며 코우키와 류타로가 고개를 끄덕였다.

무교였을 아인들 사이에 카오리교가 창시될 것 같은 혼란스러운 상황 속에서 알테나가 알프레릭에게 귀띔했다.

"할아버지. 이런 곳에서 서서 이야기할 것이 아니라 슬슬 안으로……."

알테나의 시선은 방금 폴니르에서 내린 마지막 승객— 가할드와 릴리아나 및 왕국인에게 향해 있었다.

일단 가할드에게는 【페어베르겐】의 정보가 가급적 넘어가지 않도록, 빛과 소리를 완전히 차단하는 풀페이스 가면 — 하지메 수제 다섯 번째 가면, 황토색! — 을 씌웠기 때문에 정체가 쉽게 탄로 나지는 않을 것이다.

하지만 릴리아나와 전속 시녀 헬리나, 그리고 근위 기사들을 보면 그녀들이 어떤 존귀한 신분을 가진 인간이란 것은 일목요연했다.

노예 해방 사실로 미루어 황토 가면을 황제라고 추측하는 사람도 나올 법했다. 언뜻 보면 그냥 이상한 가면을 쓴 이상한 사람으로밖에 보이지 않겠지만…….

장로들을 필두로 상층부 아인들은 가할드의 내방을 알고 있었다. 하지만 주민들은 몰랐다. 불구대천의 원수, 제국의 수장이 눈앞에 있다는 사실을 알면 언제 폭동이 일어나도 이상하지 않았다.

괴상한 가면을 쓰고 우리를 놀리는 거냐며 달려들지도 몰랐다. 그러나 앞으로 제국과의 관계, 가할드를 살려 둔 채 계약의 힘으로 안전을 확보하는 방식에 큰 지장이 생길 위험은 피해야만 했다.

알테나의 재촉은 그런 우려 때문이었다. 물론 속으로는 우려 이상으로 「왜 제국 황제는 이런 기묘하고 이상한 색 가면을 쓴 거지?」라는 의문이 흘러넘치고 있었지만……. 옆에 있는 시즈쿠가 움찔하고 반응했다. 가면 핑크는 눈치가 빨랐다.

"음, 그렇군. 나구모 하지메, 아니, 나구모 공, 대략적인 사정은 캄에게 들었소. 좀처럼 믿어지지 않았지만, 아무래도 정말로 동포들이 해방됐나 보군. 우선은 페어베르겐을 대표로 감사하겠소."

"이 일을 성사시킨 건 하우리아 족이야. 그 점은 착각하지 말아줘."

알프레릭이 깊은 감사를 표하나, 하지메는 관심 없다는 투로 손을 휘휘 저었다. 그리고 폴니르와 곤돌라를 『보물고』에 넣으며 오해가 없도록 정정했다.

광장에서 갑자기 거대한 물체가 사라지자 기쁨으로 들끓던 아인들이 눈을 깜빡거렸다. 그리고 장로들과 마주한 하지메 일행에게 주목했다.

'겸손한 건지, 의리가 있는 건지……. 뭐가 됐든 안 어울리는군.'

알프레릭은 하지메의 언동에 피식 웃고 고개를 끄덕였다.

"그래. 물론 알다마다. 설마 누구보다 약하다던 토인족이 제국을 꺾을 줄은 몰랐어. 오래 살고 볼 일이야. 아마 나는 지금 역사적인 순간에 서 있는 걸 테지."

하우리아 족이 제국에 싸움을 걸고 승리를 쟁취해 동포를 구했다― 그 사실을 알프레릭이 명언하자 주민들도 소중한 사람을 되찾아준 것이 누군지 이해한 모양이었다.

알프레릭 옆에서 등을 꼿꼿이 세우고 선 캄에게 시선이 모였다. 그들의 눈동자에 담긴 것은 최약체 종족을 향한 멸시가 아니라, 영웅을 바라보는 큰 경의감과 조금의 두려움이었다.

한때는 고향을 버리고 도망쳤다가 많은 가족을 잃고 수해로 돌아오고, 그 후에도 추방 처분을 받아 이미 동포가 아니라는 낙인까지 찍혔거늘…… 그런 그들이 지금은 영웅 취급을 받고 있었다.

아버지의 당당한 모습에 시아는 가슴 깊은 곳에서 밀려오는 어떤 뜨겁고 거대한 감정을 느꼈다.

자랑스러움, 그리고 기쁨…….

누군가가 시아의 손을 살며시 쥐었다.

"유에 씨……!"

"……응."

말은 없었다. 하지만 충분했다. 그것만으로 유에의 다정한 마음은 전해졌다.

돌아보니 하지메도 지금까지 본 적 없는 자상한 눈길로 시아를 바라보고 있었다.

시아의 토끼 귀가 살짝 흔들렸다.

"캄 옆에 같이 서주는 게 어때?"

그냥 유감 토끼가 대미궁 공략 여행까지 극복하고 여기까지 왔다. 간난신고한 정도로 따지자면 시아가 더 심했다. 영웅을 향한 눈길은 시아 또한 받을 자격이 있었다.

한때 자신을 괴물이라며 없애려고 든 동족들 앞에 당당히 서주는 게 어떠냐— 그렇게 말하는 하지메의 표정과 목소리는 놀라울 만큼 부드러웠다.

코우키를 필두로 한 아이들과 릴리아나 일행이 눈을 동그랗게 뜰 정도로……

왠지 놀란 다음 카오리는 「으응?」 하고 생각에 빠진 모습을 보이고, 티오는 「오호」라며 흥미롭고 기쁜 표정을 보였다.

그런 여행 동료의 반응에 시아는 어쩐지 아주 낯간지러운 기분을 느끼면서도 「네! 다녀올게요!」라고 말한 뒤 캄의 곁으로 걸어갔다.

그러나 거기서 딸을 무시하는 것이 바로 이 남자, 캄이었다.

동족들의 시선을 받고 한순간 무슨 생각을 하던 캄은 그 후 참으로 악독하게 웃었다.

그리고 오른손을 슥 들었다. 그러자 순식간에 나타나는 하우리아들!

광장 거의 중앙인데도 귀신처럼 튀어나와 일사불란한 동작으로 정렬한 그들은 예술적으로 아름답게 『쉬어』 자세를 취했다.

여기저기서 「아니, 어디 나온 거야?!」, 「그보다 어떻게 나타난 거야?!」, 「힉, 나왔다?! 누가 정신 안정제를 주세요!」라는 목소리가 들려왔다.

"어, 어라? 아버지? 대체 무슨—."

"들어라, 동포들이여!"

아버지와 나란히 서지 못한 시아는 터덜터덜 하지메 옆으로 돌아와 중얼거렸다.

"다 알고 있었어요. 아버지가 중요한 순간에 절 무시할 거 다 알고 있었다구요."

하지메와 유에가 함께 토끼 귀를 만지며 위로했다.

캄은 슬퍼하는 딸을 알아차린 기색도 없이 칼날같이 날카로운 시선과 강렬한 패기로 주민들— 정확히는 토인족을 향해 성량을 높였다.

"오랜 시간에 걸친 굴욕과 체념의 바다에서 신음하던 우리 동포여. 들어라! 이번에 우리는 제국을 꺾는 데 성공했다. 그러나 영원한 평화란 없는 법. 너희의 미래는 머지않아 다시 위협받게 될 것이다."

그 말을 듣고 광장에 있던 수백 명의 토인족이 공포에 떨었다. 제국에서 보낸 고통의 나날이 다시 찾아오는 것은 아닐까. 그들이 매달리는 눈빛으로 웅변 중인 캄을 바라봤다.

"그렇게 되면 너희는 또 어제의 생활로 역행한다. 그뿐만이 아니다. 이번에는 노예가 되지 않았던 동포까지 같은 꼴을 당할 거다."

어두운 미래는 변하지 않는다는 사실을 들이대자 토인족만 아니라 다른 아인족도 눈이 땅으로 떨어졌다.

"너희는 그래도 괜찮은가?"

괜찮을 리가 없었다. 존엄을 모조리 짓밟히는 나날로 돌아가고 싶을 리가 없었다. 하물며 그런 괴로움을 소중한 사람에게 겪게 하고 싶을 리가 없었다.

하지만 그렇다고 어떻게 하란 말인가······.

캄은 고개 숙인 동포에게 험악한 눈길을 보내면서 대답은 눈앞에 버젓이 있지 않냐며 더욱 목소리를 높였다.

"좋을 리가 없겠지. 그렇다면 어떻게 해야 하지? 간단하다. 지금 옆에 있는 소중한 사람을 지키고 싶다면······ 싸워라. 그저 착취당하고 체념과 함께 살아가길 원치 않는다면······ 일어서라. 토인족의 처지를 바꾸고자 염원한다면······ 가슴을 분노로 채워라! 하우리아 족은 그리했다! 토인족은 절대로 밑바닥 종족이 아니다! 결의만 있다면 얼마든지 강해질 수 있는 종족이다! 우리가 그것을 증명하지 않았나!"

"아······."

어디선가 그런 소리가 새어 나왔다. 강대한 적을 타도하고 자신들을 구한 것은 특별히 강한 존재가 아니라 같은 토인족의 한 부족임을 새삼스럽게 깨달은 것처럼······.

고개 숙인 토인족들이 한 사람, 또 한 사람씩 고개를 들었다.

"제국에서 받은 굴욕을 떠올려라. 불우한 처지에 안주하지 마라! 소중한 사람은 자기 손으로 지켜라. 체념에 빠져 있을 시간이 있으면 칼을 갈아라! 가슴에 불을 지펴라! 싸워라!!"

아주 조금, 하지만 확실하게 토인족의 눈동자에 빛이 돌아왔다. 움츠러들었던 토끼 귀가 생기를 불어넣은 것처럼 꼿꼿이 섰다.

그것을 본 캄은 입꼬리를 조금 끌어올렸다.

"싸우는 방법이라면 알려주마. 싸우겠다고 결의하고 힘을 바란다면 우리를 찾아와라. 하우리아 족은 언제든 너희를 환영한다!"

그렇게 말하고 연설을 매듭지었다. 정렬한 하우리아 족이 사납게 웃었다. 마치「함께 싸우자!」라고 권하는 것 같았다.

캄이 다시 수신호를 보냈다. 그러자 하우리아들은 어디 나오는 닌자처럼 사사삭 산개해 순식간에 모습을 감췄다.

그것을 본 토인족들이 더욱 눈을 빛냈다. 젊은 토인족 중에는 당장에라도 지원하려고 뛰어 나갈 것 같은 자도 몇 명 있었다.

캄이 흡족하게 미소 지었다. 마음속으로「좋았어! 또 병력이 늘어난다! 한번 이쪽에 오면 절대로 놓치지 않는다. 죄다 마개조해주마!」라며 미칠 듯한 갈채를 보냈다.

"보스, 이야기 도중에 실례했습니다. 마침 인재를 확보할 좋은 기회였던지라……."

"그, 그래. 그건 딱히 상관없는데……."

하지메는 묘하게 말을 흐렸다. 왜일까? 뇌리에 『증식』이란 단어가 스쳤다. 따지고 보면 자신이 원인이지만 『숲 속 참수 토끼』가 우르르 튀어나오는 광경을 상상하자 절로 식은땀이 났다.

"……이리하여 숲 속의 착한 토끼들은 멸종했습니다."

"그런 말 하지 마세요, 유에 씨! 하우리아의 한 명으로서 엄청 죄책감 느껴진다구요!"

시아의 두 번째 슬픔.

머지않아 거의 100퍼센트, 마음 여리고 온화한 토인족은 멸종하고 대신 광란의 세기말 토인족으로 다시 태어나리라.

훗날 세상에서 토인족을 누가 이렇게 만들었냐고 묻는다면 시아는 이렇게 대답해야 할지도 모른다.

―제 남편과 아버지입니다.

그야 죄책감이 느껴질 만도 했다.

"크흠. 그럼 슬슬 안으로 들어갈까? 알테나, 부탁하마."

하우리아 증식 가능성에 함께 식은땀을 흘리던 알프레릭이 간신히 정신을 가다듬고 안내를 부탁했다.

역시 오랜 세월을 살아온 최고령 장로였다. 다른 장로들과 전사들, 특히 웅인족이 무시무시한 미래를 상상하고 눈을 까 뒤집는 와중에 침착하게 리더십을 발휘했다.

"그럼 여러분, 이쪽으로 오셔요. 안내하겠습니다. 나구모 님도요."

알테나가 왠지 하지메의 손을 잡고 싱글벙글 웃으며 안내하려고 했다. 이쪽은 이쪽 나름대로 방금 캄의 도발을 의식해 그의 의도대로 놀아나고 있었다.

일단 시아의 인터셉트가 들어왔다. 하지메를 향해 뻗은 알테나의 손을 탁 쳐서 떨어뜨렸다.

시아와 알테나의 시선이 교차했다. 왠지 파지직 튀는 불똥이 보이는 것 같았다.

"**우리**! 안내, 잘 부탁해요. 알테나 씨."

싱글싱글 웃는 시아. 숲 속 토끼에게 어울리는 근사한 웃음이었다. 그러나 토끼 귀는 입보다 유창했다. 위협하는 고양이처럼 온 털이 곤두섰다.

"네. 물론이죠, 시아 씨. 하지만 사람이 많으니까 떨어질지도 몰라요. 만약을 위해 손을 잡고 갈게요."

싱글싱글 웃는 알테나. 숲 속 공주님에게 어울리는 근사한 웃음이었다. 그러나 엘프 귀는 입보다 유창했다. 항의하듯 까딱까딱까딱 고속으로 움직였다.

「계획대로!」라는 양 히죽이 웃는 캄을 보고 사정을 대강 파악한 하지메가 생긋이 웃으며 살기를 보냈다. 순식간에 캄이 폭포 같은 식은땀을 흘렸다.

하지메는 사시나무처럼 떨기 시작한 캄을 싸늘하게 쳐다보고 시아의 손을 단단히 잡았다.

"아……."

시아의 입에서 무심결에 말이 새어 나왔다. 하지만 곧 만면에 웃음을 띠고 하지메의 팔에 꽉 안겼다.

기뻐하는 시아를 보고 알테나는 자기도 모르게 하지메를 봤다.

하지메의 눈은 몹시 차게 식어 있었다. 그곳에 미소녀가 호의를 가지고 대해주는 것으로 느끼는 기쁨은 조금도 없었다. 얼른 안내나 하라는 생각이 뚜렷하게 전해졌다.

알테나는 어깨를 푹 떨구고 기운 없이 앞장섰다.

고락을 함께한 시아와 별다른 접점이 없는 알테나는 처음부터 비교 대상조차 되지 못하니 뻔한 결과이긴 했지만……

아무래도 시아를 대하는 하지메의 태도가 여느 때보다 더 허물없어 보여 유에를 제외한 여성들은 모두 신기하거나 복잡한 눈빛으로 하지메의 등을 바라보았다.

안내받은 곳은 넓은 방이었다. 안쪽에는 장로들이, 그와 대면해서 캄을 포함한 하우리아 족 몇 명이 앉았고 그 오른쪽으로 가할드를 끼고 하지메 일행이 앉았다.

황제 폐하가 본인 입으로 패배 선언과 계약 내용을 전하자 장로들도 겨우 실감이 드는 눈치였다.

가슴속에 있는 뭐라고 형용하기 어려운 감정을 정리하기 위해서인지, 신음하고 천장을 올려다보거나 눈가를 손으로 가리고 깊은 숨을 토하기도 하는 등…… 저마다의 방법으로 이 역사적 순간을 받아들이고자 애쓰고 있었다.

밖에서는 아직 환희의 목소리가 울리는 가운데, 장로 중 한 명— 호인족 장로 젤이 눈을 사납게 떴다. 그 눈이 바라보는 것은 적진에 있으면서도 대담하게 웃는 오만불손한 가할드였다.

"패전국의 왕이 태도가 거만하군. 자신이 우리에게 얼마나 원한을 샀는지 모르는 건 아니겠지? 설마 무사히 돌아갈 수 있을 거라고 생각하나?"

젤의 동공이 세로로 째지며 야성을 드러냈다. 온몸에서 무섭도록 진한 살기가 흘러넘쳤다. 다른 족장과 경호하는 전사들에게도 차마 숨길 수 없는 살의와 증오가 배어 있었다. 가할드는 앙숙이었다. 어쩔 수 없는 반응이었다.

그러나 그런 살기를 보내도 가할드는 태연자약했다.

"당연히 그렇게 생각하지. 설마 정말로 날 죽일 수 있다고 생각하진 않겠지? 만약 그렇다면 페어베르겐의 우두머리들은 사리 분별 못 하는 머저리란 소리인데?"

"뭐라고, 이 자식이!"

격앙한 젤을 알프레릭이 말렸다.

"젤, 그만둬. 마음은 뼈저리게 이해해. 하지만 가할드가 이곳에 온 것은 우리에게 하우리아 족이 이룬 성과와 계약의 효력을 증명하기 위해서야. 그걸 잊어선 안 돼. 이 자리에서 죽였다가는 하우리아 족이 목숨을 걸고 싸운 의미가 없어."

"큭……."

젤은 분한지 인상을 찌푸리고 바닥을 주먹으로 때렸다.

가할드는 그런 젤을 보고 코웃음 쳤다. 방 안 분위기는 최악이었다. 알프레릭이 가할드에게도 충고했다.

"가할드, 태도를 조금 고쳐라. 우리를 네가 말하는 머저리로 만들지 마라. 때로는 이성으로 억누를 수 없는 감정도 있지. 너는 그럴 만한 짓을 해 왔어."

말투는 조용했다. 하지만 그곳에 담긴 감정에는 가할드에게서 그 거만한 웃음을 거두어들이게 할 만한 무게가 있었다.

누구보다 오래 산 삼인족. 그것인즉 가장 오래 고통을, 억울함을, 그리고 분노와 증오를 삼키고 살아왔다는 뜻이기도 했다.

가할드는 책상다리를 하고 앉아 잠시 알프레릭에게 시선을 뒀다.

그리고 허리를 펴고 입을 열었다.

"그렇다면 검을 잡아라."

미심쩍은 눈길을 보내는 알프레릭을 똑바로 바라본 채 가할드는 말을 이었다.

"내가, 그리고 제국이 경의를 표하는 건 강자뿐이다. 내 태도가 마음에 들지 않는다면 힘으로 따르게 해. 제국의 황제를 혓바닥으로 다룰 수 있을 거라고 생각하지 마라."

가할드에게 아인족을 노예로 다루었다는 죄책감이나 미안함은 전혀 없었다.

마력을 가지지 못하고 신에게 버림받은 종족이라서 업신여기는 것이 아니었다.

짐승이 섞였다고 차별하는 것도 아니었다.

가할드가 아인족에게 가치를 두지 않는 이유는 그저 그들이 『약하기』 때문이었다.

"나를 이긴 상대는 아인족이 아니야. 경의를 표해야 할 건 너희가 아니라고. 검을 들고 목숨을 걸어 전쟁터에서 힘을 증명한 건 하우리아 족이다!"

가할드의 패기가 방을 진동시켰다.

일촉즉발의 분위기가 팽배해졌다. 팽팽한 긴장의 끈은 당장에라도 끊어질 것 같고 살 떨리는 살의의 응수가 벌어지는 광경이 눈에 보이는 듯했다.

잠시 알프레릭과 가할드 사이에 보이지 않는 불똥이 튀었다.

모든 이가 마른침을 삼키는 분위기 속에서 과연 침묵을 깨는 것은—.

"야, 가할드. 귀찮으니까 너 이제 돌아가 봐."

"엉?"

분위기에 맞출 생각이 전혀 없는 하지메였다.

어안이 벙벙한 알프레릭 및 장로들과 의아해하는 가할드. 그리고 이 상황에서 그게 할 소리냐고 말하고 싶어 보이는 코우키와 릴리아나 일행의 눈총에도 아랑곳하지 않고, 하지메는 가할드의 목덜미를 덥석 잡아 공간을 잇는 『게이트』를 열었다.

『게이트』 건너편에는 익숙한 제성의 방이 있었다.

"이, 인마! 설마 이대로 던져 넣을 생각이냐?! 지금 두 나라 간의 역사적 회담이 이루어지고 있잖아?! 나라도 이번엔 말해야겠다! 분위기 파악 좀 해!"

"내 알 바냐. 난 널 증인으로 데리고 왔어. 회담을 지켜보려고 온 게 아니라고. 어차피 돌려보내야 하는데 내가 왜 기다려줘야 해? 그리고 애초에……."

하지메는 말을 이었다.

"몇백 년이나 이어진 가치관 차이, 응어리진 감정…… 그게 지금 이 자리에서 잠깐 이야기 나눈다고 변하나? 그렇게 골이 얕진 않을 텐데?"

실제로 가할드에 대한 보복, 혹은 회개나 개심을 바라는 아인족과, 철저한 능력 지상주의를 신념으로 내건 가할드의 사고방식은 말 몇 마디를 나누어 봤자 평행선밖에 그리지 않을 것이다.

이 세계의 종족 간 문제, 국가 간 문제에 아무런 관심이 없는 하지메는 그렇게 언제 끝날지 모를 대화를 느긋하게 들어 줄 생각이 전혀 없었다.

알프레릭이 말했다시피 이 자리는 하우리아 족이 이룬 성과를 당사자의 대표인 가할드가 증명하기 위한 자리일 뿐 그 이상, 그 이하의 의미는 없었다.

"큭, 그건 그렇지만……."

"그러니까 문제 일으키기 전에 후딱 집에나 가."

"진짜 이 자식이, 누굴 반항기 꼬마인 줄 아나! 아, 인마, 끌고 가지 마! 놓으라고!"

바둥바둥 날뛰는 황제 폐하였지만 인간을 뛰어넘은 완력(의 수)에 저항할 수 있을 리가 없었다.

"나구모 씨♪ 그분은 황, 제, 폐, 하! 라고요! 그렇게 다루시면 안 돼요♪"

"릴리아나 공주! 너, 말하는 내용과 표정이 따로 놀잖아!"

릴리아나가 랄랄라~♪ 하며 당장이라도 깡총깡총 뛸 것처럼 발랄하게 하지메를 타일렀다. 끝내는「황제인데~, 이런 취급이나 받고~. 나만 그런 게 아니야~♪」라며 즉흥으로 노래를 불러 댔다. 제목을 붙인다면『오늘부터 동료♪』일까?

"릴리…… 너무 불쌍해."

"하지메! 릴리만이라도 조금 더 상냥하게 대해줘!"

시즈쿠가 눈가를 손수건으로 닦고 카오리가 울먹이면서 하지메에게 호소했다.

주인의 추태를 보다 못한 헬리나와 근위 기사들은 눈을 돌렸다. 현실을 직시할 수 없었던 것이다.

이어서 유에에게서 혼백 마법의 빛이 튀었다. 정신 안정용 마법이었다. 동정심이 들었는지…… 빛은 왕녀님을 포근하게 감쌌다. 하지만 왕녀님이 기쁘게『오늘부터 동료♪』를 부르는 노랫소리는 멈추지 않았다.

티오에게서도 추가로 혼백 마법이 날아왔다. 효과는, 없었다. 왕녀도 의외로 쌓인 게 많았나 보다…….

가할드조차 연민의 표정을 지으며 하지메에게 쓴소리를 했다.

"저것 봐라, 나구모 하지메. 왕족을 개똥같이 취급하는 네 태도가 왕국의 공주를 저 꼴로 만들었어. 그러니까 응? 앞으로는 태도를 좀 고치고 살—"

"어쩌라고."

귓등으로도 듣지 않았다. 하지메는 다짜고짜 가할드를『게이트』너머로 던져 버렸다.

"두고 보자! 나구모 하지메에에!"

오기를 부리고 사라지는 모습은 참으로 측은함을 부르는 광경이었다. 너무하다고밖에 할 수 없는 취급에 방금까지 살기등등하던 장로와 전사들의 불만도 함께 가셨다.

코우키가 앗, 하며 중얼거렸다.

"……설마, 이걸 노리고?"

"원래 저런 성격 아냐?"

"류타로 의견에 한 표."

코우키와 류타로, 그리고 스즈가 숙덕숙덕 이야기했지만 과연 코우키가 말하는 대로 하지메의 의도였을까?

심히 만족스러워 보이는 릴리아나를 가할드와 똑같이 붙잡아 왕국행 『게이트』로 던져 넣으려는 모습으로 미루어, 류타로와 스즈의 주장에 힘이 실릴 듯했다.

그 후, 아직 왕녀로서 할 일이 있다고 필사적으로 주장한 덕에 릴리아나는 간신히 하지메의 손아귀에서 벗어났다.

아무래도 가할드에게 설명한 것과 같은 내용, 왕국과 성교교회의 현재 상황과 향후 【페어베르겐】과의 관계에 관해 이야기하고 싶은 모양이었다.

왕국은 제국과 달리 노예상이 번성하지는 않지만 그것은 차별 의식이 강하다는 증거이기도 했다. 그 사실은 아인 측도 알고 있으며 『간단한 대화 자리』에서 해결할 일이 아니란 점은 가할드와 같았다. 그러나 제국에 비하면 그나마 적개심은 적었다. 장로들도 우선 이야기 정도는 들어 보기로 했다.

"하아, 어쩔 수 없지. 그럼 우리는 쉴 테니까 이야기가 끝나면 찾으러 와. 공주님, 제발 귀찮은 일은 만들지 마. 무슨 일 있으면 그 시점에서 바로 나라로 던져 버릴 테니까."

"나구모 씨, 일단 말해 둘게요. 사실 저, 왕녀예요."

"……?"

"네, 그러시겠죠. 무슨 소리인가 싶죠? 그래서 어쩌라는 건가 싶죠? 알아요. 후후, 왕녀를 나라로 던져 버리는 것도 평범한 일이죠. 아하하."

자포자기 왕녀 탄생의 순간이었다. 그날 밤 댄스로 생긴 어렴풋한 마음은 앞으로도 순탄치 않을 것 같았다. 눈빛이 죽어가던 왕녀님을 위해 헬리나가 마음을 달래줄 홍차를 탔고 시즈쿠와 카오리가 위로의 말을 건넸다.

코우키와 근위 기사들이 쏘아봤지만 하지메는 못 본 척 시치미 뗐다.

사실 하지메는 릴리아나의 마음을 알고 있었다. 그 댄스 후 릴리아나의 태도를 보면 모르는 게 이상했다.

그저 마음에 응해줄 수 없으므로 괜한 희망을 주지 않도록 확실히 잘라 버린 것이다. 그것을 정직하다고 볼지, 아니면 매정하다고 볼지는 사람에 따라 다르겠지만…….

하지메는 작게 한숨 쉬고 캄을 향해 입을 열었다.

"캄. 공주님은 아직 장로들과 할 이야기가 있다고 하는데, 너는 어때? 없으면 너희 부락으로 안내해줘. 폴니르로 수천 명을 싣고 왔더니 나도 지쳤어. 그만 쉬고 싶어."

"흠, 그건 그렇겠군요. 내일부터 대미궁 공략도 준비하셔야 할 테니까요. 바로 안내하겠습니다, 보스."

캄 자신은 해방한 토인족 수용 등으로 【페어베르겐】에서 진두지휘를 맡아야 해서 대신 안내인을 붙여준다고 했다.

그러나 손가락을 튕겨 부하를 소환하기 직전에 알프레릭이 그를 제지했다.

"기다리게, 나구모 공. 아직 어떻게 부담할지 정하지 못했어. 조금만 더 이곳에 있어 주지 않겠나?"

"말했잖아? 이번 일은 하우리아가 한 거라고."

"물론 하우리아 족에게도 상응하는 사례를 할 거야. 하지만 나구모 공에게도 큰 은혜가 있는 건 사실이야. 아무 사례도 없이 넘어가면 아인족은 은혜도 모르는 염치없는 종족이 돼."

"뭐, 고맙게 생각한다면 사양 말고 얼마든지 고마워해. ……하지만 지금은 아무것도 필요한 게 없어."

"으음. 그렇다면 하다못해 수해에 머무는 동안 숙소와 식사 정도는 우리가 대접하고 싶은데…… 어떤가?"

하지메는 일행을 돌아보고 어떻게 할지 물었다. 그들은 딱히 불만이 없어 보였다. 시즈쿠와 스즈는 아름다운 도시에서 짐승 귀 사람들과 친해질 수 있을지도 모른다며 눈을 초롱초롱하게 빛내고 있었다.

장로들도 특별히 반대하지 않았다. 오히려 가할드에 대한 적의나 릴리아나에 대한 경계심에 비해, 아니, 비교 자체가 무의미할 정도로 호의적인 반응이었다. 꼭 머물러 달라는 감정이 표정으로 드러났다.

객관적으로 보면 수해에 올 때마다 동포를 구해 데리고 오고, 훼손된 자연과 다친 사람을 고쳐준 자와 그의 동료였다. 분명히 처음 만났을 때에 비해 호의적으로 변할 요소는 갖추어졌다. 공격 의사만 보이지 않는다면 적대할 이유가 없었다.

"……뭐, 그렇다면 신세 좀 질게."

하지메는 생각지도 않은 호의에 뭐라고 표현하기 힘든 표정을 지으면서도, 일단 준다면 받고 보자는 생각으로 어깨를 으쓱이며 말했다.

안도한 알프레릭은 다음으로 캄에게 시선을 돌렸다.

"그럼 캄. 자네는 추방당한 몸으로 침략자들을 물리치고 제국에 계약까지 받아 내어 동포를 되찾았지. 우리는 너희에게 보답해야만 해. 당장은 하우리아 족의 추방 처분 철회에 이의를 제기하는 자는 없어. 이건 저번 습격 후 장로 회의에서 이미 결정된 사항이야. 앞으로는 자유롭게 페어베르겐에 오도록 하게. 원한다면 도시 안에 하우리아 족 거주구를 마련하지."

추방 처분 철회. 그것은 이전에 실컷 다툰 장로 회의의 결정을 번복한다는 것. 그만큼 하우리아 족의 공적이 크다는 뜻이리라.

"그래?"

하지만 정작 캄은 짧게 중얼거릴 뿐, 딱히 기뻐하는 기색은 없었다. 심하게는 아무래도 상관없다고 생각하는 태도였다.

알프레릭은 헛기침으로 뜸을 들인 후 추가적인 보상을 전했다.

"그리고 이번 공적의 보답으로 하우리아 족의 족장인 캄에게 새로운 장로 자리를 제안하고 싶어. 다른 장로들은 어떤가?"

알프레릭의 말에 측근들은 놀란 듯 눈이 커졌다. 최근 수백 년간 현재 종족 외에 장로 자리를 얻은 종족은 없었다. 삼인족, 호인족(虎人族), 웅인족, 호인족(狐人族), 토인족, 익인족이 아인족 마지막 6종족이었다. 거기에 토인족을 추가한다는 것은 아인족의 가치관으로 볼 때 역사적 쾌거라고 할 수 있는 종족의 영광이었다.

알프레릭의 제안에 다른 장로들은 한번 얼굴을 마주 본 후 고개를 끄덕여 만장일치로 찬성을 표했다.

"이게 우리의 뜻이야. 캄, 장로 자리를 받아주겠나?"

"물론, 거절한다."

""""""……뭐?""""""

새 동료를 맞이해 새 출발을 하자는 분위기에서 캄은 눈 하나 깜빡하지 않고 찬물을 끼얹었다. 장로들의 머리가 한순간 정지했다. 설마 거절할 거라고는 생각도 못 한 모양이었다.

"……이유를, 들어도 될까?"

알프레릭이 어떻게든 마음을 가라앉히고 아인족 최고의 은상이 왜 마음에 들지 않는지, 두통을 참아 가며 물었다.

"이유고 나발이고, 애초에 너희는 근본적인 착각을 하고 있어."

"착각?"

"너희는 우리가 아인족 전체를 구했다고 생각하는 모양이지만, 그건 부차적인 결과다. 우리는 어디까지나 동족인 토인족의 미래를 생각해서 궐기했다. 다른 아인족은 솔직히 말해 **아무래도 상관없어.**"

"……뭐라고?"

무덤덤하게 말하는 캄에게 장로들은 믿어지지 않는다는 눈길을 보냈다.

"그러니까 착각하지 마라. 하우리아 족은 절대로 너희 편이 아니다. 만약 너희가 이번 승리에 취해 그것을 자신들의 승리로 착각하고 인간족에게 무모한 전쟁을 계획하거나, 병기구를 구하려고 우리나 보스에게 피해를 끼치는 일이 있다면― 하우리아 족의 칼은 너희를 향할 거다."

말뿐인 협박이 아니었다. 캄에게서 흘러나오는 패기와 살의가 그 발언이 진심임을 말해줬다.

제멋대로 행동해서 헤르샤 일족에게 한 계약이 의미를 잃거나, 토인족에게 어두운 미래가 찾아올지도 모르므로 어찌보면 당연한 판단이었다.

그러나 동포에게 「우쭐대면 죽인다」고 직설적으로 선언당한 장로들은 쉽게 납득할 수 없었다.

"도, 동포에게 칼을 들이댈 생각인가?! 그래서는 그냥 분별없는 미치광이 아닌가!"

"흥, 토인족을 멸시하던 건 너희도 다를 바 없었을 텐데? 이제 와서 친한 척해도 곤란하군. 뭐, 그건 아무래도 상관없어. 아무튼 우리의 칼은 모두 토인족의 미래를 위해 사용한다. 그것만 가슴에 새겨 놓도록."

말을 마친 캄은 후련한 표정이었다. 속 시원하게 말해줬다는 것처럼 어깨 위로 엄지를 척 들었다. 뒤에서 대기하던 하우리아들도 흡족한 미소로 엄지를 들어 화답했다. 「하우리아 족장을 장로로 세워서 자신들의 힘을 마음대로 써먹을 생각이었다면 꿈 깨라, 이 자식들아!」라고 그들의 눈이 말하고 있었다.

실제로 그런 타산이 전혀 없었다면 거짓말이므로 장로들은 껄끄러운 표정이었다.

한편, 하지메 주위에서 추이를 지켜보던 사람들은 하나같이 어이없는 눈길로 **하지메를** 바라보고 있었다. 「나한테 중요한 사람 말고 내 알 바냐! 관심 없다고! 퉷!」이라는 캄의 언동이 어디 있는 누구와 똑같았기 때문이었다.

"마치 아인족에서 토인족만 독립한 것 같은 말투군."

"알프레릭, 너는 언제든 정확하군. 바로 그 말대로다. 앞으로 토인족은 토인족의 규칙으로 살아가겠다. 페어베르겐의 규칙에 매여 이용당하는 건 사양이야."

캄의 무례한 태도에 다혈질인 젤과 장로를 능멸당한 측근들이 격분했다. 캄은 태평한 얼굴이었지만 뒤에 대기하는 부하 하우리아들은 「뭘 꼬나봐? 불만 있냐, 짜샤!」라고 말하는 듯한 깡패 같은 얼굴이었다.

그런 가운데, 복잡한 표정으로 생각에 빠져 있던 알프레릭은 마치 옛날 하지메를 상대했을 때처럼 어딘가 피곤해 보이는 얼굴로 캄에게 말했다.

"그럼 캄, 너희를 『페어베르겐과 대등한 하나의 종족』으로 인정하는 건 어떤가? 당연히 장로 회의에 참가 자격을 가진 채로. 이렇게 하면 페어베르겐의 규칙에도 장로 회의의 결정에도 따를 의무는 없고 우리에게도 충분한 영향력을 가질 수 있어."

"오~. 나쁘지 않은데?"

알프레릭의 새로운 제안에 캄은 그 말이 듣고 싶었다는 듯 회심의 미소를 지었다.

캄도 언젠가 제국이 침공해 왔을 경우에 대비해 【페어베르겐】과 연결 고리를 유지하고 싶다고 생각하던 참이었다.

하지만 【페어베르겐】에 소속되면 장로 회의를 무시할 수 없어 자유롭게 움직이지 못한다. 회의의 결정을 무시하는 시점에서 연결 고리고 뭐고 다 날아간다. 그러면 알력이 발생하고 관계만 악화될 것이다.

그러므로 어디까지나 강한 영향력을 가진 동맹 종족, 혹은 외부 기관 같은 입장이 최선이라고 생각했다.

그러나 당연히 하우리아 족을 지나치게 우대한다며 반발 의견이 나왔다. 그에 대해 알프레릭은 한숨을 쉬고 대답했다.

"그들은 한 부족만으로 이번 거사를 성공시켰어. 페어베르겐이 총력을 기울여도 불가능한 일을……. 대등하다고 인정하기에는 충분한 이유가 아닌가? 게다가 이대로 가면 하우리아 족과 인연이 끊길 가능성이 있는데, 너희라면 그 손실이 어느 정도일지 헤아릴 수 있겠지. 동맹이라는 형식을 취하면 추방한 그들과도 다시 관계를 쌓을 수 있어. 그렇다면 이 정도 우대는 그들이 이룬 일에 비해 과한 것도 아니야."

장로들은 끙 소리가 들릴 것처럼 고개를 꼬았지만, 결국 더 나은 방안은 나오지 않아 종족의 긍지니 장로 회의의 위신이니 하는 것들을 애써 무시하고 알프레릭의 제안을 받아들이기로 했다.

"캄, 들었다시피 장로 회의의 결정으로 하우리아 족을 『동맹 종족』으로 인정하려고 해. 이거면 만족하겠는가?"

"인정받든 못 받든 우리가 하는 일에 변함은 없지만, 그 정도면 불만은 없다. 더불어 대수 주변과 그 남부 일대는 하우리아 족이 사용할 테니 무단으로 들어오지 마. 목숨을 보장할 수 없으니까 말이야."

예상치 못한 캄의 추가 주문. 아니, 주문 정도가 아니라 마음대로 자기네 땅으로 정해 버렸다. 이번에는 알프레릭조차도 뺨을 실룩거렸다.

하지메 옆에서 시아가 양손으로 얼굴을 가리고 말았다. 방약무인한 아버지가 창피한 모양이었다. 더는 못 듣겠다는 듯두 토끼 귀까지 접어 버렸다.

그 후 어찌저찌 이야기가 정리되고 묘하게 지쳐 보이는 장로들을 남긴 채, 하지메 일행은 【페어베르겐】에서 머물 방으로 안내받았다.

도시 안은 아직 축제 분위기였다. 코우키와 류타로, 스즈,

그리고 시즈쿠는 이제야 아인들의 나라를 찬찬히 둘러볼 수 있겠다면서 흥미진진해하며 오랜만에 조금 밝은 기분으로 들썩이는 인파 속에 뛰어들었다.

그 와중에 일부 열광적인 카오리 신자들이 카오리 님을 찾아 헤매는 해프닝도 있었다.

카오리는 들키지 않으려고 하지메 수제 선글라스에 마스크와 니트 모자를 쓰고 살금살금 피해 다녔는데, 그 모습이 이상하리만큼 어울리니 신기한 노릇이었다.

또한, 릴리아나는 그 후 얼마 있지 않아 왕국으로 귀환했다. 이번 일대 사건에 관해 왕국에서도 나름대로 행동 방침을 세워야 하기 때문이었다.

다만, 귀환 방법은 역시나 『던져 넣기』였다.

좀처럼 『게이트』를 통과하려고 하지 않고 하지메에게 무슨 할 말이 있는 것처럼 자꾸만 우물쭈물하는 왕녀님과, 그 뒤에서 응원단으로 변해 성원을 보내는 헬리나 및 근위 기사들에게 하지메가 참다못해 저지른 일이었다.

『게이트』 너머로 사라지는 도중 「이젠 왕녀 취급 안 해줘도 되니까 하다못해 여자 취급이라도~」라는 마음의 외침이 들린 것 같지도 하지만…… 분명히 기분 탓일 것이다. 하지메는 그렇게 생각하기로 했다.

그날 밤.

이 시간이 되어서도 밖에서는 이따금 소음이 들려 왔다. 어디에서 귀환을 축하해 잔치라도 벌인 것일까? 그런 분위기 속, 하지메, 유에, 카오리, 티오 네 명은 지정받은 방에서 저마다 자유롭게 쉬고 있었다.

그렇다. 네 명이었다. 한 사람, 활기 발랄한 토끼가 없었다.

"시아 녀석, 늦는데."

"……응. 가족이랑 만나고 온댔어."

"하우리아 사람들과 승전 축하라도 하나?"

"으음, 시아에 한해서 안 좋은 일은 없을 게야. 무슨 일이 있어도 원흉이 산산조각 나겠지."

맞는 말이라며 일동은 고개를 끄덕끄덕했다.

참고로 하지메는 지금 침대 위에서 유에의 무릎을 베고 누워 반쯤 꿈속이었다. 마음 같아서는 이대로 꿈나라로 떠나고 싶지만 아슬아슬하게 의식의 끈을 놓지 못하고 있었다.

이상하게 마음이 놓이지 않았다. 유에의 무릎에 누웠는데도…….

무슨 이유인지 유에가 미소 지었다. 속내가 뻔히 보인다는 듯 더없이 다정한 손길로 하지메의 머리를 쓰다듬었다.

카오리와 티오가 조금 부럽게 그 모습을 바라보는데 문득 방의 창문이 열렸다.

"밤늦게 실례합니다, 보스."

"캄? 무슨 일이야?"

지상 10미터를 넘는 방의 창문으로 미끄러지듯 들어온 사람은 캄이었다.

캄은 한쪽 무릎을 꿇고 용건을 전했다.

"보스. 휴식 중인 건 잘 압니다만, 지금 잠시 시간을 내주실 수 없겠습니까?"

"이런 시간에?"

"네. 부탁드립니다."

말은 적으나 강하게 부탁하는 캄을 보고 하지메는 눈을 가늘게 떴다. 순간 긴급 사태인가 생각했으나 그런 것치고는 캄의 분위기는 평화로웠다.

"무슨 문제라도 일어났나요? 저희도 도울까요?"

"아뇨. 그런 것은 아닙니다."

카오리가 걱정스러운 표정으로 말했지만 캄은 멋쩍게 웃으며 부정했다.

그러자 유에가 뭔가 눈치챈 것처럼 흠, 하며 고개를 끄덕이고 카오리와 티오에게 말을 걸었다.

"······카오리, 티오. 무릎베개하고 싶어?"

하지메의 머리를 쓰다듬으면서 날아든 갑작스러운 질문. 왜 이 타이밍에? 그런 의문은 있었지만 대답이야 말하지 않아도 뻔했다.

"응? 바꿔주게?"

"음? 물론 하고 싶지."

기대에 찬 눈길을 보내는 카오리와 티오에게 유에는 훗, 하고 웃었다.

"······그냥 물어봤어."

"".......""

어딘지 모르게 사람을 놀리는 듯한 미소를 머금는 유에 님.

그것을 보고 카오리와 티오의 이마에 혈관이 불거졌다. 더구나 유에는 「어때? 부럽지?」라고 말하는 것처럼 하지메의 머리를 꼭 껴안았다.

"……유에, 싸우자는 거지? 응?"

"후후후, 나도 살짝 발끈하는구나."

"……해보게?"

"낮에 하던 걸 계속하겠다면 얼마든지!"

유에의 도발적인 웃음에 두 사람이 격앙했다. 참고로 낮의 승부는 유에 & 시아의 승리였다.

"……도망치는 날 잡으면 다음에 하지메 옆자리를 양보해줄게."

"정말?!"

"뭐……라고?"

아무리 그래도 한밤중 도시 한복판에서 모의전을 벌일 수는 없는 노릇이니 술래잡기를 하자고 유에가 제안했다.

승리의 보수는 아주 구미가 당겼다. 카오리와 티오의 기분은 고조될 대로 고조됐다.

두 사람의 반응을 확인한 유에는 하지메의 머리를 조심스레 베개에 내려놓고 사랑스럽게 한 번 만졌다.

그리고 중력이 느껴지지 않는 동작으로 창문까지 가볍게 도약해 춤이라도 추듯 턴했다.

유에는 캄을 힐끔 본 뒤 어리둥절해하는 하지메에게 윙크했다.

그것을 보고 의도를 파악한 하지메는 유에가 왜 그러는지 이해했지만, 그와 함께 유에의 배려에 복잡한 표정을 지었다. 캄도 유에가 마음을 쓴 것을 눈치챈 모양이었다. 감사하듯 머리를 깊게 숙였다.

"⋯⋯응. 게임 스타트."

그 한마디와 함께 유에는 소리 없이 창문 너머로 몸을 던졌다. 그 모습은 금세 어둠 속으로 녹아들 듯 사라졌다.

"큭, 반드시 잡을 거야!"

"후후, 질 줄 아느냐."

의욕은 충만했다. 카오리는 은색 날개를, 티오는 용의 날개를 펼쳐 창문으로 바람같이 나가 버렸다.

그와 동시에 두 사람은 잠깐 돌아봤다. 카오리는 복잡하지만 어쩔 수 없다는 표정을, 티오는 찡긋 윙크하고 곧장 유에를 뒤쫓았다.

"이런 걸 보면 시아는 참 사랑받는 캐릭터야."

"부모로서는 자랑스러울 따름입니다."

하지메와 캄은 작게 웃었다.

그리고 하지메는 캄의 안내를 따라 도시를 나가 수해 안쪽— 하우리아 족의 원래 부락으로 향했다.

꿈틀대는 문어발처럼 뿌리를 뻗은 거대한 나무 밑동에 소녀가 우두커니 섰다.

딱히 무슨 일을 하는 것은 아니었다. 그저 눈앞의 거목을 빤히 바라볼 뿐이었다.

무척 조용하고, 무척 평온한 분위기였다. 평소의 천진난만한 분위기 메이커 같은 인상을 의심하게 될 정도로…….

연한 하늘색 머리, 적막과 애정으로 색 입힌 옆얼굴은 놀라울 만큼 신비하고 아름다워, 숲으로 잘못 들어온 사람이 본다면 분명 누구든 마음을 빼앗길 것이다.

그런 소녀— 시아 곁으로 누군가가 다가왔다. 이 신비한 분위기를 망칠세라 조용히, 천천히 걸어서…….

"하지메 씨."

"응."

딱히 놀라는 기색도 없이 시아는 배시시 웃으며 그 사람의 이름을 불렀다.

하지메는 살며시 다가서듯 시아 곁에 나란히 섰다.

잠시 동안 하지메도 시아도 아무 말도 하지 않고 그저 눈앞에 있는 거목을 바라봤다.

이윽고 시아가 조용히 말문을 텄다.

"아버지예요?"

"그래. 오자마자 돌아가 버렸지만."

"후후후, 아버지도 제법 눈치가 있네요."

캄의 볼일이란 하지메를 시아가 있는 곳으로 안내하는 것이었다. 그리고 가능하다면 하지메와 시아를 두 사람만 있게 하고 싶은 것이 부모 마음인가 보다. 눈치챈 유에가 반쯤 장난으로 카오리와 티오를 도발해 하지메와 시아에게 둘만의 시간을 만들어줬다.

　물론 나가기 직전의 카오리와 티오의 반응을 보면 두 사람도 사정을 알고 시아에게 하지메와 함께할 시간을 양보한 모양이지만……

　"어머니야?"

　"네. 어머니가 이 나무 아래 잠들어 계세요."

　수해에서는 죽은 자를 나무 아래에 매장한다. 자연으로 돌려보내기 위해서다. 자신의 역할을 마친 육신과 영혼은 자연과 하나가 되어 고향인 수해를 윤택하게 하며 그곳에서 산 사람의 양식을 낳고 다시 새로운 생명이 태어난다. 아인들은 그 순환을 고귀하게 여긴다. 나무들은 묘석이자 고인의 상징이기도 했다.

　"—영웅이 되고 싶었다."

　"응?"

　시아의 느닷없는 말에 하지메는 고개를 갸웃거렸다. 시아는 거목을 바라본 채로 말을 이었다.

　"—가족을 지킬 수 있는 사람이 되고 싶었다. 도망 다니지만 않고, 소중한 사람을 빼앗으려는 모든 것을 막아서고 모든 것을 지키는, 그런 영웅이 되고 싶었다."

　"……"

　"어머니가 하신 말씀이에요. 불타는 것 같은 눈동자와 마음을 지닌 분이셨죠."

　최약 종족 중에서도 병약한 인물. 누구보다 약한 몸에 누구보다 강한 마음을 지녔던 여성— 모나 하우리아.

그게 시아가 존경하는 어머니의 이름이었다.

"……그래서 네가 태어난 거구나."

"……! 에헤헤."

하지메가 이해했다는 투로 말하자 시아는 튕겨 나오듯 눈을 돌렸다. 묘비를 바라보는 하지메의 눈에는 확고한 경의가 깃들어 있었다.

—태어나는 아이는 강하게 크기를.

그 옛날, 어머니가 전해준 소원.

몸은 그녀의 소원대로 강하게 태어났다. 그리고 시아는 강한 마음도 확실하게 이어받았다.

그것을 사랑하는 사람이 인정해줬다. 저절로 쑥스러운 웃음이 번졌다.

볼이 상기된 시아는 묘비 대신 선 거목을 올려다보며 만감을 담아 세상을 뜬 어머니에게 말을 걸었다.

"어머니. 어머니가 알려주신 이야기는 사실이었어요. 세계는 무섭도록 혹독하지만, 때때로 무척 상냥해요. 저는 발견했어요. 소개할게요. 이 사람이 나구모 하지메 씨— 제가 좋아하는 사람이에요."

옛날에 모나는 말했다. 시아와 나란히 설 사람이 바깥 세계에 반드시 있을 거라고. 그리고 그건 분명히 멋진 만남일 거라고…….

『미래시』 같은 능력도 없거늘 모나의 예지는 언제나 적중했다.

아직 따라가려면 멀었다고, 시아는 지금도 생각했다. 언젠가 어머니처럼 아름답고 고결하며, 그리고 강한 여성이 될 수 있을까? 도달하려면 고생깨나 할 것 같은 미래였다.

하지만 그래도 하나, 근접한 것도 있었다.

"저는, 아버지는, 하우리아 족은— 영웅이 됐어요."

살아 있었다면 모나는 대체 어떤 표정을 지었을까? 그 불타는 눈동자를 더욱 빛냈을까? 아니면 너무 무리한다고 곤혹스럽게 웃었을까?

어머니의 그리운 옛 모습을 떠올리고 시아는 눈을 살며시 가늘게 떴다. 그러자—.

"고마워."

"네? 하지메 씨?"

시아는 맥락 없는 말을 꺼낸 하지메를 봤다. 하지메의 시선은 모나의 거목을 향하고 있어 그 말이 시아가 아닌 모나에게 하는 말임을 알았다.

"나락에서 기어 올라와 세계를 적으로 돌릴 각오로 나와 유에는 여행을 시작했어. 쭉 두 명뿐이었어도 우리는 모든 고난을 극복했을 거라고 확신하지만…… 그래도 분명히 지금만큼 즐겁지는 않았겠지. 나와 유에의 여행에, 마음에, 살아가는 방식에 색을 더해준 건 틀림없이 당신 딸이야."

"하지메 씨……."

시아는 말이 나오지 않았다. 하지메는 살짝 웃음 짓고 다시금 소중한 소녀의 어머니에게 감사의 말을 전했다.

"이 세상에 시아를 낳아줘서 고마워."

시아는 고개를 하늘로 들었다. 그러지 않으면 흘러넘치는 것을 참을 수 없을 것 같았다.

얼마간 모나의 거목이 지켜보는 아래에서 평온하고 따뜻한 시간이 흘렀다. 사람을 현혹하는 순백색 안개조차 지금은 두 사람을 부드럽게 감싸는 듯했다.

시아가 다시 입을 열어 마음 편안해지는 침묵을 끝냈다.

"있잖아요, 하지메 씨."

"응?"

"고마워요. 이것저것, 말로 다할 수 없을 만큼…… 정말로 고마워요."

일족을 구하고, 여행에 데려가주고, 그녀의 바람에 따라 나라를 상대로 싸웠다.

등을 맞대고 목숨을 맡기며 함께 사선을 넘었다. 그만큼 신뢰해주었다.

그리고 어머니의 묘 앞에서 이렇게 함께 시간을 보내줬다.

시아의 깊은 감사가 담긴 말을 듣고 하지메는 웬일로 쑥스러움에 눈길을 돌렸다.

"……그래. 실컷 고마워해. 남은 대미궁 공략도 기대할게."

"후후. 이럴 때는 보통 『신경 쓰지 마』라고 해야 하지 않아요?"

하지메의 언동이 우스워 시아가 소리 죽여 웃었다. 하지만 곧 고민스러운 표정이 되어 하지메에게로 시선을 돌렸다.

"전 뭘 해야 하지메 씨에게 갚을 수 있을까요?"

"감사 표시는 지금 했잖아?"

"그건 그냥 말일 뿐인걸요. 저는 형태가 있는 방식으로 은혜를 갚고 싶어요. 하지메 씨는 제가 뭘 해야 기쁘게 생각할까요? ……하지메 씨가 바란다면 뭐든지 할게요. 정말로 뭐든지……."

시아는 토끼 귀를 까딱까딱 움직이면서 하지메에게 몸을 밀착했다.

바로 옆에서 하지메를 바라보는 그녀의 촉촉한 눈망울은 열기를 품었고 입에서 토하는 숨결은 살이 델 것처럼 뜨거웠다. 시아가 무슨 말을 하고 싶은지, 하지메는 정확히 이해했다. 하지만 거기에 부응할 수 없는 그는 대신 씁쓸히 웃고 말을 되받았다.

"……너는 만사태평하게 웃고 있으면 그만이야. 우리 팀 분위기 메이커잖아?"

"아이참, 만사태평이 뭐예요! 황제 아저씨 앞에서 소중한 사람이라며 절 껴안으셨으면서. 지금은 『그럼 네 몸으로 갚아주실까, 우헤헤헤헤』라면서 절 덮칠 상황이라구요! 분위기 파악 좀 하세요."

"한번 네 머릿속에 있는 내 이미지에 대해 심도 있게 이야기하고 싶어."

"일편단심이란 이름의 숙맥이요."

"그냥 일편단심이라고 하면 덧나?"

시아는 볼을 빵빵하게 부풀리고 불만을 토로했다. 하지만 곧 낙심한 것처럼 고개를 숙였다. 토끼 귀도 힘을 잃고 늘어져 버렸다.

"……농담이 아니라 뭔가 답례를 하고 싶어요. 하지메 씨와 유에 씨를 만나고 저는 쭉 받기만 했어요. 모두 웃어주기만 하면 된다고 하지만, 두 분과 함께 있는 게 행복한 저한테는 그건 당연한 일인걸요. 전혀 답례라고 할 수 없어요."

"방금 말했잖아? 나도 너한테 받았어. 충분하고도 남을 만큼."

"그게 석연치 않다는 거예요. 그런 거 말고 좀 더 눈에 보이는 형태로 하지메 씨와 유에 씨에게 답례하고 싶다구요오. ……여러모로 생각해 봤지만, 잘 떠오르지 않네요. 하지메 씨는 제 몸은 필요 없다고 하시고…… 소중하다며 껴안아 놓고 필요 없다고 하시고……."

"그런 걸로 삐치지 마……."

하지메는 토라진 시아를 보고 난감한 표정을 지었다. 새삼스럽게 은혜를 갚고 싶다고 한들 정말로 이미 더 바랄 것이 없었다. 질질 짜면서도 필사적으로 따라와 하지메와 유에가 세계에서 고립되지 않게 해줬다. 감사하고 싶은 건 오히려 하지메였다.

하지만 시아는 이대로는 아무래도 마음이 풀리지 않는 모양이었다.

"하지메 씨가 반해주시면 이런 고생도 안 할 텐데. 좋은 일도 엄청 해드릴 텐데……. 에효, 어쩔 수 없죠. 지금보다 더 여행에 도움이 되도록 노력해서 갚을게요."

"그래 줄래?"

시아가 어깨를 으쓱했다. 하지메는 피식 웃었다.

그런 그때, 다시 하늘을 본 시아는 머리 위 안개에서 빛을 발견했다.

그것은 우연히 국소적으로 옅어진 안개에 달빛이 비쳐 공기 중 수분에 난반사되어 일어난 현상이었다.

"하지메 씨, 하지메 씨. 잠깐 저랑 어디 가실래요?"

"응? 그러지 뭐."

시아는 토끼 귀를 통통 튕기면서 신나게 거목을 달려 올라갔다. 하지메도 기둥에 난 구멍이나 가지를 발판 삼아 날렵하게 나무를 올랐다.

도착한 곳은 모나의 거목 정상 부근이었다. 보통 꼭대기로 올라가면 잔가지만 남지만, 그곳에는 수많은 가지가 복잡하게 뒤엉켜서 앉기에 참 적당한 장소가 있었다.

"이곳에 어머니를 묻은 이유는 어머니가 이곳을 좋아하셨기 때문이에요."

"그렇군. 비밀 기지 같은 건가?"

두 사람이 올라도 넉넉한 정상의 커다란 가지 위에 하지메와 시아는 나란히 앉았다.

"저거 보세요, 하지메 씨. 제법 멋진 광경을 볼 수 있어요!"

"……응? 오오. 이건 정말…… 환상적이야."

안개가 흘러가 앞이 보일 만큼 옅어졌다. 그곳으로 펼쳐진 것은 운해였다. 하지메와 시아가 있는 높이까지 안개가 깔리고 그 위로는 안개가 걷혀 있었다.

그리고 그 안개의 바다에 달빛이 쏟아져 환상적으로 반짝였다.

그야말로 보석을 뿌린 순백색 바다였다.

"아주 보기 드문 현상인데 어머니가 특히 좋아하셨던 광경이에요. 이 타이밍에 볼 수 있다니, 운이 좋았네요."

"너희 어머니도 운치 있는 선물을 주시는걸."

어머니가 열심히 노력한 딸에게 상을 준 것이 틀림없다. 하지메가 그렇게 말하자 시아의 토끼 귀가 몸을 배배 꼬듯 꼼지락거렸다.

나란히 앉아 아름답게 빛나는 안개 바다를 바라봤다.

문득 하지메가 시아를 봤다. 달빛을 반사하는 건 시아의 머리도 마찬가지였다. 연한 하늘색 머리가 바람에 나부낄 때마다 반짝이며 빛났다. 그 옆모습을 바라보던 하지메는 별안간 가할드 앞에서 유에와 시아를 끌어당겨 안았을 때 일을 떠올렸다.

사실 그것은 거의 무의식적으로 한 일이었다. 자기도 모르게 두 명을 끌어당기고 있었다.

여전히 『특별하다』고 단언할 수 있는 마음은 유에에게만 품었다. 그건 확실했다. 하지만 무의식적이라고는 하나 시아를 팔 안에 품은 것은⋯⋯.

거기까지 생각한 하지메는 자조 섞인 웃음을 지었다.

참 염치없다는 생각이 들어서였다.

유에와 대등한 사람은 없다고 말하면서 시아에게 독점욕을 가지다니, 정말로 염치도 없었다. 모르는 사이 시아의 존재가 생각 이상으로 커졌나 보다. 적어도, 유에에게 한 것처럼 무의식중에 놓치고 싶지 않아 끌어당길 만큼은…….

유에 이상의 마음을 다른 사람에게 품는 일은 없겠지만, 그래도 이미 시아에 대한 마음은 속일 수 없을 것 같다. 자각해 버린 이상에야 모른 척할 수 없다. 그렇다면 열심히 자신들을 따라오는 이 소녀를 그에 걸맞은 태도로 대해야 하지 않을까? 하지메는 문득 그렇게 생각했다.

"저, 저기, 하지메 씨? 왜 그러세요? 그렇게 물끄러미 쳐다보면 저도 부끄러운데……."

정신을 차리자 시아가 뺨을 새빨갛게 물들이고 부끄러움에 쭈뼛거리고 있었다. 토끼 귀도「우우~, 왜 보는 거예요~」라고 말하듯 찰싹 접혔지만 때때로 살짝 들려 하지메 쪽을 향했다.

그런 시아를 보고 하지메는 눈가에 힘을 풀어 살며시 손을 뻗었다. 그리고 창피해하는 토끼 귀를 다정하게 쓰다듬었다.

"하, 하지메 씨?"

"……있잖아, 시아. 부탁이 하나 있는데……."

"부탁이요? 물론 좋죠! 뭐든 말씀만 하세요."

시아는 한순간 하지메의 말에 놀랐지만 조금이라도 은혜를 갚을 기회란 생각에 싱글벙글 웃으며 흔쾌히 승낙했다.

"아니, 별건 아니고 잠깐 눕고 싶어. 괜찮으면 무릎베개를 부탁해도 될까?"

"그런 건 굳이 부탁하지 말고 그냥 말하셔도 돼요. 자, 얼마든지 누우세요."

"땡큐."

시아는 하지메의 부탁에 맥이 빠진 표정이었으나, 무릎베개
는 기쁜지 바로 활짝 웃으며 자신의 허벅지를 찰싹찰싹 두드렸
다. 하지메는 웃음을 흘린 뒤 감사하고 그대로 벌러덩 누웠다.

시아는 미니스커트를 입어 허벅지의 감촉이 고스란히 전해
졌다. 따뜻하고 말랑말랑한 감촉이 하지메의 머리를 부드럽
게 받쳤다. 유에와 닮았으면서도 다른 달콤한 향기가 희미하
게 콧구멍을 간지럽혔다.

"후후, 유에 씨는 평소에도 하니까 상관없지만, 어쩐지 카오
리 씨와 티오 씨에게 조금 미안하네요."

"겨우 무릎베개인데, 뭘 그렇게 신경 써?"

"아이참, 그런 말씀 하시면 안 돼요. 모두 하지메 씨 마음에
들려고 노력하고 있단 말이에요. 두 사람에게는 무릎베개도
둘만의 시간도 분명히 소중할 거예요. 정말로 언제가 되어야
하지메 씨가 저한테 반하실지~."

"……포기할 생각은?"

"없네요~."

"그래?"

시아의 손이 부드럽게 하지메의 머리를 쓰다듬었다. 마음이
편안해지는 감촉에 하지메의 눈꺼풀이 살며시 내려갔다. 그리
고 반격이라도 하듯 눈앞에 드리운 시아의 머리카락을 손가락
으로 만졌다.

시아의 머리 위로 달이 보였다.

천진난만하고 활기찬 주제에 왜 이리도 은은한 달빛이 어울린단 말인가.

달빛이 강해질수록 시아의 머리와 미소도 똑같이 빛을 더해 갔다.

대체 누가 반하지 않고 배기겠는가.

두 사람은 서로의 눈을 쳐다보며 달과 안개가 만들어 낸 신비함과 평온함 속에서 몸을 맞댔다.

지금 하지메와 시아를 누가 본다면 분명히 눈꼴셔서 못 봐주겠다고 혀를 찼을 것이다. 그만큼 두 사람을 둘러싼 분위기는 달콤했다.

마치 하지메와 유에가 만들어 내는 세계처럼…….

하지만 안타깝게도 유에를 보면서 항상 부러워하던 분위기를, 이미 자기도 내고 있다는 사실을 시아 본인은 전혀 깨닫지 못했다. 그런 점을 보면 역시 시아는 유감 토끼인지도 모르겠다.

그렇게 본인이 눈치채지 못하는 사이, 달콤한 시간은 부드럽게 흘러갔다. 수해가 다시 짙은 안개에 덮일 때까지 하지메와 시아는 두 사람만의 시간을 즐겼다.

시간은 잠시 과거로 돌아간다.

하지메가 『게이트』를 통해 릴리아나를 왕국으로 내팽개치기 조금 전, 【하일리히 왕국】의 왕궁.

저녁 식사를 1시간여 앞둔 시각, 한 여자아이가 붉게 물든 하늘을 올려다보며 식당으로 이어진 왕궁 내 외부 복도를 걷고 있었다.

밤색 머리에 쪽 째진 눈, 나이프 수십 자루를 장비한 그녀의 이름은— 소노베 유카.

동료의 뼈아픈 배신과 반 친구의 죽음, 코우키를 포함한 주요 병력이 여행을 떠나 버리고 그 사실들로 인해 다시 좌절한 학생이 나오는 지금, 그녀는 나름대로 듬직한 리더 격 인물로 자리매김했다.

유카 본인은 리더가 될 재량이 아니라고 생각하지만, 실제 리더인 코우키가 없는 동안에도 싸우지 못하는 학생들의 상담을 받을 뿐 아니라 복구에 협력하거나 복구와 관련해 발생하는 사건 해결, 왕도 경비 등을 솔선해서 맡아 동분서주하는 그녀의 모습은 많은 학생에게 마음의 버팀목이 되었다.

최근에는 성교 교회 신교황부터 왕비, 재상까지도 유카에게 상담하러 오는 일이 있었고, 신교황이 왕궁에서 나갈 때 경비대 대장으로 임명하는 등 왕국 상층부에서까지 의지할 정도였다.

"후, 배고프다⋯⋯."

오늘도 왕도 안을 이리저리 뛰어다닌 터라 지금 유카는 조금 피곤했다. 꼬르륵 소리가 났다. 배가 보급을 원하며 아우성이었다. 누가 듣지는 않았을까 싶어 뺨을 붉힌 유카는 배를 붙잡고 주변을 두리번거렸다.

한 명, 있었다.

"아하하…… 소노베, 밥 먹으러 가요?"

"으, 들었어요? 아이 선생님."

마침 외부 복도에 인접한 건물에서 하타야마 아이코가 나오고 있었다.

부끄러워하는 유카에게 아이코는 훈훈한 미소를 보이고, 마침 자신도 식당으로 가는 길이었다며 함께 가자고 제안했다.

두 사람은 나란히 걸으면서 잡담을 나눴다.

"소노베, 많이 지친 모양인데 무리하는 거 아닌가요?"

"괜찮아요. 조그만 애들이 얼마나 파워풀한지 몰랐을 뿐이니까요."

"조그만 애들이요?"

유카가 말하길, 마인족 침공으로 가족을 잃은 아이들이 왕도 내 교회에서 정신 치료를 받고 있는데, 신교황이 그곳을 위문하기 전 「유카 아가씨, 나랑 어디 좀 가세」라며 자신을 데리고 갔다고 한다.

그러나 가족을 잃은 아이들을 상대로 무슨 말을 건네야 좋을지, 기껏해야 17년밖에 인생을 살지 않은 고등학생 유카에게는 감이 오지 않았다.

그런데도 불구하고 신교황은 「꼬마들아! 예쁘고 강하고 마음씨도 착한 『신의 사도』님께서 오셨단다!」라며 부담감을 곱절로 늘려 놓으니 환장할 노릇이었다.

표면상으로는 하지메 초안, 릴리아나 각본의 시나리오—『총본산은 사라져도 신앙은 사라지지 않으리』 상태라서 국민은 진실을 모르니까, 그들에겐 유카와 아이들이야말로 『신의 사도』였다.

말똥말똥한 눈동자들이 유카에게 몰렸다.

"그, 그래서 뭐라고 했어요?"

그 상황을 상상한 아이코가 몸을 떨면서 물었다.

유카는 조금 아련한 눈빛으로 대답했다.

"아무 말도 안 했어요."

"아무 말도?"

"네. 뭐라고 해야 좋을지 모르는데 어떡해요. 힘내라? 떠난 사람들은 신과 함께 하늘에서 지켜볼 거다?"

진실을 알면서 그런 말은 할 수 없었다. 어떤 말도 뻔뻔한 변명처럼 들릴 것 같아서 도저히 말이 나오지 않았다.

그래서…….

"저글링을 했어요."

"저글, 링? 그…… 공을 던져서 돌리는 거요?"

"나이프 열 개로요."

"으악, 왜 그런 짓을 해요?! 너무 생뚱맞잖아요?!"

유카는 자기 머리를 마구 흐트러뜨린 뒤 조금 울먹거리면서 언성을 높였다.

"그럼 어떡해요! 무슨 말을 해야 할지 모르겠는데! 매달리는 눈으로 바라보는데! 머리가 새하얘져서 정신을 차려보니 저글링을 하고 있었다구요!"

아이코는 기겁한 표정이었다. 그 무시무시한 상황을 상상하고 부르르 떨었다.

"그래서 어떻게 됐죠?"

"인기 폭발이었어요!"

평소보다 더 돌려주겠다고 점점 더 칼 수를 늘려 나간 결과, 가지고 있던 스무 자루 외에도 근처에 있던 철물점 주인이 급히 던져준 나이프까지 합쳐 총 백 자루에 달하는 초인 저글링을 선보였다.

높이 십여 미터를 날아가서 떨어지길 반복하는 대량의 나이프는 한마디로 압권이었다. 그것은 마치 나이프로 만든 분수를 연상하게 했다.

도시 전설이 될 것 같은 신들린 묘기에 아이들은 일시적으로나마 슬픔을 잊고 「사도님, 대단해!」를 외치며 활기찬 모습을 보여줬다. 천직 『투술사』의 진면목을 발휘한 셈이었다. 마지막에는 유카가 보인 묘기에 이웃 사람들(주로 아이)까지 모여들어 엄청난 성황을 이루었다나 뭐라나.

그 결과, 멈출 타이밍을 놓친 유카는 그들이 해달라는 대로 끝도 없이 묘기를 부렸다.

"그건 참, 뭐라고 해야 할지…… 고생이 많았네요, 소노베."

"……네."

맥이 빠진 것처럼 고개 숙인 유카는 아까보다 더욱 지친 모습이었다. 아이코는 쓴웃음을 지으면서 화제를 바꾸려고 했다.

"그나저나 시몬 씨도 못 말리네요."

"그런 어디로 튈지 모르는 할아버지가 신교황이라도 괜찮나, 하는 생각이 조금 들었어요."

시몬 리베랄— 유카의 이야기에 나온 성교 교회 신교황이다.

릴리아나가 추천한 인물로, 무심결에 아인 차별에 이의를 제기했다가 총본산에서 변방으로 밀려난 전직 사교님이었다.

유쾌함과 짓궂음, 그리고 툭하면 도망가는 버릇이 있는 펑키한 할아버지는 함께 온 손녀 시빌에게 허구한 날 쫓겨 다녔다. 76세라는 고령에도 불구하고 바람처럼 달리는 그 모습은 보는 이가 어이가 없을 정도였다.

그런 시몬이라도 릴리아나가 보증한 인물답게 전 교황인 이슈타르처럼 광신적인 일면이 전혀 없고 무척 속이 깊은 인물이었다.

"그러고 보니 아이 선생님도 시몬 씨에게 고민 상담을 하셨다면서요?"

"네? 아, 네……."

왠지 아이코가 묘하게 말끝을 흐렸다.

시몬이 왕도로 왔을 때, 그가 신교황 후보란 사실을 몰랐던 시점에서 유카와 아이코는 우연히 그와 이야기할 기회가 있었다.

이야기하는 동안 자연스럽게 고민 상담처럼 됐지만 두 사람 모두 좋은 조언을 얻었다는 경위가 있었다. 취임식에서 단상에 오른 시몬을 본 두 사람은 「그때 그 할아버지?!」라며 함께 놀랐고, 그 후 서로에게 고민을 들어줬다는 이야기를 나눴었다.

유카는 눈을 이리저리 굴리는 아이코에게 고개를 갸웃거리고 별생각 없이 물었다.

"역시 선생님도 고민은 있었나 보네요."

"당연하죠. 말이 좋아 선생님이지 저도 아직 부족한 점이 많아요. 항상 틀리고 항상 고민만 해요."

아이코는 학생에게 할 얘기는 아니라고 생각하면서도 솔직히 말해 버리고 씁쓸히 웃었다.

유카도 똑같이 웃었다.

"죄송하네요. 항상 고민하게 해서."

"네?"

아이코가 어리둥절해했다.

"네?"

유코도 어리둥절해했다.

"······학생들 때문에 고민하시는 거 아니었어요?"

"······! 그그그, 그렇죠! 아니, 그게 아니에요!"

"맞다는 거예요, 아니라는 거예요?!"

어떻게 보면 학생과 관련한 고민이기는 했다. 다만, 그것은 특정 남학생에 대한 지극히 개인적인 고민이었다. 그런데 유카의 말을 긍정해 버리면 마치 모든 학생 때문에 고민하는 것 같지 않은가.

아이코의 양심이 꾸짖었다. 그리고 의미 모를 대답 때문에 혼란이 더해졌다.

아이코는 나구모에 관한 마음을 들키면 안 된다는 생각으로 눈을 빙글빙글 돌리며 화제를 돌리려고 들었다.

"소노베는 대체 뭐가 고민인가요! 선생님한테 상담해 봐요!

자! 상담!"

"왜 그렇게 필사적이세요?!"

"필사적이지 않아요! 아무것도 얼버무리지 않았어요! 그리고 선생님 일은 넘어가요! 자, 어서! 소노베! 뭐든지 상담해 봐요!"

"아, 아뇨. 이미 해결했어요."

"제발! 부탁이니까!"

"뭘 부탁해요?! 말이 이상하잖아요, 아이 선생님!"

아이 선생님은 눈을 빙글빙글 돌리면서 누가 봐도 필사적으로 무엇을 얼버무리려고 했다.

'대체 얼마나 큰 고민을 가졌길래?!'

유카는 안타까울 지경이었다.

그러나 지금 아이 선생님은 평소대로 헛도는 중. 그것도 패닉 상태.

일단은—.

"아이 선생님! 진정하세요!"

"하윽!"

유카의 따귀가 작렬했다. 아이코가 비명을 지르며 쓰러졌다.

잠시 후.

"……미안해요, 소노베. 제가 어떻게 됐었나 봐요."

"아, 아뇨. 저야말로 죄송합니다. 선생님한테 손을 대서."

거북한 분위기가 감돌았다. 유카는 아이코를 일으킨 뒤 분위기를 되돌리려고 구태여 이미 해결된 고민을 밝혔다.

"다른 게 아니라, 저, 나구모한테 은혜를 많이 입었잖아요?"

"……?! 그, 그랬죠."

유카가 『나구모』라고 입에 담은 순간 아이코는 화들짝 놀랐다. 그러나 고민을 밝히기가 조금 쑥스러운지 눈을 돌리고 있던 유카는 눈치채지 못했다.

"그래서 어떻게 하면 은혜를 갚을 수 있을까 고민했어요……."

"그, 그랬군요. 그래서 시모 씨에게 충고를 받았나요?"

"네. 그래도 거창한 일을 하는 건 아니에요. 그냥 나구모를 우리 집에ㅡ"

"우리 집?! 집으로 데리고 간다고요?! 소노베, 무슨 생각이에요! 그, 그런 건 안 돼요, 절대로! 선생님은 불건전 이성 교제를 용서하지 않아요! 용서하지 않고말고요!"

"아니에요! 집이 양식점이라서 가게 요리를 배부르게 먹여주려고 했다고요!"

"요리로 홀리려는 작전인가요?!"

아이코가 득달같이 달려들었다. 역시나 눈이 빙글빙글 돌고 있었다.

그래서ㅡ.

"아이 선생님! 진정하세요!"

"하윽!"

유카의 따귀가 작렬했다. 아이코가 비명을 지르며 쓰러졌다.

잠시 후.

"……미안해요, 소노베. 제가 어떻게 됐었나 봐요."

"아, 아뇨. 저야말로 죄송합니다. 선생님한테 손을 대서."

말하기 껄끄러운 분위기가 감돌았다. 분위기를 잘 읽는 유카는 분위기를 되돌리려고 아이 선생님을 상냥하게 일으켜 세웠다.

"아이 선님. 선생님이 쌓인 게 많다는 건 잘 알았어요. 고민이 있으면 제가 들어드릴 테니까 무리하지 마세요."

"………정말로. 이래저래 미안해요."

붉게 물든 하늘이 두 사람의 그림자를 동쪽으로 길게 늘어뜨렸다.

서로에게 다가선 교사와 학생의 모습은 어딘가 아름다웠다.

여러모로 누가 교사고 누가 학생인지 모르겠지만……

그 후, 추태를 보여 시무룩한 아이코와 그런 아이코의 손을 잡고 걷는 유카는 식당에 도착했다.

아직 저녁을 먹기에는 조금 이른 시간이라서 식당은 썰렁했다. 그러나 유카의 배는 이미 몇 번이나 꼬륵, 꼬르르윽 하고 난리인지라 저녁을 일찍 먹기로 했다.

식당에서는 자리에 앉아 있으면 급사가 그날의 식사를 가져다준다. 그래서 유카는 어디에 앉을지 고민하며 식당을 둘러봤다. 그러다가 식당 구석 쪽에 앉은 학생 몇 명을 발견했다.

"수고했어~. 오늘은 나가야마 파티끼리 모여서 먹어?"

식당에 있던 이들은 나가야마 파티, 다시 말해 나가야마 쥬고와 노무라 켄타로, 츠지 아야코에 요시노 마오 네 사람이었다. 유카를 본 쥬고가 한 손을 들어 대답했다.

"아, 소노베. 수고했어. 선생님도 수고하셨습니다. 선생님이랑 저녁 먹으러 왔어?"

"응. 배가 고파서. 아이 선생님은 요 앞에서 만났어. 그런데……."

유카가 쥬고 파티를 보고 미간을 좁히면서 물었다.

"……왜 그래? 표정이 심각해 보이는데, 무슨 일 있어?"

"……음, 조금……."

쥬고는 뭐라고 말해야 할지 말을 고르듯 입을 우물거렸다.

유카는 아이코를 휙 돌아보고 쌩긋 웃으며 엄지를 척 들었다.

"아이 선생님! 다행이네요! 방황하는 어린 양들이 있어요! 학생의 고민을 들을 수 있어요!"

"저기요, 소노베? 방금 그건 가능하다면 잊어줬으면 하는데…… 선생님은 딱히 고민하는 사람에게 굶주려 있던 게 아니에요."

"그랬어요?"

아이코의 표정이 묘하게 뻣뻣해졌다.

유카는 어리둥절한 표정을 지은 뒤 눈길을 아이들에게로 돌렸다.

"그러고 보니 엔도는? 파티 멤버인데 없네. ……엔도한테 무슨 일 있었어?"

왠지 쥬고가 고개를 하늘로 들었고 켄타로가 눈을 한 손으로 덮어 버렸다. 아야코와 마오는 애매하게 웃었다.

그런 그들을 보고 아이코도 표정을 진지하게 바꿨다.

"그러고 보니 아침 식사 때도 없었죠? 요즘 어쩐지 기운이 없어 보이던데……."

"확실히 기운이 없었죠. 그날부터, 인가……."

아이코와 유카의 말에 이번에는 켄타로가 무겁게 입을 열었다.

"맞아. 나카무라가…… 『그 소동』을 일으켰을 때부터……. 아니, 정확히 말하면 멜드 씨의 죽음을 알았을 때부터겠지."

"멜드 씨……."

필연적으로 유카와 아이코의 표정이 어두워졌다. 자신들의 형, 오빠이자 전투의 선생님. 모두에게 사랑받던 믿음직한 기사단장.

"……살아 있는 멜드 씨를 마지막으로 만난 건 아마 걔야."

"뭐?! 그랬어?!"

"본인이 말하기로는 그래. 야밤중에 화장실에서 방으로 돌아가던 중에 마주쳤나 봐. 멜드 씨는 무서울 만큼 신경이 곤두서 있었다고 해. 그때는 조금 의아하게만 생각하고 그냥 인사만 나눈 뒤 방으로 돌아갔는데……."

그 후 조사에 따르면 멜드의 생존이 확인된 것은 그날 오후가 마지막이었다. 즉, 그날 밤에 만난 엔도 코스케가 살아 있는 멜드와 말을 나눈 마지막 사람이란 뜻이었다.

쥬고가 한숨 섞어 말을 꺼냈다.

"오르크스 대미궁에서 마인족에게 기습을 받았을 때, 우리는 코스케만 도망치게 하기로 결단했어. 단장님이 판단했을 때 도착할 가능성이 있는 건 코스케가 유일했으니까."

"응. 그 이야기는 들었어. 멜드 씨 외에 다른 기사는 전멸했다며?"

"그래. ……코스케를 지상으로 보내기 위해서였어."

목숨을 걸고 자신들을 지켜준 기사들을 생각하면서 모두 잠깐 동안 묵념했다. 아야코와 마오가 작게 미소 지으며 말했다.

"엔도, 그 일이 있고부터 멜드 씨를 엄청 따랐지?"

"단장님이 살아남았다고 정말로 기뻐했었어."

그래서 현실을 받아들일 수 없었다. 기껏 살아남은 형 같은 인물이 자기도 모르는 사이에 죽었다. 심지어 마지막으로 만난 사람이 자신이고 멜드의 상태가 이상하다고도 생각했었다.

그때 조금 더 주의했더라면, 그때 조금 더 단장님과 함께 있었더라면…….

부질없는 생각이지만 자신이 뭔가를 했으면 멜드를 구할 수 있지 않았을까. 그런 생각에 빠져 코스케는 자신을 책망하고 있었다.

"……심각해?"

유카가 인상을 찌푸리고 물었다.

켄타로가 고개를 흔들며 대답했다.

"진짜 심각해. 소노베 네가 그 녀석을 눈치채는 시점에서 장난 아니게 심각한 거야."

무슨 소리냐면서 고개를 갸웃거리는 유카와 아이코에게, 오랜 친구였던 쥬고와 켄타로는 제법 심한 소리를 했다.

"잘 들어, 소노베. 코스케는 말이야, 무지막지하게 눈에 안

띄어. 아니, 존재감이란 게 없어. 물론 천직 때문에 그렇다는 게 아니야. 지구에 있을 때부터 그래."

"그건 뭐, 나도 아는데……."

"믿어져? 자동문조차 반응하지 않을 때가 있다고."

"저기……."

"코스케는 사실 인간이 아니라 요괴가 아닐까 싶어서, 쥬고랑 함께 진지하게 검증한 적도 있을 정도로 눈에 안 띄어. 그런 코스케지만 말이야……."

"저기, 노무라랑 나가야마는 엔도랑 친구지? 친한 친구지?"

유카의 의문은 무시당했다.

"실은 무지막지하게 존재감이 늘어날 때가 있어."

참고로 존재감이 늘어난다는 것은 코스케에 한해서 평범하게 인식되는 수준이 된다는 뜻이지, 절대로 눈에 띈다는 의미는 아니었다.

"혹시 그게, 낙담했을 때야?"

유카는 지금 상황으로 미루어 추측을 말해 보았다. 켄타로가 고개를 끄덕였다.

"그것도 마음이 꺾일 정도로. 전에 그랬을 때가……."

"중학교 때지. 1년 동안 쭉 옆자리에 앉았던 여자애한테 고백했다가 『어? 몇 반이야?』라는 대답을 듣고 방에 틀어박혔을 때야."

유카가 신음을 흘렸다. 그건 너무했다며 아야코와 마오가 남의 일인데도 눈물을 글썽거렸다. 그리고 고개를 저으면서 말했다.

"그래서 정말 이상해. 파티를 맺었는데도 자연스럽게 엔도를 잊어버리는 경우가 있는데, 요즘은 없으면 바로 알아."

"어? 그러고 보니까 엔도는? 이라는 말이 나오는 것 자체가 이미 비정상이야."

그렇게 따지면 엔도 코스케라는 존재 자체가 비정상 아닌가, 라고 말하고 싶은 유카였지만 ㄱ 정도 눈치는 있는 분위기 리더이므로 말은 삼갔다.

그 후 유카와 아이코도 끼어 코스케를 기운 차리게 하려면 어떻게 해야 좋을까, 이것도 아니다, 저것도 아니다, 「뭐? 엔도, 가족 여행 갈 때도 두고 간 적이 있어?!」, 「어? 중학교 수학여행에서 혼자 현지에 남겨져?!」 등 미묘하게 이야기가 딴 길로 새면서도 식사가 진행됐다.

식후 디저트까지 빠짐없이 챙겨 먹으며 심각한 이야기를 하는 건지 『엔도의 경악 에피소드』로 수다를 떠는 건지 모르게 됐을 무렵⋯⋯.

불현듯 그들이 앉은 롱 테이블 끝, 그곳에서 가장 가까운 벽에 걸린 그림이 빛을 뿜기 시작했다.

"저건 분명히 나구모가 설치한—"

『게이트』 아니냐고 유카가 말하기 전에⋯⋯.

"하다못해 여자 취급으으을~!!"

그런 절실한 외침과 함께 이 나라의 왕녀님이 튀어나왔다.

머리부터 롱 테이블을 들이박고 매끈하게 닦인 테이블 위를 주르륵 미끄러져 왔다.

　모두 신속하게 디저트를 피난시켰다. 후다닥 접시를 들자 피트 인 하는 레이싱 카처럼 릴리아나가 아이들 앞에 정지했다.

　양손을 앞으로 내밀고 일자로 뻗은 모습이 아름답기까지 했다.

　아무도 아무 말도 하지 않았다. 정확하게는, 할 수 없었다.

　그 직후―.

　"나구모 님! 저는 제가 알아서어어어~."

　갈게요, 라고 말하고 싶었겠지. 릴리아나 전속 시녀 헬리나가 그렇게 말하면서 쭈욱 미끄러져 왔다. 그리고 릴리아나 옆에 사이좋게 피트 인.

　그러나 아름다운 귀환은 거기까지였다.

　"전하! 피하십시오오오~!"

　"젠장, 멈춰어어어어!"

　근위 기사들도 똑같이 튀어나왔다. 아무래도 이 사태의 범인도 일단 왕녀와 시녀라고 힘 조절은 한 모양이었다. 근위 기사들은 속도부터 달랐다.

　"릴리아나 님, 피하십시― 어흑."

　"아, 잠깐, 기다리― 꾸엑?!"

　데굴데굴 테이블 위를 굴러온 근위 기사들에게 릴리아나와 헬리나가 볼링 핀처럼 튕겨 나갔다.

　그리고 모두 뒤엉켜 테이블 아래로 떨어졌다. 릴리아나를 바닥에 깔고 근위 기사들이 위로 쌓였다. 무거웠는지 이게 왕녀인가 싶은 소리가 났다.

그 직후, 벽 액자에 설치된 『게이트』는 아무 일도 없었다는 양 닫혔다.

"릴리아나 양, 괜찮아요?!"

아이코가 황급히 릴리아나를 구출했다. 근위 기사들이 새파랗게 질려 「죄송합니다, 전하! 하지만 잘못은 그 악마에게 있습니다!」라며 한 목소리로 변명했다.

제국에서 『하지메 감독』을 본 이후, 그들 사이에서는 황제가 칭한 『악마』가 정착한 모양이었다.

"괘, 괜찮아요. 저도 알아요. 몸도 다치지 않았고요. 오히려 마음에 상처가……."

릴리아나가 나지막이 「패대기쳐지는 왕녀란, 대체 뭘까요……」라고 썩은 동태 같은 눈으로 중얼거렸다.

아이들은 상황을 대강 이해했다. 릴리아나에게로 동정의 시선이 모였다.

"공주님을 던지다니, 나구모도 진짜 상상 초월이야."

"세계가 아무리 넓어도 그 녀석뿐이겠지."

켄타로와 쥬고가 감탄했는지, 어처구니없는지 알 수 없는 감상을 주고받았다.

"음, 릴리. 우선은, 어서 와……?"

"아, 유카 씨. 여러분도 계셨나요? 릴리아나, 지금 돌아왔답니다."

왕녀의 우아하게 인사를 했다.

상황은 전혀 수습되지 않았지만······.

"릴리아나 님. 저는 루루아리아 님께 귀환 보고를 드리고 오겠습니다. 긴급회의 소집까지 어느 정도 시간이 필요할 테니 괜찮으시다면 먼저 식사를 하시는 게 어떨까요?"

아마 보고 내용을 들으면 왕국 상층부가 발칵 뒤집힐 것이라며 헬리나가 그렇게 제안했다.

하지메 일행의 상황을 알고 싶을 아이코와 아이들에 대한 배려이기도 할 것이다.

릴리아나는 헬리나의 제안을 고맙게 받아들이고 아이들과 같은 자리에 앉았다.

그렇게 헬리나가 왕비에게 보고를 올리러 달려가고 근위 기사들이 각 부서에 연락하거나 호위 인수인계 등으로 자리를 비운 뒤, 아이코와 아이들은 릴리아나에게 제국에서 있었던 일을 대략적으로 들었다.

이야기가 일단락난 후 일동의 감상은—.

"미쳤어. 진짜 미쳤어, 나구모."

"근위 기사들이 악마라고 부른 이유를 알겠어."

"아, 아마노가와 쪽은 괜찮아? 잘 따라다닐 수 있을까? 그나저나 가면은 또 뭐야?"

"시즈쿠의 위장이 남아나지 않겠는데. 돌아오면 잘해줘야겠다."

켄타로, 쥬고, 아야코, 마오가 전원 먼 곳을 바라봤다.

아이코가 쓴웃음을 지으며 릴리아나에게 말했다.

"그래도 다행이에요. 릴리아나 양. 고인을 나쁘게 말하긴 싫지만, 그대로 결혼하지 않아서."

"그보다 릴리, 출발하기 전에는 그런 소리 한마디도 안 했잖아. ……관계없다고 말하면 나도 할 말 없지만…… 친구인데 얘기해주지 않으면 걱정조차 못 해."

아이코는 안심하여 웃고 유카는 조금 토라진 것처럼 입술을 삐죽 내밀었다.

릴리아나는 그런 두 사람의 말과 태도에 쑥스럽게 미소 짓고 다음 말을 이었다.

"아이코 씨, 유카 씨, 고마워요. 아무튼 그렇게 됐으니까 왕국에서도 아인 차별, 노예화 폐지를 진행해야겠네요. 왕국이 노예 제도의 도피처가 되면 안 되니까요. 이제부터 바빠질 거 같아요."

"우리는 원래 아인에게 차별 의식이 없으니까 환영할 일이지. 종교적으로도 처음에는 받아들이기 어렵겠지만, 시몬 씨라면 어떻게든 될 거야."

"시몬 님, 제안을 받아주셨나 보군요."

아직 시몬의 교황 즉위 사실을 몰랐던 릴리아나는 안도한 것처럼 가슴을 쓸어내렸다.

이번에는 반대로 왕국에서 있었던 소식을 릴리아나에게 전했다.

"그랬나요. 문제는 많아 보이지만, 모두 예상한 범위예요. 새로운 교황님이 계시면 교회는 다시 세울 수 있어요. 교회가 다시 서면 국민도 다시 일어나겠죠. 역시 그 각본은 효과가 있었네요."

"진실을 아는 사람으로선 양심이 찔려서 힘들지만요."

"……전 심지어 총본산을 붕괴시킨 범인이에요. 풍작의 여신이, 진범이에요."

혼자 어마어마한 그림자를 짊어진 아이코에게서 모두 눈을 돌려 버렸다.

"정말로 어떻게 그런 악질적인 스토리를 술술 떠올리는지, ……릴리, 나구모한테 너무 물들면 안 된다?"

옛일을 떠올리고 웃는지, 어처구니가 없어서 웃는지 모를 유카의 미묘한 표정 앞에서 릴리아나는 왠지 볼을 발그레 물들었다.

"아, 아이참. 나구모 씨한테 물들다니…… 아직 그런 관계가……."

"……아직?"

유카는 끼기긱 소리가 날 것 같은 빳빳한 움직임으로 릴리아나를 돌아봤다. 다른 이들도 릴리아나에게 주목했다.

"앗, 아뇨. 별 뜻은 없어요."

눈이 격하게 떨렸다. 108개의 웃음 가면을 쓴 재색겸비 왕녀님이 동요하고 있었다!

아이코가 설마설마 싶은 표정으로 물었다.

"저기, 릴리아나 양? 나구모랑, 무슨 일 있었나요?"

"무무, 무슨 일이라니, 뭐가 말이오이까?"

"릴리. 너, 말투가 꼬였어."

"윽."

유카의 지적에 릴리아나는 말문이 막혔다. 그러나 과연 왕녀님은 왕녀님이었다. 바로 정신을 가다듬고 헛기침을 한 번했다.

"오해하지 말아주세요. 정말로 아무 일도 없었어요. 애초에 그 사람은 절 너무 막 다룬다고요. 내팽개쳐서 돌아오는 거 보셨죠?"

"아, 응. 봤지⋯⋯."

"그렇게 험한 짓을 하는 사람에게 제가 특별한 감정을 품을 것 같나요? 제가 티오 씨도 아니고."

그건 그렇다며 모두 고개를 끄덕였다. 유카와 아이코가 괜한 걱정이었나, 하고 어깨에서 힘을 뺐다.

그런데―.

"정말로 너무한 거 있죠. 제가 곤란해지는 걸 알면서 계속해서 소동을 일으키지, 그러면서 사정은 설명해주지 않지!"

"그래. 릴리가 나구모한테 화가 났다는 건 알았으니까 진정하자―."

유카는 테이블을 찰싹찰싹 때리면서 서서히 흥분해 가는 릴리아나를 달래려고 했다.

"그래요, 전 화내고 있어요! 분명히 바이어스 전하에게 폭행당할 뻔했을 때 구해준 건 감사하고 있다고요. 그래도 제 나체를 봐놓고 신경 쓰는 내색도 없다는 게 말이 되나요!"

"어? 잠깐만. 그 이야기 자세히 해 봐."

유카의 말은 무시당했다.

"뭐, 그래도 갈아입은 드레스가 어울린다고 말해준 건 기뻤지만요. 함께 춤도 췄고, 살면서 가장 즐거운 댄스긴 했지만요."

"릴리아나 양, 그 부분도 조금 자세히 들려주세―."

"그래도, 그래도 말이에요! 구해준 이유가 카오리가 신경 쓰기 때문이란 건 뭔가요! 그건 『릴리를 위해서다』라고 하면 되잖아요! 뭐, 그래도 저에게 최악의 사태만은 절대로 없을 거라고 약속해준 건 기뻤지만요."

""……""

유카와 아이코가 침묵했다. 눈초리가 몹시 차거웠다. 유에만큼이나 차거웠다.

다른 아이들도 애매하게 웃고 있었다.

그제야 겨우 분위기가 이상하다고 깨달은 릴리아나가 눈을 깜빡깜빡했다.

"저기, 여러분? 왜 그러시죠?"

유카의 입술이 다시 삐죽이 튀어나왔다. 소리를 죽여 「나구모, 이 멍청이」라고 혼자 투덜댔다.

아이코가 지금까지 본 적 없을 만큼 뚱해져 있었다. 볼이 빵빵하게 부풀었다.

그리고 다른 아이들은 하나가 되어 마음속으로 외쳤다.

―또냐, 나구모!

그 후 준비가 끝난 긴급회의 자리에서도 보고 중에 릴리아

나의 숨길 수 없는 마음이 왕국 상층부에 전해졌고—.

"어머나, 릴리가 웬일로!"

왕비 루루아리아가 딸의 첫사랑에 들뜬 소리와—.

"그, 그, 그 자식이 또! 카오리만으로도 모자라 누님에게까지 마수를 뻗어?! 언젠가 기필코 죽여 버리겠어어어!"

차기 국왕이자 릴리아나의 동생 란델의 절규가 회의장에 울려 퍼졌다고 한다.

하지메 일행은 몸을 휘감는 안개 속을 거침없이 걸어 나갔다. 【하르치나 수해】의 진정한 대미궁으로 가는 입구, 『대수 우아 아르트』로 가기 위해서였다. 평소에는 지나치게 밀도가 높은 안개 때문에 아인족이라도 감각이 망가지는 대수 부근은 열흘에 한 번 안개의 농도가 엷어져 길이 열렸다.

하지메 일행이 【페어베르겐】에 도착한 지 3일째 되는 날, 그 길이 열렸다.

【페어베르겐】에 머무는 3일 동안 그들은 아인들의 환대를 받으며 상당히 쾌적한 시간을 보냈다.

알테나가 시아에게 집적거리거나, 하우리아 족이 하지메에게 집적거리거나, 류타로가 전사들에게 집적거리거나, 노예였던 여자아이들이 코우키에게 집적거리거나, 신도들이 카오리에게 집적거리거나, 티오가 하지메에게 집적거리다 멍석말이를 당하거나, 스즈가 아인 아이들에게 헉헉대며 집적거리거나, 유에가 하지메를 자빠뜨리거나…….

대개 집적거리거나 당하거나 하면서 즐겁게 보냈다. 시즈쿠한 사람만 몹시 지친 모양이지만…….

"아마노가와. 오른쪽이야."

"―큭."

안개 속에 숨어 기습해 오는 수해의 마물들.

하지만 하지메와 유에, 시아, 티오, 그리고 하우리아들은 전혀 대처하지 않고 모든 전투를 코우키 파티에게 맡기고 있었다. 대미궁에 처음으로 도전하는 그들에게 수해 마물로 워밍업을 하라는 의도였다.

물론 수해의 안개는 아인족을 제외한 종족의 감각을 심각하게 망가뜨리기 때문에 【오르크스 대미궁】에서 마물과 싸울 때와는 상황이 전혀 달랐다. 코우키 파티는 워밍업은커녕 고전을 면치 못하고 있었다.

지금도 측면에서 기습을 받을 뻔하다가 하지메의 충고로 간신히 막아 냈다.

코우키는 살짝 얼굴을 찌푸렸다. 짜증이 쌓인 모양이었다.

그것은 류타로도 마찬가지였다. 아까부터 쉴 새 없이 혀를 차 댔다. 결계로 파티를 지키는 스즈와 게릴라에 전념하는 시즈쿠도 막막한 표정이었다.

그런 가운데, 코우키 파티에 들어가 싸우는 카오리의 패기 찬 목소리가 울렸다.

"……찾았어! 이렇게 해서…… 이렇게!"

카오리는 아직 신의 사도 『노인트』의 육체를 완벽하게 다루지 못해 스스로 훈련 중이었다. 노인트의 몸은 안개의 영향도 받지 않아 노인트의 전투 경험 및 기술을 익히는 훈련에 적합했다.

지금도 은색으로 빛나는 날개를 퍼덕이며 은색 깃털을 날려 마물을 격파하는 중이었다. 은색 깃털 조종도 제법 익숙해졌는지 마치 유도 미사일처럼 마물을 추적해 순식간에 분해, 소멸시키고 있었다.

"얍!"

이어서 접근한 마물을 은색 빛을 두른 대검으로 한칼에 깔끔히 절단했다.

아직 노인트처럼 쌍대검을 자유자재로 다루기는 어려운 듯하지만 한 자루로는 이미 상당한 솜씨였다. 어디 나가서 『검사』를 자칭해도 부끄럽지 않은 수준이었다.

"꽤 익숙해진 것 같군. 매일 유에와 싸운 보람이 있어."

"……스펙이 괴물. 맘 놓고 못 있겠어."

긴장 상태를 풀고 숨을 후 토하는 카오리를 보고 하지메와 유에가 말을 나눴다.

본래 노인트의 전투 능력은 전력을 다한 하지메를 고전하게 할 수준이므로 한참 멀었다고 할 수 있으나, 혼백을 옮긴 지 아직 2주 정도밖에 되지 않았다. 그렇게 생각하면 경이로운 성장 속도였다. 카오리의 근면함이 노인트의 전투력을 급속하게 흡수한 결과일 것이다.

"안 그래. 공격 마법은 아직 실전에서 못 쓸 정도고 분해도 집중하지 않으면 발동 안 해……. 유에에게는 한 번도 못 이겼고."

하지메와 유에의 대화가 들렸는지, 카오리가 걸어오면서 입술을 삐죽였다. 어서 강해지고 싶은데, 그런 비전은 있는데 생각대로 되지 않아 답답하다…… 그런 마음이 표정으로 드러났다.

"······카오리. 너 무슨 소리야? 우리를 가볍게 초월한 신체 능력에 분해 같은 흉악한 능력, 마법은 전 속성에 적성이 있고 영창도 마법진도 없이 발동 가능해. 검술도 믿어지지 않게 숙달했고 아직 한계도 안 보여. 가뜩이나 요새 같은 방어 능력인데 회복 마법 숙련도는 그대로 계승해서 즉시 치료······. 이젠 치트라는 평가로는 부족해. 버그 캐릭이지. 그런데 아직도 불만이 있어?"

시즈쿠가 기가 막힌다며 객관적인 스펙을 지적하자 듣고 보니 괴물 같다고 느낀 카오리는 멋쩍게 눈을 돌렸다.

"그래도 유에나 시아한테는 못 이겨······. 내가 버그 캐릭이면 하지메랑 다른 애들은?"

"······형언하기 어려운 무언가······라고밖에는······."

시즈쿠가 골몰하며 하지메 일행을 나타낼 표현을 생각했지만 결국 아무것도 떠오르지 않았다. 그런 시즈쿠에게 코우키가 말을 걸었다.

"괜찮아, 시즈쿠. 대미궁만 극복하면 우리도 나구모 만큼 강해질 수 있어. 아니, 나구모가 비전투 계열 천직이니까 분명 더 강해질 거야."

"그렇지. 어떤 마법을 얻게 될지 기대되는군."

"응, 힘내자!"

하지메가 강한 이유는 신대 마법 때문만이 아니지만 그 부분은 무시하고 코우키가 주먹을 불끈 쥐었다. 류타로와 스즈도 의욕으로 불타는 모습이었다.

"여러분~, 도착했어요~."

코우키 파티가 열을 올리는데 시아가 고개만 뒤로 돌리고 대수에 도착했다고 알렸다.

짙은 안개 너머로 사라지는 시아를 쫓아 일행은 앞으로 걸어갔다. 그러자 갑자기 안개가 없는 공간이 나왔다. 앞에는 전에 봤을 때와 변함없이 말라 죽은 거대한 나무가 우뚝 서 있었다.

"이게…… 대수……."

"크다……."

"엄청…… 커……."

위를 올려다봐도 대수의 꼭대기는 보이지 않았고 폭이 너무 넓어 얼핏 보면 벽으로만 보였다. 코우키 일행은 그 크기에 압도되어 입을 다물지 못했다.

처음 이곳을 찾았을 때는 자신들도 분명 같은 얼굴이었을 거라고 생각해, 하지메와 유에는 서로를 마주 보고 작게 웃음을 흘렸다.

하지메는 『보물고』에서 공략한 대미궁의 증표를 꺼내며 나무 아래에 있는 석판으로 다가갔다.

석판도 전과 달라진 게 없었다. 칠각형의 꼭짓점에 각 대미궁을 나타내는 일곱 가지 문양이 그려져 있고, 그 뒤쪽에는 증표를 끼워 넣는 홈이 있었다.

한쪽 무릎을 꿇은 하지메가 다섯 개의 증표를 손바닥 위로 만지작거리고 있자, 아이들도 마침내 대수의 위용에서 벗어나 정신을 차리고 하지메 곁으로 모였다.

여기서부터는 무슨 일이 벌어져도 이상하지 않은 진짜 마굴이었다. 바짝 긴장하라는 의미를 담아 하지메는 날카로운 시선으로 그들을 훑어봤다.

"캄, 무슨 일이 일어날지 모르니까 하우리아 족은 떨어져 있어."

"알겠습니다, 보스. 행운을 빌겠습니다."

장로들과 교섭해 대수 인근과 그 남쪽은 하우리아 족의 토지가 되었기에, 따라온 그들은 하지메의 말에 조금 아쉬운 표정을 지으면서도 일제히 절도 있는 경례를 한 후 산개했다.

그것을 확인한 하지메는 천천히 【오르크스 대미궁】 공략의 증표인 반지를 석판 홈에 꽂았다. 잠시 후 석판에 희미하게 빛나는 문자가 떠올랐다.

―네 개의 증표

―재생의 힘

―이어진 인연의 이정표

―모든 것을 가진 자에게 새로운 시련의 길이 열릴지어다.

"이것도 전에 봤을 때와 똑같군. 증표는…… 신산 것만 빼고 쓰면 되겠지."

하지메는 중얼거리면서 증표를 하나씩 석판에 끼웠다. 【라이센의 반지】, 【그류엔의 펜던트】, 【메르지네의 코인】…….

하나를 꽂을 때마다 석판이 발하는 빛은 크고 강해져 갔다.

그리고 마지막 코인을 끼운 직후, 그 빛이 해방된 것처럼 지면을 기어 대수로 뻗어 나갔고, 이번에는 대수를 눈부시도록 빛나게 했다.

"음? 대수에도 문양이 나왔구나."

"······응. 다음은 재생의 힘?"

티오가 흥미롭게 중얼거린 대로 대수 기둥에 칠각형 문양이 떠올랐다. 빛나는 문양으로 뚜벅뚜벅 걸어간 유에가 살포시 손을 올려 재생 마법을 구사했다.

파아아아아앗!

그 직후, 지금까지와는 비교도 되지 않는 빛이 대수를 감쌌고 유에의 손이 닿은 곳부터 마치 파문이 일듯 몇 번이나 빛의 파도가 꼭대기를 향해 퍼져 나갔다.

찬란히 빛나는 대수는 마치 뿌리에서 물을 빨아올리듯 빛을 구석구석까지 보내 서서히 생기를 되찾아 갔다.

"아, 잎사귀가······."

시아가 시시각각 생명력을 되찾는 대수에 눈길을 빼앗긴 사이, 머리 위 가지에서 드문드문 자라기 시작한 잎을 가리켰다.

마치 생명의 탄생이라도 보는 것 같은, 말로 할 수 없는 신기한 감동을 느끼는 하지메 일행 앞에서, 대수는 단숨에 무성해져 선명한 푸르름을 되찾았다.

조금 강한 바람이 대수를 흔들어 주위로 나뭇잎 스치는 소리가 들려왔다.

그러자 다음 순간, 갑자기 정면 기둥이 찢어지듯 좌우로 갈라져 대수에 굴을 만들었다.

수십 명은 가뿐히 들어갈 크기의 굴이었다.

하지메 일행은 서로를 마주 보고 고개를 끄덕였다. 그리고 주저 없이 거대한 구멍으로 발을 들였다.

하지메의 소소한 걱정— 실제로 네 개 이상의 대미궁을 공략하지 않은 멤버는 수해 대미궁에 도전할 수 없는 게 아닐까, 라는 걱정은 아무래도 기우였나 보다. 문제없이 전원 굴로 들어왔다.

아마 다른 대미궁과 마찬가지로 「들어오고 싶거나 들어올 수 있다면 들어와라. 다만, 살아서 나갈 수 있다는 보장은 눈곱만큼도 없다」라는 입장 같았다.

하지메가 이곳저곳을 둘러봤다. 그러나 굴 안에는 딱히 아무것도 보이지 않았다. 그저 커다란 공간이 돔 모양으로 펼쳐졌을 뿐이었다.

"막다른 길이야?"

코우키가 의아하게 중얼거렸다.

그 직후, 굴 입구가 되감기라도 한 것처럼 닫히기 시작했다.

외부의 빛이 서서히 가늘어졌다. 코우키가 무심결에 허둥대자 하지메가 호통쳤다. 입구가 완전히 닫히고 어둠에 잠긴 굴 안에서 유에가 광원을 확보하려고 퍼뜩 팔을 들었다. 그러나 필요 없는 일이었다.

왜냐하면 발밑에 커다란 마법진이 출현해 강렬한 빛을 뿜었으니까.

"헉, 이거 뭐야!"

"뭐야, 뭐야! 뭐냐구!"

"소란 피우지 마! 전이계 마법진이야! 전이된 후에 멍하게 있지 마!"

동요하는 류타로와 스즈에게 하지메가 주의한 직후, 그들의 시야는 암전했다.

"윽…… 여긴……."

다시 빛을 찾은 일행의 시야에 비친 것은 나무가 우거진 수해였다. 한순간 대수 밖으로 방출됐을 뿐인가 착각했지만, 그럴 거면 군이 전이시킬 이유가 없으므로 이곳이 대미궁 안인 것은 거의 확실하리라.

대수 안에 수해…… 참으로 기묘한 상황이었다.

"다들 무사해?"

코우키가 가볍게 머리를 털며 주위 상황을 확인하고 동료의 안위를 확인했다. 시즈쿠와 아이들이 괜찮다고 답했다. 유에, 시아, 티오, 카오리도 딱히 문제는 없는 것 같았고 이미 눈에 불을 켜고 주위를 경계하고 있었다.

코우키가 당혹스럽게 물었다.

"나구모, 여기가 진짜 대미궁이란 곳이지? ……어디로 가면 돼?"

그들이 전이된 곳은 주변 360도가 온통 나무로 둘러싸인 서클 모양 공터였다. 진로를 가리키는 이정표는 특별히 보이지 않았다.

위쪽은 안개로 뒤덮여 공중에서 길을 찾을 수는 없을 것 같았다.

"……일단 찾아보는 수밖에."

하지메는 어쩐지 못마땅한 표정으로 묘하게 대답 같지 않은 말을 중얼거렸다.

시선도 코우키를 보고 있지 않았다.

"……그래? 내가 선두에 설게. 뭔가 깨달으면 알려줘."

하지메의 언동을 의아하게 여기면서도 코우키가 앞장섰다. 신대 마법은 대미궁에게 시련을 공략했다고 인정받지 않으면 얻을 수 없다는 말을 들었기에 솔선해서 행동하는 것이리라.

특히 이의도 없어 다른 이들도 그 뒤를 다 함께 따라갔다……고 생각했지만, 왠지 하지메만은 그 자리에서 움직이지 않았다. 그저 앞을 가는 자들의 등을 차가운 눈초리로 가만히 쳐다보고 있었다.

걸음을 내딛다가 그것을 깨달은 시아가 머리 위로 물음표를 띄우며 돌아봤다.

"……하지메 씨? 왜 그러―"

시아가 하지메에게 말을 건…… 그 순간, 희미하게 바람 가르는 소리가 났다.

하지메가 초고속으로 『보물고』에서 구속용 아티팩트인 볼라를 꺼내 던진 것이었다. 표적은 유에, 티오, 그리고 류타로.

세 명 모두 갑작스럽고 너무나도 빠른 행동에 저항할 여지조차 없이 와이어에 묶여 공간에 고정당했다.

"⋯⋯응?!"

"주인님?!"

"갑자기 무슨 짓거리야?!"

유에, 티오, 류타로가 버둥거렸다.

그런 그들을 본 나머지 인원은 어안이 벙벙했다.

몇 초 후 정신을 차린 코우키가 눈을 치켜뜨고 하지메를 돌아봤다.

"나구모! 너 이게 뭐하는 거야!"

코우키는 자기도 모르게 고함을 질렀다. 다른 아이들도 어쩐지 긴장한 표정으로 하지메에게 의도를 묻는 시선을 보냈다.

"야! 나구모—."

하지메는 언성을 높이는 코우키를 한 손으로 제지하고 무언, 무표정으로 유에 곁으로 걸어갔다.

유에가 하지메를 당황스럽게 쳐다봤다. 하지메는 그 이마에 돈나의 총구를 들이밀었다. 그 눈동자에 깃든 것은 절대영도의 냉기.

"⋯⋯하지메? 왜—."

유에는 자신에게 총구를 겨누는 하지메를 보고 믿어지지 않는다는 표정이었다.

그것은 다른 일행도 마찬가지였다. 항상 사랑해 마지않던 유에에게 살의를 보내는 하지메라니, 전혀 현실감이 느껴지지 않았다.

설마 정신이라도 나갔나……. 그렇게 생각한 코우키가 말리려고 한 직후.

"……?!"

수해에 메마른 소리가 메아리쳤다.

하지메가 망설임 없이 돈나의 방아쇠를 당긴 것이었다.

일단 총구는 이마에서 벗어나 유에의 어깨를 노렸지만, 그래도 하지메가 사랑하는 연인을 쐈다는 사실에는 변함이 없었다.

"하, 하지메?!"

"뭐, 뭐 하는 거야! 나구모!"

카오리와 시즈쿠가 경악과 초조함에 찬 목소리로 제지에 나섰다. 당황하여 하지메를 말리려고 하지만, 그때 시아가 뭔가 이상하다는 사실을 깨달았는지 오히려 두 사람을 말렸다.

코우키가 하지메를 붙잡으려고 당장에라도 달려들 분위기였다. 그러나 그것은 하지메가 이어서 꺼낸 말에 의해 무산되었다.

"묻는 말에만 대답해, 가짜."

하지메가 말을 꺼낸 순간, 마치 그 자리가 극한의 땅이라도 된 것처럼 냉기로 가득 찼다. 실제로 기온이 떨어진 것은 아니었다. 그 몸에서 나오는 살의가 생명이 발하는 열을 앗아가는 느낌이었다. 기분 때문인지 주위가 어두워진 느낌마저 들었다. 너무나도 짙은 살의에 일행의 호흡이 저절로 가늘어지고 식은땀이 폭포수처럼 흘러내렸다.

"넌 뭐야? 진짜 유에는 어딨지?"

"……."

유에의 모습을 한 『무언가』는 표정을 싹 지우더니 무기질적인 분위기가 되어 침묵으로 일관했다. 『누군가』가 아니라 『무언가』라고 한 이유는 총에 맞은 어깨에서 피가 흐르지 않기 때문이었다. 절대로 인간은 아니었다.

다시 총성. 이번에는 반대쪽 어깨를 꿰뚫었다.

하지만 가짜 유에는 표정 하나 바꾸지 않았다. 아무래도 통각이 없는 듯했다. 노인트보다 더 인형 같은 인상을 주는 그것은 어쩌면 정말로 의지를 가지지 않았는지도 몰랐다.

"대답할 리가 없지. 아니, 대답할 기능이 없는 건가? 그럼 이제 볼일 없어. 죽어라."

하지메는 돈나의 총구를 가짜 유에 이마에 대고 이번에야말로 레일건으로 날려 버렸다. 후방으로 어떤 것이 질척질척하게 튀었다.

아이들은 무심결에 고개를 돌렸지만 꾹 참고 보니 바닥에 튄 물체는 뇌수가 아니라 적갈색 슬라임 같은 것이었다.

머리를 잃은 가짜 유에의 몸체는 잠시 후 녹기 시작해 똑같이 적갈색 슬라임으로 돌아갔고 바닥의 얼룩으로 변했다.

하지메는 계속해서 볼라로 구속한 티오와 류타로의 머리도 날려 버렸다. 머리가 터진 두 사람은 역시나 적갈색 슬라임으로 돌아가 땅으로 스며들었다.

"쳇. 역시 대미궁이야. 시작부터 한 방 먹었군……."

하지메가 돈나를 홀스터에 꽂으면서 투덜댔다.

"하지메 씨…… 유에 씨랑 티오 씨는……."

"전이할 때 다른 장소로 날아갔겠지. 희미하게 신대 마법을 얻을 때의 그 감각, 기억을 뒤지는 느낌이 들었어. 변신 능력을 가진 적갈색 슬라임에게 기억을 심어서 동료 행세를 시킨 거겠지. 그러다가 기회를 봐서 등 뒤를…… 그런 거 아니겠어?"

하지메가 유에를 이용해 먹었다는 사실에 불쾌하게 표정을 구겼다. 하지메의 추측을 듣고 시즈쿠와 스즈가 소름 끼친다는 양 부르르 떨었다.

"그렇구나. ……그런데 용케 알아봤구나?"

"그렇지? ……나는 구분이 안 됐어. 어떻게 알았어?"

스즈가 사람 행세를 하는 괴물의 무서움을 상상하고 파랗게 질리면서도 하지메에게 분간 방법을 물었다. 코우키도 떨어진 친구의 안위를 신경 쓰며 궁금하다는 눈빛으로 하지메를 봤다.

그 의문에 대한 하지메의 대답은—.

"어떻게 알았냐고 물어도 설명할 말이 없어. 그냥 딱 본 순간 알았지. 눈앞에 있는 이건 『내 유에가 아니다』라는 느낌이 왔어."

"""""……""""""

모두 어깨에서 힘이 쫙 빠졌다. 스즈가 은근히 눈을 아니꼽게 뜨면서 물었다.

"그럼 류타로랑 티오 씨는?"

"가짜가 있다는 걸 알고 나서 주의 깊게 보니까 『마안석』으로 차이를 알 수 있더라고. 그게 아니라면 평소 모습이나 성격과 대조해 자력으로 알아내는 수밖에 없겠지."

"그, 그래? 그래도 류타로는 어떻게 알아보면 돼? 나는 오히려 근육 발언이 나오는 시점에서 『진짜다!』라고 할 거 같은데."

"서, 설마 류타로로 바꿔치기한 이유는 그것 때문인가……. 큭, 류타로……."

스즈의 발언도 그렇지만, 단짝이나 다름없는 코우키가 류타로는 성격이 너무 단순해서 분간이 안 간다고 하는 것도 좀 너무하다 싶었다.

시즈쿠가 동정심 담긴 그윽한 눈길을 어딘가에 있을 류타로에게로 돌렸다. 왠지 하늘 저 멀리 엄지를 들고 훈훈하게 웃는 류타로가 떠올랐다.

그런 그때, 시아가 무엇을 떠올린 것처럼 토끼 귀를 쫑긋 세웠다.

그리고 꼼지락거리며 기대에 찬 눈빛으로 하지메에게 물었다.

"저기, 하지메 씨. ……저라도, 보자마자 눈치채실 건가요?"

"……!"

시아의 물음에 카오리가 민감하게 반응했다. 머리를 하지메에게로 빙글 돌리고 눈빛으로 「나는?! 나는?!」이라고 물었다.

뜬금없이 하지메에게 시선이 집중됐다. 이상하게 달콤한 분위기 속에서 하지메는 딱히 거리끼는 내색도 없이 싱겁게 대

답했다.

"글쎄? 보자마자 알진 못하겠지?"

""……""

분위기가 식었다. 보통은 「물론. 다 알지」라고 대답해야 할 상황에서도 가차 없이, 쓸데없이 솔직함을 발휘하는 것이 바로 하지메였다.

시아와 카오리의 눈초리가 무심코 차게 식었지만 그런 두 사람의 눈총 따위 깔끔하게 무시한 하지메는 수해 안쪽으로 척척 걸어갔다.

시아와 카오리의 볼이 터질 것처럼 부풀었다.

"신경이 너무 굵은 것도 생각해 볼 문제야……."

"카, 카오링, 시아시아! 기운 내!"

"카오리는 정말 왜 하필 저런 녀석을……."

시즈쿠와 스즈의 위로나 코우키의 혼잣말을 들으면서 하지메는 살며시 쓸쓸한 웃음을 지었다.

사실 속에서는 시아라면 알아본다고 생각했지만…… 그렇게 대답할 경우 카오리의 등 뒤로 한냐가 강림할 것 같아 말을 삼간 것이었다.

입은 한냐를 부르는 문이다. 괜한 말은 안 하는 것이 상책이다.

그리하여 잠시 수해 안을 정처 없이 헤맸다. 체감으로 두 시간 정도 걸었을 무렵, 그 소리가 들렸다.

부우웅!!

흡사 선풍기를 최대 풍속으로 튼 것 같은 소리. 한둘이 아니었다. 어마어마하게 있었다.

"마물인가! 나구모, 우리가 싸울게! 손대지 말아줘!"

"뭐, 첫 싸움이니까."

코우키가 앞으로 나왔다. 지나치게 힘이 들어가 조금 위태로운 느낌은 들지만 하지메 파티가 상대하면 함께 온 의미가 없었다. 하지메는 어깨를 으쓱하고 관전 모드로 들어가 뒤로 빠졌다.

코우키 파티가 처음으로 진짜 대미궁에서 상대하는 마물이었다. 시즈쿠와 스즈가 긴장한 안색으로 코우키의 뒤에 대기했다.

"이 소리, 날갯소리예요! 여러분, 조심하세요! 비행형 마물 중에서도 특히 수해의 마물은 회피 능력이 아주 높아요!"

"시즈쿠, 스즈, 힘내!"

시아가 충고를, 카오리가 응원을 보냈다.

그 직후 나무 사이를 빠져나와 마물 무리가 습격해 왔다. 그와 동시에 스즈가 비명을 질렀다.

"힉, 징그러!"

본래 결계를 펼쳐 적의 진로를 제한하는 것이 스즈의 평소 역할이건만, 첫 전투에서 그것을 잊는 치명적 실책을 저지를 만큼 습격해 온 마물의 모습이 본능적 거부감을 자극한 모양이었다.

겉모습은 『벌』. 다만, 갓난아이만 한 크기에 지네처럼 수많은 다리가 굼실거렸다. 거미 같은 입은 까딱까딱 열렸다 닫히기를 반복했고 불룩 튀어나온 겹눈은 일곱 개. 몸통은 노랑과 검정이라는 위협적인 색 조합에 질척한 녹색 점액으로 둘러싸였고, 그것이 엉덩이에 난 침을 타고 뚝뚝 흘러내렸다.

분명히 직시하고 싶지 않은, 유명한 표현을 빌리자면 모독적 형상의 생물이었다.

"윽, 스즈! 정신 차려!"

코우키가 고함쳤다. 스즈에게 달려들려던 벌 마물에게 『축지』로 접근해 성검을 휘둘렀다.

하지만 시아의 예측대로 회피 능력은 보통을 넘었다. 벌 마물은 성검을 싱겁게 피했다. 그러면서 녹색 점액이 튀어 스즈의 머리에 질척하게 묻었다.

스즈가 거의 눈을 까뒤집고 기절할 뻔했다. 방향을 튼 마물이 벌침을 스즈에게 겨눴다.

"흑."

모습이 흐려질 정도의 속도로 치고 들어간 시즈쿠의 흑도가 간발의 차로 벌 마물을 잡았다.

"스즈!"

"一처, 『천절』!!"

시즈쿠의 호통에 겨우 결계사에게 시동이 걸렸다. 스즈는 밀려드는 벌떼를 분단하고 유도하는 결계의 길을 만들어 냈다. 눈물을 머금고…… 지금까지 중 가장 빠른 속도로 자신에게 회복 마법도 걸었다. 끈적한 점액이 빛과 함께 정화됐다.

시작부터 정신적으로 죽을 고비인 스즈를 놔두고 코우키와 시즈쿠가 서로의 사각지대를 커버하며 반격을 개시했다.

"―『천상섬』!"

빛의 참격이 날아갔지만 벌 마물은 일사불란하게 좌우로 나뉘어 어렵잖게 코우키의 주특기 기술을 피해 버렸다. 마치 강궁(強弓)의 화살이 관성을 완전히 무시하고 예각으로 이동하는 듯한 민첩성에, 코우키는 작게 「뭐 이런 게 다 있어, 제길!」이라고 욕설을 뱉었다.

벌 마물은 계속해서 그 민첩성을 활용하여 침을 머신건처럼 갈겼다. 발사된 직후 새로운 침이 만들어지고 쉼 없이 주위를 선회하며 다양한 방향에서 쏘아 댔다.

"천절천절천절!"

스즈가 비명처럼 외치면서 장벽으로 독침 공격을 가까스로 방어했다. 시즈쿠가 속도를 살린 공격으로 상대의 연계를 무너뜨렸고 그렇게 생긴 틈으로 코우키가 강력한 일격을 넣었다.

하지만 그렇게 해서 해치우는 수는 고작 몇 마리뿐. 수백 마리 벌떼를 퇴치하기란 요원해 보였다.

바깥의 마물에 비해 능력도 싸움 방식도 월등히 우월한 마물이었다.

"젠장, 이것들 마치 마인족 마물 같잖아!"

"아니, 반대겠지. 그 녀석들 마물이 대미궁 마물에 가까운 거야."

악을 쓰며 성검을 휘두르는 코우키가 얼마 전 경험한 전투를 떠올리고 자기도 모르게 거친 말을 뱉었다. 강력한 대미궁 마물을 상대로 여유가 전혀 없는 듯했다.

그런 코우키의 뒤에서 당장에라도 기습하려던 벌 마물을 격추한 하지메가 그 말을 정정했다.

코우키는 용맹하게 자기들이 상대하겠다고 말했지만 마물이 그 용맹함을 알아주는 것은 아니었다. 이미 후방에서 대기하던 하지메 파티에게도 공격을 감행하고 있었다.

그것들을 하지메뿐 아니라 시아와 카오리도 자연스럽게 맞받아쳤다.

"피해 봤자 소용없어, 예요오!"

시아가 드뤼켄을 휘두를 때마다 터지는 충격파가 벌떼를 한꺼번에 분쇄했다.

"으음, 대충 감을 잡은 거 같아!"

카오리 쪽도 은색 깃털 유도탄이 화망처럼 벌 마물들을 격추했다. 몇 번을 피해도 방향을 꺾어 쫓아오는 은색 깃털은 그야말로 마탄이었다. 심지어 날리면 날릴수록 숙련도가 높아지는지, 정확성이 갈수록 좋아졌다.

그 광경이 눈에 들어오자 코우키는 이를 아득 갈았다.

"코우키! 어떡해, 밀릴 거 같아!"

스즈는 이미 반쯤 울고 있었다. 몇 겹으로 둘러친 장벽은 파괴되고 생성되기를 반복하며 스즈의 마력을 무자비하게 갉아먹었다.

빛 속성 중급 방어 마법 『천절』은 장벽 자체의 강도가 썩

좋지 않아 질보다 양을 중시한 마법이긴 했다.

하지만 아무리 그렇더라도 『결계사』인 스즈가 사용하는 『천절』의 강도는 보통이 아니었다. 평범한 마물이라면 한 장을 뚫는 데도 몇 번이나 공격을 가해야 하는 내구력을 가졌다.

그것이 벌 마물의 침 앞에서는 말 그대로 일격에 종잇장처럼 파괴당했다. 스즈는 전례 없는 속도로 장벽을 펼치느라 여념이 없었다.

조금씩 조금씩 장벽 사용이 늦어져 날아드는 독침이 서서히 거리를 좁혀 오는 광경은 시시각각 목을 조여 오는 올가미처럼 스즈의 정신에 피해를 줬다.

시즈쿠의 표정도 좋지 않았다. 스피드 파이터인 시즈쿠와 벌 마물은 상성이 좋았다. 시즈쿠는 『무박자』를 활용한 완급 조절 공격으로 확실하게 벌 마물을 처치했다.

하지만 벌떼의 강점은 그 머릿수에 있었다. 일 대 일이라면 문제가 없어도 광역 공격이 부족한 시즈쿠가 처리하는 양은 새 발의 피였다. 열세에 밀릴 것은 일목요연했다.

스즈와 시즈쿠의 상황을 보고 초조함을 느꼈는지 코우키는 두 사람에게서 떨어져 홀로 뛰어 나왔다.

"칼날 같은 의지여, 빛에 깃들어 적을 갈라라! ─『광인(光刃)』!"

성검에 빛이 서렸다. 찬란한 빛은 칼끝에서 2미터는 더 늘어나 거대한 검으로 화했다. 코우키는 대검이 된 성검을 회전하며 내뻗었다. 원을 그리는 빛은 그 궤도에 있던 모든 벌 마물을 완벽하게 양단해 놓았다.

그러나 적을 쓸어버리기 위해 앞으로 나와서 틈이 큰 모션을 취한 대가는 비싸게 치러야 했다. 기술을 날린 후 한순간의 경직을 노리고 벌 마물이 코우키를 정통으로 들이받았다.

"큭, 이게!"

뒤로 벌러덩 넘어진 코우키를 벌 마물이 깔아뭉갰다. 턱을 까딱까딱 움직이며 독침으로 쑤시려 들었다. 다행히 코우키가 입은 성개(聖鎧)가 침의 침입을 허락하지 않아 봉변은 면했다.

코우키는 위를 깔아뭉갠 벌 마물을 성검으로 어떻게든 꿰뚫고 휘둘렀다. 그러나 무너진 진형을 쉽게 고칠 수 있을 만큼 대미궁의 마물은 만만치 않았다. 일어나기도 전에 몰아치듯이 대량의 벌떼가 밀어닥쳤다.

"코우키!"

"우오오오오!"

시즈쿠에게 대답할 여유도 없었다. 함성을 지르면서 한쪽 무릎을 꿇고 성검을 휘둘렀다. 그러나 발악적 몸부림도 오래가지 못했다. 벌 마물 한 마리가 결국에는 성검을 피해 코우키의 등에 달라붙었다. 흉악한 턱주가리가 코우키의 목을 찢어발기려고 다가들었다.

"?!"

말로 못 할 비명을 지르는 코우키.

그 찰나, 붉은 섬광이 허공을 갈랐다. 동시에 코우키에게 달라붙은 마물의 머리가 사라졌다.

코우키는 무슨 일이 일어났는지 생각할 여유도 없었다. 목으로 느껴지는 후끈한 열도 무시하고 아직도 떨어지지 않은 마물 시체를 거칠게 떨쳐냈다.

구사일생으로 살았지만 눈에 들어온 것은 새로이 가세하는 수백 마리 벌떼였다.

—밀린다.

코우키의 표정이 굳었다. 그런 코우키의 귀로 무덤덤한 목소리가 들렸다.

"움직이지 마, 아마노가와."

"어?"

그 직후, 무수한 붉은 유성이 공간을 유린했다. 살짝 뒤늦게 조금 길게 늘어진 작렬음이 울렸다. 그것이 한 번 울릴 때마다 여섯 줄기 섬광이 비래했다. 그 모습은 마치 붉게 빛나는 빛의 창이었다. 단 한 줄기 섬광이 사선상의 벌 마물을 아득히 먼 후방까지 꿰뚫어 날려 버렸다.

하지메의 총 기술—『신속 속사』. 사격 속도가 너무 빨라 한 발의 총성밖에 들리지 않는 속사였다.

게다가 모조리 계산된 각도로 쏜 탄환은 믿어지지 않게도 공중에서 다른 총알과 부딪쳐 미세하게 각도를 바꾸며 더욱 효율적으로 적에게 명중했다.

마찬가지로 하지메의 총 기술인 『다각 사격』^{바운드 샷}이었다.

보는 사람에 따라서는 마치 적이 스스로 총알로 뛰어드는 것처럼도 보였다.

원래 6연사마다 틈이 생기는 장전도 허공으로 전송한 총알을 건스핀 리로드로 일순간에 끝냈다.

돈나&슈라크를 쥔 양손은 절대로 같은 방향으로 총구를 향하는 일 없이 저마다 다른 생물인 양 적에게 총알 세례를 퍼부었다.

그야말로 신기. 벌 마물 무리가 전멸당하기까지 채 10초도 걸리지 않았다.

코우키 파티가 아연실색하는 가운데, 하지메는 아무 일도 없었다는 것처럼 돈나&슈라크를 홀스터에 꽂고 마물의 사체로 다가갔다.

그리고 어떤 의미로는 지금 보여준 기술 이상으로 충격적인 말을 중얼거렸다.

"쳇. 먹어도 의미 없겠군."

"머, 먹는다니? 나, 나구모, 이걸 먹을 생각이었어? 진심으로?"

너무나 충격적인 발언에 넋이 나갔던 시즈쿠가 정신을 차렸다. 사사삭 뒷걸음질 치며 오만상을 쓰고 물었다.

"말 안 했나? 나와 동등하거나 강한 마물을 먹으면 그 녀석의 고유 마법을 얻을 수 있어. 아, 그래도 너희는 흉내 내지 마. 100퍼센트 죽으니까."

신수라는 신화급 비약을 벌컥벌컥 들이킬 수 있다는 조건과, 육체가 붕괴와 재생을 반복하는 격통에 발광하지 않고 견딘다는 조건을 만족해야만 비로소 얻을 수 있는 기적이었다.

이미 남은 신수는 적었고 재생 마법은 『회복』이 아니라 『복원』이라서 변화가 생기기 전 상태로 돌아갈 뿐이므로 의미가 없었다.

카오리의 최상급 회복 마법이라면 가능성이 없진 않겠지만…… 육체의 붕괴에 회복이 쫓아가지 못하는 시점에서 처참한 죽음만이 기다리므로 역시 추천하기는 어려웠다.

하지메처럼 이미 육체가 완전히 변화한 뒤라면 보통 회복마법으로도 충분하지만 말이다.

"줘도 안 먹어. 그나저나 새삼 들으니 처절했구나……."

시즈쿠가 어쩐지 복잡한 눈빛으로 하지메를 봤다.

믿음직하지만 그 힘의 출처가 너무나 처절한 경험 끝에 얻은 것임을 새삼스럽게 실감하니 솔직하게 칭찬할 수 없었다. 동정심이 앞서기 때문이었다.

하지메가 어깨를 으쓱하자 이번에는 스즈가 의문을 입에 담았다. 역시나 오만상을 찌푸리고 있었다.

"그, 그러면 이건 왜 안 먹어? 아니, 나는 그런 포식 장면은 보기 싫으니까 안 먹는 게 더 좋지만……."

"지금 하는 말 못 들었어? 나와 동등하거나 더 강한 마물을 먹어야 한다고. 이 수준의 마물은 너무 약해."

"그렇구나~. 나구모에게 이 마물은 약하구나~. 그렇구나~, 아하하."

"스즈, 마음은 이해하지만 정신 놓지 마. 현실로 돌아오렴."

스즈가 살짝 정신이 나간 것처럼 메마른 웃음을 흘리자 시즈쿠가 탄식하고 제정신으로 돌려놓았다.

"……."

그런 와중 코우키만은 하지메가 해치운 마물 사체를 주먹을 꽉 쥐면서 바라보고 있었다. 자신이 하마터면 죽을 뻔할 정도의 강적이건만 하지메는 그것들에게 마치 길거리 돌멩이 같은 평가를 내렸다. 그것을 보자 까마득한 실력 차이를 싫어도 알 수밖에 없었다.

애써 외면했지만 마음속에서는 시커먼 감정이 북받쳤다.

하지메가 우두커니 선 코우키를 힐끗 돌아봤다.

"……아마노가와."

"……뭐, 뭐야?"

"지금은 네 친구를 찾는 것만 생각해. 자잘한 고민은 할 일부터 하고 해도 되잖아?"

"……말 안 해도 알아, 그런 것쯤은."

말에 다소 가시가 있었지만 코우키는 하지메의 말에 고개를 끄덕였다. 한번 크게 숨을 내쉬고 행방불명인 친구를 생각해 상념을 떨쳤다.

하지메는 그런 코우키를 잠시 바라본 뒤 고개를 저으며 눈을 돌렸다.

사실 하지메는 코우키가 지금 품은 감정이 무엇인지 자기 일처럼 알았다. 열등감과 초조함, 힘에 대한 질투…… 한때 하지메도 품은 적 있는 감정이었다.

설마 모든 것을 가졌던 코우키가 그런 감정을, 그것도 하필 하지메에게 느낀다는 것도 아이러니한 이야기였다. 하지메는 원래 성격 탓에 받아들일 수 있었지만 가지지 못한 자였던 적이 없는 코우키는 과연 자기 내부의 어두운 감정을 조절할 수 있을까…….

'뭐, 내 알 바는 아니지!'

우리의 하지메는 그냥 무시하기로 했다. 류타로만 생각하라고 위로(?)한 것만으로도 나락의 괴물님 딴에는 성격이 꽤나 둥글어진 편이었다.

"하지메 씨, 이쪽은 정리했어요~."

"이쪽도 끝났어."

어느샌가 전역을 확대해 주위 마물까지 퇴치하던 시아와 카오리도 돌아왔다.

"좋아. 그럼 출발하자. 유에와 티오니까 괜찮겠지만, 조금이라도 일찍 합류해서 나쁠 건 없으니까. 사카가미는…… 뭐, 알아서 하겠지."

"너, 류타로한테 너무한 거 아니니? 연인이 소중한 건 이해하지만……."

시즈쿠가 난감한 표정으로 따졌고 코우키가 눈꼬리를 끌어올리는 가운데, 흩어진 동료를 찾고자 일행은 수해 안쪽으로 발길을 옮겼다.

그로부터 약 두 시간이 지났을 무렵.

대미궁의 수해는— 새빨갛게 물들어 있었다.

공간이 비명을 지르고 대지가 들춰지며 나무들이 맹화에

불타 사라졌다. 작열하는 화염이 수해를 집어삼켰다. 격진과 굉음이 끊임없이 이어지는 광경은 그야말로 『세상의 종말』이 따로 없었다.

굉음 틈틈이 들리는 비명은 수해에 서식하는 마물들의 소리일 것이다. 음성에서 느껴지는 것은 오로지 공포뿐이었다. 공포에 빠진 절규가 지금도 울려 퍼졌다.

그와 동시에—.

"장난치냐! 숲이랑 같이 타 죽어라, 쓰레기들아!!"

그런 불량하고 깡패 같은 고함도 울려 퍼졌다.

목소리의 주인은 물론 하지메였다.

더불어 굉음을 흩뿌리며 현재 진행형으로 수해를 폭격하는 것도 하지메였다.

이마에 핏줄이 불거진 하지메는 양손에 오르칸을 들고 로켓과 미사일을 난발하는 중이었다.

"저, 저기, 하지메 씨, 이제 그쯤 하시고……."

"그, 그래, 하지메. 분명히 그 마물도 이미 죽었을 테니까……."

광란에 가까운 격분을 숨기지도 않고 몇백 발이나 되는 로켓과 미사일, 하늘에서 크로스 비트로 집속탄 융단 폭격을 이어가는 하지메를 시아와 카오리가 머뭇거리면서 제지하려고 했다.

그러나—.

"아앙?"

"아뇨. 아무것도 아니에요."

"응. 방해해서 미안."

핏발 선 눈으로 돌아본 하지메를 보자 두 사람은 즉시 말을 거두고 바로 물러났다.

"으으…… 무서워. 시즈시즈가 좀 말려줘~."

"스즈, 턱도 없는 소리 하지 마. 나도 아직 죽긴 싫어. 그래도 화가 날 만도 해……."

스즈는 벌벌 떨면서 눈물을 머금고 시즈쿠에게 매달려 있었다. 시즈쿠는 한숨 쉬며 스즈의 머리를 쓰다듬어 달랬다.

그리고 살며시 곁눈질하자—.

그곳에는 눈물이 흐르는 눈을 양손으로 가린 채 웅크린 코우키가 있었다.

"눈이, 눈이~! 제기랄, 나구모 자식! 갑자기 무슨 짓이야!"

코우키는 마치 모 대령#3처럼 괴로워하고 있었다. 눈을 공격당한 사람의 정석이었다.

참고로 코우키의 눈을 두 손가락으로 쑤신 사람은 하지메였다.

그럼 왜 하지메가 미쳐 날뛰며 숲을 불태우고 코우키의 눈을 찔렀는가…….

그것은 불과 몇 분 전 공격해 온 원숭이 마물 때문이었다.

곤봉이나 돌칼 따위로 최소한의 무장을 한 원숭이 무리는, 그 민첩함과 수해라는 지리를 이용한 종잡을 수 없는 움직임

#3 모 대령 애니메이션 「천공의 성 라퓨타」에 등장하는 무스카 대령. 작중에서 빛으로 눈을 공격당한다.

으로 코우키와 시즈쿠, 스즈를 농락했다.

그러나 역시 하지메 파티의 적수가 될 정도는 아니었다. 조금 전 벌 마물과 같이 자신들에게 달려드는 것들만 손쉽게 정리했다.

압도당한 원숭이 마물은 그로 인해 위기감을 느낀 모양이었다. 그들은 새로운 수단을 썼다. 어설프게 지혜가 있었다는 것이 그들의 불행이었다.

원숭이 마물들은 선택을 잘못해도 단단히 잘못했다.

『변신』— 적갈색 슬라임과 똑같은 그것이 원숭이 마물의 고유 마법이었는데, 그들도 대미궁에서 하지메 일행의 정보를 얻은 것 같았다.

그렇다. 하필이면 그들은 선택해 버렸다. 가장 위협적인 하지메의 정신을 가장 휘젓기 쉬운 상대.

유에를…….

원숭이 마물은 수풀 안쪽에서 『만신창이가 되어 맨살을 드러낸 유에』로 변신한 동료를 데리고 온 것이었다.

적갈색 슬라임과 마찬가지로 겉모습은 실물과 조금의 차이도 없었다.

물론 적갈색 슬라임의 변신조차 감각만으로 쉽사리 간파해 버린 하지메이기에, 그들이 데리고 온 그것이 유에가 아니란 것도 바로 알아차렸다.

하지만, 하지만 말이다. 유에다. 유에 님이다.

가짜든 진짜든 그런 게 상관있을까? 아니, 없다!

이 시점에서 하지메는 『축지』로 코우키의 눈을 찔러 시각을 빼앗았다. 겉모습은 진짜와 똑같았다. 옷도 엉망이라서 맨살이 드러난 유에를 결코 보여줄 수 없었다.

그리고 이미 터지기 일보 직전인 나락의 괴물님 앞에서 원숭이 마물들은 가짜 유에를 구타하고 비웃어 쐐기를 박았다. 심지어 가짜 유에는 비장감을 듬뿍 담아 「……하지메, 구해줘」라고 말하니 불난 집에 기름을 들이부은 격이었다.

그 순간, 모든 이가 분명히 들었다. 뚝, 하고 무엇이 끊어지는 소리를…….

그다음은 보다시피 이 모양 이 꼴. 세계의 종말, 현세의 지옥이었다.

이미 전방 약 500미터가 부채꼴 모양으로 쑥대밭이 되었고 도처에 숯이 된 원숭이 마물의 사체가 굴러다녔다. 그밖에도 수해의 살아 있는 마물이 모두 자연과 함께 잿더미로 바뀌었다.

이성의 끈이 끊겨도 폭격 범위에 행방불명된 나머지 일행이 없다는 것은 염두에 두고 확인했다. 그러기 위해 어마어마한 수의 까마귀형 탐색기 『오르니스』를 띄운 하지메는 새빨간 맹화와 불길한 검은 까마귀에게 둘러싸여…… 영락없는 지옥의 마왕이었다.

용사는 아직도 우느라 바빴다. 멈출 수 있는 것은 마왕의 사천왕(?)— 시아와 카오리밖에 없었다.

"두 사람 다 포기하지 마! 시아랑 카오리 말고 누가 나구모를 말려?"

"시, 시즈쿠 씨. 그게 말은 쉬워도……."

"그, 그치만 시즈쿠…… 지금은 좀……."

"그런 소리 할 때니! 왜 거기서 포기해! 포기하면 수해는 끝이야! 자, 힘내라, 힘! 너라면 할 수 있어, 할 수 있다고! 사랑하는 여자는 무적이잖아!!"

시즈쿠가 어딘가의 코치들을 방불케 하는 대사로 시아와 카오리를 고무했다. 솔직히 지금 하지메에게 다가가고 싶지 않으므로 어떻게든 두 사람에게 말리게 하려고 시즈쿠도 필사적이었다.

그 필사적인 모습에 시아와 카오리가 서로를 마주 보기를 몇 초. 결연한 표정으로 고개를 끄덕이고 오르칸을 재장전하는 틈을 노려 하지메에게 뛰어들었다. 그리고 각자 좌우 팔에 힘껏 안겼다.

"하지메 씨! 이제 그만! 이 정도만, 이 정도만 해요!"

"맞아, 하지메! 조금만 침착하자, 응?!"

"아앙?"

기를 쓰며 꽉 매달리는 시아와 카오리를 보고 하지메는 불만스럽게 표정을 구겼다. 그 모습은 어떻게 봐도 양으로 시작해 치로 끝나는 자유인으로밖에 보이지 않았다.

그러나 함께 여행해 온 사이답게 두 사람이 열심히 「응? 응?」 하며 달래는 모습을 보고 머리끝까지 분노하던 하지메도 차츰 냉정을 찾았다.

"……알았어. 일단 이 정도만 할게."

하지메는 어깨에서 힘을 빼고 크로스 비트와 오르니스를 불러들여 오르칸과 함께 『보물고』에 넣었다. 시아와 카오리, 그리고 시즈쿠와 스즈도 안도의 한숨을 쉬었다.

"미안해. 신경 쓰게 해서."

"아뇨. 저 녀석들 방식에는 저도 열 받았어요. 어쩔 수 없죠."

"응. 진짜 싫었어. ……어떻게 보면 대미궁답다는 느낌이었어."

냉정해진 하지메가 쓸쓸한 웃음을 보이자 두 사람은 적의 악랄한 수단에 혐오감을 드러내며 치를 떨었다. 같은 여자로서 역시 불쾌감을 느끼는 모양이었다.

거의 초토화된 수해 일부를 배경으로 하지메와 시아, 카오리가 이야기하자 시즈쿠가 조금 뻣뻣한 얼굴로 다가왔다.

"나구모. 진정됐다면 슬슬 코우키를 어떻게든 해줬으면 하는데……."

"아 참, 그랬지."

그 말에 하지메가 코우키를 돌아봤다.

코우키는 아직도 훌쩍훌쩍 눈물을 흘리고 있었다. 참으로 애수를 부르는 광경이었다. 눈짓으로 카오리에게 치료를 부탁하자 카오리는 알겠다며 바로 회복 마법을 발동했다.

"윽, 이 느낌. 회복 마법인가? 아, 빛이 보여……."

빛에 감싸인 코우키는 실로 평온한 표정이었다. 무릎을 꿇은 상태로 하늘을 올려다보는 것이 마치 천국으로 인도받는 사람을 그린 종교화 같았다.

시력이 부활한 코우키는 당연하게도 눈을 뭉갠 범인을 노려봤다. 잘생긴 얼굴이 망가지도록 눈꼬리를 치켜떴다.

"……나구모, 일단 변명을 들어볼까?"

이를 악문 목소리. 부들부들 떨리는 몸. 코우키는 폭발 일보 직전이었다.

"가짜 유에가 나타났다. 복장이 위험하다. 다른 남자를 죽일 수밖에 없어. 뭐, 그래도 아마노가와니까 죽이진 말자. 그럼 눈을 망가뜨리자. ─그렇게 된 거야."

"되긴 뭐가 돼!"

하지메의 설명으로는 불만인 듯했다. 코우키가 성검을 붕붕 휘두르면서 노성을 질렀다.

"이봐, 아마노가와. 힘 조절에 실패한 건 미안하지만, 애인의 알몸을 다른 남자가 볼지도 모르는 상황이었어. 남자라면…… 적어도 눈을 망가뜨리겠지?"

"『상식이지?』 같은 말투로 동의를 바랄 문제야? 하마터면 실명하는 줄 알았다고. 애초에 가짜란 걸 알았잖아? 진짜라면 몰라도 가짜 때문에 그 고통을 맛봤다고 생각하면…… 내가 엄청 화가 나는데?"

"너도 참 멍청하다. 네 시력과 설령 가짜라도 유에의 반라…… 길가에 떨어진 돌멩이와 최고급 보석을 저울질하는 사람이 있을까?"

"내 눈이 길거리 돌멩이라고?!"

기어코 폭발한 코우키가 하지메에게 달려들려고 하자, 시즈쿠가 뒤에서 팔을 붙잡아 막았다.

"음, 뭐 어쨌든 시야가 탁 트여서 탐색하기 쉬워졌어."

코우키의 분노를 무시하고 하지메는 출발을 재촉했다.

코우키가 하지메의 태도에 더욱 괴성을 지르며 분개했고 시즈쿠와 스즈가 그를 달랬다. 친한 여자에게 신세를 진다는 부분에서는 하지메와 같았다. 짜증 나는 공통점이었다.

"으응?"

그런데 그때, 갑자기 하지메의 『기척 감지』가 똑바로 접근해 오는 생물의 반응을 잡아냈다. 사람이 종종걸음 치는 정도의 속도. 다가오는 반응은 하나였다.

기척의 느낌으로 보아 그다지 강적은 아닌 듯했다. 그래서 하지메는 미심쩍은 표정으로 등 뒤 수해를 돌아봤다.

시아도 눈치챘는지 토끼 귀를 기울이면서 수해 안쪽을 바라보고 있었다.

두 사람의 반응을 보고 무엇이 다가온다고 깨달은 나머지 인원도 다시 긴장하고 공격에 대비했다.

"이번에는 뭐야……. 뭐가 오는 거야?"

코우키가 중얼거렸다. 긴장감이 팽팽해져 가는 가운데, 부스럭거리는 소리를 내며 수풀 사이로 나타난 것은— 고블린과 흡사한 생물이었다. 암녹색 피부에 얼굴은 흉하게 일그러졌고 작은 체구에 더러운 천을 어깨부터 감았다.

그 고블린은 하지메 일행을 보자 어떤 발랄할 목소리로 「으꺅!」 하고 울었다. 그러나 그 직후 자신의 목소리에 놀란 것처럼 동작을 멈췄다. 그리고 그 자리에 우두커니 서서 하지메를 빤히 바라봤다. 얼굴 생김새 때문에 마치 살의에 불타 노려보는 것처럼 보였다.

실제로 코우키에게는 그렇게 보였나 보다.

"수작 부리기 전에 끝내겠어!"

아직 이렇다 할 성과를 거두지 못한 탓에 초조함과 조금이라도 활약하고 싶다는 마음이 있었는지, 코우키는 잽싸게 고블린에게 접근해 빛을 두른 성검을 머리 위로 쳐들었다.

하지만 당장 목숨을 빼앗기게 생긴 고블린은 어째선지 움직이지 않았다. 동요도 전의도 없었다. 오로지 하지메만을 바라본 채로 무방비하게 서 있었다.

코우키는 한순간 그 점을 의아하게 여겼으나 대미궁의 마물이란 점에는 변함없었다. 방심할 수 없다며 전력으로 성검을 내리쳤다.

성검을 감싼 빛이 기묘한 고블린을 두 쪽 내려던 그 순간—.

"뭐 하는 짓이야, 멍청아!"

"뭐— 부헥?!"

순식간에 쫓아온 하지메가 롤링 소배트로 코우키를 차서 날렸다.

기괴한 비명을 지르고 덤프트럭에 치인 사람처럼 날아간 코우키는 그대로 수해 안쪽으로 사라졌다.

눈 공격에 이어 롤링 소배트를 아군에게 날린 광기의 소행(?)에 일행이 순간 넋이 나갔지만 바로 정신을 차리고 고함쳤다.

"잠깐만, 나구모! 지금 뭐 한 거야?! 아무리 그래도 행동에 너무 두서가 없잖아! 코우키는 그저 마물을 해치우려고 했을 뿐이야!"

"그래! 그보다 코우키는 괜찮은 거야?! 그렇게 날아갔는데 살아 있어?!"

시즈쿠와 스즈가 하지메에게 비난의 눈길을 보냈다. 시아와 카오리도 하지메의 행동을 이해하지 못해 당혹스러운 표정이었다.

하지만 하지메는 그들의 목소리가 들리지 않는지, 전혀 반응하지 않고 똑바로 눈앞의 고블린을 바라봤다.

일행은 그 모습을 보고 충격적이기 그지없는 전개에 까맣게 잊고 있던 고블린을 떠올리며 긴장했다.

그리고 수해 쪽에서 열이 받친 코우키가 나타났다. 다친 곳은 없어 보였다. 요란하게 날아간 것처럼 보였지만 하지메도 일단은 힘을 빼서 밀어 찬 모양이었다.

그러나 전투 중에 아군에게서 공격을 받았다는 점에는 변명의 여지가 없었다. 코우키는 당장 하지메에게 달려들 분위기였다.

"……나구모. 무슨 짓이야? 왜 방해했어? 아까와는 상황이 달라. 허튼 변명은 용서하지 않아. 마물을 감싸다니, 제정신으로 할 짓이—."

"마물이 아냐."

작게 들린 목소리는 예상을 벗어난 말이었다. 코우키는 얼결에 말을 잃고 의아한 표정을 지었다.

하지메는 다른 이들은 눈에 들어오지 않는 것처럼 아직도 가만히 서 있는 고블린 앞에서 조용히 무릎 꿇었다.

그 행동에 일행이 경악해 눈을 동그랗게 떴다. 시아만은 하지메의 진의를 깨달은 것처럼 「설마……」 하고 중얼거렸다.

하지메는 고블린과 눈높이를 맞추고 똑바로 바라보더니 문득 눈을 부드럽게 뜨고 경악스러운 말을 뱉었다.

"……유에, 맞지?"

"우갸!"

""……뭐?""

입을 다물지 못하는 일행에게 상관하지 않고 하지메는 주저 없이 고블린의 손을 잡아 한 번 더 「유에……」라고 중얼거렸다. 고블린도 기쁜 것처럼 「우갸」 하고 울었다.

"저기, 하지메 씨. 설마, 유에 씨인가요? 저한테는 마물로만 보이는데……."

"나, 나도 마물로 보여. 정말로 유에야?"

시아와 카오리가 의문을 입에 올리면서 눈앞의 고블린을 보았다.

"우갸, 우거거, 갸갸."

고블린은 무엇을 호소하듯 울기 시작했다. 그러나 역시 제대로 말을 전할 수 없어 실망하며 어깨를 떨어뜨렸다.

하지만 다른 사람도 아닌 하지메였다. 유에를 한없이 사랑하는 하지메 앞에 불가능이란 없었다.

"응? 응, 전이한 후에 정신을 차리니 이 모습으로 변해 있었다고?"

"……! 우갸! ……우거거."

"육체가 변질했단 건가……."

"으갸…… 갸갸, 으긱."

"그래…… 장비도 잃었고."

"끄극…… 우가우가."

"폭음이 들리는 곳에 하지메가 있다고? 틀리진 않았지만……."

"……끄르르, 으거."

"마법도 못 쓴다라……. 그래도 이 이상 변질되는 느낌도 없어?"

"끼기긱, 캬익."

"괜찮을 거야. 아마 이것도 시련의 일부일 테니까. 피할 수 없는 스타트 지점에 선 것만으로 게임 오버라면 시련을 주는 의미가 없어."

"……규우우?"

"그래. 그리고 티오와 사카가미도 없어. 아마 유에와 같은 상황이겠지. 무슨 마물인지는 모르겠지만…… 그렇게 걱정하지 마, 유에. 평소대로 어떻게든 해 볼게."

"……우갸!"

아주 자연스럽게 대화가 성립했다.

"""""……"""""

일행은 무심코 말이 없어졌다. 그런 그들에게 하지메는 연인과 재회한 기쁨을 숨기지도 않고 만면에 웃음을 지으면서 돌아봤다.

"그렇게 됐어. 그럼 카오리. 일단 재생 마법을 걸어 봐줄래?"

"아니아니아니아니, 잠깐잠깐잠깐잠깐."

"아니야, 아니야, 나구모. 뭔가 크게 잘못됐어."

"잠깐만 있어 봐. 제발 잠깐만 기다려줘, 나구모. 나, 이야기를 못 따라가겠어!"

코우키, 시즈쿠, 스즈 세 사람이 환상적인 호흡으로 걸고넘어졌다.

"대체 뭐가 이상하단 거야?"

"아~, 네. 이 패턴이군요? 잘 알죠."

"이게 말이 돼⋯⋯?"

이상하다는 표정을 짓는 하지메에 이어 시아가 설렁설렁 말하면서 웃고 카오리가 먼 곳을 쳐다봤다.

"이상하잖아? 하나부터 열까지 이상하잖아? 어떻게 의사소통이 가능해? 그것도 지극히 자연스럽게!"

"아니, 이상하긴 뭐가⋯⋯ 유에가 말하고 있잖아?"

"스즈한테는 으갸! 라고밖에 안 들려! 어느 나라 말이야?! 어떻게 이해해?! 나구모의 『언어 이해』만 버전 업 했어?!"

시즈쿠와 스즈가 고래고래 소리쳤다. 이해 불가능한 사태에 다른 의미로 정신적 피해를 입은 모양이었다. 정작 하지메는 들리는 것을 어떡하란 얼굴이었다.

"그건, 그 뭐냐, 느낌으로? 눈으로도 대화는 가능하니까."

"하지메 씨와 유에 씨는 평소부터 틈만 있으면 마주 보죠?

그게 진화해서 『필링 대화』가 가능하게 됐단 건가요? 그런가 요. 이상하네요."

"……아니, 애인이면 눈으로 대화할 수도 있는 거지. 그게 이상해?"

"이상해, 하지메. 『뭐야? 나만 그런 거 아니지?』라는 분위기 인데, 단언할게. 이상한 거 맞아. ……어쩌지. 『특별』하다는 의미가 너무 멀게 느껴져."

카오리가 평소보다 더 신랄했다. 유에와 대등해지는 날이 상상되지 않았다. 내일로 가는 방향은 어디일까.

사태를 파악하고 분노를 삭인 코우키가 복잡 미묘한 표정 으로 물었다.

"그런데 나구모, 어떻게 알았어? 나를 말린 걸 보면 처음부 터 알았던 거지?"

"어떻게라니? 그야 단순하지……."

왜들 이렇게 따지는지 모르겠다는 태도인 하지메를 보고 모 두 지친 표정을 짓는 가운데, 하지메는 고블린 모습의 유에— 고블 유에를 다정하게 바라보고 말했다.

"모습이 바뀐 정도로 내가 유에를 못 알아볼 리 없으니까. 단지 그것뿐이야."

""""""……어련하시겠어요.""""""

"……우갸!!"

웬일로 전원이 못 봐주겠다는 표정을 하고 건성으로 대답 했다. 코우키와 시아의 말이 겹치는 일은 전무후무할지도 몰랐다. 고블린이 우쭐대는 모습도…….

"그보다 카오리, 재생 마법을 부탁해."

"아, 응. 알았어. ……그럼 시작할게, 유에. ―『절상』!"

고블 유에게로 재생 마법의 빛이 쏟아졌다.

재생 마법은 신대 마법이며 그 효과는 두말할 필요도 없었다. 원래는 복원하지 못할 것 따위 없어야 하지만―.

"……으갸?"

"어라? 왜 안 되지?! 하, 한 번 더―『절상』!"

유에의 모습은 원래대로 돌아오지 않았다.

재생 마법이 발동하지 않아서가 아니었다. 실제로 은색 마력광이 유에에게 쏟아졌고 카오리의 마력은 쭉쭉 빠져나가고 있었다. 그래도 유에의 모습이 원래대로 돌아갈 기미는 없었다.

"대체 왜…….”

"……으갸~.”

말을 잇지 못하는 카오리와 실망감에 어깨를 늘어뜨리는 고블 유에. 나머지 일행도 하나같이 걱정스러운 표정이었다.

그런 와중에 하지메는 팔짱을 끼고 관자놀이를 톡톡 두드리며 이 현상에 관해 생각했다.

고블 유에는 고민에 찬 하지메의 옷자락을 붙잡고 불안하게 올려다봤다. 겉모습은 고블린이라서 아래쪽에서 노려보는 것으로밖에 보이지 않았지만…….

하지메는 생각의 늪에서 돌아와 고블 유에에게 자신 있게 웃어 보였다.

"유에, 괜찮아. 아까도 말했지만, 함정에 걸린 것도 아닌데 시작 지점부터 게임 오버일 리는 없어. 원래대로 돌아갈 방법은 분명히 있어."

확신에 찬 말이었다. 고블 유에만이 아니라 다른 이들도 표정을 풀었다.

"추측이지만, 재생 마법이 통하지 않는 이유는 그 변질이 같은 신대 마법의 효과이기 때문이 아닐까 싶어. 그리고 그밖에도 특수한 방법을 썼겠지."

대미궁의 입구가 재생 마법으로 열리는 이상, 도전자가 재생 마법을 쓰는 것은 전제된다. 그렇다면 반대로 생각해 재생 마법으로 바로 해결되는 시련을 준비할 리가 없다.

그렇게 설명하는 하지메의 논리에는 확실히 설득력이 있어서 모두가 그럴싸하다며 납득했다.

"그런고로 계속 진행하다 보면 돌아올 방법도 알게 될 거야."

"……으갸."

"그래, 걱정하지 마. 그리고 잊고 있었는데, 유에. 이걸 들어봐."

"……끼긱?"

건네받은 것은 보석이 달린 귀고리였다. 모습이 바뀌어 마법을 쓰지 못하는 고블 유에라도 마물로 변신한 이상 『마력 직접 조작』은 문제없이 가능했다. 즉, 아티팩트라면 기동할 수 있다는 말이었다.

고블 유에는 받은 아티팩트―『염화석』을 바로 발동했다.

『……하지메? 하지메, 들려?』

마치 용으로 변한 티오가 이야기할 때처럼 공간 자체에 여린 목소리가 울렸다.

떨어져 있던 시간이야 아주 잠깐이지만 대단히 그리운 느낌이 드는 사랑스러운 목소리였다. 하지메의 표정이 녹아내리듯 풀렸다.

지금까지 눈앞의 고블린이 유에라고 말해도 반신반의하던 일행도 유에의 목소리가 들리자 겨우 그것이 유에가 변모한 모습이라고 실감했다.

"그래. 들려, 유에. 모습은 바뀌어 버렸지만…… 무사해서 다행이야."

『……응. 하지메라면 알아봐 줄 거라고 믿었어.』

"당연하지. 쭉 봐 왔는데 어떻게 모를 수 있겠어."

『……응. 그래도 기뻤어. 사랑해.』

하지메의 표정이 더 풀렸다. 유에가 없어지고 예민해졌던 감정도 원래대로 돌아온 모양이었다.

사정을 모르면 서로를 바라보는 고블린과 남자였지만, 주위를 메운 분위기는 마냥 달콤한 핑크빛이었다. 모습이 변해도 『두 사람의 세계』는 변함없이 만들 수 있는 듯했다. 하지메와 고블 유에 외의 모든 사람이 썩은 동태눈이 되어 있었다.

카오리가 헛기침으로 분위기를 환기하려고 했다.

"커흠! 이제 말해도 괜찮지? 유에, 무사해서 다행이야."

『……응. 카오리. 이런 모습이 되어도 하지메에게 사랑받아서 미안.』

"시비 거는 거야?! 응?!"

유에는 어떻게 변하든 유에였다. 카오리는 이미 의심하지 않았다. 이 고블린은 유에다. 고블 유에다. 틀림없다.

"유에 씨. 제가 꼭, 꼬옥! 원래대로 돌려드릴게요! 그때까지는 얼마든지 기대주세요!"

『……응. 시아, 고마워. 지금은 싸울 수 없으니까 기대할게.』

유에는 고블고블거리며 미소(?) 지었다. 정체가 유에인 것을 알자 어쩐지 애교가 느껴지는 것이 신기할 따름이었다.

코우키가 겸연쩍은 표정으로 말했다.

"유에 씨. 저기, 아까는 미안. 내가 못 알아봐서…… 하마터면 다치게 할 뻔했어."

『……응. 어쩔 수 없어. 그리고 믿었으니까 다칠 거라고 생각 안 했어.』

"어? 그건 내가……."

『……반드시 하지메가 지켜줄 거라고.』

"……그럼 그렇지."

흡혈 공주의 천연덕스러운 일격이 용사에게 클린 히트했다. 코우키는 힘없이 물러나면서 메마른 웃음을 흘렸다. 시즈쿠가 왜 한순간이나마 착각할 뻔했냐며 어이없게 쳐다봤다.

"남은 건 티오와 사카가미인가…… 두 사람 다 유에와 같은 상황이라면 조금 서두르는 편이 좋겠어."

두 사람이 유에와 같은 상황일 경우, 같은 마물이므로 공격

받지 않을 가능성도 있지만, 어쨌든 힘을 잃었으니까 위험하다는 점에는 변함이 없었다.

하지메의 말에 조금 풀어졌던 분위기에 긴장감이 되돌아왔다.

초토화된 숲을 등지고 일행은 서둘러 탐색을 재개했다.

그리고 10분 후.

"······하지메 씨. 이번에는 저도 알겠어요. 저게 티오 씨란 걸······."

"나도 알겠어. 어떻게 봐도 티오야."

『······응. 오히려 티오 말고 저런 게 또 있으면 안 돼.』

"만장일치로 저건 티오군."

하지메 일행이 싸늘한 눈으로 전방을 주시하고 있었다. 그것은 마치 오물을 보는 것 같은 경멸의 눈이었다. 시즈쿠와 스즈는 인상을 찌푸렸고 코우키는 직시하지 못하겠다는 듯 고개를 돌려 버렸다.

"우갸! 키게게겍!!"

"히읏?!"

"고붓!! 고브브브!!"

"끄히익?!"

울음소리로 알 수 있다시피 하지메 일행이 바라보는 곳에 있는 것은 고블린 집단이었다. 그 집단은 한 마리 고블린을 둘러싸고 주먹질, 발길질로 폭행을 가하고 있었다.

하지만 그들에게 상대를 살해하려는 의도는 없었다. 분위기로 보자면 집단 괴롭힘이었다. 실제로 웅크려 폭행받는 고블린에게 이렇다 할 상처는 없었다.

그것뿐이라면 무리 속 서열 싸움이거나 그저 약한 개체를 괴롭히는 것이라고 생각했겠지만—.

"황홀해……하는 거지? 아무리 봐도……."

"가뜩이나 얼굴이 고블린인데…… 저건 방송 불가 수준이야."

"나구모…… 인정할게. 포용력은, 너한테 졌어."

"그만둬, 아마노가와. 내가 저 변태를 받아들인 것처럼 말하지 마. ……포기했을 뿐이야."

식겁하며 중얼거리는 아이들의 말대로 폭행당하는 고블린은 황홀한 표정을 짓고 있었다. 그 모습은 어느 변태 잡룡님을 방불케 했다. 아니, 아무리 생각해도 그 한 명밖에 없었다.

"티오, 너란 녀석은……. 저 녀석은 이미 글렀어. 안타깝지만 포기하자."

하지메는 슬픈 표정으로 머리를 저은 뒤 살며시 등을 돌렸다. 다른 사람들도 아무런 망설임 없이 하지메를 뒤따랐다. 평소라면 동료를 버릴 생각이냐며 말렸을 코우키조차 어떻게 해야 할 줄 모르고 눈만 굴리고 있었다.

"우? 갸갸!!"

방송 불가 고블린이 하지메 일행을 알아차렸다.

그것은 흐느적거리는 기분 나쁜 동작으로 고블린들에게서 빠져나와 그대로 네 발로, 게다가 무슨 벌레처럼 고속으로 이동해 왔다. 흉측한 얼굴엔 환희가 가득했다.

부엌에 출몰하는 거무튀튀한 그 녀석을 연상하게 하는 소름 끼치는 모습은, 동료 고블린조차 식겁해 뒷걸음질 치게 만들었다.

"우갸갸!!"

그러는 사이에 변태 고블린, 아니, 고블린의 모습을 한 티오—고블 티오는 감격스럽게 하지메를 향해 달려들었다. 공중을 헤엄치는 듯한 자세가 흡사 루○ 다이브였다.

고블린어(語)로 무슨 말을 하는지는 알 수 없지만, 보아하니 「주인님~, 만나고 싶었다~!!」 같은 느낌이지 싶었다.

당연히 하지메는—.

"가까이 오지 마. 이 답도 없는 변태 같으니."

매도와 의수를 이용한 어퍼컷으로 반겨줬다.

우지끈, 하고 나서는 안 될 소리를 내며 고블 티오는 예술적인 네 바퀴 반 백 텀블링을 하면서 풀숲 너머로 풀썩 추락했다.

날아가면서도 그 얼굴은 왠지 대단히 만족스러워 보였다.

『……죽었어?』

고블 유에가 풀숲을 들여다보며 그곳에 엎어진 고블 티오를 나뭇가지로 쿡쿡 찔렀다. 움찔움찔 떨던 고블 티오는 잠시 후 벌떡 일어나더니 아무 일도 없었다는 듯 걸어왔다. 대미궁도 티오의 변태성은 손볼 수 없었던 것일까……?

"갸갸갸! 꾸엑, 케켁! 으갸!"

여전히 말은 알아들을 수 없었다. 하지만 무슨 말을 하고 싶은지는 고블 유에보다 알기 쉬웠다.

흥분해 소리치며 양손으로 볼을 잡고 도리질. 더불어 뜨거운 눈동자로 하지메를 힐끔거리기까지.

하지메는 생각했다. 세상에 어찌 이리도 모독적인 생물이 있는가. 자연스럽게 돈나로 손이 갔다. 시아가 손을 덥석 붙들었다. 하지메가 총을 쏘기 전에 카오리가 서둘러『염화석』을 건넸다.

『앗, 염화석이로구나. ……어떤가, 주인님. 들리는가? 재회하고 처음으로 한 행동이 욕과 주먹질이었던 내 주인님아.』

"쳇. 몸은 변해도 끈질긴 건 여전하군. 그대로 뻗었으면 좋았을 걸……."

『흐응?! 이리도 용서가 없다니! 좋구나. 허억허억. 역시 나는 주인님이 아니면 안 돼. 자, 주인님의 사랑하는 종복이 돌아왔다. 추하게 변해 버린 나를 마음껏 욕하거라!』

아무래도 고블린으로 변해 버린 것조차 쾌감으로 변환할 수 있나보다. 분명히 하지메가 말한 대로 이미 손쓰기에는 늦었다.

대자로 뻗어 죽이든 살리든 마음대로 하라며 묘하게 기대에 찬 눈빛을 보내는 고블 티오를 무시하고, 일단 아직도 굳어 있는 고블린들을 얼렁뚱땅 쓸어 버렸다. 그리고 침묵을 유지한 채로 탐색을 재개했다.

다른 멤버도 상대하지 않기로 마음먹었는지 눈길도 주지 않고 하지메를 뒤따랐다.

『바, 방치 플레이더냐? 정말이지, 주인님도 취향이 고약하구먼~. 응? 아니, 정말로 두고 가는 게냐?! 기다려다오, 방금 맞아서 아직 어지럽다~.』

　티오의 목소리가 허무하게 수해에 메아리쳤다.

　그러나 역시 걸음을 멈추는 이는 아무도 없었다.

　채찍처럼 휘어 불규칙한 궤도로 날아드는 거대한 나뭇가지. 칼날처럼 떨어져 흩날리는 잎사귀. 대포처럼 발사되는 열매. 땅에서 예리한 창처럼 불쑥 치솟는 뿌리. 하나하나가 죽음을 초래하는 치명적 공격이었다.

　그것은 예전 하지메가 【오르크스 대미궁】의 한 계층에서 싸운 나무 마물과 닮았다. 흔히 트렌트라고 불리는 마물이었다.

　물론 하지메가 상대한 트렌트와는 크기가 비할 바가 아니었다. 눈앞에서 날뛰는 그것은 지름 10미터, 높이 30미터는 넘는 거목이었다.

　그 거대 트렌트와 대치한 것은 코우키와 시즈쿠, 스즈, 그리고 오거 같은 생물이었다.

　『크라아아!』

　실제 오거와 다를 바 없는 포효를 지르며 바위 같은 주먹을 내지르는 그 생물은 류타로였다.

　이곳으로 오는 도중 하지메 일행은 오거끼리 사투를 벌이는 현장에 맞닥뜨렸는데, 그중 하나가 류타로였던 것이다. 유독 한 마리만 연마된 무술 동작― 가라테를 쓰고 있던 터라 보자마자 알아챘다.

　그리고 도망치면 될 것을 무슨 까닭에선지 정면으로 맞붙는 모습을 보고 모든 이가 확신했다. 아, 이 물러날 줄 모르는 근육 바보는 『그 녀석』이다, 라고……

몇 분만 더 늦게 발견했으면 영영 보지 못할 뻔했을 만큼 류타로는 엉망이었다. 코우키와 아이들이 황급히 뛰어들어 목숨은 건졌지만, 류타로는 그 뒤 귀에 못이 박히도록 잔소리를 들었다. 엄마 모드인 시즈쿠에게……

엉망인 몸으로 꿇어앉아 고개를 숙이고 여자애에게 혼쭐이 나는 오거……

죽다 살아난 터라 그럴 상황이 아닌 것은 알지만, 스즈가 배꼽을 잡고 웃어젖힐 만큼 희한한 광경이었다.

이러니저러니 하며 오거 류타로도 무사히 합류해 하지메 일행은 주위 탐색 끝에 이 거목이 버티고 선 곳에 도착했는데…… 도착 직후, 그 거목이 날뛰기 시작한 것이었다.

장소로 보나 힘으로 보나 이 층의 대장이라고 생각되는 거대 트렌트였다. 앞으로 나아가기 위해서 그것을 타도해야 한다고 판단한 일행은 전투에 돌입했다.

이번에야말로 성과를 내겠다며 코우키 파티가 전선으로 나갔다. 참고로 이번에는 상대가 상대이니만큼 카오리도 회복 요원으로 참가했다.

"으으으윽. 공격이 묵직해!"

통나무와 비슷한 두께인 가지가 바람을 가르고 날아왔다.

코우키가 성검으로 그 일격을 막았지만 공격에 실린 어마어마한 무게에 악문 어금니 사이로 신음이 흘러나왔다.

시즈쿠는 수리검처럼 날아드는 나뭇잎 칼날을 막느라 여력이 없었다. 스즈도 강력한 장벽을 쳐서 힘겹게 공격을 막으며 코우키에게 공격 기회를 만들어주려고 필사적이었다.

"큭, 안 되겠어. 카오리가 있어서 전투 지속은 문제없지만……."

시즈쿠는 흑도의 능력— 바람의 칼날을 만드는 『조섬(爪閃)』을 최대한 활용해 잎과 가지를 베면서도 치고 나갈 수 없다는 사실에 답답해했다.

대미궁에 들어왔지만 지금 그들의 실력으로는 도리어 당할 뿐이라는 하지메의 말이 뼈저리게 와닿았다. 하지메 파티가 없었다면 이들은 초반에 전멸했을 것이다. 【오르크스 대미궁】에서 갈고 닦은 자신감이 꺾이다 못해 가루가 될 지경이었다.

시즈쿠는 조금 고민한 뒤 코우키를 향해 외쳤다.

"코우키! 『카무이』를 써!"

"뭐? 안 돼! 너무 오래 걸려!"

"괜찮아! 우리가 반드시 지킬게! 믿어줘!"

코우키는 시즈쿠의 제안에 어떻게 할지 고민했다.

지금 대치한 거대 트렌트는 분명히 마인족이 이끌던 마물보다도 강했다. 카오리의 경이적인 백업이 있기에 가까스로 싸우고는 있으나, 한순간이라도 정신을 팔면 즉시 목숨이 날아갈 판국이었다. 그런 상황에서 무방비하게 주문을 외라니? 보통 정신머리로는 못 할 짓이었다.

그러나 돌파력이 부족한 것은 자명한 사실. 이대로 가면 언젠가 손도 못 써 보고 패배할 게 뻔히 예상됐다.

게다가…….

코우키는 하지메와 유에가 재회했을 때를 떠올렸다.

모습이 변해도 전혀 변치 않는 신뢰 관계.

하지메는 한순간에 연인을 알아봤고, 유에도 코우키에게 죽을 뻔한 상황에서 눈썹 하나 까딱하지 않았다. 솔직히 그렇게 서로를 신뢰하는 두 사람에게, 그런 관계를 쌓았다는 사실에 질투하지 않았다면 거짓말일 것이다.

그래서 코우키는 결단했다. 자신들에게도 서로에 대한 믿음이 있다. 그건 결코 하지메 일행에 밀리지 않는다. 그것을 증명하는 거다.

"알았어! 믿을게!"

"그래. 맡겨줘. 류타로, 스즈! 모여!"

"알았어!"

『좋아!』

코우키가 그 자리에서 성검을 머리 위로 든 채 미동도 하지 않았다. 정신을 모두 『카무이』 발동에 쏟아 무방비한 상태였다.

거대 트렌트가 그 틈을 놓칠 리가 없었다. 좌우로 나뭇가지가, 위쪽에서 폭포처럼 쏟아지는 나뭇잎이, 정면에서 열매 포탄이 날아왔다.

"이곳은 성역이 되어 신의 적을 보내지 않으리! ─『성절』!"

그것을 예측한 스즈가 빛나는 장벽을 펼쳤다. 지금까지 몇 번이나 자신들의 궁지를 구해 온 장벽은 막강한 충격에 금이 가면서도 첫 집중포화를 꿋꿋이 막아 냈다.

"으으으으!"

연속해서 날아드는 거대 트렌트의 공격에 『성절』의 균열이 커지고 결국 견디다 못해 깨졌다. 스즈가 괴로운 소리를 흘리는 와중, 몰려드는 공격을 시즈쿠와 오거 류타로가 검과 주먹으로 처리했다.

"하아아아아아앗!"

『우오오오오오옷!』

비명인지 포효인지 구분되지 않는 소리를 지르며 모든 수단과 방법을 동원해 맞받아쳤다. 그래도 노도와 같이 밀려드는 공격을 완전히 막아 내지는 못하고 두 사람은 순식간에 상처투성이가 됐다. 대처하지 못한 공격에 상처 입은 두 사람의 몸에서 피가 허공으로 튀었다.

"─『회천』."

전장에 울린 그 한마디로 시즈쿠와 류타로의 상처가 삽시간에 치료됐다. 카오리의 회복 마법이었다.

『회천』은 중급 범위 회복 마법이지만 카오리의 마법은 이미 가뿐히 상급 레벨에 달했다. 거의 시간이 되돌아갔다고 느껴지는 속도로 상처가 아물어 갔다.

노인트의 몸이 된 후로 카오리의 회복 마법은 신기에 가까워졌다.

스즈가 다시 장벽을 쳐서 몇 초를 벌고, 또 파괴당하고, 다시 칠 때까지 시즈쿠와 류타로가 몸을 던져 막는다. 다친 몸은 카오리가 즉시 치료하고, 또 스즈가 장벽을 친다.

그렇게 반복하기를 세 번.

드디어 코우키에게서 방대한 마력이 방출되어 들어 올린 성검으로 집중됐다. 태양처럼 찬란히 빛나는 성검을 꽉 부여잡은 코우키는 크게 숨을 들이켰다.

그리고―.

"그럼 시작한다! ―『카무이』!!"

자신의 비밀병기인 최강의 마법을 풀어 놓았다.

빛의 격류가 사선 아래 지면을 깎으며 맹진했다. 나뭇잎 칼날을 흩어 버리고 나뭇가지를 소멸시키고 열매 포탄을 정면에서 삼키면서―.

폭음과 함께 빛이 터져 주위를 하얗게 물들였다.

"해치웠나!"

코우키가 회심의 미소를 짓고 소리쳤다.

후방에 대기해 관전하던 하지메가 무심코 「아, 부활의 주문……」이라고 중얼거렸다.

주문은 확실히 효과가 있었다. 빛이 사그라들고 먼지가 갠 그곳에는…… 이곳저곳 손상됐으나 당당히 자리를 지키는 거대 트렌트가 있었다.

"어떻게, 이런……."

코우키의 얼떨떨한 목소리가 허공에서 허망하게 울렸다. 얼이 빠진 사람은 코우키만이 아니었다. 시즈쿠와 스즈, 류타로도 코우키 최강의 마법에도 쓰러지지 않는 적을 보고 심하게 동요하고 있었다.

『카무이』— 그것은 용사의 비밀병기에 어울리는 위력을 가진 최상급 공격 마법.

게다가 토터스 세계에 막 왔을 무렵의 코우키라면 몰라도, 나름대로 전투 경험을 쌓아 숙련도가 높아진 지금이라면 어지간한 적은 해치울 수 있는 말 그대로 필살기였다.

그런데도 불구하고 거대 트렌트는 전의조차 잃지 않았다. 오히려 상처가 났다는 사실에 분노했는지 더욱 거칠게 살의를 끌어올렸다.

코우키는 마음속 어디선가『나라면 할 수 있다』,『나라면 괜찮다』라고 생각했었다.

왜냐면 대미궁 공략은『나구모도 할 수 있었던 일』이니까.

그렇다면 내가 못 할 리가 없다.

그러나 눈앞에 있는 것이 현실이었다. 최강 마법을 쓰고도 자신의 힘은 대미궁 마물에 미치지 못하는가⋯⋯. 아니, 그럴 리가 없다. 이건 분명 뭔가 잘못됐다!

코우키가 이렇게 마음속에서 필사적으로 현실도피를 하는 중, 근처에 있던 시즈쿠가 소리쳤다.

"코우키, 저거 봐! 직격하지 않았어!"

"뭐?"

시즈쿠의 시선을 좇자 그곳에는 산산이 부서진 나무들이 대량으로 흩어져 있었다. 아무래도 코우키가 날린『카무이』는 거대 트렌트에 직격하지 않고 코앞에서 그 나무들에게 가로막힌 듯했다.

기술을 발동하기 직전까지는 분명 아무것도 없었다. 저 많은 나무가 대체 어디서 솟았단 말인가……. 코우키 파티의 의문에 거대 트렌트가 곧 스스로 해답을 제시했다.

거대 트렌트가 희미하게 빛남과 동시에 뿌리 부근에서 바깥으로 펼쳐지듯 대량의 나무가 무시무시한 속도로 자라난 것이었다.

"……고, 고유 마법!"

그렇게 말한 사람은 스즈였고, 그 말은 옳았다. 거대 트렌트의 고유 마법 『수해 현계』는 수많은 나무를 불러내 자유자재로 조종하는 능력이었다.

"위, 위험해! 이곳에 성역을—『성절』!"

한순간 멍해 있던 스즈는 곧 상황이 좋지 않다는 것을 깨닫고 주문을 생략한 『성절』을 발동했다. 빛나는 장벽이 일행을 중심으로 전개된 것과 전방위에서 공격이 쇄도한 것은 동시였다.

끝이 창처럼 예리한 나뭇가지나 뿌리가 『성절』에 잇달아 막심한 충격을 줬다.

거대 트렌트만이 아니라 만들어 낸 주변 나무들에서도 똑같은 공격이 날아와 시야가 온통 나무로 채워졌다. 물량으로 압살할 작정 같았다.

주문 생략 『성절』로는 도저히 버틸 재간이 없었다.

실제로 이미 곳곳에 금이 가 앞으로 몇 초도 견디기 어려워 보였다.

그리고 스즈의 장벽이 부서졌을 때 과연 그녀가 다시 『성절』

을 발동할 때까지 다른 일행은 버틸 수 있을까…….

가능하다고 말한다면 지나친 낙관일 것이다.

"이젠…… 틀렸어……."

스즈가 밑 빠진 독처럼 빠져나가는 마력에 이를 악물었다.

코우키는 그런 스즈를 보고 퍼뜩 정신을 차렸다. 망연자실할 때가 아니었다. 조금 안도하고 있었다. 자신의 최강 마법이 통하지 않은 데는 역시 이유가 있었다고…….

하지만 통하지 않은 결과 이렇게 스즈가 괴로워하고 있었다.

코우키는 지금 느끼는 안도감을 머리 한쪽 구석으로 몰아냈다.

그리고 두 번째 비밀병기—『한계 돌파』를 사용하기로 각오를 굳혔다. 대미궁에 들어와 이런 초반에 비밀병기를 두 개나 써 버릴 줄은 몰랐다. 어처구니없는 오산이지만 대미궁을 너무 만만하게 생각했다고 인정할 수밖에 없었다.

하지만 그 전에 후방에서 강력한 엄호가 들어왔다.

"—『각영(刻永)』!"

카오리가 발동한 재생 마법 『각영』은 유기물, 무기물을 불문하고 대상을 일정 시간 동안 1초마다 1초 전 상태로 끊임없이 재생하는 마법이다.

은색 빛이 스즈가 전개해 당장이라도 부서질 것 같던 『성절』을 감쌌고, 장벽은 마치 아무 일도 없었다는 것처럼 최고위 방어 마법의 위용을 되찾았다.

거대 트렌트의 파죽지세 같은 공격에 금이 가도 그 직후 원래대로 돌아왔다. 1초마다 『성절』 자체가 재생됐다.

"우와, 카오링! 고마워!"

고개만 뒤로 돌린 스즈의 눈가에는 빛나는 액체가 고여 있었다. 어지간히 무서웠는지, 아니면 감격의 눈물인지 모르겠으나, 아무튼 울먹이는 얼굴이 기본이 되어 가는 스즈에게 카오리는 애매하게 웃은 뒤 고개를 끄덕했다.

궁지를 벗어난 다른 이들도 어깨에서 힘을 빼고 돌아봤나.

그곳에는 똑같이 대량의 나무에 둘러싸여 일제 공격을 받는데도 불구하고 딱히 싸우는 기색이 없는 하지메 일행이 있었다.

그들 주위에는 크로스 비트가 네 기 배치되어 그것들을 기점으로 삼각추 모양의 결계가 펼쳐져 있었다. 크로스 비트가 만든 공간 차단형 장벽 『사점 결계』였다.

그 장벽은 거대 트렌트의 공격에도 흔들릴 기미조차 없었다. 온갖 공격을 접근조차 시키지 않고 모두 튕겨 내는 모습은 마치 난공불락의 성벽 같았다.

"……한계 같군. 조금 더 나을 줄 알았는데……."

하지메가 자신들을 돌아보면서 복잡한 표정을 짓는 코우키를 마주 보고 중얼거렸다.

"으음, 저 용사 씨가 『한계 돌파』를 쓰면 가능하지 않을까요?"

"그럴지도 모르지. 『한계 돌파』보다 더 상위 기술을 발동하면 확실하게 돌파할 거야. 그 후 약체화가 문제지만……. 『한계 돌파』의 피로는 보통 회복 마법으로는 잘 낫지 않아."

『……응. 재생 마법이라면 고칠 수 있을지도 모르지만.』

유에의 말을 들은 카오리의 표정이 신통치 않았다.

"난 개인적으로 가능한 한 온존하고 싶어. 재생 마법은 마력 소비가 크고 지금은 나밖에 쓸 수 없으니까……. 아직 초반이라 무슨 일이 있을지 몰라. 지금도 반사적으로 쓴 거였어."

『흠. 그럼 용사 도령이 쓰기 전에 정리해 버리는 게 나을까?』

과연 이대로 진행해도 대미궁은 코우키 파티를 공략자로 인정해줄까? 하지메는 고민스러웠다. 코우키 파티가 신대 마법을 얻지 못하면 『노인트가 대량 출몰했을 때 용사 파티에게 떠넘기자 작전』을 쓸 수 없다.

그래서 이쯤에서 전과를 하나 세워 대미궁에게 「우리 실력 있어!」 어필을 해주길 바랐건만…….

카오리의 말대로 앞으로 무슨 일이 있을지 모르는 이상 무턱대고 신대 마법을 연발해 마력을 대량 소비하는 것은 바람직하지 않았다. 마정석으로 마력을 저장해 놨다지만, 지금은 유에와 티오가 싸우지 못하고 언제 원래대로 돌아올지도 몰랐다.

더군다나 두 사람은 장비까지 몰수당했다. 여유를 부리다가 큰코다치는 수가 있었다.

『주인님, 무엇을 고민하는지는 얼추 이해하나, 굳이 전투에서 성과를 내려고 기를 쓸 필요는 없지 않을까?』

"응? 무슨 소리야? 대미궁 콘셉트 말이야?"

고개를 갸웃거리는 하지메에게 고블 티오가 조언했다. 이해하기 힘든 변태지만 본래 박식하고 사려 깊은 그녀의 충고는 무척 큰 도움이 됐다. 구제할 도리 없는 변태지만…….

『그래. 내 생각에 하르치나는『동료애』를 시험하는 거 같구나.』

"동료애…… 그러고 보니 입구 석판에 인연 어쩌고 하는 말이 있었지."

『맞다. 그건 단순히 아인족에게 대수까지 안내받으란 말이 아니라 공략에서도 동료의식을 시험한다는 의미이지 않았을까? 가짜 동료를 간파하고, 변해 버린 동료를 받아들이고, 싸울 수 없게 된 동료를 끝까지 지킬 것인가, 아니면 버릴 것인가……. 말 그대로「이어진 인연」을 시험하는 것 같구나.』

"……그렇군. 그 시련을 극복한 끝에 골이 있다면 분명히 『이정표』라고 할 수도 있겠지. 그렇다면…… 아마노가와 쪽은 사카가미를 받아들였고 함께 싸우고 있어. 좀 전에는 목숨도 걸었지. 여기까지 했으면 이젠 내가 정리해도 문제없을지 몰라. 앞으로도『동료애를 시험하는 시련』을 아마노가와 파티가 극복하면 문제없다는 건가?"

『그런 게지. 뭐, 어디까지나 추측이다만.』

그래도 제법 신빙성 있는 추측이었다.

동시에 그것이 사실이라면 하지메 파티라는 전력이 있는 현재, 단순한 전투 능력만을 따지지 않는 이 대미궁의 시련은 코우키 파티가 첫 신대 마법을 얻기에 적합할지도 몰랐다.

하지메는 티오의 조언을 머릿속으로 되새기며 거대 트렌트를 힐끔 봤다.

『사점 결계』와 스즈의『성절』을 뚫지 못해 애가 탔는지 공격은 한층 가열하게 변했다. 주변은 이미 꿈틀대는 나무로 가득 차서 다른 것은 아무것도 보이지 않을 지경이었다.

그것을 보고 하지메는 결단했다.

『타니구치. 지금부터 전부 불태울 거야. 죽기 싫으면 절대로 결계 풀지 마.』

"─으엥?"

스즈는 갑작스러운 염화에, 정확히는 그 불길한 내용에 식은땀을 주르륵 쏟았다.

코우키 파티가 스즈를 돌아보고 의아해했지만 곧 아연실색하게 변했다.

하지메는『보물고』에서『원월륜』을 결계 밖으로 꺼내 감응석 반지를 사용해서 원격 조작을 시작했다. 회전하는 원월륜은 주위를 가득 메운 나무들을 마른 풀처럼 베어 버리고 하늘로 탈출했다. 그 수가 스물을 가볍게 넘었다.

그리고 하늘을 선회하는 원월륜은 곧 검은 액체를 비처럼 쏟아 냈다.

쏴아아. 빗소리를 내며 뿌려지는 검은 액체는 플람 광석을 융해한 섭씨 3천 도로 불타는 타르였다.

원월륜의 게이트 기능을 사용해『보물고』에 보관한 대량의 타르를 공중으로 전송한 것이었다.

하지메가 무슨 짓을 하려는지 깨달은 일행이 약간 기가 찬 눈빛으로 하지메를 봤다.

불어난 나무들을 빠르게 처리하기에는 분명히 유효한 수단이지만……

그런 그녀들의 시선에는 조금도 개의치 않고 하지메는 근처 원월륜의 구멍으로 작은 불씨를 휙 던져 넣었다.

그 순간, 수해가 다시 새빨갛게 물들었다.

타르가 쏟아져도 상관하지 않고 공격을 되풀이하던 거대 트렌트는 섭씨 3천 도의 화마에 속수무책으로 타들어 갔다. 성대도 달리지 않았을 텐데 나무들의 단말마 절규가 들릴 것만 같았다.

열에 의한 상승기류로 불길이 회오리처럼 솟아올랐고 대지까지 검게 그을리며 곳곳이 용암처럼 벌겋게 달아올랐다.

마치 현세에 지옥이 강림했다는 착각을 불러일으키는 광경이었다. 지금 결계 밖으로 나가면 틀림없이 숯덩이로…… 아니, 재조차 남지 않을 것이다.

타르는 열량이 대단하지만 그만큼 연소 시간은 길지 않았다.

하지메가 만들어 낸 지옥불도 15분 정도가 지나자 저절로 진화됐다.

물론 거대 트렌트가 괜히 날뛴 탓에 수해의 평범한 나무에도 불이 번져 하마터면 초대규모 산림 화재가 발생할 뻔했으나……

그건 카오리가 물 속성 마법으로 진땀을 빼며 진화해줬다. 마법 적성이 높은 사람이 현재 카오리밖에 없어서 다방면으로 대활약 중이었다.

"이미 모두 합류했으니까 전부 불태워도 딱히 상관없었는데……."

"……하지메. 일단 전부 부수고 보자는 생각은 좋지 않다고 봐."

"하지메 씨가 있는 곳에 파괴가 함께 한다…… 가족들이 보면 신나게 이명을 생각할 것 같네요."

카오리가 대책 없다는 듯이 쳐다보자 하지메는 눈길을 돌렸다.

대미궁은 부숴야 제맛 아닌가……. 하지메는 그렇게 생각했지만, 시아까지 어처구니없이 바라보니 괜히 나쁜 짓을 한 것 같았다.

하지메 지상주의인 흡혈 공주와 주인님의 자비, 자제 부정주의인 잡룡은 긍정하는 것 같지만 현재 여론은 반반이었다.

"나구모. 방금 그건…… 아냐, 됐어. 이미 로켓 런처를 난사하고 클러스터 폭격을 했는걸. 얘한테 이 정도는 평범한 일이야. 그러니까 정신 차리자, 시즈쿠……."

"괜찮아, 시즈시즈. 아직 나도 현실에서 눈을 돌리고 싶을 때가 있지만, 그래도 조만간 익숙해져. 익숙해질 거야. 그러니까 괜찮아."

결계 하나를 사이에 끼고 세계가 온통 진홍색으로 물든 광경은 시즈쿠와 스즈에게도 정신적 충격이었다. 그들은 광택 없는 탁한 눈으로 서로를 위로했다. 오거 류타로가 걱정스러운 눈으로 바라봤지만 건넬 말은 없는 것 같았다. 류타로 본인도 오거의 몸으로 식은땀을 흘리고 있었다.

그런 아이들과 조금 떨어진 곳에서 코우키는 하지메를 곁눈질하고 입술을 잘근 깨물었다.

자신의 최강 마법을 써도 해치우지 못한 상대를 마치 조무래기처럼 처리해 버렸다. 그 차이를 메우기 위해 이곳에 왔다고 스스로 되뇌면서도 이렇게 도움만 받고 신대 마법을 얻을 수 있을까, 하는 불안이 불쑥 고개를 들었다.

부정적인 생각을 떨치듯 머리를 흔들던 코우키는 뒤에서 들린 우두둑 소리에 당황하며 돌아봤다.

"재생하고 있어?"

코우키의 말대로 나무가 탄화된 지면을 흔들며 솟아나 급속도로 재생하고 있었다. 순식간에 생장한 거목은 방금 그 거대 트렌트와 아주 흡사했다. 그야말로 『재생』이었다.

코우키는 몸을 떨었지만 재생한 거대 트렌트는 딱히 공격해 오지도 않고 잠시 가만히 서서 대수가 그랬던 것처럼 굴을 만들기 시작했다. 기둥이 찢기다시피 좌우로 갈라져 안쪽으로 공간을 만들었다.

"중간 보스 같다고 생각했는데 다음 스테이지로 가는 문이기도 했군."

하지메는 이해했다는 양 고개를 끄덕이고 주저 없이 굴로 들어갔다. 유에와 시아, 티오, 카오리는 그 뒤를 따라갔다. 긴장하던 코우키 파티도 전투태세를 풀고 서둘러 쫓았다.

굴 안은 이렇다 할 특징이 없는 공간이었다. 그러나 전원이 안으로 들어온 직후, 역시나 입구가 저절로 닫혔고 거의 동시에 발아래가 빛나기 시작했다.

"또 전이군……."

대수 입구와 거의 똑같은 마법진이 발동하자 하지메는 옆에 있던 고블 유에와 고블 티오를 끌어당겨서 꼭 안았다. 끌어안아 봤자 전이진이 떨어뜨려 놓으면 저항할 수 없을 가능성이 컸지만 아무것도 안 하는 것보다는 나았다.

두 사람은 현재 싸울 수 없으므로 까딱 잘못하면 치명상을 입을 수 있었다. 사소한 일이라도 가능하다면 해 두고 싶었다. 두 사람을 잃을 수는 없었다. 상상할 수도 없었다.

『……하지메.』

『주, 주인님…… 우우, 상냥하게 대해주면 어찌해야 할지 모르겠구나.』

그런 하지메의 걱정이 전해졌는지, 비록 겉모습은 고블린이지만 두 사람이 기뻐한다는 것은 알 만한 사람이 보면 분명히 전해졌다. 티오는 웬일로 정말 쑥스러워하는 듯했다.

시아와 카오리 두 사람이 자기도 끼워 달라는 식으로 하지메에게 안기려고 달려들었으나…… 한발 늦었다.

하지메의 시야는 두 사람이 손을 뻗는 광경을 마지막으로 막대한 빛에 뒤덮였다.

—짹짹, 짹.

커튼 사이로 햇빛과 함께 아침을 알리는 새의 지저귐이 어두운 방으로 침입했다. 그 소리에 재촉받아 머리부터 이불을 쓰고 철벽의 요새를 구축한 방의 주인이 옴지락거렸다.

그리고 동시에 찰칵, 하는 소리가 선명하게 울리더니 악마가 포효했다.

—따르르르르르르르릉!!

요란한 소음이 아침의 정적을 깨고 방의 주인에게 성화를 부렸다.

"으으……."

방 주인은 악마에게서 몸을 지키고자 요새 안으로 더 파고들지만 언제까지고 무시할 수는 없는 노릇이었다. 이불에서 꾸물꾸물 팔만 뻗어 잠시 악마를 찾느라 손바닥으로 주변을 팡팡 두드려 댔다.

그 팔은 십수 년 이어진 악마 퇴치 경력 덕분에 세 번 만에 그 머리를 붙잡아 차마 들어줄 수 없는 절규를 막는 데 성공했다.

하지만 몇 번이나 이어 온 행위라도 중노동이란 사실에 변함은 없었다. 방의 주인은 힘이 다한 것처럼 팔을 털썩 떨어뜨리고 다시 요새 안으로 들어가 버렸다. 그리고 미동도 하지 않게 됐다.

그 직후—

"하지메~, 일어나~! 또 시계 끄고 자는 거지~! 어서 일어나~!"

아래층에서 익숙하고 늘어진 목소리— 일어나라고 채근하는 어머니의 목소리가 들렸다.

방 주인— 하지메의 반각성한 의식은 그 소리를 확실하게 인지했지만, 철저 항전 하겠다는 양 이불을 다시 뒤집어쓰고 요새의 방비를 더욱 견고하게 했다.

"역시 안 되나 봐~. 정말로 매일매일 미안해~. 오늘도 부탁해도 되겠니?"

"———."

아래층에서 다시 어머니의 말소리가 들렸다. 하지메에게 들리도록 일부러 큰 소리로 말하고 있었다.

기막혀하는 어머니의 목소리에 찜찜한 마음이 없지는 않았지만 어머니가 누구와 대화하는지, 그리고 그 후 어떤 일이 일어날지도 알기에 하지메는 고분고분 일어날 생각이 전혀 없었다.

왜냐면 매일 아침의 그 이벤트가 하지메에게는 하루하루의 행복 중 하나니까……

똑똑. 노크 소리가 들렸다.

하지만 반응이 없다는 것도, 그 이유도 아는 그 인물은 잠깐 뜸을 들인 후 거리낌 없이 문을 열었다. 그리고 뚜벅뚜벅 작은 발소리를 내면서 방으로 들어와 침대 위에 몸을 웅크린 콩벌레에게 부드럽게 말을 걸었다.

"……일어나, 하지메."

"……."

그래도 반응하지 않았다. 조금 더, 머리가 완전히 깰 때까지 노곤한 정신 속에서 사랑스러운 그녀의 목소리를 듣고 싶었으니까.

"……하지메, 일어나. 안 일어나면……."

"……."

이번에는 부드러운 손길로 몸을 흔들었다. 이불 너머로도 알 수 있는 작은 손에 하지메의 입꼬리가 자연스레 올라갔다.

"……덮칠 거야. 성적(性的)으로."

"응. 일어날 테니까 아침부터 그런 망측한 소리는 하지 말자."

등에 퍼지는 오한!

하지메는 퍼뜩 정신을 채찍질해 이불을 확 던져 버렸다. 그와 함께 베개에 눌렸던 **흑발이** 튀어 오르고 **일본인다운 색채의 두 눈을** 끔뻑거렸다.

그가 바라보는 곳에는 금발홍안의 미소녀가 있었다. 어쩐지 요염함을 느끼게 하는 미소를 짓고, 무슨 이유에선지 하지메를 보면서 입맛을 다시고 있었다.

하지메는 그녀에게 어색하게 웃으며 인사했다.

"안녕, 유에."

"……응. 잘 잤어? 하지메."

사랑하는 애인과 보내는 이 순간, 하지메는 눈을 가늘게 뜨고 하루의 첫 행복을 곱씹었다.

그리고 어머니의 빈정거림과 아버지의 놀림을 받으면서도 아침 준비를 마친 하지메는 유에와 함께 집을 나섰다.

학교에 가기 위해서였다.

하품을 참고 통학로를 나른하게 걷는 하지메를 올려다보며 옆에서 걷던 유에가 고개를 갸웃거렸다.

그런 대수롭지 않은 행동거지까지 참을 수 없이 귀여웠고…… 지나갈 때마다 유에에게 한눈을 판 행인이 배수로에 빠지거나 전봇대에 부딪치는 등 사고가 속출했다.

그러나 인재(人災)를 양산하고 다니는 유에는, 주변에는 눈길조차 주지 않은 채 통통 튀는 걸음걸이로 앞으로 나가 가볍게 돌아섰다.

양복형 교복을 입어 치마가 나풀거렸다. 아침 햇살에 반짝이는 황금색 머리칼이 깃털처럼 바람을 타고 달콤하며 부드러운 향기를 흩뿌렸다.

유에는 그대로 뒤로 걸으면서 하지메의 얼굴을 걱정스럽게 들여다봤다.

"……또 밤샘?"

"응. 아버지에게 부탁받은 일이 생각보다 재미있어서. 정신을 차리고 보니까 하늘이 밝아 오더라고."

"……열중하는 건 좋지만, 건강 조심해. 무리하지 마."

"응. 조심할게."

평화롭게 대화하는 하지메와 유에 사이에는 어떤 달콤한 분위기가 감돌았다.

유에가 하지메의 애인이 되고 이미 꽤 시간이 흘렀지만 서로에 대한 열정은 조금도 식지 않았다.

유에에 이르러서는 하지메 곁에 있고 싶어서 하지메 집에 홈스테이를 강행하고 어느새 편입 수속까지 마쳐 버릴 정도였다.

갑자기 하지메의 애인이라며 나타난 미모의 소녀로 인해 처음에는 난리도 아니었다.

하지메는 하루 태반을 게임이나 게임 회사를 운영하는 아버지를 돕는 데 소비하는 오타쿠 중의 오타쿠였다. 그런 하지메에게 아름다운 애인이 생기리라고 누가 상상이나 했겠는가.

어머니는 혼란에 빠져 아들이 최면술에 재능이 있는 것은 아닌가 의심했고, 아버지는 하지메가 망상을 현실로 만드는 능력에 각성했다고 생각했다.

학교에서도 편입 첫날부터 눈이 돌아간 남자들 앞에서, 유에가 자신은 하지메의 애인이라고 선언해 학교 전체를 떠들썩하게 만들며 화제의 주인공이 됐다.

그 후 질투에 눈이 먼 남자들이 하지메를 쫓아다닌 것은 말할 것도 없었다.

유에는 유에대로 무슨 싸움이 있다면서 여자 몇 명과 함께 연일 어디론가 사라졌다.

그런 일이 이어지길 수개월.

최근이 되어서야 겨우 차분한 학교생활을 보낼 수 있게 됐다. 이렇게 느긋하게 산책하듯 등교할 수 있는 것도 폭풍 같은 소동을 극복한 결과였다.

하지메는 비단처럼 찰랑거리며 햇빛을 반사해 반짝이는 유에의 금색 머리를 바라보고 괜스레 유에와의 만남을 떠올렸다.

우연히 괴한에게 붙잡힌 유에를 구하러 뛰어들었고 사투 끝에 간신히 괴한을 쓰러뜨려 유에를 구출했었다.

유에가 감사와 신뢰를 담아 목에 키스를 했던 일은 지금 떠올려도 얼굴이 화끈거렸다. 그 후 두 사람은 일사천리로 연인 관계로 발전했다.

'그나저나 그냥 오타쿠일 뿐인 내가 용케 괴한을 쓰러뜨렸 어…… 세상일은 죽을 각오로 덤비면 의외로 어떻게든 되는 구나.'

당시의 무모한 행동을 떠올리고 무심코 어이없이 웃었다. 그리고 문득 이상함을 느꼈다.

'……응? 그러고 보니 유에와 만났던 그 어두운 곳은 어디였 지? 왜 그런 곳에 갔었더라? 으음?'

유에의 외모를 보아 외국인이란 사실은 일목요연했고 홈스 테이를 하러 왔으니 유에와 만난 것도 외국일 것이었다.

실제로 하지메 본인도 유에와 외국에서 만났다고 기억했다.

하지만 그곳이 정확히 어디인지 마치 안개가 낀 것처럼 불 명확했다.

그 사실을 깨달은 순간, 기억의 책장에서 의문이 우수수 쏟 아졌다. 점점 커져 가는 의문과 함께 하지메의 마음속 이질감 도 급속도로 부풀어―.

"……하지메!"

"헉. 뭐야? 무슨 일 있어? 갑자기 소리를 치고…… 깜짝 놀 랐잖아."

통학로에서 평소에는 절대로 듣지 못할 유에의 고함소리가 울렸다.

심장이 튀어나오는 줄 알았다. 생각의 늪에 빠질 뻔한 하지메의 의식이 급속히 현실로 부상했다.

"……몇 번이나 불렀는데 무시하니까."

"뭐? 정말? 미안! 잠깐 생각하느라……."

유에가 고개를 팽 돌렸다. 삐쳤나 보다.

하지메는 눈썹을 팔자로 뜨고 유에를 달랬다. 이때는 이미 조금 전 가슴속에 있던 의문은 완전히 사라져 버린 뒤였다.

—좋아도 돼. 행복 속에 잠겨서 나만 바라봐줘.

속삭이는 듯한 유에의 혼잣말. 그 목소리는 하지메에게 닿지 않았다.

하지메는 옆에 다가선 유에를 보고 눈꼬리를 살포시 내릴 뿐이었다.

학교에 도착한 하지메가 신발장에서 실내화로 갈아 신는데 느닷없이 등으로 부드러운 충격이 전해졌다. 누가 뒤에서 끌어안은 것 같았다. 아니, 모호하게 표현하지 않겠다. 하지메는 곧바로 정체를 깨달았다. 이 행복한 감촉은, 그녀다!

"하지메 씨~! 유에 씨~! 안녕하세요오!"

"……응. 안녕, 시아."

"시, 시아! 인사할 때마다 안기지 말라고 항상 말했잖아! 제발 조금 떨어져!"

"뭐예요~. 제게서 행복을 빼앗으려는 건가요? 너무해요! 이렇게 되면 책임지고 결혼할 수밖에 없어요!"

"비약이 너무 심해! 아무튼 떨어져! 유에 눈에서 빛이 사라지고 있다니깐! 눈도 깜빡이지 않고 날 응시한다고!"

하지메는 등 뒤로 전해지는 행복함을 털끝만큼도 드러내지 않고 힘겹게 시아를 떼어 놓았다.

시아는 얼마 전에 전학 온 장기 유학생이었다. 이 또한 우연히, 시아와 그녀의 가족이 괴한에게 공격받을 때 하지메가 구한 이후 지금처럼 과격한 스킨십을 반복하며 호의를 숨김없이 드러냈다.

트레이드마크인 머리띠를 한 하늘색 머리카락과 신비로운 미모에 반해 누구에게나 천진난만한 웃음을 보여주는 시아는 팬클럽이 있을 정도로 남녀불문 대단히 인기가 많았다.

솔직히 그런 그녀가 이리도 자신에게 호의를 보여주니, 하지메도 남자인지라 당혹스러운 한편 기쁘기도 했다.

만약 유에보다 먼저 만났더라면…… 그런 생각을 하지 않은 것도 아니었다.

하지만 그런 「만약」은 생각해도 무의미했다. 그래서 유에라는 최고의 연인이 있는 하지메에게 시아의 적극적인 태도는 몹시 골치 아픈 문제였다.

'나 참, 괴한에게서 구한 여자애가 두 명 모두 호의를 가져? 무슨 미연시도 아니고……. 응? 그러고 보니 시아가 저런 머리띠를 했었나? 뭔가, 좀 더 다른 느낌이…….'

하지메가 시아의 머리띠를 바라보면서 불쑥 가슴속에 솟은 위화감의 정체를 알려고 기억을 뒤적였지만 갑자기 양팔이 행복한 감촉에 감싸였다.

"아침부터 무슨 생각을 그렇게 하세요? 슬슬 교실로 가요.

예비 종이 울겠어요."

"……응. 또 선생님한테 잔소리 들어."

그런 소리를 하며 유에와 시아가 가슴을 꾹꾹 들이댔다. 두 사람은 저항력을 잃은 하지메를 교실로 끌고 갔다.

'교실…… 예비 종? 선생님? 뭐지? 이 이상한 느낌. 이상한 말은 아무것도 없을 텐데……. 아니, 말 자체가 아니라 이 두 사람이 말해서인가?'

왠지 당연한 대화에서 떨치기 힘든 어색함을 느꼈다.

교실에 들어가자마자 남자들에게서 질투와 부러움의 눈길이 일제히 하지메에게 쏠렸다. 지금은 유에와 시아가 직접 나서서 수습한 끝에 죽일 듯 쫓아다니지는 않지만 그래도 날아드는 눈총이 왜 이리도 따가운지……

'응? 뭐지? 이 느낌은…… 그리움? 어라? 왜 그렇게 느끼는 거지?'

또다. 특이할 것 없는 평범한 일상에 왜 이리도 어색함을 느끼는가.

하지메는 자신의 감정 변화를 이해할 수 없어 점점 더 당황스럽게 고개를 갸웃거리며 자리에 앉았다.

그 직후, 하지메 곁으로 같은 반 여자아이 한 명이 통통 뛰어 다가왔다.

"하지메, 안녕! 오늘도 아슬아슬하네. 조금 더 빨리 와야지."

"……."

그렇게 인사해 온 사람은 유에, 시아와 비교해도 손색이 없는 미소녀— 시라사키 카오리였다.

그녀는 유에나 시아가 오기 전부터 엄청난 인기를 자랑하던 학교의 아이돌 같은 존재였다. 그리고 왠지 하지메에게 호의를 가진 여자아이이기도 했다.

전부터 곧잘 하지메에게 말을 걸었지만 당시에는 설마 자신에게 호의가 있을 줄은 생각도 하지 못했다. 언제나 뭐가 그리 기쁜지 경쾌한 발소리를 내면서 다가오는 카오리에게 하지메는 대개 곤혹스러운 웃음을 짓고 대답하지만…….

'지금 한 말…… 어디선가…… 젠장, 대체 뭐야? 왜 이렇게 『그립다』고 느끼는 거지? 이게 일상일 텐데……. 오늘은 뭔가 이상해.'

"하지메…… 왜 무시해? 혹시 나한테 뭐 화난 거 있어?"

떨리는 목소리에 정신을 차린 하지메가 고개를 들자 그곳에는 울음을 터뜨릴 것 같은 카오리가 있었다.

하지메는 자기가 카오리의 인사를 무시했다는 것을 알고 부랴부랴 대답했다.

"앗, 아니, 미안. 그런 게 아니야. 잠깐 딴생각을 하느라 그랬어. 정말로 미안해. 안녕, 시라사키."

"그랬구나. 다행이다. 응. 안녕, 하지메. 그리고 나는 『카오리』라고 불러달라고 항상 말했지?"

카오리는 살며시 볼을 부풀려 불만을 나타냈다. 그 귀여운 행동이 하지메 쪽을 주목하던 남자들 전원에게 직격했다. 물론 질투의 칼을 가는 것도 잊지 않았다.

적은 한 명이었다.

"아니, 시라사키, 그건 조금……."

"카오리. 카오리라고 불러 봐."

"아니, 그러니까……."

"카, 오, 리."

"어, 음, 카, 카오……."

하지메는 불만스러운 소리를 내며 친구하게 이름으로 불러 달라고 강요하는 카오리에게 쩔쩔맸다. 그리고 마침내 포기하고 이름을 부르려고 한 그때—.

"……하지메를 곤란하게 하지 마."

구세주가 나타났다. 유에였다.

유에는 하지메를 감싸듯 하지메와 카오리 사이에 끼어들어 막아섰다.

카오리가 파이팅 자세를 잡았다. 유에도 파이팅 자세를 잡았다.

"나왔구나, 유에. 일단, 안녕."

"……응. 일단, 안녕. 카오리."

형식적인 아침 인사를 나누고 주위로 절대영도의 냉기를 흩뿌리는 유에와 카오리는 학교 공인의 연적이었다.

그러나 이 두 사람의 사이는 음습하지 않았다. 굳이 말하자면 싸우는 친구라고 해야 할까? 싸우고 난 다음이면 어딘지 모르게 즐거워 보이는 두 사람의 관계가 하지메에게는 신기할 따름이었다.

그러는 사이 종이 울려 교실로 선생님이 들어왔다. 시선으로 불똥을 튀기던 유에와 카오리도 획 돌아서서 자기 자리로 돌아갔다.

1교시는 **티오 선생님**의 영어였다.

왠지 묘하게 하지메를 좋아하는 이 에로틱한 미모의 여교사는 번번이 하지메에게 성희롱에 가까운 짓을 벌였다.

오늘도 아니나 다를까, 처음부터 곁눈질로 눈웃음쳤다. 그런 티오 선생님에게 하지메는—.

"······쳇. 어서 징계면직이나 당할 것이지."

"핫?! 하아하아."

이것도 일상적 광경이었다. 이 티오 선생님에게만은 유순한 초식계 남자인 하지메도 신랄한 대응이 기본이었다.

'······응? 지금 건 입에 착착 붙네?'

평소에도 하던 일인데 아까부터 품었던 어색함이 갑자기 해소됐다. 마치 **정말로 평소대로 해 왔던 것처럼**······.

이날 하지메는 느닷없이 밀려오는 어색함과 묘한 익숙함의 파도에 온종일 마음이 싱숭생숭했다.

그 느낌은 마치 마음 안쪽의 다른 누군가가 소리치는 것 같은, 그런 이상하고 갑갑한 느낌이었다.

방과 후.

하지메는 유에, 시아와 나란히 서서 학교 근처에 있는 유치원으로 갔다. 이웃사촌인 레미아의 딸— 뮤를 마중 가기 위해서였다. 모자 가정이라 바쁜 그녀를 대신해 가끔씩 하지메가 하굣길에 뮤를 데리러 가곤 했다.

이렇게 뮤를 마중 나가 레미아가 돌아올 때까지 집에서 돌보는 것은 오래전부터 이어진 나구모 집의 일상이었다.

"앗, 압…… 오빠! 시아 언니랑 유에 언니!"

유치원에 도착하자 뮤가 쪼르르 달려왔다. 이보다 더 환할 수 없는 웃음이었다.

세 사람은 절로 흐뭇해졌다.

하지메는 달려온 뮤를 받아주고 꼭 끌어안았다.

"뮤, 뛰어들면 안 돼. 위험하잖아. 그리고 지금 나를 또 『아빠』라고 부르려고 했지? 정말로 나 좀 살려주라."

하지메는 뮤의 입 밖으로 반쯤 나왔던 호칭을 듣고 식은땀을 흘리며 타일렀다.

태어나기 전에 아버지를 여의어 아버지가 무엇인지 모르는 뮤는 언제나 자상하고 곁에 있어 주는 연상 남성인 하지메를 아빠라고 생각하는 모양이었다.

그러나 그렇게 부르도록 허락할 수는 없었다.

왜냐하면 레미아는 과부인 데다 아직 젊고 동네에서도 소문 자자한 미인이었다. 그런 그녀가 소중한 딸을 맡기는 상대, 그리고 딸은 그를 아빠라고 부른다…….

좋지 않은 소문이 돌 만도 했다. 실제로 유치원 선생님들 앞에서 실수로 아빠 소리를 했다가 조그만 소동이 난 적도 있었다.

레미아가 사정을 설명해 그냥 넘어갔기에 망정이지 만약 이 일이 집 근처에서 벌어졌다면…… 하지메는 동네에서 얼굴을 들고 다니지 못했을 것이다. 상상만 해도 식은땀이 흘렀다.

그러나 최근에는 어째선지 유치원 선생님들이 이상한 응원의 시선을 보낼 때가 많은데…… 설마 레미아가 주변 사람들을 회유하고 있으리라고는 생각하고 싶지 않은 하지메였다.

하지메는 뮤와 손을 잡고 느긋하게 귀로에 올랐다. 유에와 시아가 자기를 엄마라고 부르게 하려고 애쓰는 모습을 쓸쓸한 웃음으로 지켜보면서 하지메는 이 평화로운 시간을 음미했다.

붉은 하늘을 올려다보며 까닭도 없이 행복하다고 생각했다. 어느샌가 오늘 종일 따라다니던 찜찜함도 사라져 가고 있었다.

"우으, 압…… 오빠! 뮤 이야기 듣고 있어?!"

"어? 아, 미안, 미안. 잠깐 딴생각을 하느라 못 들었어."

하지메는 흥흥거리면서 화내는 뮤에게 사과하고 뮤를 번쩍 들어올렸다.

안아주자 뮤는 바로 기분을 풀었지만 내려가기 싫어 애써 화난 척했다.

뮤의 귀여운 연기 앞에서 마음속 외침도 이제 곧 사라질 것 같았다.

유에와 시아가 그런 하지메를 흐뭇하게 바라보았다.

그리고 그때, 눈이 더욱 가늘어진 시아가 문득 입을 열었다.

"……어라? 하지메 씨. 무슨 소리 안 들려요?"

"어? 소리?"

귀가 좋은 시아의 말을 의심하지 않고 하지메는 귀를 기울였다.

흐릿하게 여성의 목소리와 여러 남자가 싸우는 소리가 들렸다.

하지메와 유에, 시아는 서로를 쳐다보고 그 목소리가 들린 골목을 살며시 엿봤다.

"어디서 많이 본 전개인데……."

"……여자의 적. 용서 못 해."

그곳에서는 상상대로 남자들이 지금 강압적으로 여성에게 집적대고 있었다.

하지메는 이걸 어쩐다 싶어 안고 있던 뮤를 내려놓고 고민했다.

적의 실력은 별 볼 일 없었다. 보법(步法)이나 자세, 분위기로 보아도 단순한 양아치였다. 만약 무장했다고 해도 대단할 것은 없어 보였다.

주제에도 없는 **전력 분석을 하고 있자** 시아가 겁도 없이 헌팅꾼들 곁으로 척척 걸어갔다.

그들도 다가오는 인기척을 느꼈는지 시아를 돌아봤다. 그리고 그 미모에 한순간 눈이 팔렸다가 이내 천박한 웃음을 지었다. 그 눈은 명백하게 새로운 사냥감을 발견했다고 말하고 있었다.

'저것들이?'

그들의 시선을 보자 시커먼 감정이 올라왔다. 하지메의 오른손이 자신의 허벅지로 갔다.

그러나 그 감정이 폭발하기 전에 시아가 순식간에 남자들의 코앞까지 파고들었다.

그 후로는 말 그대로 압권이었다. 시아는 일격필도(一擊必倒)를 현실로 구현한 엄청난 격투 능력으로 남자들을 제압하고 말았다.

'아, 그랬지. 시아라면 문제없어.'

잘 생각해 보면 **이건 당연한 일**이었다. 이상할 것은 아무것도 없었다. 평소대로. 하지메가 알던 그대로다.

시아는 표정이 조금 굳은 여성의 사례도 한사코 거절하고 얼른 하지메 곁으로 돌아왔다. 오자마자 유에와 가볍게 하이터치를 했다.

"시아 언니, 강해~! 멋있어!"

"후후후~. 제가 좀 세죠. 뮤가 크면 제가 격투술이 뭔지 알려줄게요!"

"……응. 나도 뮤에게 이것저것 가르쳐줄게."

"우와~!"

"이상한 거 너무 가르치진 마."

기뻐하는 뮤를 보고 하지메가 쓴웃음을 지었다.

그리고 다시 귀로로 돌아갔다. 그때는 이미 마음속 갑갑함도 완전히 가셔―.

문득 깨달았다. 자기 오른손이 헛돌고 있었다는 것을.

'……지금 난 뭘 찾았지? 그걸로, 뭘 하려고 했지?'

그리고 떠올렸다. 자신이 지극히 자연스럽게 전력을 분석했음을……

바르르, 마음이 떨렸다.

―눈을…… 똑…….

목소리가 들린 것 같았다. 자신의 것이지만 어딘가 다른 목소리가.

밤.

저녁을 먹고 목욕도 마친 후 방 침대에 몸을 던진 하지메는 젖은 머리를 말리지도 않고 상념에 빠져 있었다. 미간에는 깊은 주름이 잡혔다.

가슴속을 돌고 도는 정체 모를 답답함. 한번 사라질 뻔했던 목소리가…… 그렇다, 목소리가 들린 것 같았다. 본능이라고 불러야 할까? 그런 깊숙한 곳에서 누군가가 소리친 기분이 들었다.

그것은 부정하는 목소리. 이 행복한 일상을 부정하는 외침이었다.

"난 뭐가 불만인 거야?"

하지메는 짜증이 나서 머리를 벅벅 긁었다.

그때 갑자기 노크 소리가 들렸다.

"……하지메?"

"유에? 들어와도 괜찮아."

잠깐 시간을 두고 유에가 방으로 들어왔다. 네글리제 차림이었다. 적나라하게 드러난 새하얀 팔다리가 매혹적이었다.

뚜벅뚜벅 다가온 유에는 하지메의 젖은 머리를 보더니 떽,

하고 아이를 혼내는 눈으로 침대로 올라왔다.

그리고 누워 있던 하지메를 일으켜 정성스럽게 머리를 말리기 시작했다.

"……응. 말랐어. 머리는 말려야 해. 안 그럼 감기 걸려."

"그렇지. 고마워, 유에."

"……응."

하지메가 감사하자 유에는 그대로 하지메를 뒤에서 껴안았다.

그리고 하지메의 목에 얼굴을 묻고 어리광부리듯 비볐다. 뒤에서 두른 매끄러운 두 팔은 하지메의 가슴 위에서 옷 안으로 침입해 하지메를 사랑스럽게 더듬었다.

편안한 감촉, 행복한 시간.

그런데 가슴의 떨림이 강해졌다. 하지메는 자신의 상태가 지독히 짜증 났다.

'온 힘을 다해 날 사랑해주는 애인이 있어. ……평소 생활도 모든 게 만족스러워. 복에 겨운 삶이잖아? 그런데 누구야……? 내 안에서 소리치는 넌 누구냐고?'

유에의 부드러움과 체온을 느끼며 부풀어 오르는 답답함을 애써 무시하려고 했다. 그런 하지메의 귓가에 유에가 입술을 붙이며 속삭였다.

"……괜찮아. 아무 걱정할 필요 없어. 하지메는 내가 행복하게 해줄게."

"유에……."

"……나만 바라봐. 괜찮아. 난 여기 있어. 하지메의 이상대로. 언제까지나 곁에 있을게."

"······"

녹아내릴 듯 달콤한 속삭임이었다. 하지메는 차츰 잠속으로 빠져들었다.

이대로 유에의 달콤한 품속에서 잠들어 버리면 얼마나 편안할까.

'그래. 여기에는 유에가 있어. 그보다 더 소중한 건 없어. ······없을 거야. 다른 건 아무것도 필요 없어. 설령 모든 걸 버린다고 해도······ 내 옆에는 이상적인 연인과 인생이 있어. 그것만 있으면······.'

의식이 끊어지려고 했다. 몸에서 힘이 빠지고 그대로 따뜻한 물에 잠기는 듯한 편안함에 몸을 맡기려고 했다.

그렇게 모든 것이 안개 너머로 사라지려고 했다. 그 직전에······.

─내가 유에를, 유에가 나를 지킨다. 그럼 최강이야. 전부 쓰러뜨리고 세계를 뛰어넘자.

갑자기 그런 말이 머릿속에 울렸다. 불명료한 마음의 소리로······.

하지메의 의식이 급속히 떠올라 거의 닫힐 뻔한 눈이 번쩍 뜨였다.

─아~, 그럼 너도 갈래?

다시 자신의 목소리가 울렸다. 지금의 자신과는 조금 다른, 하지만 틀림없는 자신의 목소리였다.

뇌리에 풍경이 떠올랐다.

'아, 그래. 이건 그 어둠 속에서 내가 유에에게 했던 말……. 내 고향으로 함께 가겠냐고 물었을 때 했던 말이야.'

기억들이 뛰쳐나왔다. 일본이 아닌 다른 세계의, 나락 밑바닥의 기억.

그리고 하지메는 봤다.

유에의 미소를…….

함께 하지메의 고향으로 따라가겠다. 단지 그뿐인데 표정이 희박하던 유에가 마치 꽃이 피어나듯 만면에 미소를 지었다. 마음속 깊은 곳으로 행복하다고 말하듯…….

생각해 보면 처음 본 그 미소에 하지메는 마음을 빼앗겼다.

그렇게 함께 사선을 헤쳐 나와 세계로 나가는 첫날, 두 사람은 맹세했다.

서로를 지키고 방해하는 것을 없애서 하지메의 고향으로 함께 가자고, 그렇게 맹세했었다.

본능의 힘일까?

달콤한 안개 속으로 의식이 사라지기 직전, 그 소중한 맹세를 떠올렸다.

하지메는『유에로 보이는 무언가』를 뿌리쳐 내고 일어섰다.

'이상적인 연인? 달콤하고 안락한 세계? 뭐 잘못 먹었냐, 나구모 하지메!'

하지메는 손으로 눈을 덮고 까드득 소리가 날 정도로 이를 악물었다.

그러지 않으면 분위기에 쓸려갈 뻔한 자신의 나약한 마음을 용서할 자신이 없었다.

'스스로 한 맹세를 잊고 허상에 빠질 뻔하다니, 내가 한 짓이지만 역겨워.'

기합을 넣으려는 것처럼, 혹은 벌을 주려는 것처럼 하지메는 자기 뺨을 힘껏 갈겼다. 우득, 하고 예사롭지 않은 소리가 울렸다. 하지메의 느닷없는 행동에 놀라 유에가 당황하며 다가와 손을 뻗었지만······.

하지메가 휘두른 팔에 세게 튕겨 나갔다.

유에는 슬픈 표정으로 손을 가슴 앞에 꼭 모아 쥐었다.

그 표정에, 아마 대미궁이 만들어 낸 그 표정에 대고 하지메는 분노를 담아 말을 내뱉었다.

"······이딴 장난질을 쳐?"

"······하지메, 왜 그래?"

하지메는 유에가 불안하게 묻는 말을 무시하고 조금 전과는 다른 사람처럼 날카로운 시선으로 유에를 노려봤다.

"이봐, 유에. 난 유에가 무엇보다 소중해. 다른 건 아무것도 필요 없어."

"······하지메, 기뻐."

하지메의 갑작스러운 말에 유에는 한순간 당황했지만 이내 표정을 풀었다.

그러나 말과는 반대로 하지메의 눈매는 여전히 날카로웠다.

"그러니까, 내가 다른 걸 버리라고 하면 버려주겠어?"

"……하지메가 그러길 바란다면."

하지메의 맥락 없는 말에 유에는 순간 주저하다가 고개를 끄덕였다.

"설령 그게 시아나 카오리, 티오, 그리고 뮤라고 해도?"

"……하지메가 그러길 바란다면."

마치 하지메의 이상을 체현한 것처럼 하지메가 바라는 것은 모두 받아주겠다고 선언했다.

그렇지만 그런 유에에게 하지메는 기뻐하지 않았다. 오히려 울화가 치민 것처럼 표정을 구겼다.

"한심하게 이딴 거에 넘어갈 뻔했다니……."

나직이 중얼거린 하지메는 노려보는 눈매를 그대로 유지한 채 말을 던졌다.

"그래? 잘 알았다, 쓰레기 자식아."

하지메가 유에를 가짜라고 단정한 순간, 하지메의 모습이 한순간에 변화했다. 일본인 특유의 흑발과 외모가 백발 안대와 의수를 단 모습으로…….

"쳇. 이렇게 쉽게 함정에 빠질 줄이야. 이래서 대미궁은 방심하지 못하겠어. 그나저나 하르치나도 제 동료들처럼 상종 못 할 자식이군."

악담을 퍼붓는 하지메에게 유에가 다가왔다.

그리고 매달리는 표정으로 하지메에게 손을 뻗었다.

"……여기 있어 줘. 여기 있으면 하지메는 계속 행복할 수 있어."

"닥쳐, 가짜. 친한 척 이름 부르지 마."

"……왜 그래? 나 유에야. 하지메의 애인. 이상적인 애인.
뭐가 불만이야?"

"하나부터 열까지 맘에 안 든다, 멍청아. 내가 하는 말이라
면 뭐든 다 듣는, 내 마음대로 되는 이상적인 애인? 그게 인
간이냐? 그냥 인형이지. 나는 인형을 갖고 노는 취미 없어."

이미 이 공간에서 어떻게 탈출할지 생각하던 하지메는 가짜
유에게 건성으로 말을 쏘아 댔다.

"……아니야. 인형이 아니야. 모든 인격을 이어받고 하지메
의 이상을 구현한 게 나야. 그러니까 여기 있어 줘. 하지메가
바라면 모든 것이 이상대로 이루어져. 영원히 곁에 있을게."

아무래도 그냥 가짜는 아닌 모양이었다. 이 세계도, 등장인
물들도 처음 전이진으로 읽어 들인 기억과 인격을 바탕으로
만들어진 것 같았다.

그곳에 본인의 『만약 이랬다면』이라는 소망, 이루어질 리 없
는 IF를 덧붙여 더욱 이상적인 세계를 구축했을 것이다.

분명히 나락에서 맛본 고통이나 앞으로 맞서야 할 고난을
생각하면 그런 것이 없는 평화로운 일본에서 그녀들과 살아
가는 생활은 이상적인 삶일지도 몰랐다.

그렇지만—.

"구제할 도리가 없군. 너무 엇나가 있어서 불쌍할 지경이야."

하지메는 같잖다는 듯이 말하고 몸에서 붉은 빛을 터뜨렸다.

반투명의 붉은 마력이 순식간에 가짜 세계 모든 곳으로 전

파되었다. 하지메는 거기에서 머무르지 않고 파죽지세로 밀도를 끌어올렸다.

이것이 시련인 이상, 조건을 충족하면 탈출할 가능성은 컸고 그 조건도 대강 추측됐다. 하지만 힘으로 때려 부수고 싶어졌다.

"……왜?"

이상적인 세계일 텐데 그것을 부정하는 하지메에게 유에가 의문을 제기했다.

어느샌가 그 얼굴에서는 감정의 색채가 빠져 있었다. 본래 미모의 영향도 있어서 그 얼굴은 정말로 인형 같았다.

하지메는 맹렬히 마력을 방출하며 강렬하게 빛나는 눈으로 가짜 유에를 바라보았다.

"그것도 몰라? 눈앞에 있는 이상의 유에와 현실의 유에, 누가 더 매력적일지는 저울질할 것도 없어. 현실의 유에 이상 가는 사람이 존재할 리 없으니까!"

눈 깜짝할 사이에 마력이 한계에 달해서 하지메의 표정에 괴로움이 섞이기 시작했다.

그런데도 불구하고 입에서 나온 것은 애인 자랑 같은 외침이었다. 기합에 호응하듯 미쳐 날뛰는 마력은 결국 공간 전체에 균열을 만들었다.

하지메는 거기서 멈추지 않고 『한계 돌파』를 발동했다.

마력이 거의 바닥났는데도 개의치 않고 늘어난 마력을 단번에 방출했다.

"다른 녀석들도 그래. 누구 하나 내 마음대로 되는 녀석이 없어. 하나같이 성가신 것들이야. 그렇지만 바로 그렇기 때문에, 내 이상에만 따르지 않았기 때문에 지금 내가 있어. 나를 붙잡아주고 나를 나답게 만들어주는 건 그 녀석들이야. 고작 이상 따위가 현실의 그 녀석들을 대신할 수 있을 거라고 생각하지 마!"

세계가 진홍빛으로 물들었다. 붉은 빛이 기둥이 하늘을 찌르듯 솟구쳤고 가짜 세계가 비명을 질렀다.

그리고―.

세계가 부서졌다.

깨진 유리 파편처럼 조각난 세계가 공중을 수놓았다. 반짝이며 쏟아지는 그것은 흡사 다이아몬드더스트 같았다.

생명이 끝날 때 순간의 반짝임을 얻듯이 부서진 세계를 채운 빛 속에서 가짜 유에는 조용히 미소 지었다.

그것은 유에가 보이는 미소가 아니었다. 좀 더 다른…… 누군가의 미소였다.

하지메는 그 인물이 누구인지 알 것 같았지만 급격히 흐릿해지는 의식 속에서 그것을 지적할 여유는 없었다.

"……합격이에요. 달콤하고 친절하기만 한 것에 가치는 없어요. 주어지기만 해서는 의미가 없어요. 설사 괴롭고 힘들어도 현실에서 쌓아 올리고 이루어 온 것이야말로 당신을 행복하게 합니다. 명심하세요."

유에와는 전혀 다른 음성이었다. 여성스럽게도 남성스럽게도 들렸다. 하지만 몹시 부드러운 목소리였다.

하지메는 의식이 끊어지기 직전, 소리가 되지 못한 말로 되받았다.

"하, 웬 참견이야? ……하지만 뭐, 기억은 해 두겠어."

이미 흐릿해져 보이지 않는 그 사람은 역시나 마지막까지 부드러운 미소를 지은…… 느낌이 들었다.

등과 뒤통수에 닿은 차갑고 딱딱한 감촉과 마른 공기를 느끼고 몽롱하던 하지메의 의식이 빠르게 현실로 돌아왔다.

"으…… 여기는……."

머리를 저으며 몸을 일으켜 서둘러 주위를 확인했다.

광원도 하나 없어 어두컴컴했지만 『밤눈』 기능이 있는 하지메에게 어둠은 방해가 되지 못했다. 보아하니 정신을 잃기 전에 들어온 거목의 굴과 구조는 비슷하나 그보다 곱절은 넓은 장소 같았다.

다만, 한 가지 결정적인 차이가 있었다. 방 안에 있는 어떤 물건이었다.

돔 형태의 공간 안에 규칙적인 간격을 두고 원을 그리는 그것은 직사각형 모양의 상자였다.

크기는 딱 사람 한 명이 들어갈 정도였다. 하지메는 그것이 꼭 관 같다고 생각했다.

하지메가 눈을 뜬 장소는 원을 그리는 그 물체 중 하나였다. 방 중앙에 특별할 것은 아무것도 없었다. 주변 벽에도 출입구다운 것은 없었다.

하지메는 양쪽에 놓인 관 같은 물체에 눈길을 주고 우측 가장 가까이 있는 상자로 다가갔다.

"으, 이건…… 꼭 호박(琥珀) 같군."

자기도 모르게 숨을 삼킨 하지메 앞에는 유에가 있었다. 고 블린의 몸이 아니었다. 평소대로 비스크 인형 같은 미모를 한 소녀였다.

유에는 관 모양 상자 안을 가득 채운 황갈색 물질 안에서 눈을 감고 조용히 누워 있었다. 신비롭기는 하지만 확실히 호 박 안에 갇힌 고대 생물을 떠올리게 만드는 모습이었다.

한순간 죽은 건 아닌가 싶어 덜컥 겁이 났지만 『기척 감지』 로 유에의 고동이 분명히 느껴졌다. 가짜가 아닌, 진짜 살아 있는 유에였다.

방 안에는 모두 아홉 개의 호박이 안치되어 있었다. 그것들 을 하나하나 확인하자 역시나 다른 일행도 같은 모양으로 갇 혀 있었다. 아마 거대 트렌트 굴에서 전이되어 그대로 호박 안에 갇힌 것 같았다.

방금까지 본 물거품 같은 꿈.

달콤한 꿀로 유혹하고 한번 붙잡으면 다시는 놓아주지 않 는 식충식물 같은 허상의 세계였다. 다른 이들도 그것을 보고 있을 게 틀림없었다. 그리고 그 세계에서 탈출하면 현실에 있 는 이 호박 감옥에서 해방되리라.

하지메는 유에가 갇힌 호박을 바라보면서 현재 상황을 그렇 게 추측했다.

"뭐가 어찌 됐건, 유에랑 티오도 원래 모습으로 돌아와서 다행이야. 이제는 자력으로 돌아올 수 있을지가 관건인데······ 그건 문제없겠지."

하지메 말대로 티오도 고블린의 몸이 아닌 본래 아름다운 모습으로 돌아와 있었다.

이것도 추측이지만 거대 트렌트가 보스였던 층을 통과하면 자동으로 돌아오는 구조가 아니었을까?

하지메는 유에의 호박 관에 걸터앉아, 눈을 감고 누운 사랑하는 연인에게 살며시 손을 뻗었다. 물론 호박에 가로막혀 손은 닿지 않았지만 그래도 유에의 얼굴을 따라가듯 손을 미끄러뜨렸다.

"빨리 돌아와, 유에. 지금 네 목소리가 너무 듣고 싶어……."

한순간 억지로 호박을 부숴 버릴까, 하는 과격한 발상이 머리를 스쳤지만 그렇게 해방되면 아마 시련은 실패로 판정되리라는 생각에 꾹 참았다.

"……그나저나 교복 차림 유에…… 굉장했지. 시아도 제법 좋았고……. 꿈속의 내 이성이 잘도 버텼군. ……원래 세계로 돌아가면 입어달라고 해야지."

하지메가 그런 바보 같은 생각을 하던 중 유에가 든 호박이 희미하게 빛을 발했다. 하지메는 호박에서 손을 떼고 한 발짝 물러나 그 변화를 지켜봤다.

빛이 서서히 잠잠해지자 호박은 끝에서부터 순서대로 녹기 시작했다. 녹은 호박은 관에 흡수되어 사라졌다. 5분도 지나지 않아 유에를 덮은 호박은 완전히 사라지고 말았다.

조용히 누운 유에의 가슴이 호흡에 따라 오르내리는 것을 확인한 하지메는 일말의 긴장을 풀고 바로 유에에게 달려가 조심스럽게 안아 들었다.

계속 차가운 곳에 눕혀 두고 싶지 않았다. ……아니, 솔직히 말하자면 한시라도 빨리 끌어안고 싶었다.

하지메가 유에를 옆으로 눕혀 들고 얼굴에 걸린 머리카락을 걷어주자 유에의 긴 속눈썹이 눈꺼풀과 함께 파르르 떨렸다. 그리고 천천히 눈을 떴다.

"유에. 어서 와. 몸은 어때?"

"……응. 하지메?"

"그래. 나야."

유에는 조금 멍했지만 그 시선은 조금도 하지메에게서 떨어지지 않았다. 완전히 의식이 각성한 후에도 오직 하지메만을 바라보았다.

"……진짜 하지메?"

"왜 그런 소리를 하는지 대충 짐작은 간다만…… 그건 유에가 판단해줘. 지금 눈앞에 있는 내가 유에에게 있어서 진짜인지, 아니면 가짜인지."

분명 유에가 본 꿈에서는 가짜 하지메가 나왔겠지.

이상을 반영한 그 허상 세계에서 유에의 마음이 자신을 등장시켰다는 사실에 하지메는 기쁨을 느끼고 판단을 맡겼다.

"참고로 나는 지금 내 팔 안에 있는 유에가 의심할 여지 없이 진짜 유에라고 확신해."

하지메의 말에 유에는 한순간 얼떨떨한 표정을 지었으나, 곧 그 의미를 깨닫고 미소 지었다.

하지메도 꿈속에서 가짜 유에를 만났다고 깨닫고 이상 세계 속에 자신이 있다는 사실이 기뻤던 것이다. 유에의 눈꼬리가 내려가고 입이 부드러운 호를 그렸다.

"……왜 그렇게 생각해?"

유에는 그 이유를 알지만 구태여 물어봤다. 설령 마음이 통하는 사이라도 사랑하는 이가 말로 표현해주는 것은 기쁜 일이었다. 또 중요한 일이기도 했다.

하지메도 그런 유에의 심정이 일심동체처럼 느껴졌다. 그래서 어깨를 으쓱하며 시원하게 대답했다.

"어색한 부분이 어디에도 없으니까. ……내 안의 깊은 곳, 분명 영혼이나 그런 부분이겠지. 그곳이 말해주고 있어. 지금 팔 안에 있는 사람은 틀림없이 나의 『특별』한 존재하고."

"……후훗. 나도 내 깊은 곳에서 지금 나를 안은 사람이 하지메라고 하고 있어. 방금 물었던 건 잊어줘."

"자다 깼으니 그럴 수도 있지, 뭐."

다시 어깨를 으쓱이는 하지메를 보고 유에는 눈웃음을 지은 뒤 그대로 하지메의 목에 팔을 둘러 꽉 안겼다. 하지메도 유에를 강하게 끌어안았다.

—어험!

"……그쪽의 나는 어땠어?"

"우리 학교 교복이 끝내주게 어울렸어."

대답은 예상하지 못한 감상이었다. 그것만으로 하지메가 어떤 세계를 봤는지 이해한 유에는 후훗 작은 웃음을 흘렸다.

"……응. 언젠가 입어줄게."

"그거 기대되는데? 유에 쪽은?"

―엇허엄!!

유에는 하지메의 목에 얼굴을 파묻고 입술만 살짝 닿을 정도로 키스를 반복했다. 하지메도 유에의 달콤한 향기를 들이마시면서 되물었다.

"……예복과 옥좌 끝내주게 어울렸어."

"미안. 예복은 몰라도 옥좌는 싫어. 왜 하필 옥좌야?"

"……왕비로 스타트했어. 시작부터 애가 열한 명이었어."

"어디까지 간 거야?! 그 대가족은 뭐고?! 애만 모아도 축구팀 하나 만들겠다!"

하지메가 무심코 몸을 떨어뜨리고 경악의 눈빛으로 유에를 봤다.

유에는 키스로 촉촉해진 입술을 혀로 날름 핥은 뒤 요염한 눈빛으로 하지메를 바라봤다. 고혹적인 눈빛과 숨결에 하지메의 심장이 크게 뛰었다. 어떤 마물에게 기습받아도 흔들리지 않을 자신이 있는 정신이 쉽게도 휘청거렸다.

"……후후, 기대할게."

"으…… 어휴, 역시 유에에게는 평생 못 이기겠어."

―크흠! 커흠!

장난스럽게 미소 지으면서도 눈동자 깊숙이 진심 어린 빛이 깃든 유에가 바라보는 터라 하지메는 두 손 들었다는 식으로 천장을 올려다봤다.

그리고 새삼스럽게 실감했다. 이게 바로 유에지, 라고. 하지메는 고양된 기분으로 한 손을 유에의 뒷머리에, 다른 한 손을 허리에 감아 꽉 끌어당겼다.

하지메가 무엇을 바라는지 깨달은 유에는 자신이 그것을 바라기도 하여 살포시 눈을 감고 턱을 들었다. 장밋빛으로 물든 뺨이 이리도 사랑스러울 수 없었다. 매혹적인 입술로 얼핏얼핏 보이는 선명한 색의 혀가 말초 신경을 대단히 자극했다.

이미 말은 없었다. 그저 서로가 원하는 대로 입술을 포개기 위해 두 사람의 거리는 좁아졌다.

10센티미터, 5센티미터, 줄어든 거리가 마침내 0이 되려고 한 순간―.

"으억험크엇흠쿨럭켈록에헷쵸이!"

"―엉?"

"―응?"

아까부터 어째 들리지 않지는 않았던 것 같은 이상한 소리가 갑자기 귓가에서 괴음이 되어 들렸다. 이쯤 되자 무시할 수 없어진 하지메와 유에는 닿을락말락한 거리에서 서로 눈빛을 교환했다. 잠시 후, 괴음이 난 곳으로 눈을 돌렸다. 그러자 그곳에는―.

"우욱, 훌쩍. 어차피 전 필요 없어요오. 열심히 현실로 돌아왔는데…… 오자마자 병풍 취급이야. 히끅…… 신경 써서 헛기침으로 왔다고 어필했는데도…… 우으, 훌쩍. 그것마저…… 무시당하고…… 현실은 항상 비정해요오."

토끼 귀가 시들시들해진 시아가 질질 울고 있었다. 눈가에 고인 눈물이 참으로 애수를 자아냈다.

아무래도 유에가 일어난 직후 시아도 깬 모양이었다. 하지메도 유에도 서로밖에 보지 않아서 전혀 눈치채지 못했다. 이런 방심을 할 줄이야.

굳이 구석으로 가서 무릎을 끌어안고 시무룩해하는 토끼. 이쪽을 힐끔 엿보는 것이 참 속 보인다 싶었다.

그러나 기껏 이상 세계를 뿌리치고 나온 시아를 방치한 것은 솔직히 너무한 처사였는지도 모르겠다. 그렇게 생각한 하지메와 유에는 쓴웃음을 지으며 함께 위로하러 다가갔다.

두 사람이 토끼 귀를 조물조물 만지자 금세 꼬리가 파닥거렸다. 기쁜가 보다.

하지메는 감개 어린 표정으로 입을 열었다.

"응. 역시 시아에게는 토끼 귀가 있어야지. 토끼 귀가 있어야 비로소 시아. 토끼 귀 없이 어떻게 시아라고 할 수 있을까. 오히려 토끼 귀가 시아야."

"아니, 무슨 말인지 모르겠거든요? 단언하는데 토끼 귀가 본체는 아니에요. 그나저나 하지메 씨, 유독 토끼 귀를 만지시네요? 꿈속에서 무슨 일 있었나요?"

"맞아. 꿈속 시아는 토끼 귀가 없었어. 그냥 시아였다고."

"……응? 그게 어떻게 시아?"

"저기요, 유에 씨. 토끼 귀가 제 아이덴티티인 건 맞는데, 그게 없어도 저는 저라고요."

시아는 두 사람의 반응에 은근히 위기감을 느꼈다. 어쩌면 나보다 토끼 귀를 사랑하는 게 아닌가, 하고……

찜찜한 표정이 된 시아를 달래며 그녀가 어떤 세계를 봤는지 물어보자, 수해에서 막 나온 직후 제국 병사에게 죽은 가족이 살아 있는 세계라고 했다. 그곳에는 유소년기에 죽은 모나도 있고 누구 한 명 빠진 사람 없는 가족, 그리고 하지메와 유에, 동료들과 행복한 일상을 보내는 모습을 보았다.

유에에게도 다시 물어보자 옛날 나라가 멸망하지도 배신당하지도 않고 시아와 카오리, 티오 같은 친구에게도 둘러싸인 세계, 더욱이 하지메를 사위로 들여 아이를 가지는 꿈이었다고 했다.

"나는 이 세계에 소환되지 않고 평화로운 일상 속에서 너희와 함께 사는 꿈이었어. ……아마 과거에 받은 큰 고통을 동반하는 사건을 없었던 일로 하고 현재의 행복을 접목한 세계를 보여주는 건가 봐."

"그렇군요. 어떻게 보면 그건 이상적인 세계라고 할 수도 있겠네요."

"……시아는 어떻게?"

어떻게 이상 세계에서 탈출했냐는 질문이었다. 시아는 싱글벙글 대답했다.

"그야 물론 지금의 저를 부정할 순 없고 하고 싶지도 않으니까요. 이런 세계 싫어요오~! 가족을 이용해 먹다니, 웃기지 마~! 라고 외쳤죠."

"……응."

유에는 이해했다는 얼굴이었다. 하지메도 어딘지 모르게 다정한 표정으로 고개를 끄덕였다.

시아의 꿈속에서 그녀는 옛날처럼 약했으리라. 시아는 그런 자신을 받아들이지 않았다.

"꿈속에서는 가족이 쫓기기 전에 하지메 씨와 유에 씨와 만난 데다가 함께 살고 있었거든요. 전 그냥 보호받기만 해도 됐어요. 하지만 「이게 아니야! 이런 무력함을 받아들이면 그 사람들 곁에 있을 수 없어!」라고 마음속으로 외쳤어요. 지켜주겠다는 하지메 씨나 걱정하지 말라고 안아주는 유에 씨는…… 분명히 달콤하고 친절했고, 편안했어요. 그렇지만 그런 말을 들으면 들을수록 의아함이 커졌고…… 정신을 차리자 싸우기로 결심하고 있었어요. 두 분 옆에 서서……."

"그렇게 해서 돌아왔군……."

"네! 앞으로도 저는 하지메 씨와 유에 씨 **옆에** 나란히 서고 싶었으니까요. 설령 그 길이 고통과 괴로움을 동반한다고 하더라도."

그렇게 말하면서 히죽이 웃는 시아를 보고 정말 듬직해졌다며 하지메는 감개에 잠겼다.

만났을 당시에는 꼬리 말고 도망가던 개, 아니, 토끼 집단 중 한 명에 불과했는데 변하려고 하면 변할 수 있는 법이구나 싶었다. 게다가 변한 이유가 하지메나 유에와 함께 있고 싶어서, 나란히 서고 싶어서, 라고 하니까 멋쩍어서 뭐라고 말해야 할지 모르겠다. 특히 하지메와 함께하고픈 이유는 사랑 때문이라고 한다.

하지메는 유에게 품은 감정과는 또 다른, 그러나 확실하게 강한 감정이 밀려오는 것을 느꼈다. 괜히 시아의 머리를 품으로 끌어당겨 상냥하게 쓰다듬었다.

옆에 있는 유에가 하지메의 심정을 알아차렸는지 사랑스럽다는 표정을 지었다.

"저, 저기, 하지메 씨?"

"그 뭐냐…… 어서 와, 시아. 잘 돌아왔어."

"아……. 네! 다녀왔어요!"

네가 돌아올 곳은 여기다— 말로 하지 않아도 하지메의『어서 와』와 강하게 끌어당기는 힘이 그렇게 말하는 것 같아서 시아는 해죽이 웃었다. 쑥스러운 듯한, 이보다 행복할 수는 없다는 듯한, 보는 이를 매료하는 웃음이었다.

평소처럼 하지메가 오른쪽에 유에, 왼쪽에 시아를 안고 도란도란 서로의 꿈에 관해 이야기하는 사이, 다시 호박 하나가 흐릿하게 빛나기 시작했다. 또 한 사람이 달콤한 유혹의 꿈이라는 감옥을 부수고 현실로 돌아오려 하고 있었다.

"저 호박은 분명히……."

하지메가 중얼거림과 동시에 유에가 마법으로 만든 불빛의 광량을 늘려 막 꿈에서 해방된 인물을 비췄다.

잠깐의 시간이 지나고—.

"으아아~! 주인님이 경을 치면 겨우 이 정도가 아니란 말이

다아앗~! 더 강해져서 돌아오너라!"

"""……."""

그렇게 말하고 일어나자마자 허공에 주먹을 날린 그 인물은 설명할 필요도 없겠지만 티오였다.

그 발언을 통해 어떤 꿈을 꿨는지 대충 이해한 세 사람은 자기도 모르게 입을 다물고 경멸의 눈초리를 보냈다. 특히 하지메의 눈이 싸늘했다. 툰드라였다. 이상 세계에서 자신에게 무슨 짓을 하게 했냐는 눈이었다.

그 시선을 받자마자 티오의 등이 부르르 떨렸다. 가볍게 황홀해하며 획 돌아보고는 그곳에 있는 극한(極寒)의 눈빛을 확인한 뒤 더욱 몸을 떨었다.

그리고 하지메와 시선이 마주치기가 무섭게 주인을 발견한 강아지처럼 달려왔다.

"주인니임~, 내가 돌아왔다~! 칭찬해다오~!"

티오는 고블린이 되었을 때와 전혀 달라진 게 없는 루○ 다이브로 뛰어들었다.

물론 돈나를 쐈다.

"앗흥?!"

발포음과 동시에 티오가 공중 3회전 텀블링을 선보였다. 그리고 뒤통수부터 바닥에 떨어져 신음 같은 비명을 지르면서 몸부림쳤다.

물론 밟았다. 하지메의 발이 꾸물꾸물 몸부림치는 티오의 등을 눌러 그 기분 나쁜 몸짓을 멈추려고 했다.

"이 잡룡이. 대체 꿈속에서 나한테 무슨 짓을 시킨 거야?"

"응아아아앗, 이거야! 이것이야! 열심히 가짜 세계에서 돌아왔는데 돌아오는 것은 발포와 발길질! 그리고 마치 쓰레기를 보는 듯한 눈길! 그 가짜 녀석 같은 자비는 전혀 없는 이 절묘한 고통! 이래야 내 일생의 주인님 아니겠는가!"

"……죽어, 변태."

"아가가가가가아아아~!!"

티오의 환희 섞인 포효를 차마 들어주지 못하겠는지, 하지메가 제법 진심으로 『전기 두르기』를 발동했다. 몸이 활처럼 휘어 비명 지른 티오는 흰 연기를 뿜으며 철푸덕 쓰러졌다.

표정은 『보여줄 수 없어요!』 팻말을 든 자체 ○열 군#4이 올 것 같은 황홀한 변태 얼굴이었다. 참으로 행복해 보였다. 하지메의 본의는 결단코 아니었지만…….

"아하하…… 역시 대미궁도 티오 씨의 성적 취향을 이해하진 못한 걸까요? 변태에 맞춘 이상 세계를 만들었는데 욕만 실컷 먹고 만족하지 못하겠다는 이유로 통과되어 버리다니……."

"……하르치나에게— 경례!"

유에가 허공에 척 경례했다. 마음속 하르치나가 눈물을 머금고 경례를 받아준…… 기분이 들었다.

"주인님의 포상, 잘 받았네. 역시 주인님은 생것이 좋구먼."

티오는 아무 일도 없었다는 양 흐느적거리며 부활했다.

#4 자체 ○열 군 만화 『하야테처럼!』에 등장하는 캐릭터 자체 검열 군. 『보여줄 수 없어요!』가 적힌 팻말로 특정 장면을 가리는 마스코트 캐릭터.

기분 나쁜 소리를 하기에 한 번 더 총을 쏴 버릴까 싶었지만—.

"……"

손을 멈췄다. 그리고 티오의 표정을 빤히 바라봤다.

"응? 무슨 일인가, 주인님. 나에게 반했느냐? 우훗."

빙그레 웃는 티오. 하지만 하지메는 잠시 후 숨을 뱉었다. 그리고 티오의 머리를 거칠게 쓰다듬었다. 얼떨떨해하는 티오에게 하지메가 말했다.

"반해주길 바라면 억지로 웃지 마. 그런 얼굴을 볼 바에야 평소 변태 얼굴이 훨씬 나아. 뭐, 어쨌거나…… 잘 돌아왔어, 티오."

티오는 눈을 크게 떴다. 그리고 곧 두 손 들었다는 것처럼 눈을 가렸다.

"……그래. 다녀왔네, 주인님."

티오가 발그레 물든 뺨을 숨기려는 듯 고개를 돌리며 대답했다.

그 대화를 듣고 유에와 시아도 깨달은 모양이었다.

티오가 오랜 세월을 사는 용인족이며 그것인즉 이 중에서 누구보다 많은 것을 보고 듣고 경험해 왔다는 뜻이었다.

『만약 이랬더라면』— 그녀는 대체 몇 번이나 그런 생각을 했을까?

티오에게 대미궁이 보여준 이상 세계는 그 오랜 시간 속에 사라진 모든 것이 담긴 보물 같은 세계이지 않았을까?

눈을 떴을 때 조금 시간을 뒀던 것은 흘러넘치는 감정을 가

습 안쪽으로 밀어 넣기 위해서. 평소처럼 수선을 피워 그것을 감추려고 했었겠지.

하지메는 정말 미미하게 엿보인 그 감정을 빠르게 알아차렸다.

"티오 씨, 어서 오세요."

"……응. 어서 와, 티오."

"……시아, 유에. 다녀왔다."

티오는 유난히 쑥스러워했다. 일행은 ㄱ 보기 드문 모습을 보고 훈훈한 마음에 웃음 지었다. 그러자 티오의 뺨은 더욱 빨개졌다.

그로부터 얼마 후 또 다른 호박이 빛났다.

다음으로 탈출한 사람은 카오리였다. 일행이 곁으로 다가가자 작게 신음하고 눈을 떴다. 그리고 자기 주위를 둘러싼 이들을 보고 안도의 한숨을 쉬었다.

하지만 한 번 더 하지메와 눈이 마주친 순간, 피가 끓어 오른 것처럼 순식간에 얼굴이 새빨갛게 변하더니 벽까지 후다닥 물러나 버렸다.

지금까지 카오리가 이런 식으로 거리를 둔 적이 없었기에 하지메는 놀라움보다 당황스러움이 앞섰다. 왜 저러나 싶어 다른 일행에게 시선을 돌렸다.

하지메의 당혹감을 느낀 카오리가 허둥지둥 오해를 풀려고 했다.

"앗, 아, 아니야! 하지메! 지금 그건, 조금, 뭐랄까, 아무튼 아니야! 피했다거나 그런 게 아니고……!"

"아니, 그렇게 변명할 필요 없는데……. 어차피 꿈이랑 관련된 거지? 대체 어떤 꿈을 꾼 거야?"

"어? 어떤 꿈이냐니, 그건…… 으아아아아."

피식 웃는 하지메에게 대답하려다 말고, 카오리는 아예 온몸이 빨개지며 차마 말을 잇지 못하고 몸을 웅크려 버렸다. 도저히 하지메의 얼굴을 못 보겠다는 양 양손으로 자기 얼굴을 가렸다.

그런 카오리를 보고 대충 어떤 꿈을 꿨는지 파악한 여성들이 저마다 반응을 보였다. 티오는 「오호라~」라며 진심으로 재밌다는 듯 히죽거렸고, 시아는 살짝 홍조를 띠며 「……카오리 씨도 참」이라고 중얼거리고는 눈을 피했다.

그리고 유에는―.

"……카오리, 은근 밝히네."

경멸의 눈빛과 신랄한 말로 매도했다. 뜨끔한 카오리가 얼굴을 더 붉히면서 황급히 변명했다.

"아, 안 밝혀! 이, 이상한 소리 하지 마!"

"……그럼 무슨 꿈 꿨는지 말해 봐."

"그, 그건…… 따, 딱히 특별할 것 없는 일상을……."

"……그래. 일상적으로 하지메를 덮쳤구나."

"안 덮쳤어! 살짝 밀어뜨리기만 했지 그다음부턴 하지메가…… 앗."

"……카오리는 하지메에게 접근 금지. 하지메가 위험해."

"아, 안 위험해! 하지메, 이거 아니야. 난 하지메를 안 덮쳐.

알지?"

"그래그래. 알아."

"으으~."

아무래도 카오리는 꿈속에서 하지메와 『여러 일』이 있었나 보다. 카오리가 말하기로는 결국 『그렇게』는 되지 않았고 간신히 유혹(?)을 뿌리치고 귀환했다고 하지만…… 제법 새콤달콤한 청춘을 보낸 듯했다.

카오리는 자꾸 하지메 쪽을 힐끔거리며 부끄러워했다. 그 순진한 반응이 유에의 가학심을 자극했는지, 귓가에 대고 뭐라고 속삭이면서 카오리의 수치심을 자극했다. 유에에게 괴롭힘 당한 뒤 귀를 막고 고개를 짤래짤래 흔드는 카오리의 모습은 마치 심술꾸러기 고양이에게 내몰린 불쌍한 쥐였다.

"뭐, 아무튼 이걸로 우리 쪽은 모두 귀환한 셈이군."

"그렇죠. 그럼 용사분들은 어쩌죠?"

시아가 어깨에서 힘을 빼고 그렇게 물었다. 시선은 코우키 파티가 들어간 호박으로 가 있었다.

"글쎄…… 정 안 되면 호박을 깨부숴서 끄집어내는 수밖에 없겠지만, 일단 자력으로 탈출할 때까지 기다려 볼까? 안 그러면 여기 온 의미가 없으니까."

"얼마나 기다릴까요?"

"밥 먹고 잠깐 쉴 때까지면 되지 않겠어? 내 경우는 아마 그냥 통과할 수도 있었겠지만, 그만 화가 나서 말야. 힘으로 다 때려 부수고 탈출하는 바람에 마력이 얼마 안 남았어. 잠깐 쉬고 싶어."

"……무슨 짓을 하신 거예요?"

시아가 하지메를 어이없이 쳐다봤다. 평소와 입장이 역전되어 하지메는 대단히 떨떠름한 표정이었다.

"반성하고 있어. 이 대미궁에 도전하고부터 아무래도 성급한 행동이 잦은 거 같아."

"아~. 그야 뭐, 유에 씨를 계속 이용해 먹으니까요……."

"하지만 변명은 못 하겠어. 어떻게 보면 약점이 될 수 있으니까. 어려울 거 같지만, 이번 기회에 극복해 두려고 해."

웬일로 기특한 태도를 보이는 하지메를 시아가 감탄의 눈빛으로 바라봤다. 그리고 무슨 좋은 생각이 났는지, 아직 카오리를 괴롭히고 노는 유에와 그것을 옆에서 보며 헉헉대는 티오에게 들리지 않게 목소리를 죽여 하지메에게 물었다.

"저기, 하지메 씨……."

"응?"

"만약 제가 유에 씨와 같은 일을 당했다면…… 역시 화내실 건가요?"

눈은 마주치지 않지만 토끼 귀는 똑바로 하지메를 향해 뻗어 있었다. 유에만큼은 아니겠지만 자기를 이용해 먹었을 때 하지메가 화를 내줄지 조금 물어보고 싶었다.

하지메는 순간 얼버무리려고 했으나, 흔들리는 눈동자로 자신을 힐끔거리는 시아를 보고 볼을 긁적인 뒤 아까와는 달리 솔직한 마음을 전했다.

"내가 꿈속 세계를 부수고 싶었던 건 유에 때문만은 아니야. 그 세계에는 너도 있었어. 난…… 지금 여기 있는 네가 아니면 안 돼."

"아…… 에헤헤. 그런가요?"

시아는 기쁘게, 정말로 기쁘게 미소 지으면서 토끼 귀를 파닥파닥, 꼬리를 살랑살랑 흔들었다. 시아의 사랑스러운 몸짓에 하지메의 손도 자연스럽게 귀를 주물조물했다.

그 후 결국 유에의 괴롭힘을 견디다 못한 카오리가 하지메에게 울며 매달렸고, 이상하리만치 기분이 좋은 시아가 카오리를 달랬고, 유에가 만족스럽게 가슴을 폈으며, 티오는…… 아무래도 상관없으니까 넘어가자. 식사를 하면서 코우키 파티의 해방을 기다렸지만 체감으로 세 시간 정도를 기다려도 나오는 이가 없었다.

"기다릴 만큼 기다렸지……."

"……응. 그러게."

"그렇죠. ……마냥 기다리기만 하면 끝이 없으니까요."

하지메가 호박을 바라보고 드디어 강제 탈출을 제안했다. 유에와 시아도 슬슬 어쩔 수 없다며 동의를 표했다. 그러나 카오리가 막아섰다.

"그렇지만…… 조금만, 조금만 더 기다리면 안 될까? 이 애들이라면 분명……."

카오리는 아이들이 얼마나 필사적인지 누구보다 잘 알았다. 그래서 대미궁을 공략해 신대 마법을 얻길 바라는 눈치였다.

신대 마법을 하나 얻으면 그것만으로 생존율도 현격히 올라간다. 무사히 원래 세계로 돌아가기 위해서도 아이들이 강해지길 바랐다.

하지메도 본심으로는 제발 강한 전력으로 커주길 바랐다.

그래서 카오리의 애원하는 눈앞에서 어깨를 으쓱인 뒤 조금만 더 기다리기로 했다.

그러자 카오리가 미소 짓고 은근슬쩍 하지메와 거리를 좁히려다가, 마찬가지로 은근슬쩍 유에에게 저지당했다. 그 직후 호박 하나가 빛을 발했다.

"저 호박은…… 시즈쿠!"

"역시 시즈쿠가 가장 먼저 나오는군."

"흠, 시즈쿠는 똑 부러졌으니까 어찌 보면 당연한 결과야."

녹아내리는 호박을 보고 카오리가 쏜살같이 달려갔다. 시즈쿠는 신음을 흘리면서도 곧바로 눈을 떴고 카오리에게 부축받아 몸을 일으켰다.

"여긴…… 카오리?"

"응, 나야. 시즈쿠, 잘 돌아왔어."

"그래, 돌아온 거구나. 후우. 왠지 엄청 피곤해……."

시즈쿠는 나른하게 깊은 한숨을 뱉었지만 뭔가를 떨쳐 버리듯 머리를 흔들고 카오리에게 미소 지으며 다녀왔다고 대답했다.

그곳으로 다른 일행이 다가갔다.

"참 일찍도 깬다. 그래도 극복한 것 같아 다행이야."

"응? 아, 나, 나구모…… 그, 그러게. 다행이야."

무슨 이유에선지 하지메가 말을 걸자마자 시즈쿠가 묘하게 눈을 굴리면서 말을 더듬었다.

그런 시즈쿠를 보고 다른 이들이 미심쩍은 표정을 했다. 시즈쿠는 동요를 감추려고 헛기침을 한번 한 뒤 살짝 붉어진 볼을 들키기 싫은 듯 좌우를 돌아봤다.

"……딴 애들은, 아직 안 일어났나 봐?"

"응. 우리는 몇 시간 전에 나왔지만, 아직 다른 애들 중 나온 사람은 시즈쿠뿐이야."

"그래? 귀찮은 시련이니까. 오래 기다렸지? 미안."

"신경 쓰지 않아도 돼요, 시즈쿠 씨. 탈출 축하해요. 그리고 조금 묻고 싶은 게 있는데요……."

"고마워, 시아. 뭔데?"

시아의 말에서 불길한 예감이 물씬 났지만 시즈쿠는 짐짓 냉정한 척하며 밝게 답했다. 하지만 실제로 질문을 던진 사람은 시아가 아니라 어느 틈에 옆으로 이동해 온 유에였다.

"……."

"왜, 왜 그래?"

"……."

"저기, 말없이 쳐다보기만 해도 어쩌란 건지…… 유에?"

유에는 왠지 시즈쿠 옆에서 빤히 눈동자를 들여다봤다. 무언, 무표정으로 눈도 깜빡이지 않고 빤히, 빠아안히 바라봤다.

바로 앞에서 자신을 바라보는 비스크 돌 같은 미모에는 엄청난 박력이 있었다. 여린 외모인데 부담스러울 만큼 빤히 바라보니 어떻게 당황하지 않을 수 있으랴.

시즈쿠의 눈동자가 심하게 흔들렸다.

유에는 무엇을 확인하는 것처럼 더욱 깊게 시즈쿠의 눈동자를 들여다봤다.

그리고 뜬금없이 물었다.

"……시즈쿠. 어떤 꿈 꿨어?"

"어? 어떤 꿈이긴, 그냥 꿈이지. 아무 특이할 것도 없어. 그래, 평범해도 너무 평범한 꿈이었어."

"……평범? 누가 나왔어?"

"누구긴, 전부지. 다 나왔어."

"……그래?"

시즈쿠는 똑바로 유에를 마주 보고 하나도 동요하지 않았다고 주장하듯 또박또박 대답했다. 물론 대답 내용이 영 추상적이고 모호한 것이 시즈쿠의 속내를 드러내주고 있었다.

유에는 물론이거니와 다른 멤버도 그것을 눈치챘지만 시즈쿠가 말하고 싶지 않다는 티를 팍팍 내서 일단 조용히 놔두기로 했다.

유에가 싱겁게 물러나자 시즈쿠는 노골적으로 안도한 표정을 지었다.

마침 방 중앙에 차를 준비하던 중이라서, 피곤한 표정인 시즈쿠를 데리고 티타임을 가졌다.

그때 시즈쿠가 주절주절 혼잣말을 읊었다.

"······나한테 신부 안기라니, 말도 안 돼. 애초에 신랑 역할이 왜······."

그 소리를 들은 사람은 **몇** 없었다.

그로부터 또 몇 시간이 지났다. 시즈쿠의 정신적 피로도 충분히 회복된 시점에서 아직도 돌아오지 않는 세 사람의 강제 탈출이 결정되었다. 이 이상 공략을 지체할 수는 없다는 판단에서였다.

하지메와 유에가 부숴도 됐지만 지금은 최적의 기술을 가진 사람이 있었다.

"그럼 카오리, 부탁할게. 몸까지 『분해』하지 않도록 조심하고."

"응, 괜찮아. 실전 중에 쓰는 게 아니라면 제어에 실패할 걱정은 없어."

카오리는 하지메에게 그렇게 말하고 호박에 손을 올렸다. 그리고 마력을 방출해 침투시켰다. 달빛처럼 옅은 은색 마력광이 어두운 방에 선명한 색채를 부여했다.

"—『분해』."

딱히 주문을 욀 필요는 없지만 이미지를 확실히 하기 위해 구태여 소리 내어 말했다.

그 직후 코우키와 류타로, 스즈를 감싼 호박이 녹지 않고 마치 겉면부터 풍화하듯 사라져 갔다. 눈에 보이지 않을 정도로 고운 입자가 된 그것이 공중으로 흩어졌다.

그렇게 모든 호박이 몇 분 사이에 완전히 분해되었다. 그 후에는 규칙적인 숨소리를 내는 세 사람만이 남았다. 정해진 수

순으로 해방되지 않은 탓에 시즈쿠와 카오리가 어떤 후유증이 없는지 걱정스럽게 용태를 확인했지만…… 괜한 걱정 같았다.

"……음? 어라, 카오리? 시즈쿠? 여기는? 나는 두 사람과……."

"으응? 여긴 어디야? 분명히 난……."

"어? 잠깐, 에리는? 에리……."

그리 긴 시간이 지나지 않아 세 사람은 눈을 떴다.

저마다 방금까지 꾸던 꿈에서 갑자기 어두운 굴로 장면이 전환되자 다소 의식에 혼란을 빚는 듯했다.

특히 스즈는 아무것도 없는 허공으로 악착같이 손을 뻗고 있었다. 무엇을 갈망하여 손을 뻗는지는 그녀의 말을 들으면 뻔한 것이었다. 저절로 꿈 내용도 추측됐다. 자신의 몽상을 뿌리칠 수 없었던 것도 무리는 아닐지도 몰랐다.

스즈의 반응에 카오리와 시즈쿠의 표정이 비통하게 변했다. 언제나 활기차게 웃고 있어도 역시 그 뼈아픈 배신은 그녀의 마음에 깊은 상처를 만든 것 같았다. 그 상처는 분명히 지금도 피를 흘리고 있겠지.

"세 사람 다 괜찮아?"

"스즈……."

시즈쿠와 카오리가 부르는 소리에 겨우 조금 전까지 보던 것이 꿈이라고 이해한 세 사람은 당분간 하나같이 넋이 나가 있었다.

하지만 그 후의 반응은 모두 달랐다.

류타로는 어쩐지 실망한 분위기를 내면서도 곧 「뭐, 어쩔 수 없지」라며 쑥스럽게 머리를 긁었고 코우키는 어두운 표정으로 주먹을 떨었다.

스즈는 금세 얼버무리려고 웃었지만 그 웃음이 보는 사람의 가슴을 아프게 했다. 오히려 보다 못한 카오리와 시즈쿠가 함께 스즈를 안아줬을 정도였다.

하지만 대미궁은 그들에게 자기 자신을 돌아볼 시간을 줄 생각은 없는 것 같았다. 갑자기 중앙에 마법진이 출현했다.

아무래도 모두 호박에서 빠져나오면 다음 스테이지로 강제 전이 되는 구조 같았다.

"아마노가와, 타니구치, 반성할 시간은 없어. 준비해. 안 그러면 너희의 바람은 정말로 거기서 끝나 버리니까."

"으…… 그래, 알았어."

"으, 응. 그렇지!"

다음 순간, 마법의 빛이 터져 또다시 하지메 일행의 시야를 뒤덮었다.

일행이 전이된 장소는 처음 왔을 때와 같은 수해 안이었다.

하지만 어디로 가면 좋을지 짐작도 가지 않던 처음의 광대함은 없었다. 천장도 있었고 향해야 할 목표도 보였다.

아무래도 이 장소는 옛날 【오르크스 대미궁】의 밀림 지대처럼 극히 제한적인 지하 공간에 존재하는 듯했다.

다른 나무들이 거의 엇비슷한 높이인 데 비해 공간 가장 안쪽에는 한층 거대한 나무가 솟아 있었다. 지금까지의 경험에 따르면 그곳에 전이진이 있을 것이다.

"이번에는 다 모여 있는 모양이군."

하지메가 눈을 가늘게 뜨면서 멤버를 돌아봤다. 또 전이된 곳에서 무슨 짓을 당하지 않을까 의심했지만 기우였나 보다.

"……하지메, 가짜는?"

"아니, 괜찮아 보여. 내 눈과 감각이 모두 진짜라고 말하고 있어."

"하지메 씨가 그렇게 말하면 괜찮겠네요."

경계하던 일행이 하나같이 안심하고 긴장을 풀었다.

울창하게 자란 수해와 멀찍이 보이는 거목을 향해 하지메가 출발 호령을 내렸다. 고개만 돌려 힐끗 돌아보니 코우키와 스즈의 표정에는 아직 그늘이 져 있었다.

스즈는 이해할 수 있었다. 친구와 함께 한 모든 것이 환상이었다는 현실, 죽을 뻔한 트라우마는 쉽게 극복할 수 있는 경험이 아니었다. 꿈속 세계가 오히려 마음의 상처를 후볐다면 컨디션을 쉽게 회복하지 못해도 어쩔 수 없었다.

그렇지만 코우키는 대체 무엇을 봤단 말인가? 어두운 그림자가 드리운 눈동자, 무엇을 참는 듯 애써 표정을 지우는 모습에서 지독히 위태로운 인상을 받았다. 원인은 꿈의 내용일까, 아니면 『또 시련을 공략하지 못해서』일까.

뭐가 됐건 이곳은 대미궁이다. 도전자를 작정하고 죽이려 드는 마경이다. 불과 1초 후에 절체절명의 위기에 빠져도 전혀 이상할 게 없는 장소가 이곳이다. 언제까지고 질질 끌고 있다면 생명에 지장이 생긴다.

"아마노가와, 타니구치. 너희 계속 갈 생각은 있냐?"

"으, 다, 당연히 있지!"

"응? 이, 있어!"

낙담한 두 사람에게 하지메의 날카로운 안광이 꽂혔다. 신랄한 말은 자칫 아픈 가슴에 못을 박는 말이 될 수 있었다. 동료를 아끼지만 다혈질이 류타로가 눈을 부라렸다.

하지만 류타로가 뭐라고 말하기 전에 하지메가 말을 이었다.

"여긴 대미궁이야. 한 걸음 뒤, 1초 뒤 미래에 죽음이 아가리를 벌리고 기다리는 곳이지. 집중하지 못하겠다면 공략은 지금 이 자리에서 포기하는 게 나아. ……안 그러면 죽어."

"기, 기다려. 난……."

"뭐라고 변명한들 방금 시련을 통과하지 못했다는 사실은 변하지 않아. 그렇다면 최소한 필요한 건 남은 모든 시련을 극복하겠다는 결의 아니야? 지금 너희에게는 그런 의지가 안 보여. 기개 없는 인간은 단순한 걸림돌보다도 위험해."

"……."

"가능할지 어떨지는 모르지만 가능하다면 대미궁 밖까지 게이트를 열어줄 거고, 사용할 수 없더라도 우리가 돌아올 때까지 기다리도록 결계 정도는 쳐줄 거야. 나아갈지 물러설지, 당장 결정해. 타성에 젖어 나아가는 건 내가 용서 안 해."

일대가 정적에 휩싸였다. 코우키는 이를 까드득 갈며 필사적으로 분노를 억누르는 분위기였다.

하지만 그것은 하지메를 향한 분노가 아니라 그런 말을 하게 만든 자신에 대한 분노였다.

낙담해서 집중력이 떨어져도 하지메 파티가 있으면 괜찮다. 무의식중에 그렇게 생각했다는 사실을 깨달았기 때문이었다.

하지메의 사고방식이나 가치관이 마음에 들지 않아서, 하지메를 부정할 수 있을 정도로 강해지고 싶어서 거의 억지로 대미궁 공략에 따라나섰건만 그런 하지메에게 의존하고 말았다. 코우키는 자신을 한 대 쳐버리고 싶은 기분이었다.

하지만 지금 이곳에서 격정을 발산해 봤자 그 또한 코우키의 대답을 기다리는 하지메에게 기대는 꼴이다. 코우키는 몇 번이나 심호흡하여 공기와 함께 가슴속에 쌓인 답답함을 밖으로 토하고 짝 소리가 나도록 자신의 뺨을 쳤다.

"나구모. 이제 괜찮아. 나는 앞으로 가겠어."

눈에 힘이 돌아왔다. 그것을 보고 하지메는 가볍게 고개를 끄덕이고 스즈 쪽으로 시선을 옮겼다.

스즈는 한순간 몸을 움찔 떨었지만 코우키를 흉내 내서 자기 뺨을 찰싹 쳤다. 그리고 결연한 표정을 보이면서 고개를 끄덕였다.

"스즈도 갈래. 의욕이라면 펄펄 넘쳐!"

"그래? 그럼 됐고. 집중력 끊어지지 않게 잘해."

하지메는 그 말만 하고 바로 선두에 서서 걸어갔다.

류타로가 코우키의 어깨를 강하게 탁 쳤다. 류타로 나름의 격려에 코우키는 아프다고 장난스럽게 말하며 쓴웃음 지었다.

스즈도 카오리와 시즈쿠에게 격려받은 뒤 조금은 그늘이 사라진 웃음을 짓고 있었다.

일행은 거목을 향해 일직선으로 나아갔다.

수해는 벌레 소리 하나 들리지 않는 정적으로 차 있었다. 바람조차 불지 않아 나뭇잎 소리도 들리지 않았다. 하지메 일행이 초목을 헤치는 소리만 유독 크게 들렸다.

"으음, 어쩐지 안 좋은 예감이 드는구먼."

"……응. 오르크스 대미궁에서 매복당했을 때 같아."

"그러게……. 마물의 기척도 전혀 없어."

티오가 눈썹을 내리깔며 작게 중얼거리자 카오리와 시즈쿠도 마인족 여성— 카틀레아에게 기습당했을 때를 떠올렸는지 긴장감과 경계심에 찬 매서운 시선으로 주위를 살폈다.

"아라크네를 선행시키고 있는데, 특별한 건 아무것도 없어. 이대로 아무 일도 없지는 않을 텐데……."

하지메가 탐색을 위해 보낸 다목적 거미형 골렘 『아라크네』의 영상을 확인하고 그렇게 말한 직후였다.

"……응? 비?"

"정말이네. 찔끔찔끔 떨어져."

느닷없이 위쪽에서 물방울이 떨어져 코우키가 얼굴을 찌푸렸다. 스즈가 손을 내밀며 동의했다. 그러나 다음 순간, 얼굴을 마주 본 두 사람은 소름이 좍 끼쳤다. 깨달은 것이다.

이곳에 **절대로** 비가 올 리 없다는 것을…….

"첫, 유에!"

"……응. —『성절』."

하지메가 그 이변에 한발 앞서 대응해 유에를 불렀다. 착 하면 척, 유에가 바로 장벽을 전개했다.

그 직후, 쏴아아아아아, 하고 스콜 같은 폭우가 쏟아졌다.

간발의 차로 늦지 않은 유에의 『성절』이 비의 침입을 막았다. 하지만 아무도 안심 따위 하지 않았다. 오히려 표정은 더욱 굳어질 뿐이었다.

당연한 일이다. 쏟아지는 『그것』은 장벽의 표면을 **끈적하게** 타고 미끄러졌으니까.

누가 봐도 빗물이 아니었다.

독극물인가, 아니면 그런 마물인가. 과연 그 정체는—.

"나구모, 주변이!"

이 상황에서도 냉정하게 눈을 부릅뜨고 바깥을 주시하던 시즈쿠가 긴박한 목소리로 하지메를 불렀다. 그녀가 바라보는 곳에는 나무, 풀, 흙, 온갖 장소에서 배어 나오는 유백색 물체가 있었다.

"슬라임인가? 젠장. 아무리 기척 차단 타입이라도 마안석마저 감지하지 못하는 은폐 능력이라고? 어떻게 되먹은 놈이야?"

"나구모! 발밑에서도 올라와!"

하지메가 자기도 눈치채지 못하는 슬라임의 은밀성에 속으로 혀를 차는 사이, 지금 밟고 선 땅속에서도 유백색 슬라임이 올라왔다.

『성절』은 구형을 띤 전방위형 장벽이라 땅속까지 방어가 가능하지만 처음부터 안쪽에 들어와 있던 구분은 별개였다. 지면에 숨어 있던 유백색 슬라임은 장벽 내부에서 하지메 일행을 기습했다.

"꺅, 이게—『분해』!"

갑자기 땅에서 튀어나온 유백색 슬라임이 카오리를 무릎까지 삼켰다. 카오리가 다급히 『분해』를 발동했다.

슬라임은 고운 입자가 되어 사르르 사라져 갔다. 슬라임의 전형적인 공격이라고 하면, 물리 공격에 강한 특성을 살려 적에게 접근해 체내에 넣고 녹이는 용해겠지만 이번에는 당하기 전에 완전히 격퇴할 수 있었다.

"이 자식이! 어딜 달라붙으려고!"

류타로가 뒤쪽에서 몸을 쫙 펼쳐 달려들던 유백색 슬라임에게 주먹을 꽂았다. 건틀릿형 아티팩트의 효과로 발경과 같은 충격이 전해지자 유백색 슬라임은 울렁울렁 물결치더니 폭발해 비산했다.

"앗, 진짜, 류타로! 여기까지 튀잖아!"

"이 근육 바보! 다 묻었잖아!"

"음? 아, 미안!"

"으엑~. 끈적끈적해. 기분 나빠……."

코우키와 시즈쿠가 호쾌하고 폐가 되는 류타로의 싸움법에 항의했다. 진탕 뒤집어쓴 스즈는 반쯤 울고 있었다.

"으이구. 괜찮아? 시즈—."

"그래. 괜찮아, 코우키. 이 녀석들 의외로 쉽게 죽어. ……그런데 왜 그래?"

"어? 아니, 아무것도 아냐! 응, 아무것도 아냐!"

"······?"

대미궁 마물치고는 상당히 약했다. 시즈쿠는 그 점을 이상하게 여겨 경계하면서도, 당황하는 코우키를 보고 고개를 갸웃거렸다.

코우키는 여전히 눈길을 피하고 시즈쿠를 보려고 하지 않았다. 그뿐 아니라 스즈 쪽으로도 시선을 주지 않았다. 온 지면에서 유백색 슬라임이 나오고 있건만 앞만 바라볼 뿐이었다.

시즈쿠는 슬라임보다 코우키를 더 의심스럽게 쳐다봤으나 결국 지금은 그럴 때가 아니다 싶어서 흑도의 뇌격 능력 『뇌화(雷華)』를 능란하게 이용해 유백색 슬라임을 퇴치해 나갔다.

참고로 코우키가 동요한 원인은 유백색 슬라임— 정확히는 그 몸을 구성한 끈기 있는 유백색 점액에 있었다.

시즈쿠도 스즈도 그것을 왕창 뒤집어쓰고 말았다.

코우키가 무엇에 반응했는지, 굳이 말할 필요가 있으랴. 시즈쿠와 스즈는 현재 대단히 위험한 상태였다. 본인들은 눈치채지 못한 것 같지만······.

그건 당연히 유에를 비롯한 다른 멤버들도 마찬가지였다.

유에는 『성절』을 전개하며 공격해 오는 유백색 슬라임을 불태운 탓에 해치운 슬라임의 파편이 튀는 일은 없었지만, 처음 비처럼 쏟아진 점액은 볼이나 목 부근에 묻고 말았다.

시아도 류타로와 똑같이 덤벼든 유백색 슬라임을 드뤼켄의

『마충파』로 날려 버렸으므로 점액이 몸에 튀었다.

그리고 가장 상태가 위험한 사람은 시아가 날린 유백색 슬라임의 파편을 정통으로 뒤집어쓴 티오였다.

딱히 시아가 티오를 노리고 한 짓은 아니었다. 그저 운이 나빴을 따름이지만 마치 예능 방송의 파이 던지기처럼 안면에 정통으로 꽂혀 버렸다.

지금 티오는 윤기 있는 흑발과 검은색 바탕의 기모노 같은 의상이 유백색 점액에 뒤엉켜 질척질척한 상태였다. 보기 안 좋다는 수준을 넘어 방송 사고급이었다.

반면 가장 피해가 없는 사람은 카오리였다. 『분해』가 있어서 액체 상태의 파편이 튈 걱정이 없었다.

물론 처음 비와 지면에서 분출한 것에 닿아 나름대로 액체가 묻은 것은 다른 멤버와 다르지 않았다.

하지메는 날아드는 유백색 슬라임을 상대로 몸 전체에 『전기 두르기』를 전개하여 먼저 슬라임 한정 무적 상태가 되어 있었다. 그리고 여성 멤버들의 모습이 코우키와 류타로 눈에 들어가기 전에 또 눈을 짜부라뜨릴까, 하고 흉악한 생각을 하는 중이었다.

하지만 유백색 슬라임이 너무 약하다는 점이 아무래도 미심쩍었다. 아직 무슨 일이 일어날지 모르는 이상 이 상황에서 아군 두 명의 시각을 빼앗을 수는 없어 참았다.

'만에 하나 봤다면 이따가 기억이 날아갈 때까지 패 버리자.'

코우키와 류타로가 몸을 흠칫했다. 본능이 위기를 감지했는지 아직은 허튼 곳에 시선을 주려는 움직임은 없었다.

그러는 사이 장벽 안쪽 슬라임은 허무할 정도로 쉽게 소탕됐다.

그것을 확인한 하지메는 『성절』 외부를 빈틈없이 가득 매운 슬라임 쪽으로 시선을 옮겼다. 그러고는 내벽에 다가가서 장벽 밖으로 크로스 비트와 원월륜을 전송했다.

"아주 장관이군……."

크로스 비트를 통해 마안석으로 본 바깥 풍경은 엄청난 물량의 유백색 슬라임으로 범람해 있었다. 천장에서는 아직도 슬라임이 호우처럼 쏟아졌고 지상에서 파도치는 슬라임 무리는 마치 유백색 바다였다.

유에처럼 상급 방어 마법을 즉시 발동할 수 있는 사람이 없었으면 순식간에 삼켜져서 끝났을지도 몰랐다.

"유에, 결계는 부탁할게. 모조리 불태워 버릴 거야."

"……응. 맡겨줘."

하지메는 유에의 힘찬 대답을 듣고 크로스 비트 일곱 기, 원월륜 일곱 개를 동시에 조종해 단숨에 상공으로 띄웠다.

"아~, 제기랄. 또 지옥 재현이냐!"

"또 그게 시작되는구나……."

"으으, 그때 카오링의 재생 마법이 없었으면 내 결계도 부서졌을 거라구. 진짜 죽는 줄 알았어. 적도 아니고 나구모가 한 공격 때문에!"

류타로가 질색했고 시즈쿠는 눈에서 빛이 사라졌다. 스즈는 그 불지옥이 가벼운 트라우마가 됐는지 눈물을 글썽거렸다.

참고로 코우키는 아까부터 하늘을 올려다보고 있었다. 이제 눈 찌르기는 사양하고 싶어서겠지.

류타로는…… 늦었다. 긴박한 사태에 아직 의식은 하지 않았지만 하지메류 기억 말소 처치 시행이 확정되었다.

『카오리, 분해로 슬라임을 없애줘. 보기 안 좋으니까.』

하지메의 갑작스러운 염화에 놀라 카오리가 「왜 군이 나한테만 염화를?」이란 생각에 고개를 갸웃거렸지만 『보기 안 좋다』는 말을 듣고 곧 의도를 파악했다.

그리고 새삼스럽게 일행을 돌아보고 확실히 이건 좀 아니라며 단숨에 얼굴을 붉혔다.

하지메가 군이 염화를 쓴 이유는 아직 자신이 어떤 꼴인지 눈치채지 못한 이들을 배려해서였다. 남자인 하지메가 지적하는 것은 여러모로 좋은 생각이 아니었다.

『고, 고마워, 하지메. 바로 할게. 그리고 류타로를 너무 아프게 하면 안 돼. 알았지?』

『……긍정적으로 검토해 보겠습니다.』

카오리는 류타로의 운명을 짐작했다. 슬라임 잔해를 후딱 처리하면서도 하지메의 대답에 피식 웃었다.

하지메는 정신을 다시 크로스 비트가 보내는 외부 영상에 집중했다.

'……슬라임 비가 멎을 기미가 안 보여. 무한으로 나오나? 그렇다면 천장을 어떻게 하지 않는 한 의미가 없어.'

시시각각 부피를 늘려 나가는 슬라임 바다를 내려다보면서 상공에서 선회하던 원월륜을 천장으로 가속시켰다. 고속 회전하며 튕겨 나가다시피 비상한 원월륜들은 슬라임 호우를 회전력으로 날려 버리고 천장에 줄줄이 박혔다.

원월륜은 정확히 절반이 묻히도록 박혀 천장 암반에 작은 아치가 늘어선 모양새였다. 그렇다. 공간을 뛰어넘는 『게이트』 기능을 가진 원월륜 구멍의 아치였다.

이어서 하지메는 『보물고』에서 추가 원월륜과 아라크네를 대량으로 내보냈다.

허공에서 출현하는 대량의 거미를 보고 시즈쿠와 스즈, 카오리의 표정이 굳었다.

지구 팀 여성들의 심정 따위 아랑곳하지 않고 우글우글 몰려나온 아라크네는 지면에 놓인 원월륜을 통해 천장 원월륜으로 잇따라 전송되었다. 전이된 아라크네는 그대로 천장을 기어 일제히 산개했다.

비전투 기동이라면 지금 하지메의 동시 조작 가능 개수는 백 단위에 달했다.

그 결과, 수백 마리 아라크네는 붉은 빛을 띤 채 종횡무진 천장을 돌아다니며 연달아 『연성』을 발동했다.

벽의 작은 구멍이나 틈새에서 흘러나오는 유백색 슬라임을 벽 자체를 연성으로 굳혀 가둬 버리겠다는 의도였다.

그 속셈은 유효했다. 연성한 부분에서 슬라임 유출이 멈추고 빗줄기는 눈에 띄게 약해졌다.

"좋아, 천장 연성은 이쯤 하면 되겠지. 이제는 땅인데……
일단 지상을 불살라 버리지 않으면 답이 없겠군."

『지상을 불사른다』— 네가 무슨 테러리스트냐고 묻고 싶어
지는 소리를 한 하지메에게 아이들은 소름 끼친다는 표정을
지었다. 그러나 하지메는 전혀 신경 쓰지 않고 천장에 박힌
원월륜을 뽑아 상공을 선회하게 했다.

그리고 손앞에 있는 원월륜의『게이트』를 열어 이번에는『보
물고』에서 꺼낸 타르를 전송했다.

"내 동료에게 더러운 걸 묻히다니, 용기도 가상하군. 그럼
마음을 담아서 답례해야겠지?"

처음부터 끼얹는 게 목적인 것 같은 이 슬라임의 색. 왜 하
필 유백색인가?

하지메는 그 부분에서『해방자』의 악의(?)를 느꼈다.【라이
센 대미궁】에서 실컷 당했던 장난과 상통하는 악의(?)였다.

그 악의(?)가 유에와 동료들을 덮쳤다. 사실 상당히 열 받
았던 것 같았다. 누가 봐도 조용히 분노하고 있었다.

성급하게 행동하지 않겠다는 그 기특한 말이 무색할 따름
이었다.

"악마다, 악마가 있어. 시즈시즈! 나 무서워어~."

하지메의 조용한 분노에 겁먹은 스즈가 시즈쿠에게 와락
매달렸다. 그런 스즈의 등을 톡톡 두드리며 달래는 시즈쿠의
모습은 그야말로 엄마 그 자체였다.

"큰일이다, 코우키. 나구모 저 녀석, 언젠가 사건 하나 낼 거야."

"우연인걸, 류타로. 나도 지금 저 녀석이 뉴스에서 범행 성명을 발표하는 광경이 머릿속을 스쳤어."

동급생에게 미래의 테러리스트 취급받는 하지메. 웃는 얼굴로 주변 일대를 초토화하고 있으니 어찌 보면 테러리스트보다 흉악할지도 몰랐다.

말소리가 들린 하지메의 이마가 꿈틀댔다. 자기 얼굴이 그렇게 흉악한가? 다른 아이들이라면 뭐라고 생각하든 딱히 신경 쓰지 않지만 동료들까지 그렇게 생각하는 건 곤란했다.

유에를 힐끔 돌아봤다.

"……응? 오히려 좋아해."

유에 님은 언제나 연인의 심정을 헤아려주신다.

하지메의 흉면이 빛났다. 다시 말해 더 흉악해졌다.

"역시 유에 씨예요. 이미 최대치를 넘어 천원돌파한 호감도를 보란 듯이 끌어올렸어요. 그것도 아주 자연스럽게. 저도 질 수 없죠!"

시아가 그런 말을 중얼거리고 성원을 보냈다.

"흉악하고 짐승 같고 불합리의 화신 같은 하지메 씨, 멋져요오!"

그러자 티오와 카오리까지 테러리스트 하지메를 옹호하는 성원을 보냈다.

"너희 잠깐 조용히 있어."

하지메의 흉면이 무심코 싸늘하게 변했다. 가벼운 한숨을 쉬고 의식을 다시 초토화 작전으로 돌렸다. 그리고 얼마 후—.

"……충분하군."

입가를 찢으면서 웃는 하지메의 혼잣말이 반격과 섬멸전 개시를 알리는 신호탄이었다.

폭음에 이은 폭음. 장벽 너머로도 전해지는 대지의 진동. 그리고 전율하는 듯한 공간의 떨림.

크로스 비트의 융단폭격이 시작된 것이었다.

쏟아지는 탄두는 소위 네이팜탄이라고 불리는 물건이었다. 안에 든 타르가 착탄과 동시에 주위로 튀며 단숨에 연소해 섭씨 3천 도의 지옥을 만들어 냈다.

더구나 지금은 비가 내리는 중이었다. 슬라임에 대한 답례처럼 내리는 그것은 검은 비— 원월륜로 전이, 방출한 타르 호우였다. 유백색 슬라임 바다는 꿈틀대고 물결칠 때마다 흡사 믹서처럼 검은 비를 빨아들였다.

당연히 네이팜탄의 불이 인화하지 않을 리 없었다.

유백색 슬라임 바다는 눈 깜짝할 사이에 진홍색 바다로 덧칠되었고 막대한 열량의 화염이 수해째 공간을 집어삼켰다. 그렇게 발생한 상승기류는 홍색 첨탑을 쌓아 올렸다.

하지메의 살의가 고스란히 구현된 것 같은 진홍색 해일은 목석초화를 재로 만들고 땅을 마그마로 바꿨으며 공기마저 태운 뒤 수해를 삼켜 나갔다.

기분 탓일까? 코우키 파티는 장벽 너머 유백색 슬라임의 단말마 비명이 들리는 기분이 들었다.

이것이야말로 지옥. 불과 비명으로 얼룩진 불지옥의 강림이었다.

이윽고 장벽을 뒤덮은 유백색 슬라임 틈새로 마침내 작열하는 붉은 기운이 얼굴을 내보였다.

진홍빛 바다로 변한 장벽 밖 풍경…….

코우키 파티는 해탈한 노인 같은 표정이었다.

그리하여 모든 타르가 불타 사라지고 일부 용암으로 변한 지면과 재로 변한 수해, 탄화해 푸슬푸슬 발연하는 무언가를 확인한 테러리스트는─.

"내가 했지만, 참 잘 구웠다."

자신이 만들어 낸 지옥의 흔적 앞에서 큰일을 하나 끝냈다는 듯 후련한 표정을 지어 보였다.

뿌듯해하는 하지메를 보고 훈훈하게 웃는 평범한 유에가 입을 열었다.

"……이제 결계 풀어도 돼?"

"아니. 조금만 더 유지해줘. 땅속에 숨어 있을 수도 있으니까."

하지메의 감응석 반지가 빛났다. 그 순간, 천장에서 무수한 검은 물체가 일정속도로 주르륵 내려왔다. 천장에서 실을 뿜으며 하강하는 아라크네들이었다.

"꺄?!"

어마어마한 숫자의 거미가 하늘에서 내려오는 쇼킹한 광경에 무심코 귀여운 비명을 지른 사람은, 의외로 시즈쿠였다.

하지만 모두 눈치는 있어서 조용히 무시하고 넘어갔다. 제 비명에 볼을 붉히는 시즈쿠를 보거나 하지 않았다. 몇 사람,

입가가 실룩거리는 사람은 있었지만…….

착지한 아라크네들은 천장에서 그랬던 것처럼 거목까지 가는 길을 연성하며 일제히 흩어졌다.

아라크네를 조종하느라 눈을 내리감고 집중하던 하지메는 결계를 유지하라고 한 이유를 밝혔다.

"목표인 거목까지 연성하려면 시간이 조금 걸려. 그 슬라임이 얼마나 있는지 모르는 이상 나올 때마다 격파하기보다 조금 시간을 들이더라도 대책을 세우고 가는 편이 덜 귀찮을 거야. 미안하지만 만약을 위해 그동안 결계를 유지해줘, 유에."

"……응."

유에가 흔쾌히 승낙함과 동시에 코우키 파티는 일단 위기를 벗어났다고 실감해 어깨에서 힘을 뺐다.

한편, 여성 멤버들을 더럽힌 유백색 슬라임은 이미 카오리에게 제거당해 모두 깨끗한 모습을 되찾았다. 그렇다고 류타로의 운명이 바뀌지는 않겠지만…….

"지금 확실히 쉬어 둬."

그렇게 말한 하지메는 직접 그 자리에 책상다리를 하고 앉았다.

거목까지 가는 길을 연성하려면 당분간 시간이 필요했다. 체력에는 문제가 없으나 쉴 수 있을 때 쉬는 것이 모험의 철칙이었다.

그것을 보고 모두 잠깐의 휴식을 가지기로 했다.

그런데 그로부터 얼마 후, 갑자기 『성절』의 빛이 사라졌다.

그와 동시에 하지메의 등으로 부드러운 무게가 실렸다.

하지메가 뭔가 싶어 어깨 너머를 돌아봤다. 유에였다. 등 뒤에서 끌어안은 모양이었다. 그 갑작스러운 행동과 결계를 마음대로 풀어 버린 사실에 하지메가 곤혹스러워하는데―.

"하아…… 하지메, 뭔가 이상해. ……나 지금 너무…… 하지메랑 하고 싶어."

"야, 유에, 잠깐만. 이런 상황에서 무슨 소리를…… 유에? 대체 무슨 일이야?"

유에의 호흡이 거칠었다. 숨결은 화상을 입을 것처럼 뜨거웠고 눈망울은 젖어 있었다.

여기가 밤의 숙소였다면 기꺼이 응했겠지만 지금은 그런 태평한 소리를 할 때가 아니었다. 이런 상황에서 생뚱맞게 욕정을 일으킨다니 말도 안 되는 일이었다. 유에의 몸에 어떤 이상이 발생한 것이 분명했다.

하지메는 진지한 표정으로 몸을 돌려 유에를 끌어안았다.

그것만으로도 유에는 경련하듯 몸을 약하게 떨었고 몸은 더욱 뜨거워졌다. 게다가 더는 못 참겠다는 듯 몸을 꾹꾹 밀어 밀착했다.

머리가 의문으로 가득 찬 하지메가 유에의 용태를 살폈으나 갑자기 그림자가 드리웠다. 하지메가 고개를 들었다. 앞에 시아가 서 있었다.

"하지메 씨…… 저…… 저, 더는…… 허억, 허억."

"시아, 너도?"

"하아, 하아. 하지메 씨, 저 머리가 이상해질 거 같아요."

"잠깐, 잠깐 기다려!"

하지메가 말리는 데도 듣지 않고 시아는 하지메의 오른팔에 매달렸다. 가슴골과 허벅지로 끼워 놓치지 않으려고 작정한 모습이었다. 토끼 귀까지 하지메의 목에 달라붙어 감겼다.

볼은 장밋빛으로 상기했고 눈동자는 정욕으로 흐려졌다. 평소에는 그다지 느낄 일 없는 관능미를 아낌없이 발산하며 하지메마저 어지럽다고 느낄 정도의 달콤한 향기를 내고 있었다.

유에와 같은 증상이 확실했다.

"이건…… 크, 설마……"

하지메는 난감했지만 금방 원인을 떠올렸다. 예상이 맞다면 이 이상 사태는 유에와 시아에게만 그치지 않을 것이다. 황급히 주위를 돌아봤다.

그러자 역시나, 다른 곳에서도 두 사람과 똑같이 견디기 힘든 무언가에 몸을 꼬는 아이들이 있었다.

"하지메! 나—."

카오리가 젖은 눈망울로 두 다리를 비비면서 네발로 기어 하지메에게 조금씩 다가왔다.

티오는…… 어쩐지 멍해 있을 뿐이고 증상은 보이지 않았지만 적어도 하지메의 부름에는 응답하지 않았다.

다른 이들도 예외는 아니었다.

"우욱, 으…… 이게 뭐야."

"으, 아……."

자기 몸을 끌어안듯 웅크린 스즈와 정신을 놓은 것처럼 눈에 초점이 없는 류타로.

코우키도 핏발 선 눈으로 옆에 있는 시즈쿠를 바라보다가 천천히 몸을 일으켜 시즈쿠에게 손을 뻗으려고 했다.

"후우, 후우…… 큭, 이런 거에, 질 줄 알아?"

유일하게 시즈쿠만은 똑같이 괴로워한 후 입술을 질끈 깨물었다. 피가 주르륵 떨어지는데도 개의치 않고 오히려 그 통증으로 잠깐 정신이 돌아온 사이, 허리를 곧게 펴 앉은 자세를 고쳤다. 그림처럼 아름다운 정좌를 하고 눈을 감은 시즈쿠는 그 후 미동도 하지 않았다.

소위 명상이라고 하는 것일까? 어쩌면 야에가시류 유파의 정신 통일 방법인지도 모르겠다. 당장은 효과가 있는 듯 보였다. 시즈쿠의 상기된 볼이 차차 식으며 정적으로 빠져들었다.

그러나 여유는 전혀 보이지 않았다. 정신을 잃기 일보 직전이겠지. 코우키가 자신에게로 손을 뻗고 있건만 눈치챌 기미가 없었다.

제정신은 아닌 것 같은 눈으로 시즈쿠의 이름을 중얼거리는 코우키가 바로 앞까지 다가와 있었다.

류타로 또한 쓰러져서 숨을 헐떡이는 스즈를 깔아뭉개려고 했다.

"제기랄! 이게 그 슬라임의 진짜 힘인가!"

하지메는 거칠게 말하면서 『보물고』에서 꺼낸 볼라 세 개를 손목 스냅만으로 동시에 투척해 코우키와 류타로, 그리고 스즈를 포박했다.

와이어 양끝에 달린 추는 붉은 파문을 퍼뜨린 뒤 공간 고정 효과를 발동했다.

코우키와 류타로는 몽롱한 정신으로 발버둥치더니 끝내는 가까운 사람이라면 누구든 상관없다는 식으로 손을 뻗었다. 스즈는 솔직히 여자로서 보이면 안 될 수준의 표정을 드러낸 채 시즈쿠에게까지 열기 어린 시선을 보내는 중이었다.

그러나 볼라의 구속력은 불과 몇 초뿐이더라도 신의 사도마저 붙잡아 두는 흉악함을 자랑했다. 제정신도 아닌 그들이 감히 벗어날 수 있는 물건이 아니었다.

이로써 우선 동료끼리 돌이킬 수 없는 추태를 벌이는 사태만은 막았다.

그리고 마침내 하지메에게 도달해 왼팔에 달라붙는 카오리와 자신을 넘어뜨리려고 괴력을 발휘하는 오른팔의 시아를 막고 이미 목을 물고 쭉쭉 빨고 있는 유에를 어르며 대책을 강구하는데, 갑자기 누가 말을 걸었다.

"주인님, 무사한가? 아무래도 그 마물의 점액은 강력한 미약인 모양이야."

티오였다. 태연한 표정, 그리고 흐트러짐 없는 걸음걸이였다. 더군다나 하지메를 걱정하고 이 이상 사태를 고찰까지 하면서 다가왔다.

하지메는 내심 생각했다. 「누구냐, 넌」이라고…….

눈을 동그랗게 뜬 하지메의 속내를 아는지 모르는지 티오는 덤덤하게 말을 이었다.

"강렬한 쾌락 작용이 마법 사용마저 방해하는구나. 시간이 지나면 지날수록 이성을 잃고 쾌락을 탐하며 애욕에 빠질 것이야. 골치 아픈 점은 이것이 사실 점액을 매개로 한 물리적인 작용이 아니라 정신에 작용한다는 거지. 이에 이름을 붙인다면 『미약』이 아니라 고유 마법 『미법(媚法)』이라 함이 옳겠어. 상태 이상 마법의 일종이야."

논리정연. 티오가 낭랑한 목소리로 예리한 고찰을 읊었다. 쿨 티오였다.

하지메는 생각했다. 「아니, 진짜 누구냐고, 넌」이라고……

"주인님이 무사한 건 살에 닿은 것이 처음 빗방울 정도뿐이었고, 나머지는 『전기 두르기』로 모두 튕겨 냈기 때문이겠지. 몇 방울 정도로는 주인님의 내성을 돌파하지 못한 게야."

"그, 그래?"

"불행 중 다행이었어. 그나저나 실로 성가신 시련이구나. 그런 물량 공세를 펼치면 파편에 아예 맞지 않기란 불가능해. 전투가 길어지면 그것만으로 전멸이야. 살아남아도 동료가 있으면 몸을 섞지 않고선 배길 수 없으니 후일의 관계가 크게 틀어질 수 있어."

"그, 그래. 그렇, 겠지……"

"아마도 그게 목적일 테지. 쾌락을 버티고 동료와 함께 고난을 극복하느냐……. 혹은 쾌락에 지고도 관계를 유지하느냐……. 어느 쪽이 됐건 고약한 함정이야. 『해방자』란 작자들은 참으로 사람을 성가시게 하는구나."

"……근데 티오."

"음? 왜 그러나? 주인님."

티오의 추측을 들은 하지메는 납득하는 한편, 자신에게 찰싹 달라붙은 세 사람과 티오를 번갈아 보았다. 그리고 최대의 의문을 제기했다.

"그 점액이 이 사태를 일으켰다는 추측은 납득할 수 있어. 나도 그렇게 생각하니까. 하지만, 하지만 말이야. 넌 왜 아무렇지도 않아? 내 기억에는 네가 제일 많이 뒤집어썼던 거 같은데. 혼자 콩트 찍나 싶을 정도로."

"점액은 내 몸에도 분명히 효과를 발휘했어. 사실 몸에 퍼지는 쾌락이 거슬려 마법을 제대로 쓰지 못하고 있으니까. 허나 주인님, 너무 얕보지 말게. 나를 누구라고 생각하는가?"

"티오……."

당당하게 웃으며 가슴을 펴는 티오를 보고 하지메는 다시 눈을 크게 떴다.

티오는 그만큼 강렬한 쾌락에 시달리면서 의지의 힘만으로 정신을 유지하는 중이라고 말했다. 그 강인한 정신력에는 감탄을 금할 수 없었다.

평소에는 아무리 변태라도, 설령 말기 변태라도, 그녀는 아득한 옛날부터 살아온 긍지 높은 용인족이었다. 이 정도 마물의 독소에 질 리가─

"나는 주인님의 하인이다! 이 정도 쾌락은 주인님에게 받는 고통이란 이름의 쾌락에 비하면 간지러울 뿐이야! 나를 주인님 외에 엉덩이를 흔드는 가벼운 여자라고 생각하지 말아다오!"

"아, 그러세요?"

눈을 힘껏 부릅뜨고 하늘로 주먹을 치들어 역설하는 잡룡. 하지메의 눈빛이 순식간에 오물을 보는 듯한 눈으로 변했다.

그 시선이 티오의 몸을 오싹오싹 떨리게 했다.

"역시 티오 씨, 아니, 클라루스 씨네요. 정말 대단도 하시지. 그러니까 그 이상 다가오지 말아주실래요?"

"조, 존댓말?! 게다가 족명(族名)을 불러?! 거리감이 너무 멀어! 설마 이 타이밍에 남 취급을 하다니. 하아하아, 위, 위험하구나. 쾌락에 빠질 것 같아……."

방금까지 태연하던 티오가 급속히 쾌락에 질 것 같았다. 네 발로 엎드리면서도 필사적으로 정신을 유지하려고 했다.

하지메는 그런 티오에게서 냉큼 시선을 돌리고 방치하기로 결정했다.

그리고 분명한 신뢰를 눈에 담아, 자신에게 매달린 세 사람에게 말했다.

"유에, 시아, 카오리. 너희가 겨우 이 정도 마물에게 이용당할 리가 없어. 아직 이성을 유지하고 있을 거야. 그렇지?"

그러자 볼을 새빨갛게 물들이고 끊임없이 뜨거운 숨을 헐떡이며 하지메를 꼭 껴안은 세 사람은, 얼굴을 들어 확고한 의지가 느껴지는 눈빛을 보냈다.

"으응…… 당연히."

"우으~, 물론이에요~."

"괘, 괜찮아! 허억허억, 나도 알아!"

예상대로 세 사람은 쾌락에 몸을 맡기고픈 강렬한 욕구에 저항하며 이를 악물고 이성을 유지하고 있었다. 하지메는 세 사람을 순서대로 돌아보고 만족스레 웃었다.

"잘 들어. 이건 대미궁이 준비한 빌어먹을 시련이야. 그렇다면 너희가 극복하지 못할 리 없어. 봐. 야에가시와 왕변태도 버티고 있어. 여기서 만에 하나라도 지면 엄청 창피할걸?"

어딘지 모르게 도발적인 말투였다. 유에는 열 때문에 몽롱한 와중에도 입가를 일그러뜨렸다. 하지메에 버금가는 대담한 웃음이었다.

"아까 유에가 마물로 변했을 때, 재생 마법이 통하지 않았던 걸 생각하면 이번에도 마법으로 해결하긴 어렵겠지. 애초에 지금은 쓸 수도 없겠지만. 하지만 우리에게는 『신수』가 있어. 하르치나도 이건 예측하지 못했을지도 몰라. 정신적인 작용이라도 이건 기적의 묘약이야. 시험해 볼 가치는 있어. …… 어떻게 할래?"

효과가 있을지 없을지 모르는데 얼마 남지도 않은 비장의 수단 중 하나인 전설의 비약을 써서 당장 쾌락이란 이름의 고통에서 해방될 것인가?

하지메의 질문에 세 사람은 입을 모아 대답했다.

"……응. 필요 없어."

"필요 없어요."

"필요 없어."

1초의 망설임도 없이 시련을 자력으로 극복할 길을 선택했다.

"아무렴, 그래야지."

하지메는 다정한 눈빛을 보냈다. 유에도 시아도 카오리도 기쁘게 미소로 받아줬다. 하지메가 자신을 믿어준다는 것이 전해졌기 때문이었다.

하지메는 견디기로 결의한 세 사람을 배려해 거리를 두려고 했다. 자신이 없는 편이 쾌락을 견디기 쉬울 것이라는 판단에 서였다.

하지만 세 사람의 생각은 정반대였다.

"……하지메, 꼭 안아줘."

"괴롭지 않아?"

"설마요. 하지메 씨에게 안기고 괴로워할 사람은 여기에 아무도 없어요."

"맞아. 오히려 마음이 차분해지니까…… 부탁할게."

세 사람이 조르니 하지메는 조금 난감한 표정을 지으면서도 세 사람을 한꺼번에 팔 안에 가뒀다. 오른팔로 시아를, 왼팔로 카오리를, 정면으로 유에를 안았다.

세 사람은 한순간 몸을 약하게 떨었지만 곧 안심한 것처럼 몸을 맡기고 거칠어진 호흡을 가다듬기 시작했다. 눈을 감고 정신의 균형을 유지하기 위해 집중했다.

어느샌가 세 사람의 불덩이 같던 체온이 내려가고 규칙적인 고동이 하지메에게 전해졌다.

하지메는 살포시 눈에서 힘을 풀어 미소 짓고는 자극을 주지 않도록 미동하지 않은 채 세 사람을 지탱해줬다.

문득 목소리가 들렸다.

"……주인님. 나도 그쪽에 가도 괜찮겠느냐?"

"농담이 지나치시네요, 클라루스 씨."

"큭…… 요, 욕망에 패배한다아아, 굴복한다아아아아!"

잡룡의 애절한 비명이 메아리쳤다.

얼마나 시간이 지났을까.

어느샌가 뜨겁게 달궈졌던 땅과 공기도 원래 온도를 되찾았고, 불긋불긋 남아 있던 불씨도 완전히 꺼졌을 즈음.

하지메 일행 주위는 묘한 광택을 내는 메탈릭 지면으로 바뀌어 있었다. 그 금속 지면은 거목을 향해 이어져 있었다.

"……응?"

"얼레?"

"어?"

하지메에게 안겨 있던 유에, 시아, 카오리 세 사람이 갑자기 눈을 깜빡 떴다.

"응? 혹시…… 끝났어? 몸은 괜찮아?"

자신이 안은 세 사람의 이변을 깨닫고 하지메가 조금 걱정스러운 목소리로 확인했다.

세 사람은 잠시 서로의 얼굴을 마주 봤다. 그리고 확인하듯 고개를 끄덕였다.

"……응. 견뎌 냈나 봐."

"네. 불끈불끈 솟던 쾌락이 싹 가셨어요."

"이제 아무렇지 않아. ……응, 감각도 돌아왔어."

그렇다고 한다. 그녀들은 이성을 잃을 뻔할 정도의 쾌락 효과를 정신력만으로 이겨 냈다.

지나친 쾌락은 고통과 다를 바 없다. 그녀들이 얼마나 큰 고통에 신음했던가…….

하지메로서는 상상할 수 없지만 틀림없이 지금까지 경험한 적 없는 어려운 싸움이었을 것이다.

하지메는 대미궁의 시련을 당당히 극복한 팔 안의 동료들에게 순수한 칭찬의 말을 건넸다.

"역시 대단해. 세 사람 모두 잘 견뎠어. 너희라면 괜찮을 거라고 확신했지만…… 그래도 정말로 대단해."

"……응."

"에헤헤~. 이렇게 얼굴을 맞대고 말씀하니까 쑥스럽네요~."

"후훗, 고마워, 하지메. 하지메가 지탱해줘서 힘이 났어."

이미 하지메가 세 사람을 안아줄 필요는 없지만 세 사람은 아무도 떨어지려고 하지 않았다. 하지메의 칭찬에 자랑스럽고 기쁜 듯이 미소 짓고 있었다.

더 칭찬해 달라고 말하는 것처럼 끌어안는 팔에 꾸우우우욱 힘을 줬다. 세 사람이 누구랄 것 없이 볼을 붉히며 올려다보는 모습이란…….

미약 효과가 있었을 때는 누가 다가와도 쉽게 무시한 하지메조차 지금 그녀들의 꾸밈없이 보여주는 매력에는 저항하기 어려웠다.

더는 잡아줄 필요가 없으리라고 생각해서 풀었던 팔에 무의식적으로 다시 힘이 들어갔다.

그곳으로 몹시 거북한, 그럼에도 살짝 불쾌한 목소리가 들렸다.

"……어험! 방해해서 미안한데, 그런 건 다 끝난 다음에 할래? 그리고 얘네 포박도 풀어줬으면 하는데."

"응? 아, 야에가시. 너도 이겨 냈어? 대단한데. 역시 검사야. 정신 통일은 특기인가 봐?"

"역시 우리 시즈쿠야! 나처럼 신의 사도 같은 몸도 아닌데 극복하다니, 정말로 대단해!"

어쩐지 언짢아 보이던 시즈쿠는 하지메와 카오리의 순수한 칭찬에 볼이 화끈 붉어졌다. 쑥스러운지 엉뚱한 곳을 보고 약간 빨라진 말투로 대답했다.

"고, 고마워. 마음을 가라앉히는 방법은 할아버지와 아버지에게 검술을 배우면서 철저하게 교육받았거든. 조금 위험했지만……. 그런데 아이들을 묶어 둔 건 나를 지키기 위해서였어? 명상에 집중해서 대응할 여유는 없었는데 도움이 됐어. 고마워, 나구모."

"그래. 그 정도는 괜찮아. 저 세 명은…… 기절했나. 쾌락의 고통을 견디지 못하고 정신을 잃었군. 야에가시, 갈아입을 옷과 토벽을 준비해줄 테니까 저 녀석들 두드려 깨워. ……뒷수습 부탁해."

"옷? 토벽? ……아."

시즈쿠는 한순간 하지메가 무슨 말을 하는지 몰라 고개를 갸웃했지만, 별생각 없이 자신을 내려다본 후 얼굴이 화악 달아올랐다.

쾌락의 시련……. 무서운 시련이었다. 움직이지 않아도 심각한 발한을 동반할 정도로 힘든 시련이었다.

누구나 온몸이 땀으로 쫄딱 젖어 있었다. 얼마나 찝찝하고 기분 나쁘겠는가.

그렇다, 땀이다. 아무튼 땀이다. 반론은 받지 않겠다. ……새빨간 얼굴로 웅크린 채 하지메에게 눈을 치켜뜬 시즈쿠가 무언으로 그렇게 주장했다.

하지메는 무슨 말을 해도 제 목만 조일 것 같아서 눈을 마주치지 않은 채 일어섰다.

살며시 떨어뜨려 놓은 유에, 시아, 카오리도 시즈쿠만큼은 아니지만 창피한지 주저앉아 버렸다.

"내 옷이니까 사카가미한테는 안 맞을지도 모르지만…… 펑퍼짐한 옷이면 괜찮겠지."

하지메는 그런 소리를 하며 마을에서 산 여벌을 『보물고』에서 대충 골라 던져주고 연성으로 사방을 둘러싼 토벽을 만들었다. 간이 탈의실이었다.

동시에 볼라도 회수했다. 그 순간 아이들이 바닥으로 쓰러졌다. 스즈는 시즈쿠가 냉큼 받았지만, 코우키와 류타로는 쿵, 하고 듣기에도 아픈 소리를 내며 땅에 부딪쳤다. 용사와 그의 단짝이니까 분명히 문제는 없으리라.

"타니구치가 입을 옷은…… 사이즈로 봐서 유에 거밖에 없겠군."

"……응. 지금 입은 옷이랑 비슷한 게 있으니까 그걸 줄게."

유에가 자신의 『보물고』에서 스즈에게 빌려줄 옷을 꺼내는 사이, 하지메는 눈길을 시아에게서 카오리에게로 옮겼다. 그러나 그때 시아가 선심을 쓰고자 앞으로 나왔다.

"그러면 시즈쿠 씨 옷은 제가—."

"제발 그러지 마세요."

시즈쿠가 무릎 꿇고 빌었다. 시아가 「왜요?!」라며 토끼 귀를 띠용 세웠다.

"아니, 그야 그렇지. 너는 그 노출이 과한 옷…… 옷(?), 오히려 옷(옷 아님)밖에 없잖아?"

"제 의상에 불만 있어요?! 그보다 옷(옷 아님)은 또 뭐예요?!"

근접 전투를 주로 하면서 여자의 중요 부위밖에 가리지 않은 의상을 말한다.

"저, 저기, 시즈쿠? 괜찮아. 나는 시즈쿠에게 어울리는 바지도 있으니까. 왕도에서 쇼핑했을 때 시즈쿠한테 어울리겠다 싶어서 사 뒀어. 그러니까 그렇게 비장한 얼굴로 『저는 각오했습니다』 같은 표정 짓지 마."

"절친! 마음의 벗! 우리 카오리!"

어지간히 시아의 옷이 싫었나 보다. 시즈쿠는 캐릭터가 살짝 망가질 정도로 기쁨을 표현했다.

"이해가 안 돼요……."

시아가 항의하듯 토끼 귀를 팔락팔락하며 중얼거렸지만 신경 쓰는 사람은 아무도 없었다.

자칫 잘못하면 배꼽, 맨다리, 상완, 게다가 가슴까지 대담하게 드러낸 반라 검사가 탄생할 뻔했다. 그 위기에서 벗어난 시즈쿠는 아이들을 거칠게 깨우고 간결하게 상황 설명을 마친 뒤 간이 탈의실로 보냈다.

유에가 마법으로 만든 온수를 샤워처럼 뿌려줬다. 몸과 함께 피폐해진 마음까지 씻겨 내려가는 기분이었다.

유에, 시아, 카오리가 심신을 안정시키는 동안 하지메는 사주경계와 아라크네 회수 작업을 묵묵히 진행했다.

주변 일대도 천장도, 그리고 거목까지 이어진 길도 꽤 넓은 범위로 연성을 마쳤다. 이제 공간 전이라도 하지 않는 한 유백색 슬라임에게 기습당할 일은 없을 것이다.

초토화 작전 덕분에 시야도 시원하게 트였다. 만약 다른 마물이 있었다고 해도 그건 저기 길가에 굴러다니는 탄화한 『무언가』와 같은 운명을 맞이했을 테니까 이 층의 안전은 확보된 것이나 다름없었다.

물론 그렇다고 경계를 풀 수는 없지만…….

"……주인님. 슬슬 나에게도 관심을 주면 안 되겠느냐. 탈의실도 내 것만 없다만……."

진지하게 생각에 빠진 하지메 뒤에서 머뭇거리는 목소리가 들렸다.

지금까지 열심히 몸을 꼬고 있던 잡룡님이었다. 모두 눈 한쪽 구석에는 담아 뒀지만 잡룡님이 워낙 바빠 보여서 무시했던 것이었다.

유일하게 처음부터 쾌락의 시련을 견뎌 냈건만 결국 마지막까지 헐떡댄 것도 그녀였다.

하지메는 티오를 얼핏 돌아보고 한마디 했다.

"뭐야? 아직 계셨어요? 클라루스 씨."

"으?! 주, 주인님. 아직 그걸 할 셈이냐? 그게, 확실히 참신해서 기분이 좋긴 했다만, 역시 좀……. 이제 평소대로 말해 주면 안 되겠느냐? 이름도 평소대로 불러도 되는데?"

"에이, 왜 이러세요? 평소랑 똑같고 클라루스 씨는 클라루스 씨잖아요. 아, 그 이상 다가오진 마시구요."

"윽?! 주, 주인님! 내가 잘못했다! 내가 도를 넘었구나! 반성할 테니까 원래대로 돌아와다오!"

"……."

웬일로 티오가 눈물을 짜면서 네 발로 사사삭 기어왔다.

하지메는 빛이 사라진 눈으로 티오를 보았다. 그것을 보고 살짝 볼을 붉히던 티오도 역시 이 서먹서먹한 태도는 견디기 힘들었는지 폭주할 기미는 없었다.

하지메는 이래도 아직 기뻐하는 게 아닐까 생각했던 터라 진심으로 슬퍼하는 티오를 보고 겨우 효과적인 처벌을 발견했다며 씩 웃었다.

하지메의 올라간 입꼬리를 보고 티오는 움찔 떨었다.

설마 계속 이 상태로 가는 건 아닐까? 그런 상상이라도 했는지, 점점 더 울상이 되어 갔다.

"우우, 주인님. 부탁한다. ……티오라고 불러다오."

티오는 급기야 애원하기에 이르렀다. 하지메는 드디어 변태에게 한 방 먹여서 무척이나 흡족한 기분이었다.

변태성을 발휘하지 않고 순수하게 슬퍼하는 티오는 그 아름다운 용모와 흐트러진 옷이 어우러져 참으로 가학심을 부추겼다.

조금만 더 벌을 줘 볼까? 음흉한 마음을 품은 하지메는 객관적으로 봐도 충분히 변태의 주인님다운 자격을 갖춘 것처럼 보였지만…… 불행인지 다행인지, 본인은 깨닫지 못했다.

"어쩔 수 없지. 네가 이미 구제할 길 없는 변태인 건 불가피하다고 하더라도, 앞으로 조금만 자제해줘. ―티오."

하지메가 어깨를 으쓱이며 그렇게 말하자 티오는 얼굴을 확 빛내고 묘령의 미녀 같은 외모로 소녀처럼 웃음 지어 보였다. 그 얼굴은 하지메마저 무심결에 어지러워질 정도로 매력적이었다.

지식도 많고 사려도 깊으며 사람의 자그만 심적 변화에도 민감하다. 누구와도 서로 이해하려는 노력을 아끼지 않고 뜻밖의 사태에서도 냉정함을 잃지 않는다. 대담성과 결단력도 있고 전투가 벌어지면 용맹무쌍. 정이 넘치고 도리도 잊지 않는다. 그리고 말이 필요 없는 아름다운 외모까지.

정말로 변태만 아니면 어디에 내놓아도 손색이 없는 「멋진 여자」인데…….

"정말로 너는 왜 이렇게 변태일까……."

하지메는 속으로 「역시 나 때문인가?」라며 머리를 쥐어뜯었다. 사실 그랬다. 엉덩이 파일 벙커 사건이 모든 일의 원흉이었다.

'응. 그렇지. 나도 알아, 나 때문이란 거.'

속으로 자문자답한 하지메는 슬픔에 찬 눈길로 티오를 봤다.

"왜 그러느냐? 주인님."

"……아무것도 아냐. 그보다 너도 씻고 옷 갈아입고 나와."

"으. 그래야겠구나. ……그런데 난 주인님이 갈아입혀줘도 되는데? 구석구석 깨끗하게 씻겨줘도 되는데?"

하지메가 티오용 간이 탈의실을 연성해주자 티오가 무슨 기대를 품은 눈길을 보내면서 그런 소리를 하기 시작했다.

하지메는 자중은 어디다 팔아먹었냐고 눈살을 찌푸리며 수류탄을 꺼냈다.

"……그래? 모처럼 잘됐네. 피부째로 더러움을 날려주지."

"……?! 바, 바로 갈아입고 오마!"

티오가 손사래를 치고 간이 탈의실로 사라졌다.

구제할 길 없는 용인족이 되어 버린 그녀의 뒷모습을 보는 하지메의 머릿속에 어째선지 「책임」이라는 두 글자가 스쳤다. 하지메는 메마른 웃음을 지은 뒤 그 글자를 떨쳐내듯 머리를 흔들었다.

그로부터 잠시 후, 모든 인원이 깨끗해진 모습으로 간이 탈의실에서 나왔다.

역시나 코우키와 스즈, 그리고 이번에는 류타로까지 크게 낙담해 있었다. 마치 몸을 짓누르는 돌덩이를 짊어진 것처럼 몸이 처졌고 특수한 마법이라도 쓴 것처럼 주위에 먹구름이 잔뜩 끼었다.

미약 효과로 이성을 잃었어도 자신이 무슨 짓을 했는지 기억은 남아 있는 모양이었다.

쾌락 지옥 끝에 인간관계, 그리고 동료애를 시험한다— 그것이 이번 시련이란 것이 티오의 추측이었는데, 그 추측이 옳았음을 증명하듯 그들의 분위기는 어색했다.

코우키도 류타로도 시즈쿠나 스즈의 얼굴을 바라보지 못하고 묘하게 거리를 두고 있었다. 스즈도 평소처럼 웃지 못하고 귀까지 빨갛게 익은 채 고개를 숙이고 시즈쿠 뒤에 숨어 있었다.

시즈쿠도 어떻게든 위로해 보려고 했으나 사태가 사태이다 보니 유효타를 내지 못했다.

동료끼리 성적인 의미로 덮칠 뻔했으니까 그 거북함, 죄책감이 어마어마한 것은 어쩔 수 없었다. 특히 스즈는 여자다. 동료와 그런 관계가 될 뻔했을 뿐 아니라 추태를 보이고 말았다는 점에서도 정신에 큰 충격이 있었을 것이다.

"스즈, 잊자. 그건 어쩔 수 없는 일이었어. 실제로 선은 넘지 않았으니까 잊는 게 제일이야. 누구든 기억하기 싫은 추억이 한두 가지는 있는 법이잖아. 안 그래?"

"……시즈시즈."

"스즈! 나는 야한 게임 코너에 돌격해서 패키지에 있는 여자에 관해 큰 소리로 떠든 적도 있어. 주위 남자 손님이 그때 나를 어떤 눈으로 봤는지…… 떠올리기만 해도 우울해져……."

참고로 돌격의 주모자는 카오리였다. 함께 떠든 사람도 카오리였다. 연령 제한이 있는 게임에 관해 서로 떠들어 대는 미소녀 두 명……. 그 결과 두 사람은 가게에 출입 금지를 당했다. 슬픈 사건이었다.

하지메 파티의 시선이 카오리에게 쏠렸다. 카오리는 「보지 마……」라고 중얼거리며 주저앉아 얼굴을 가려 버리고 말았다.

"……시즈시즈, 야한 게임에 관심 있었구나?"

"없어! 그건, 그래, 불행한 사고였어."

"……후, 크흐흐. 야한 게임을 보고 떠드는 시즈시즈…… 푸흐흡."

"스즈, 그렇다고 웃을 건 없잖아……."

그렇게 말하면서도 스즈가 웃자 시즈쿠는 안심하는 표정이었다.

어떤 위로도 통하지 않을 것 같아서 하는 수 없이 기억 깊숙한 곳에 봉인해 둔 흑역사를 꺼내 창피함을 공유하자는 자학 작전을 노린 것인데…… 강력하게 자살골을 넣은 보람은 있었는지, 스즈의 정신은 조금 나아진 것 같았다.

과연 서포트의 달인. 때로는 자기 살을 깎는 방식에도 주저함이 없었다.

훌륭하다는 의미를 담아 하지메, 유에, 시아, 티오 네 사람은 마음속으로 갈채했다.

그런 시즈쿠와 스즈를 보고 코우키가 숙였던 고개를 들었다.

"……나구모, 그…… 귀찮게 해서 미안. 멈춰줘서 고마워."

"아, 그랬지. 십년감수했어, 나구모. 진짜 고맙다."

코우키에게 이어 쭉 겸연쩍어 얼굴을 돌리고 있던 류타로가 하지메에게 감사를 전했다.

"그래. 실컷 고마워해. 황송해하라고. 빚진 죄인이란 거 한시라도 잊지 마. 그리고 여차할 때는 총알받이가 되겠다는 각오로 은혜를 갚아. 행여라도 떼먹을 생각 마. 땅끝까지 쫓아가서 받아낼 테니까."

말이 완전히 악덕 고리대금업을 하는 어깨 형님이었다.

뱉은 말은 반드시 지킨다. 도망치면 정말로 땅끝까지 쫓아와서 갚으라고 독촉할 것 같았다.

남의 감사에 「사람으로서 당연한 일을 했을 뿐이죠」라고 답할 정신머리는 전혀 없는 듯했다.

코우키와 류타로가 서로를 바라보았더니 둘 다 거액의 빚을 떠안은 사기 피해자 같은 표정이 되어 있었다. 무심결에 헛웃음이 나왔다.

도움의 대가는 비싸게 치를 것 같지만 실제로 소중한 동료들에게 상처를 주지 않고 넘어갔으므로 거북함도 다소 가셨다.

"야에가시, 타니구치. 뭘 동정하는 눈으로 쳐다봐? 너희도 똑같아."

""?!""

시즈쿠와 스즈가 흠칫 뛰어 올랐다. 그리고 코우키, 류타로와 똑같은 표정이 됐다. 무시무시한 일수꾼에게 찍힌 기분이었다.

연대 보증이라는 끈끈한 유대감은 네 사람 사이에 떠돌던 거북한 분위기를 상당히 불식한 듯했다.

그 후 일행은 유백색 슬라임에게 습격받는 일 없이 순조롭게 길을 나아가 마침내 거목에 도착했다. 이번에도 똑같이 거목에 굴이 생겼다.

안으로 들어가자 굴이 막히고 밀실이 됐다. 이전과 똑같이 발밑에 전이진이 빛나고 일행의 시야가 눈부신 섬광으로 새하얗게 물들었다.

"응? 전이, 했지?"

"……응. 봐, 하지메. 저기 출구가 있어."

일행이 전이한 장소는 거목 굴과 똑같은 굴속이었다. 한순간 하지메는 전이되지 않았나 착각했지만 유에가 가리키는 방향을 보고서 전이됐음을 확신했다.

하지메가 주위를 돌아봤다. 아무도 빠지지 않고 전이된 것 같았다. 마안석을 써도 가짜는 보이지 않았다. 즉, 이번에는 그대로 진행하라는 뜻일 것이다.

일행은 한번 고개를 끄덕이고 빛이 드는 출구를 향해 걸어갔다.

그리고 굴의 출구로 빠져나온 일행은 그 놀라운 광경에 순간 말문이 막혔다. 처음으로 소감을 입 밖으로 낸 것은 하지메였다.

"이거…… 꼭 페어베르겐 같군."

다른 이들도 고개를 끄덕였다.

굴 바깥은 그대로 통로로 이어져 있었다. 하지만 그 통로가 평범하지 않았다.

일행을 이끌 듯이 뻗은 튼튼해 보이는 통로는 놀랍게도 굴에서 이어진 거대한 나뭇가지였다. 폭이 5미터는 되지 싶었다.

일행이 뒤를 돌아보자 그곳에는 한눈으로 둘레를 짐작할 수 없을 정도의 거대한 나무 기둥이 존재했다. 그렇다면 일행이 있는 곳은 거대한 나무에서 거대한 가지로 뻗어 나가는 부분일 것이다.

그리고 길게 이어진 가지 통로는 똑같이 거대한 나무 곳곳에서 돌출된 다른 가지 통로와 공중에서 뒤엉키며 복잡한 공중 회랑을 만들고 있었다.

하지메는 『페어베르겐 같다』고 말했지만 그것만으로는 표현하기 부족했다. 규모, 복잡함, 그리고 장대함이 비교도 되지 않았다.

착시를 일으킬 것만 같은, 트릭 아트 같은 거대 공중 회랑이었다.

"지하 공간은…… 틀림없어 보이는데……."

머리 위를 올려다보자 돌로 된 천장이 보였다. 무식하게 큰 지하 공간 중심에 거대한 나무가 하늘과 땅을 잇듯 서 있는 모양이었다.

하지만 특이한 점은 거대한 나무의 끝이 보이지 않는다는 것이었다. 나무는 천장을 뚫고 있었다.

과연 이런 범상치 않은 나무가 세계에 몇 그루나 있을까…….

"……대수?"

유에가 추측을 입에 담았다. 시아가 고개를 끄덕여 동의했다.

"그렇겠죠. 이곳은 대수 아래에 있는 공간 아닐까요?"

"하지만 그렇다면 지상에서 보이던 대수는……."

카오리가 그 거대한 스케일에 압도당한 것처럼 떨리는 목소리로 중얼거렸다.

그러자 턱을 손으로 비비며 생각에 빠져 있던 티오가 말문을 열었다.

"흠, 이게 대수 우아 아르트란 건 틀림없을 게야. 그리고 지하의 기둥에서 **가지**가 뻗어 있다는 건 진짜 뿌리는 훨씬 지하 깊숙한 곳에 있다는 뜻이겠지. 그렇다면 지상에서 보이던 부분은…… 대수의 끄트머리에 지나지 않았다는 거로구먼? 이거 참, 오래 살았지만 아직 세계는 놀라워. 설마 그게 극히 일부였다니 말이야."

"지, 진짜 크기는 얼마나 큰 거야?"

코우키가 기겁하여 던진 의문에 답할 수 있는 이는 없었다.

모두 새삼스럽게 대수의 경이롭기까지 한 거대함에 얼이 빠져 무의식적으로 위쪽을 올려다봤다.

그들이 바라본 곳은 천장으로 가로막혀 있었지만 그래도 모두 하늘을 찌르는 대수의 모습을 상상했다.

얼마간 모든 이가 경외심을 보내듯 말없이 대수를 우러러봤다.

그러던 어느 순간, 시아의 토끼 귀가 쫑긋쫑긋 움직였다.

"무슨 소리죠?"

무슨 소리를 포착한 것 같았다. 시아가 토끼 귀를 까딱까딱 움직이며 음원을 찾으려고 했다.

사사삭, 츠츠츠. 아무래도 훨씬 아래쪽에서 나는지 희미하게 들리는 그 소리는 왠지 엄청나게 본능적 혐오감을 자극했다.

시아는 토끼 귀에 거슬리는 그 소리에 인상을 찌푸렸다. 그 희고 매끄러운 피부에 어느새 소름이 돋아 있었다. 토끼 귀와 꼬리의 털까지 크게 부풀었다.

시아는 자신의 상태에 고개를 갸웃거리면서 가지 통로 끝에서 살며시 아래를 내려다봤다.

"음~, 어두워서 잘 안 보이네요. 신체 강화로 시각 능력을 올려서⋯⋯."

시아가 시력을 강화하며 밤눈이 한층 밝아지도록 능력을 조정했다.

그리고 돌처럼 굳었다.

"⋯⋯? 왜 그래? 시아."

대답이 없었다. 토끼 귀와 꼬리의 털이 지금껏 본 적 없을 만큼 곤두섰다.

북슬북슬도 모자라 느낌표를 몇 개쯤 붙여야 할 것 같은 느낌이었다. 면적이 두 배로 늘었다는 생각이 들 만큼 털이 부풀었다. 게다가 하늘로 쭈우욱 뻗어 있었다.

시아의 이상을 인지하고 의아해하는 하지메는 똑같이 아래를 내려다봤다. 『밤눈』과 『멀리 보기』 기능이 있어서 아득히 아래쪽 공간이라도 선명하게 보였다. 그렇다. 선명하게 보고 말았다.

그리고 돌처럼 굳었다.

"……하, 하지메? 왜 그래?"

"하지메?!"

"주, 주인님, 괜찮은가?"

경직한 것도 모자라 옆에서 봐도 알 수 있을 정도로 소름이 쫙 끼쳤다. 유에, 카오리, 티오가 무슨 일이냐며 걱정스럽게 말을 걸었다.

하지메는 마치 기름을 치지 않은 기계처럼 뻣뻣하게 끼기기긱 소리를 내면서 돌아봤다.

그 표정을 보고 세 사람뿐 아니라 코우키 파티까지 경악해 눈을 크게 떴다.

오만방자, 대담무쌍.

그 말이 딱 들어맞는 하지메가 마치 공포로 전율한 것처럼 새파랗게 질렸다. 대체 무엇을 봤기에?

하지메는 유에의 얼굴을 물끄러미 들여다보더니 작게 「아, 마음이 정화된다」라며 의미 모를 말을 하고 이어서 중얼거렸다.

"……악마야. 악마가 있어."

""""""악마?""""""

이해하기 힘든 하지메의 말에 누구랄 것 없이 고개를 갸웃했다.

코우키와 류타로, 그리고 스즈는 「확실히 눈앞에 악마 같은 게 있긴 한데」라는 눈으로 하지메를 봤다가 본인에게 신속의 탄지신공을 맞고 눈물을 찔끔 흘렸다.

"저기, 나구모? 악마라면…… 그 악마?"

시즈쿠가 울상이 된 세 사람에게 안쓰러운 눈길을 보내고 성서에 나올 법한 악마를 상상하며 물었다. 하지메는 그 착각을 깨닫고 고개를 저었다.

"아니. 더 흉악한 놈이야. 지옥의 악마 따위는 상대가 안 돼. 너희도 잘 아는 검은 녀석들— 부엌의 악마야……."

이 인간이 무슨 소리를 하나……. 아이들의 눈길이 하지메에게 꽂혔다.

하지메는 딱히 신경 쓰지 않고 크로스 비트를 한 기만 꺼내 아래로 날려 보냈다. 그리고 소형 수정 디스플레이를 모두 함께 볼 수 있도록 들었다.

그것을 들여다본 일행의 눈앞에서 잠깐의 노이즈 후 비친 영상은—

""""""……?!"""""

놈들이 있었다. 한 마리 발견하면 서른 마리는 숨어 있는 줄 알라는 말과 함께 두려움을 사는 그것, 검은 악마라는 이름으로 불리는 이니셜 B인 그 자식. 언제나 사사삭 기어오는 혼돈. 그림자에서 그림자로 고속으로 이동해 상식을 초월한 생명력으로 끈질기게 살아남는다. 하늘을 날면 지구에서도 혼란과 공황 상태 이상을 부여하는 고유 마법까지 사용하는 강호. 어머니들과 식당의 원수.

그 이름— 바퀴벌레.

그 바퀴벌레가 이 지하 공간 바닥 부분에 수백만, 수천만, 아니, 이미 계측 불가능할 만큼 득실거렸다.

비유하자면 바퀴벌레의 바다. 파도처럼 몰려오고 빠지는 바퀴벌레 조류였다. 사사삭, 츠츠츠 소리는 어마어마한 수의 바퀴벌레가 연주하는 소리였다.

"이, 이런 걸 뭣하러 보여줘……."

"우웩, 바퀴, 바퀴가 저렇게 우글우글, 우글우글~!"

시즈쿠와 스즈도 하지메와 똑같이 얼굴이 새파랗게 질린 뒤 눈을 돌렸다. 두 사람 모두 두 팔 가득히 닭살이 돋았다.

코우키와 류타로도 「으어어……」라는 기괴한 신음을 흘리며 있는 힘껏 눈을 돌리고 있었다.

경직이 풀린 시아는 양손으로 토끼 귀를 접어서 틀어막고 웅크려 앉아 울상 지었다. 티오는 비교적 멀쩡한 편이지만 그래도 살짝 핏기가 가셨다.

그리고 카오리는…… 이미 눈을 까뒤집고 있었다.

"……하지메, 전부 태우자."

유에가 전에 없이 흉흉한 발언을 꺼냈다.

흰자위밖에 남지 않은 카오리가 눈을 번쩍 뜨고 의식을 되찾았다. 대찬성인가 보다. 닭살은 돋았지만 착 가라앉은 눈으로 확고한 구충 의사를 드러내고 있었다. 전에 없이 호전적인 카오리였다. 「분해! 분해!」라며 단편적인 말을 무섭게 부르짖고 있었다.

"……안 그러는 편이 좋지 않을까. 저 숫자를 봐. ……못 죽인 것들이 무더기로 날아오면 어쩌려고?"

""……""

수천 마리 바퀴벌레가 편대를 짜서 일제히 날아온다―.

그 광경을 상상했는지 유에와 카오리는 낯빛이 싸악 바뀌고 전의를 상실했다. 순식간에 마음이 꺾인 모양이었다.

"어쨌든 떨어지지 않으면 괜찮아…… 아마도. 계속 진행해서 얼른 공략해 버리자. 여기 머물렀다가는 정말로 몰려들지도 몰라."

하지메의 말에 모두 평소 이상으로 진지한 표정을 짓고, 평소 이상으로 힘차게 고개를 끄덕였다.

일행은 두껍디두꺼운 가지 통로 위를 걸었다.

일단 먼 곳에 가지 통로 네 개가 합류해 널찍한 발판이 있는 장소가 보여서 그곳을 목표로 삼았다.

도중에 바퀴벌레들이 날아오지 않을지 전전긍긍하면서도 가지 통로에서 가지 통로로 건너뛰면서 마침내 넓은 발판에 도착했다. 넓이가 주택가에 있는 작은 공원 정도는 되어서 느긋하게 주위를 내다볼 여유도 생겼다.

"그럼 어떻게 한다……. 뭐라도 안 보이려나?"

"……응. 특별한 건 딱히……."

"없네요."

"나구모. 대수 반대쪽 아니야?"

그렇게 다 같이 공간 전체를 돌아보며 의견을 주고받는데…….

—부우우우우웅!

염려하던 소리가 들렸다. 날갯소리. 그것도 대량이었다.

"—?!"

하지메 일행의 얼굴이 딱딱하게 굳었다. 황급히 아래를 확인했다.

그곳에는 역시나 검은 해일 같은 바퀴벌레 무리가 날갯짓하며 맹렬한 속도로 상승하는 광경이 펼쳐지고 있었다.

"이런 망할!"

"으으응. 『뇌룡』."

"싫어요옷~!! 저리 날아가!"

"꺄아아아아아!! 분해! 분해!!"

"써, 썩 꺼지지 못하겠느냐아아아! —『브레스』!!"

모든 사람의 모골이 송연해졌다. 극도의 혐오감에 포효하며 거의 무의식적으로 사용 가능한 최대급 공격을 날렸다.

하지메는 오르칸으로 로켓탄 비를 뿌렸고, 유에는 『뇌룡』을, 시아는 드뤼켄으로 작렬 슬러그 탄을, 카오리는 분해 포격을, 티오는 『브레스』를 호들갑스럽게 구사했다.

코우키 파티도 저마다 순간적으로 쓸 수 있는 원거리 공격을 일제히 쏟아냈다. 의외로 시즈쿠만은 「후미이……」라는 기묘한 신음을 흘리며 의식이 날아가기 직전이었지만…….

그러나 과연 사기 능력자들의 화력이었다.

발아래 허공으로 진홍색 꽃이 만발하고 우레의 포효가 울려 퍼졌다. 하늘색 파문이 무수하게 퍼지며 은색과 흑색 섬광이 허공을 갈랐다. 순백의 검광이 날고 충격파가 철퇴처럼 내다 꽂혔다.

압도적 섬멸력. 지상에서 왕국이나 제국의 군대 앞에서 이루어졌다가는 분명히 그들을 현실 도피에 빠뜨려 버릴 것이다.

하지만 그만한 공격을 퍼부어도 폭력적인 물량 앞에서는 장사 없었다.

등줄기를 오싹하게 하는 날갯소리를 울리던 검은 해일은 아무리 공격받아도 전혀 기세를 죽이지 않고 밀려들었다.

바다 그 자체를 공격해도 의미가 없는 것과 같은 논리였다. 바퀴벌레 해일은 공간 전체로 퍼져 나가며 마치 새가 집단행동을 하는 것처럼 일사불란하게 종횡무진 날아들었다.

"으으. 이, 이곳은 성역이 되어 시, 신의 적을 보내지 않으리 이이! ―『성절』!"

스즈가 이미 반쯤 울면서 장벽을 폈다. 그 직후―.

쏴아아아아아아아아!

하지메 일행이 있는 장소보다 더 높은 곳까지 솟구친 바퀴벌레 해일이 그대로 중력에 이끌려 그들을 단숨에 덮쳤다.

순식간에 장벽 밖이 꿈틀대는 검정 일색으로 물들었다. 장벽에 충돌해 체액을 뿌리며 으깨진 바퀴벌레도 있는가 하면, 장벽 외부를 빠르게 기어 다니는 바퀴벌레도 있었다.

"―끄, 아."

장벽을 친 스즈가 픽 정신을 잃을 뻔했다. 코우키가 반사적으로 받침과 동시에 급박함 묻어나는 목소리로 격려했다.

"스즈! 자지 마! 잠들면 죽어! 우리 정신이!"

농담이 아니었다. 맨몸으로 바퀴벌레 파도에 휩쓸린다? 그것만으로 신대 마법 따위와 비교도 되지 않는 정신 공격이었다. 정신 이상은 불가피하다. 한평생 트라우마가 될 수도 있었다.

"유에, 계속해서 방어 부탁해."

"……응. 절대로 돌파 못 해!"

유에가 소름 돋은 팔을 들어 스즈의 『성절』에 겹치도록 『성절』을 전개했다.

"어쩐지 이 미궁에 온 후로는 이런 일뿐이네요……."

"으음. 역시 다른 대미궁 공략을 전제로 한 만큼, 어쩌면 난이도도 몇 단계 높게 설정된 건지도 몰라."

티오는 다소 표정이 굳었지만 냉정하게 분석했다. 카오리가 바들바들 떨면서 혼란에 빠진 것처럼 언성을 높였다.

"내, 내내내, 냉정하게 분석하지 말고 뭐라도 해야지!"

그러자 또 냉정한 목소리로 카오리에게 말을 거는 사람이 있었다. 의외로 방금 정신을 놓을 뻔한 시즈쿠였다. 그녀가 묘하게 홀가분하고 투명한 표정으로 말했다.

"카오리, 괜찮아. 문제없어. 저건 그냥 검은깨야. 검은깨 푸딩이나 검은깨 후리카케[5]도 난 꽤 좋아해. 특히 『검은깨 후리카케 간장 맛』이 맛있어. 밥이 술술 넘어가."

#5 후리카케 밥에 뿌려 먹는 일본의 가루 조미료.

"어떡해! 시즈쿠가 이미 맛이 갔어!!"

시즈쿠의 눈은 이미 죽어 있었다.

카오리가 비통하게 외치는 와중, 하지메는 또 섬멸전을 반복할 수밖에 없나 싶어 닭살 돋은 팔을 문지른 뒤『보물고』를 기동하려고 했다.

하지만 그 전에 이변이 발생했다.

장벽에 무리 지은 바퀴벌레가 일제히 물러난 것이었다.

무슨 일이냐며 어리둥절해하는 일행 앞에서 바퀴벌레 파도는 공중에서 구체를 만들더니 그것을 중심으로 고리가 생겼다.

거대한 고리 바깥쪽으로 계속해서 고리가 겹쳐지고, 다음에는 무수한 종렬 비행을 하는 바퀴벌레가 고리 이곳저곳으로 늘어섰다. 차츰 공중에서 기하학적인 모양이 만들어지는 그 광경을 보고 하지메가 바싹 긴장한 얼굴이 됐다.

"야야야야, 설마…… 마법진을 만드는 거야?"

아무리 생각해도 위험한 사태였다. 본능이 요란하게 경종을 울려 댔다.

바퀴벌레의 마법진 형성을 저지하려고 하지메 일행이 격렬하게 공격을 가했지만, 물결치는 바퀴벌레 해일이 마법진을 지키고자 몸을 방패 삼아 막아섰다.

말 그대로 고기 방패. 공격을 맞아 죽은 바퀴벌레의 사체가 억수처럼 쏟아졌으나 수가 줄어들 기미가 안 보였다.

그러는 사이 마법진은 완성되어 버렸다. 공중에 뜬 지름 15미터 가까이 되는 마법진이 강렬한 검붉은 빛을 뿜었다. 그리고 동시에 중앙의 구체— 얼핏 보면 달걀 같기도 한 그것이 맥동하기 시작했다. 두근두근, 고동 소리 같은 것이 울리고 내부에서 밀어내듯 꿈틀거리며 형태를 바꾸어 갔다.

그 직후 구체가 터졌다. 그렇게 모습을 드러낸 것은 크기가 3미터에 이르는 거대한 바퀴벌레였다. 단, 주위를 날아다니는 보통 바퀴벌레와 같은 타원형이 아닌, 인간을 닮은 기괴하고 끔찍한 형상이었다.

몸통에서는 가시가 돋은 가느다란 팔 혹은 다리가 총 여섯 개 자라서 언뜻 바퀴벌레 같은 모습인데도 불구하고 그 끝부분만은 사람의 손가락처럼 되어 있었다. 그 손가락도 모두 날붙이처럼 예리했다.

얼굴에는 온통 검은 눈이 달렸고 턱은 거대하며 날카로웠다. 등에는 세 쌍 여섯 장의 반투명한 날개, 허리 부분에서는 꼬리가 나 있었다.

방출하는 위압감도, 그리고 그 모독적인 모습도 아마 이놈이 이번 대미궁의 마지막 가디언이자 시련일 거라는 확신을 줬다.

"ㅊㅊㅊㅊㅊㅊㅊ!"

『인간형』은 그런 불쾌한 울음소리를 내면서 검붉은 인광을 발했다.

그러자 『인간형』 주위에 바퀴벌레가 모여 마법진을 형성하기 시작했다.

아무래도 『인간형』은 다른 바퀴벌레를 마음대로 조종할 수 있는 것 같았다.

새로운 마법진의 중앙에 조금 작은 구체가 몇 개나 만들어졌다. 『인간형』만큼은 아니었지만 크고 특수한 바퀴벌레가 출현할 것은 불 보듯 뻔했다.

"쳇. 보고만 있을 줄— 응?!"

"......으으응?!"

하지메와 유에가 동시에 마법진에 공격을 가하려고 한 순간, 갑자기 발밑에서 거대한 마력 방출을 느끼고 동작을 멈췄다.

두 사람은 퍼뜩 시선을 떨어뜨렸지만 얼핏 보기에 발판에서는 이상을 찾을 수 없었다.

그러나 마력을 보는 마안의 소유자, 하지메가 아니던가. 하지메는 발아래— 가지 통로 뒤쪽에 어느샌가 바퀴벌레가 모여 마법진을 형성하는 광경을 똑똑히 보았다.

아마도 눈앞에서 요란하게 마법진을 형성해 눈길을 끄는 사이 몰래 만드는 작전이었겠지.

하지메가 아뿔싸, 라고 생각한 찰나 정체불명의 마법이 발동했다.

광장을 투과한 검붉은 마력이 회오리처럼 나선을 그리며 솟아올라 하늘을 찔렀다.

격한 빛의 등장에 일행은 손으로 얼굴을 가렸다.

무엇이 폭발했나 싶은 섬광이 주변 일대를 감싸고 시야를 차단했다.

불과 몇 초 사이에 빛은 사라졌다.

다시 모습이 드러난 하지메 일행은 특별한 피해는커녕 상처 하나 없이 멀쩡했다.

"……대체 뭐였어? 유에, 뭔가―."

이상은 없냐고 이어졌어야 할 말이 도중에 끊겼다.

유에를 보고 말문이 막힌 것이었다.

이럴 때도 유에를 보고 넋이 나가서?

아니. 반대였다.

끓어오른 감정은 무사한 모습에 대한 안도도, 평소의 사랑 스러움도 아닌…….

―혐오였다.

혐오, 아니, 이쯤이면 증오라고 바꿔 말해도 될 만했다. 하 지메는 유에에게 그런 깊고 어두운 감정을 느끼고 있었다.

그건 아무래도 유에도 마찬가지 같았다. 바로 옆에서 하지 메를 쳐다보는 그 표정은 화가 나서 참을 수 없다는 듯 일그 러졌고 눈에는 살의마저 깃들었다.

"유에."

"……하지메."

서로 익숙한 이름을 불렀고, 동시에 불쾌감을 표출했다.

"……네가 미치도록 싫어."

"……죽이고 싶을 만큼 미워."

정신을 차리자 새까만 감정을 숨김없이 드러내고 있었다. 그리고 역시나 어느새 서로에게 살의를 들이대고 있었다. 하 지메는 돈나의 총구를 유에의 이마에 겨눴고 유에는 창염이 깃든 손을 하지메를 향해 들어…….

기억 속 자신들이 가까스로 제동을 걸었다. 이 상황은 정상이 아니라고 본능이 호소했다.

그 거부감이 없었다면 서로를 죽일 작정으로 공격했을지도 몰랐다.

"잠깐만요. 두 분 다 뭐 하는 거예요?"

일촉즉발인 하지메와 유에에게 분노 섞인 말소리가 들렸다. 시아였다. 뜬금없이 서로를 죽이려고 드는 두 사람을 허둥지둥 말리려는—.

"이런 상황에서 장난쳐요? 처 죽고 싶어요?"

—것이 아니라, 오히려 자신도 참전하겠다는 양 눈총을 쐈다.

그 눈동자에는 하지메와 유에를 향한 격렬한 혐오감이 담겼다. 드뤼켄으로 어깨를 톡톡 두드리는 것이 대미궁 공략 중이니까 참았지, 아니었으면 지금 당장 박살 내고 싶다고 말하는 듯한 살기를 느끼게 했다.

"엉? 누구한테 하는 소리냐? 이 유감 토끼가."

"……토끼 귀, 뜯어 버린다?"

하지메가 시아에게 품은 악감정은 유에에게 느끼는 살의에 가까웠다. 유에도 상황은 같아서 당장에라도 정말 토끼 귀로 손을 뻗을 기세였다.

그러나 이곳은 싸움터. 대미궁의 내부.

하지메는 감정에 휩쓸릴 것 같은 자신을 질타하고 주위를 둘러봤다.

그러자 참으로 기묘한 광경이 펼쳐져 있었다.

티오와 카오리도 하지메와 유에, 그리고 시아에게 증오의 눈길을 보내고 있었고 하지메 본인도 두 사람에게 강한 악감정이 치솟았다. 솔직히 전투 중에 은근슬쩍 싸 죽여 버릴까 싶을 정도로……

이상해도 너무 이상했다. 그도 그럴 게 그런 악감정을 품을 만한 기억이 전혀 없었다. 함께 곤경을 극복하고 강한 신뢰를 키워 온 동료들이었다. 그런데도 불구하고 그 기억에마저 증오와 혐오감이 올라왔다.

점점 짜증이 치미는 하지메에게 묘한 열기를 띤 목소리가 들렸다.

"이, 이봐, 너희 나구모한테 무슨 짓을 하려는 거야! 나구모한테 손을 대겠다면 나도 가만히 있지 않아!"

코우키였다. 코우키가 하지메를 감싸고 있었다. 여자들을 노려봤다!

그런 코우키의 눈에서는 하지메에 대한 강한 친애의 정이 느껴졌다.

하지메는 질겁했다. 왠지 코우키에게는 혐오감이고 호의고 아무것도 느껴지지 않았지만 코우키를 향한 그 냉정하기 짝이 없는 감정이 갑자기 치밀던 부정적 감정을 가라앉혔다.

유에와 스즈의 『성절』이 아직 유지되어 다행이었다. 명백한 이상 사태에 빠진 일행의 틈을 찔러 다시 바퀴벌레 대군이 몰려들었다.

장벽 밖에서는 『인간형』이 마법진과 검은 구체를 여러 개 만들어서 축소형 인간형 바퀴벌레를 줄줄이 탄생시켰다. 『인간형』에 비해 전체적으로 형태도 이상하고 보통 바퀴벌레—『소형』들의 통합도 어설펐다.

아마 『인간형』의 하위종 같았다. 『반인간형』이라고 불러야 할까? 그것을 양산하고 있었다. 『인간형』을 보스라고 한다면 『소형』은 병사, 『반인간형』은 기사 정도로 분류할 수 있을 것이다.

이렇게 동료끼리 으르렁댈 수 있는 것은 『인간형』이 전투 준비 중이란 이유도 있었지만 역시 두 사람의 경이로운 결계술 덕분이었다.

악감정으로 부글부글 끓던 머리가 겨우 돌아가기 시작했다.

그렇게 되자 이 이상 사태의 원인, 효과도 대강 추측됐다.

자신들의 현재 감정 상태를 보아 아마 틀림없을 것이다.

"……아무래도 방금 마법은 감정을 반전시키나 보군. 강약은 본래 감정의 크기에 비례하는 것 같고."

"……응. 너랑 같은 의견인 건 마음에 안 들지만…… 타당한 판단이야."

다른 멤버도 같은 생각인지 떨떠름한 표정을 지으면서도 반론하지는 않았다.

"그렇구먼. 기억이나 유대감을 반전한 감정을 뿌리치고 원래대로 돌아올 수 있는가, 혹은 악감정을 품은 상태로도 지금까지 이어 온 관계를 믿고 함께 역경에 도전할 수 있는가……

징그러운 시련이야. 가장 끔찍한 건 인연이 깊으면 깊을수록 반전됐을 때 혐오감이 커진다는 점일 게야. 무엇보다……."

티오가 시련의 의도를 얘기하다 말고 외벽을 기어 다니는 『소형』을 보며 볼을 붉혔다.

그 행동을 따라 다른 일행도 바퀴벌레를 바라봤고 기억 속 감정과의 낙차에 할 말을 잃었다. 카오리가 복잡하기 짝이 없는 표정으로 중얼거렸다.

"……사랑스럽게 보여."

그것도, 아니, 그것이 가장 큰 문제였다.

적이자 원초적인 혐오감을 불러일으키는 검은 악마를 상대로 하지메 일행은 모두 사랑스러움을 느끼고 있었다. 기억 속에서는 서치 앤 디스트로이가 기본일 정도로 혐오했었는데 말이다.

감정이 반전되었다. 이 추측을 뒷받침하는 더할 나위 없는 증거였다.

아군끼리는 깊은 유대감 때문에 증오하고, 혐오할 적이기에 사랑스러움을 느껴 공격을 주저하게 한다.

그게 목적일 것이다. 구태여 바퀴벌레 형태의 마물을 준비한 이유는 분명히 누구나 보기만 해도 혐오감을 품는 형태이기 때문이다.

이대로 가면 연계는커녕 서로 발목을 잡다가 『소형』의 해일에 휩쓸리거나, 『인간형』과 줄줄이 태어나는 1미터 크기의 『반인간형』을 상대로 머뭇거리다가 바퀴벌레 밥이 될 것이다.

보통은 절체절명이라고 받아들일 상황이었다.

……하지만 이곳에 모인 자들은 보통이라는 평가와 가장 인연이 먼 자들이었다.

"그래, 사랑스럽지. 왜 나는 이런 사랑스러운 생물을 그렇게 못 죽여서 안달이었을까?"

"……까딱까딱 움직이는 더듬이. 반질반질한 몸. 빨빨거리며 움직이는 다리. 멋져."

하지메와 유에는 서로 강아지라도 귀여워하는 듯한 다정한 표정을 지었다.

물론 그 시선이 보고 있는 것은 무수한 『소형』이었고, 그것들을 거느린 『인간형』이었다.

바퀴벌레의 궁극 진화형 같은 『인간형』에게는 특히 사랑스러운 기분이 들었다.

두 명의, 아니, 지금 이곳에 있는 모든 이의 감성으로 바퀴벌레라는 존재는 굉장히 사랑스럽기 그지없는 생물— 강아지나 새끼 고양이, 새끼 토끼처럼 몹시 보호 욕구를 자극하는 생물이 되어 있었다. 대체 누가 초롱초롱한 눈으로 「괴롭히지 마」, 「놀아줘!」라며 몰려오는 앙증맞은 아기 동물을 거부할 수 있을쏘냐. 하물며 해를 가한다니, 당치도 않다!

그래서—.

"그래. 정말로 사랑스러워. —그럼 죽어."

"……응. 정말로 멋져. —일단 죽어."

—전자 가속식 대물 저격포 슈라겐.

—공간 마법 진천.

동시에 발포된 흉악한 공격.

관통에 특화된 붉은 포격이 가는 길의 방해물을—『성절』 장벽도 어마어마한 수의 『소형』도, 그리고 자신의 왕을 지키고자 진로를 가로막은 『반인간형』까지도 모조리 휴지조각처럼 날려 버리고 직진했다. 목표는 당연히 『인간형』이었다.

"—?!"

『인간형』이 소리 나지 않는 비명을 지르고 사선에서 이탈했다. 방어 따위 처음부터 할 생각도 않는 전력 회피. 그러나 레일 건이란 발사한 순간 이미 도달해 있는 것. 『인간형』은 초격에 좌반신의 일부에 그대로 도려낸 것 같은 큼지막한 구멍이 났다.

붉은 섬광이 진로상의 가지 통로까지 분쇄하며 멀찍이 떨어진 벽을 깊숙이 뚫었다.

그리고 공간이 흔들렸다.

포격의 진동이 아니었다. 공간 그 자체가— 격하게 흔들렸다. 『성절』이 사라짐과 동시에 쇄도하려고 한 주위 바퀴벌레들이 공 모양으로 튕겨 날아갔다.

다만, 날아간 것은 단순한 잔해였다. 공간 진동으로 발생한 충격파에 『소형』은 견디지 못하고 문자 그대로 티끌이 되었고 『반인간형』도 원형을 유지하지 못하면서 날아갔다.

"어? 어어? 어라?"

스즈가 곤혹스러운 소리를 흘렸다. 결계가 아군에게 파괴당하는 예상치 못한 사태에 당황했는데 정신을 차리자 주변이 말끔하게 정리되었다. 검은 악마의 흔적도 없었다.

물론 증발한 건 일행 주변뿐이었다. 이 지하 공간에 존재하며 지금도 계속 벽이며 바닥에서 기어 나오는 바퀴벌레 수에 비하면 극히 일부에 지나지 않았다.

하지만 그게 뭐 어쨌는가?

"슬픈 일이야. 적만 아니었다면 죽이지 않았을 텐데."

"……아쉬워."

아무렴, 사랑스럽고말고. 귀엽고말고. 가능하다면 죽이고 싶지 않다. 친구가 되고 싶을 정도다.

그러나 적이다.

그렇다면 죽인다.

좋고 싫고의 감정 따위가 끼어들 여지는 없었다. 자비도 없었다.

하지메의 눈이 형형히 빛났다. 입가에는 대담한 웃음이 걸렸다.

유에의 표정이 사라졌다. 냉혈한 흡혈 공주의 얼굴이 고개를 들었다.

"……어이, 꼬맹이. 저놈은 내가 죽인다. 방해하지 마."

"……네가 뭔데? 너야말로 꺼져. 방해하면 죽어."

서로 불쾌하게 흥, 하고 콧방귀 뀌었다.

동시에 하지메가 한쪽 발을 뒤로 빼서 다리를 풀었고, 유에가 둥실 떠올랐다.

전방에서는 이미 검은 해일이 부활해 지금도 일행에게 밀려 드는 중이었다. 그 중심에는 다시 싸울 준비를 하는 『인간형』 도 보였다.

뒤쪽에서 시아와 카오리가 말을 걸려고 했다.

하지만 지금 하지메가 그녀들을 신경 써주기는 어려웠다.

그러므로 무시한다. 대신 쿵, 하는 충격음으로 대답했다. 하 지메의 발 구름이 광장을 뒤흔들고 가지 통로에 크레이터를 만들었다.

시즈쿠와 스즈가 꺅, 하고 귀여운 비명을 질렀을 때, 이미 하지메는 한 발의 포탄으로 변해 있었다.

『소형』의 해일이 하지메를 삼키려는 짐승의 주둥이처럼 울렁 였다.

하지메의 몸이 붉은 빛과 스파크를 둘렀다. 『금강』과 『전기 두르기』였다. 더욱이 일곱 기의 크로스 비트를 주위로 전개, 하지메를 중심으로 원을 그리며 회전하면서 포효를 터뜨렸다.

무시무시한 기세로 사출되는 작렬 슬러그 탄은 착탄과 동 시에 부여된 『마충파』 파문을 퍼뜨리며 검은 해일의 주둥이에 바람구멍을 냈다.

그럼에도 멈출 줄 모르고 물량 공세로 접근에 성공한 『소 형』도 있었다. 그러나 평범한 바퀴벌레가 접근한들 하지메를 둘러싼 붉은 스파크에 불타거나, 달라붙어도 『금강』의 마력 방벽에 막혀 돌진의 기세에 튕겨 날아가 버렸다.

단 1초도 하지메를 멈추지 못했다.

『공력』 발동의 증거인 공중의 붉은 파문이 물수제비처럼 이어졌다.

『인간형』이 경악이 느껴지는 분위기로 몸을 비틀려고 했다.

"몸동작이 하나하나 귀여워. ―그래도 죽어라."

흐릿하게 보일 정도로 빠르게 공중을 달린 하지메의 무자비한 플라잉 니킥이 작렬했다.

마치 강철과 강철이 부딪치는 듯한 굉음이 터졌다.

1초 전까지 『인간형』이 있던 자리에 하지메가 교대하듯 착지했고 『인간형』은 눈으로 확인하기 어려운 속도로 날아갔다.

『인간형』은 감속하지도 못한 채 대수 기둥에 격돌했다. 여기서도 강철끼리 격돌하는 듯한 충격음이 울렸다.

대수의 강도 또한 떡갈나무와는 비교를 불허하는, 강철에 비견될 강도를 자랑하는 듯했다.

하지만 쌍방이 강철 같은 강도를 가졌는데도 불구하고 『인간형』은 대수 기둥에 깊숙이 박혀 버렸다. 하지메의 니킥을 맞은 가슴 부분은 방사형으로 깨졌고 몸의 구멍이란 구멍에서는 희멀건 체액이 뿜어져 나왔다.

하지메는 허공에 오르칸을 출현시켰다. 자비도 동정도 없었다. 사랑스럽다, 귀엽다, 나는 무척 슬프다고 말하면서 퍼붓는 공격은 언제나 살기만만했다.

하지만 바퀴벌레라도― 명색이 대미궁 마지막 시련이었다.

그리 쉽게 죽지는 않는다.

"키이이이이이이이!!"

오르칸의 방아쇠가 당겨지기 직전, 귀 따가운 불협화음이 울려 퍼졌다.

커다란 그림자가 하지메를 덮었다. 머리 위를 올려다보자 그 곳에는 거대한 마법진을 형성하는『소형』대군……

그 직후, 검은 안개가 분출했다. 그것은 머리 위 마법진뿐 아니라 하지메 주위를 날아다니는『소형』에게서도 나오고 있었다.

하지메의 예민한 위기감이 전력으로 경종을 때렸다. 저것에 닿으면 안 된다!

"쳇."

바로 크로스 비트로 결계를 치려고 했지만…….

타이밍이 아슬아슬하다. 과연 막을 수 있을까?

그렇게 생각한 순간.

─후와아아아아아아앙!!

비취색 바람을 두른 용이 하지메와 함께『소형』을 삼켰다.

─바람, 중력 복합 최상급 마법, 남룡.

모든 것을 집어삼키는 중력장 아가리와 체내에 수천, 수만 의 풍인을 품은, 흡혈 공주의 마법이자 종.

동시에 머리 위에서 마법진을 형성하는『소형』에게 푸르게 타오르는 용과 뇌성벽력을 두른 황금색 용이 달려들어 순식 간에 그것들을 쓸어 버렸다.

─불, 중력 복합 최상급 마법, 창룡.

─번개, 중력 복합 최상급 마법, 뇌룡.

마치 어군을 통째로 집어삼키는 고래와 같았다.

게다가―.

"키이이이익!!"

『인간형』을 향해 냉기를 두른 투명한 크리스탈 같은 용이 달려들었다. 용은 망설임 없이 대수의 기둥째로 놈을 물어뜯었다.

『인간형』이 간발의 차로 기둥에서 빠져나왔다. 대수를 쩍쩍 얼리는 냉기의 여파가 『인간형』의 반신을 덮쳤다.

―얼음, 중력 복합 최상급 마법, 빙룡.

그곳으로 순백색 연기로 구성된 용이 위쪽에서 강림했다.

"키이이이이!"

『인간형』 주위에 『소형』이 집결해 구체를 만들었다. 『소형』으로 뒤덮인 고기 방패였다.

순백의 용이 흰 연기 브레스를 뿜었다.

직격한 『소형』 고기 방패는 한순간에 새하얀 돌로 변했다. 숨이 끊김과 함께 부력을 잃고 흰 비가 되어 내렸다.

―흙, 중력 복합 최상급 마법, 석룡.

그 마법을 통틀어― 오천룡이라고 한다.

전장에 무감정한 목소리 하나가 울렸다.

"……죽었어?"

공중에 둥둥 뜬 유에였다. 똬리를 튼 『남룡』 위에서 우아하게 고개를 까딱이고 있었다.

그 말에 몹시 분노 서린 대답이 돌아왔다.

"그건 누구에 대한 확인이냐? 설마 나는 아니겠지?"

하지메는 유에 옆에 『공력』파문을 퍼뜨리며 척 내려섰다.

약간, 아니 제법 옷 곳곳이 솔기가 터지거나 찢어지거나 했다.

결계 발동이 조금 늦어 『남룡』의 풍인 폭풍에 썩둑썩둑 잘린 모양이었다.

그런 하지메의 모습을 보고 유에는 흥, 하고 코웃음 쳤다.

"이, 이 자식이. 나랑 같이 보내 버릴 생각이었지?"

"……농담도. 네가 그 정도로 죽으면 아무도 고생 안 해."

"고생해서라도 날 죽이고 싶은 녀석이 널렸다는 것처럼 말하지 마. 쏴 버린다?"

"……널 죽이고 싶은 사람이 없다는 것처럼 말하지 마. 뇌룡 한다?"

하지메와 유에가 「앙?」, 「으응?」이라며 서로 쏘아봤다.

결국 하지메는 정체불명의 공격을 맞지 않았고, 유에도 하지메가 죽지 않는다고 확신하고 한 행동인 모양이었다.

"……혼자 돌진했다가 죽을 뻔한 사람은 빠져."

"하! 어디서 나오는 자신감이야? 네 용이야말로 저 녀석한테 전혀 효과가 없잖아. 너나 빠져."

두 사람은 코끝이 부딪칠 만한 거리에서 눈싸움을 벌였다.

그사이에도 위쪽에서는 『창룡』과 『뇌룡』에 불탄 『소형』이 비처럼 쏟아졌고, 그것을 『남룡』의 바람이 작은 돔을 만들도록 회오리쳐 우산처럼 막았다.

다른 사람이 보기에는 빗속에서 찰싹 붙어 비를 피하는 남녀로…… 보이지 않는 건 아니었다.

『인간형』도 그렇게 느꼈는지, 대부분 석화된 『소형』의 고기 방패 속에서 분노가 느껴지도록 포효했다. 그리고 위이이이이 잉, 하고 지금까지와는 다른 고음의 날갯소리도 울려 퍼졌다.

다음 순간, 『인간형』이 날개 여섯 장을 고속으로 진동시키면서 날아올랐다. 모습이 제대로 보이지 않을 정도인 비행 속도는 석화 브레스의 영향을 최소한으로 줄였고 『인간형』은 가까스로 탈출에 성공했다.

사냥감을 놓친 『빙룡』과 『석룡』이 공중을 누비는 『인간형』 추적에 나섰다.

"……우, 빨라."

유에의 말대로 눈으로도 쫓기 힘든 『인간형』의 속도에 용 두 마리는 전혀 쫓아가지 못했다.

『인간형』은 천장 부근에 『소형』을 밀집시키더니 스스로 그 안으로 뛰어들었다.

그리고 몇 초 후.

공처럼 밀집했던 『소형』 무리가 폭발하듯 흩어졌다. 그곳에서 나타난 것은 상처 하나 없이 깨끗해진 『인간형』이었다. 슈라겐의 처음 공격으로 났던 구멍도, 니킥으로 깨진 가슴 부분도, 빙결과 석화의 흔적도 모두 없어졌다.

"조그만 것들을 흡수해 재생하는 건가?"

"……저 아이들이 모여서 만들어졌으니까 당연하다면 당연해."

단순하게 생각하면 이 공간에 『소형』이 존재하는 한 무한히 재생할 것이고, 그것들이 지금도 지하 공간의 벽 전체에서 기어 나오는 절망적인 상황이었다.

물론 감정이 반전해 버려서 위기감조차 찬탄으로 바뀌고 말았지만……

제2 라운드 개시. 혹은 반격 개시.

그렇게 말하듯『인간형』이 울부짖었다.

"키이이이익!!"

검은 연기가 흘러나왔다.『인간형』이야 원래부터 그랬지만 이제는 주위에 거느린『소형』도 한 마리, 한 마리가 검은 안개를 뿜었다.

하지메가 알 바 아니라는 듯 오르칸을 들고, 이어서 유에가 말도 없이『천룡』을 보내기— 전에『인간형』앞에서 소용돌이치던 검은 연기가 나선을 그리며 발사됐다.

검은 연기 회오리가 포탄처럼 두 사람에게 날아들었다.

"쳇."

"……음."

본능이 명하는 대로 경계하여 방어보다 회피를 선택한 하지메와 유에는 순간적으로 좌우로 나뉘어 몸을 날렸다.

그사이를 돌풍과 함께 지나간 검은 연기는 뒤쪽에 있던 대수의 가지 통로에 직격했다.

"저게 뭐야……."

하지메는 자기도 모르게 말이 튀어나왔다. 눈초리가 살며시 가늘어졌다.

그 눈이 바라보는 곳에서 가지 통로가 걸쭉하게 녹아내리고 있었다. 검게 변색하고 부슬부슬 무너지는 모습은 마치—.

"……썩었어?"

하지메에게서 조금 떨어진 곳에서 유에도 조용히 숨죽여 중얼거렸다.

그 추측은 옳았다. 검은 연기의 효과, 그것은 접촉한 대상을 부식시키는 것이었다.

흉악하기 짝이 없는 포격은 그저 인사에 불과했다.

『인간형』이 절규하며 돌진했다. 『소형』이 포위하듯 호를 그리고 다가오는 데 비해 『인간형』은 일직선으로 날아들었다.

섬멸 능력 높은 『천룡』을 상시 발동하는 유에를 더 위협적이라고 판단했는지, 표적은 유에 같았다.

유에는 긴장하고 『남룡』으로 받아치려고 하지만 여기서 더욱 예상을 뛰어넘는 사태가 발생했다.

"—?!"

어느 순간 『인간형』이 코앞까지 와 있었다. 유에가 반사적으로 옆으로 『낙하』해 간발의 차로 『인간형』이 뻗은 칼날 손가락을 피했다.

그러나 『인간형』이 지나간 직후, 유에의 어깨와 옆구리에서 선혈이 튀었다. 게다가 콜록대는 작은 기침과 함께 토혈까지 했다.

"……바람의 칼날과, 충격파?"

바로 맞췄다. 돌아보자 비행하는 『인간형』 주위에 흰 막이 생겨 있었다. 공기의 벽을 돌파해 초음속의 세계에 들어선 것이었다.

아무래도 그 날개의 고속 진동은 비행하기 위함만이 아니라, 적을 스쳐 지나가면서 난도질하는 바람의 칼날을 만들고 그 속도와 몸 표면의 돌기를 이용해 충격파까지 발생시키는 것 같았다.

그렇게 깨달은 순간, 『인간형』이 다시 유에의 코앞까지 접근해 있었다.

동시에— 미사일도 접근해 있었다.

"—으응?!"

"키익?!"

꽝음. 그리고 폭발. 공간을 뒤흔드는 충격과 열 폭풍이 퍼졌다.

폭발의 중심에서 『인간형』이 균형을 잃고 빙글빙글 회전하며 빠져나왔다. 아니, 튕겨 나온 것 같았다. 기껏 재생한 몸 여기저기에 금이 가 있었다.

그리고—.

"쳇. 못 죽였군."

"……그거 누구보고 하는 말? 설마 그럴 리는 없겠지만, 나?"

하지메 뒤에서 불만 가득한 얼굴을 내미는 유에 님. 살짝 그을리셨다. 더불어 눈이 완벽한 반달 모양이었다.

고유 마법 『재생』을 가진 유에는 마력이 있는 한 목이 떨어져도 재생이 가능했다. 하지만 제아무리 유에라도 그런 일을 당하면 부활까지 조금 시간이 걸린다. 불가피하게 허점이 드러난다.

방금 『인간형』의 공격은 유에의 목을 칠지도 몰랐다. 그러므로 미사일의 충격은 오히려 유에를 구한 셈이었다. 골절이나 화상 정도라면 바로 재생할 수 있으니까 말이다.

그렇지만 불만이 생기는 것은 인지상정이었다. 굳이 『게이트』를 열어서 하지메 등 뒤로 전이해 창염이 깃든 손가락 총을 들이댈 정도로는······.

오르칸을 어깨에 올린 채로 돌아본 하지메는 보란 듯이 눈길을 피했다.

유에 님의 이마에 굵직한 핏줄이 섰다.

"······이 자식. 나까지 죽이려고 했어."

"농담이겠지. 그 정도로 죽을 것 같았으면 아무도 고생 안 해."

"······사람들이 모두 날 못 죽여 안달인 것처럼 말하지 마."

유에가 뇌룡 해주겠다며 더 강렬한 눈빛을 쐈다.

······어쩐지 방금 한 대화를 재탕하는 것 같다며 따지는 인물은 이곳에 없었다. 증오를 품고 있을 텐데 이상하게 사이가 좋아 보인다고 따지는 인물 또한 없었다.

부웅! 공기를 진동시키는 소리가 귀를 찔렀다. 동시에 하지메가 유에를 향해 돈나의 방아쇠를 당겼고 유에가 손가락 끝에 머문 창염을 쐈다.

붉은 섬광과 푸른 화염이 두 사람의 얼굴 옆을 스쳐 지나갔다.

그리고 어느샌가 서로의 뒤로 접근한 『반인간형』의 이마를 정확하게 꿰뚫었다.

쏴아아아!

그곳으로 검은 해일이 밀려왔다. 검은 연기를 두른 『소형』무리였다. 수만, 어쩌면 수억. 헤아릴 엄두도 나지 않았다.

유에가 손가락을 가볍게 흔들자 『오천룡』이 주인 곁으로 집결했다. 그리고 그 이름을 체현하려는 듯 승천했다.

"……응. ―『해방』."

손가락을 튕기는 맑은 소리가 울림과 동시에 오천룡은 몸에 내포한 이빨을 해방했다.

뇌명의 포효와 함께 만뢰(萬雷)의 꽃이 핀다.

폭발의 포효와 함께 섬멸의 창염이 공간을 훑는다.

광풍의 포효와 함께 비취색 풍인이 수천, 수만의 단두대로화한다.

땅울림의 포효와 함께 순백의 세계가 강림한다.

동한의 포효와 함께 절대영도의 바람이 휘몰아친다.

검은 해일과 부식의 안개로 뒤덮인 하늘이 천룡의 포효로 증발했다.

"키이이이익!"

하늘을 우러러보는 유에에게 다시 『인간형』이 급속도로 접근했다. 그 몸은 이미 재생을 마쳤다.

유에는 그럴 줄 알았다는 양 자유 낙하에 몸을 맡겼다.

그렇게 떨어진 유에 뒤에서 이미 총구로 『인간형』을 겨냥한하지메가 나타났다.

길게 늘어진 작렬음은 한 발. 하지만 뻗어나가는 건 다섯 줄기 섬광. 머리, 양어깨, 심장, 명치를 노린 동시 정밀 사격이었다.

『인간형』의 모습이 흔들렸다. 다섯 줄기 섬광이 꿰뚫은 것은 『인간형』의 잔상이었다. 더욱 가속한 『인간형』은 2중, 3중으로 잔상을 겹치며 순식간에 하지메의 등 뒤로 돌아왔다.

부식의 검은 연기와 함께 날카로운 칼날 팔 네 개가 들이닥쳤다.

"……헹. 역시 그렇군."

그렇게 중얼거린 하지메는 손목 스냅으로 돈나의 총구만 뒤로 돌려 발포했다. 단 한 발만 남아 있던 총알이 『인간형』의 오른쪽 어깨를 뚫고 공격의 궤도를 틀었다.

하지메에게 닿은 공격은 왼팔 두 개뿐. 그것을 회전하며 오르칸을 방패 삼아 막았다.

순간의 힘겨루기.

오르칸 표면이 부식 효과로 변색해 툭툭 벗겨져 떨어졌지만, 그 직후 『보물고』가 빛나고 오르칸을 없애 버렸다.

"키익!!"

균형을 잃고 확 고꾸라진 『인간형』은 어느새 뽑힌 슈라크의 총구에 옆구리를 찔렸다.

연속된 굉음.

다시 『인간형』은 모습이 흐려지면서 고속 이동으로 거리를 뒀다.

그 복부를 보자 한 발은 피하지 못했는지 바람구멍이 뚫려 있었다.

하지메가 건스핀으로 재장전하고 누구에게랄 것 없이 말했다.

"가상의 적은 신의 사도인가."

『인간형』은 아마 해방자가 마련한 『신의 사도』일 것이다. 언젠가 대미궁에 도전하는 자가 『신의 사도』와 싸울 것을 가정해 그에 가까운 능력의 적을 시련으로 내세운 것이다.

『부식』은 『분해』. 『재생』은 『무한한 마력』. 『바람의 칼날』은 『쌍대검』. 『소형』은 『은빛 깃털』. 그리고 초점 속도가 맞지 않을 정도인 『초고속 이동』.

납득이 갔다. 네 개 이상의 대미궁 공략을 전제로 한 이유가 있었다.

하지메의 감각으로 본래 힘을 다한 노인트에 비하면 그 전투 능력은 몇 단계 떨어졌지만, 그래도 위협적이란 점에는 다름없었다. 나락에서 나왔을 무렵의 하지메와 유에만으로는 상대하지 못했을 수준이었다.

마음속으로 한 판 붙어 보자고 을러댄 하지메에게 『인간형』이 순식간에 음속의 벽을 돌파해 접근했다.

『오천룡』이 사라져서인지 『인간형』은 표적을 하지메로 바꾼 모양이었다.

하지메는 노인트를 떠올리며 자세를 잡고 반격을— 준비하지 않고 백스텝을 뛰었다. 『인간형』의 속도를 생각하면 고작 몇 미터의 후퇴는 의미가 없었다.

언뜻 겁먹어 몸을 뺀 것처럼도 보였지만 행동의 이유는 찰나의 순간 밝혀졌다.

"키익?!"

일순간 전까지 하지메가 있던 장소 바로 아래에서 번개의 창이 날아왔다. 막 그 지점에 도달했던 『인간형』은 거의 플라즈마화한 뇌창(雷槍) 난사를 정통으로 맞았다.

팔 두 개가 찢겨 나가고 날개 네 장이 소실됐다.

고속 이동 능력을 잃은 『인간형』에게 절묘한 타이밍으로 돈나&슈라크의 섬광이 닥쳐들었다.

『인간형』은 조악한 마리오네트처럼 격하게 흔들리면서 꿰뚫렸다.

한 호흡 후. 그 모습이 폭발이라도 한 것처럼 조각났다. 그 뒤에 남은 것은 무수한 『소형』이었다.

"……해치웠어?"

"아니. 분명 모든 마석을 맞추긴 했는데……."

마물에게는 심장이라고 할 수 있는 마석이 있었다. 『인간형』은 그 마석을 여러 개 가졌었다. 몇 마리의 『소형』 자체가 마석이 된 것이었다. 그것을 모두 깨부순 결과, 『인간형』은 형태를 유지하지 못하고 본디 모습인 『소형』으로 나뉘어 흩어졌다.

하지만 하지메의 표정은 여전히 매서웠다. 그리고 그 시선은 천장을 향해 있었다. 마안석에는 별처럼 빛나는 무수한 검붉은 빛이 비치고 있었다.

괜히 따라서 천장을 본 유에의 눈에도 그 광경— 천장에서 몇십 마리의 『인간형』이 물기가 배어 나오듯 출현하는 광경이 보였다.

아무래도 『인간형』을 한 마리 해치운 것만으로는 시련 공략을 인정해주지 않을 심산 같았다.

"이거, 내 예상이 맞았나 본데."

"……응. 카오리가 잔뜩 있어. 악몽이야."

카오리……가 아니라 그 몸, 『신의 사도』는 여럿 존재한다—하지메의 그 예상은 아무래도 진실인 모양이었다.

『신의 사도』를 모방한 『인간형』이 시련으로 여러 마리 나오는 것이 무엇보다 확실한 증거였다.

잠시 후.

총 50마리의 『인간형』이 일제히 두 사람에게 달려들었다.

그와 동시에—.

"발목 잡지 마."

"……누가 할 소릴."

붉은색과 황금색 마력이 용솟음쳤다. 두 사람이 함께 사나운 눈을 번뜩였다.

대미궁 최대의 시련 앞에서 어깨를 나란히 하고 대담하게 웃었다. 정말로 감정이 반전됐는지는 여전히 몹시 의문이었다.

시간을 조금 거슬러 오른다.

하지메와 유에가 뛰쳐나간 직후, 나머지 일행에게 다시 검은 해일이 밀려왔다.

스즈는 퍼뜩 결계를 다시 치려고 했으나—.

"……."

한순간 망설였다. 밀려드는 『소형』의 파도가 지금 스즈에게
는 사랑스럽기 그지없었다. 비유하자면 아기 고양이가 놀아달
라며 떼 지어 달려오는 느낌이었다.

그걸 결계를 쳐서 거부한다니…….

오히려 마음은 웰컴. 자, 내 가슴에 안기렴!

"잠깐, 스즈?!"

시즈쿠가 버럭 소리쳤다. 가뜩이나 마음에 안 드는 인간이
자기 일을 하지 않는다. 시즈쿠는 그 짧게 땋은 머리째로 목
을 쳐 버릴까 생각할 정도로 울화가 치밀었다.

"불어쳐라, 정상의 붉은 바람—『풍염풍진(風焰風塵)』."

간발의 차였다. 광장이 통째로 검은 해일에 삼켜지기 전에
화염 회오리가 결계 역할을 대행했다.

광장을 모조리 뒤덮을 정도의 거대한 불 회오리였다. 제아
무리 검은 해일이라도 그것은 고작 생물 『소형』의 집합체다.
나선을 그리는 화염 회오리에 말려들면 잿더미가 될 뿐, 돌파
할 수 있을 리 만무했다.

"정신 똑바로 차리지 못하겠느냐? 무엇하러 여기까지 왔더
냐. 적에게 죽여달라기 위해서인가?"

엄격한 음성이 스즈뿐 아니라 특별한 행동을 보이지 못하
던 일행의 귀를 때렸다. 명확한 질타의 말을 듣고 일행이 몸
을 흠칫 떨었다.

돌아보자 티오가 양손을 앞으로 내밀고 예리한 눈빛을 보내오고 있었다.

"죄, 죄송해요."

스즈가 얼떨결에 사과했다.

"사과는 됐다. 역할을 다하거라. 너는 『결계사』—『지키는 자』가 아니더냐?"

"으, 네, 넷!"

지금 스즈는 감정적으로 티오에게 악감정을 가졌지만 그 말의 무게에 밀려 자기도 모르는 사이 순순히 고개를 끄덕이고 있었다.

왜일까? 상종하지 못할 변태인데, 심각한 악감정이 치미는데, 지금 티오에게는 아무도 무시할 수 없는 위엄이 서려 있었다.

"마, 마치 전설의 용인족 같잖아요!"

시아가 경악해 소리쳤다. 믿어지지 않는 것을 봤다고 말하듯 경악의 눈초리로 티오를 봤다.

"당신 누구예요?!"

카오리가 대검을 척 들었다. 티오를 향해서⋯⋯. 마치 미지의 생물과 마주친 것 같은 태도였다.

티오의 볼이 살짝 실룩거렸다.

"너, 너희⋯⋯ 무례한 데도 정도가⋯⋯ 아니, 자업자득인가? 에잇, 좌우지간 내 이야기는 됐다! 곧 마법이 풀린다. 똑바로 앞을 봐라!"

납득하기 어려운 표정이면서도 시아와 카오리는 시선을 전방으로 돌렸다.

그 직후, 화염 회오리가 허공으로 녹듯이 사라졌다.

일행은 다시 검은 해일이 밀려오지 않을까 긴장했으나, 뜻밖에도 그런 일은 없었다.

"……? 아, 저 두 사람 쪽으로 갔네요."

시아의 시선이 떨어진 곳에서 검은 해일과 『인간형』과 싸우는 하지메와 유에의 모습을 포착했다.

아무래도 무한에 가까운 『소형』이라도 저 두 사람에게 대항하려면 전력을 양분할 수 없었나보다. 아니면 『인간형』의 의식이 그만큼 하지메와 유에에게 집중되었기 때문이거나.

『소형』을 상대로 상성이 안 좋은 시아에게는 고마운 상황이긴 했다. 물론 그것이 죽도록 미운 하지메와 유에 덕분이라고 생각하자 속이 죄다 뒤집힐 것 같았지만…….

그러나 적이 아예 없는 것은 아니었다. 오히려 더욱 강력한 적이 버티고 있었다.

광장을 포위하는 건 『인간형』보다 훨씬 작은 『반인간형』 무리였다.

수는 가볍게 200…… 아니, 현재 진행형으로 증식 중이었다.

하지메와 유에도 그 『반인간형』 사이로 설핏설핏 보일 뿐이었다. 그 틈도 막힐 정도로 포위는 시시각각 좁아지고 있었다.

"야, 이건 이미 싸우기 껄끄럽니 마니 할 상황이 아냐. 손쓰지 않으면 우리가 당해."

류타로가 식은땀을 흘리며 말했다. 아무래도 사랑스러움 때문에 품은 싸움에 대한 망설임을 떨쳐낸 모양이었다. 주먹을 들고 겨우 전투태세에 들어갔다.

"뭐? 싸울 생각이야?!"

코우키가 깜짝 놀라 류타로를 봤다. 제정신인지 의심하는 눈초리였다.

이 상황이 되어서도 망설이는 코우키에게 짜증이 난 시즈쿠가 거칠게 말했다.

"코우키. 해야 돼. 들었지? 감정이 반전됐다고. 지금 품은 감정은 진짜 감정이 아니야. 싸우지 않으면 죽어."

"그, 그렇지만…… 그래, 나구모가 있어! 죽이지 않아도 방어에 전념하면 나구모가 해결해줄 거야!"

그것을 받아들이지 못해서 이 대미궁에 따라오지 않았나? 시즈쿠의 눈총이 코우키에게 꽂혔다. 코우키는 어쩔 줄을 몰랐다. 그러나 시즈쿠라는 **열 받는 상대**보다 하지메라는 **가장 신뢰할 수 있는 상대**에게 맡기는 것이 최선이라는 생각에 코우키는 망설임을 드러냈고—

타임 오버. 생각할 시간은 끝났다.

『반인간형』이 일제히 날아서 달려들었다.

싸움의 개막을 알리는 첫 공격은 시아에게서 터졌다.

"아자아아아아아아아아아아!"

마음에서 올라오는 악감정을 토하는 것처럼 우렁찬 기합 소리였다.

동시에 허공에 출현한 거대한 붉은 공— 죽방울.

그 직후 대기마저 전율케 하는 충격과 굉음이 울렸다.

직경 2미터의 거대한 쇠공이 드뤼켄에 맞아 포탄으로 변했다.

진로상에 있던 『반인간형』은 돌격한 보람도 없이 뭉개지고 찌부러지고 으깨져 날아갔다.

그렇게 포위망에 거대한 구멍이 뚫렸다.

"무시하면 가만 안 둬요! 꼬맹이랑 사디스트!"

아무래도 시아의 분노가 향한 곳은 유에와 하지메였나 보다. 미워하는 상대가 자신에게는 눈길도 주지 않고 전장으로 날아가 버린 게 굴욕이었던 것일까⋯⋯.

시아가 딛고 선 발판이 박살났다. 하지메와 똑같이 발을 굴러 크레이터를 만들며 쇠공 포격으로 뚫은 구멍으로 뛰어들었다.

그대로 하지메와 유에 곁으로 갈 생각이었나 보지만⋯⋯ 그렇게 두지 않겠다고 『반인간형』이 사방에서 쇄도했다.

"에잇, 이 어리광쟁이들 같으니! 예요오!"

살짝 볼을 물들인 시아가 쇄도하는 『반인간형』들에게 발이 묶이자 토끼 귀가 날뛰었다.

정면에서 소닉붐을 달고 달려든 『반인간형』을 시아 또한 정면에서 드뤼켄으로 강타했다. 그러자 『반인간형』이 마치 만화의 한 장면처럼 날아갔다. 그 모습은 핀볼 그 자체였다.

『반인간형』도 강철 같은 강도의 육체를 가진 탓인지 시아가 드뤼켄을 휘두를 때마다 뎅, 뎅, 하면서 어쩐지 코믹함마저

느껴지는 충격음이 울렸고, 그때마다 사방팔방으로『반인간
형』이 튕겨 날아갔다.

단 한 마리도 시아에게 접촉조차 하지 못했다.

부식 오라를 둘러도 드뤼켄을 한 번 휘두르면 발생하는 충
격파가 모든 것을 흩어 버렸다.

전방위 동시 공격을 하려고 해도 쇠사슬에 연결된 쇠공이
시아의 회전에 맞춰 주위 일대를 쓸었다.

그야말로 폭풍. 시아를 중심으로 전투 망치와 쇠공이 만들
어 낸 허리케인이『반인간형』을 모조리 분쇄해 나갔다.

"끄으으으응. 광역 섬멸력이 부족한 게 한이에요."

그러나 시아는 어디까지나 근접 전투 특화 타입이다. 물량
공세 앞에서 밀리지는 않더라도 발이 묶이고 말았다.

멀리서 하지메와 유에가 티격태격하면서도 함께 싸우는(?),
언뜻 사이가 좋아 보이는 그 모습을 보며 시아는 볼을 빵빵
하게 부풀렸다.

그리고 또 배후, 측면에서 덤벼든『반인간형』을 이번에는 돌
려차기 한 방으로 한꺼번에 정리했다.『반인간형』두 마리가
몸을 기역 자로 꺾고 주변 적까지 말려들게 하며 새로운 핀
볼이 되어 날아갔다.

그렇게 광장 조금 앞쪽 공중에서 무쌍을 펼치는 시아를 보
고 카오리가 질시하며 중얼거렸다.

"대단해……."

시아가 강한 줄은 알았지만 사실 이 정도 다수의 적과 싸

우는 모습을 가까이서 본 건 처음이었다.

. 자신도 하지메와 유에 곁으로 날아가려고 생각하던 카오리가 무심코 멈춰 설 만큼 그 모습은 강렬하고 압도적이었다.

물론 그동안에도 공격해 오는 『반인간형』을 대검으로 절단하고, 분해 마력을 두른 은빛 깃털 탄막으로 격추하는 등 카오리 본인도 압도적인 전투력을 보이고는 있었으나…….

'나는…… 남의 힘을 가져다 썼을 뿐이야.'

자꾸만 그런 생각이 들었다.

"그 감정은 메르지네에서 극복한 것 아니더냐?"

"어?"

브레스를 산탄처럼 확산시켜 연사하며 아이들을 엄호하던 티오가 카오리 쪽으로 눈길을 주면서 말했다.

완전히 속마음을 들춰보고 있었다. 카오리 속에서 악감정이 팽창했다.

그래도 티오는 개의치 않고 말을 이었다.

"그 수단이 어떠하든 수중의 힘은 너의 힘이야. 하물며 자신의 육신을 바꿔서까지 얻은 힘이 아니더냐? 그런 표정 말거라."

자기도 모르게 티오에게 시선이 이끌린 카오리는 한순간 허점을 드러내고 말았다. 돌아본 카오리의 위에서 『반인간형』이 돌격했지만 티오가 보지도 않고 무심히 쏜 풍인에 허무하게 양단되어 버렸다.

놀라울 만큼 날카로웠다. 지금의 티오처럼…….

"가슴을 펴라, 카오리. 한결같은 마음도, 그 노력도, 지금 이곳에 서 있는 것도, 너는 자랑스러워해도 좋다."

"……말 많네. 딱히 네가 뭐라고 안 해도 알아."

왜일까. 화나고 미운데 이상하게 멋쩍었다. 그만 어린애처럼 퉁명하게 받아칠 정도로……. 그리고 조금이지만 느꼈다. 가슴 안쪽에 피어오른 따뜻함을…….

괜히 분풀이하다시피 분해 포격을 날려 부채꼴 모양으로 적들을 쓸었다. 궤도상에 있는 모든 『반인간형』이 풍화되듯 가루가 되어 사라졌다.

역시 생각을 꿰뚫어 보는 것일까? 카오리를 보며 살며시 웃은 티오는 말을 덧붙였다.

"게다가 시아 또한 특별한 아이야. 누구와 비교할 것이 못 돼."

확실히 시아는 특별했다. 아인족 중에서 유일하게 마력을 가졌고 저렇게 강하니까 말이다.

카오리가 그렇게 생각하는데 티오는 고개를 저었다.

"그게 아니야. 그 아이의 능력을 말하는 것이 아니야. 마음을 말하는 게야."

"마음?"

"그래, 마음. 원래 시아는 토인족이야. 그 마음은 평화를 사랑하고 다툼을 싫어하지."

하지만 그래서는 소망을 이룰 수 없으니까…….

"무섭지만 한 발 더 나가고, 엉엉 울면서도 싸우고, 사랑하는 사람과 벗의 곁에 계속 함께 섰어. 세계는 코우키에게 용사 칭호를 줬나 보지만……."

티오의 시선이 시아에게로 흘러갔다.

"내가 보기에는 코우키도, 심지어는 주인님조차 그 칭호에는 어울리지 않아. 참으로『용기 있는 자』,『용사』란— 시아 하우리아일 테지."

티오가 동료 중에서 가장 경애하던 인물은 놀랍게도 시아였다.

그 사실을 깨달은 카오리는 당연히 놀랐지만 그러나 그보다 놀란 것이 있었다. 정확히는 의문이었다.

"……저기, 티오. 감정, 반전된 거 맞지?"

자신에 대한 언동, 아까부터 통 미덥잖게 구는 코우키나 실력 부족으로 위기에 빠질 뻔하는 아이들을 완벽하게 보조하는 모습, 그리고 시아에 대한 숨김없는 경애심.

아무래도 악감정을 품은 사람으로는 보이지 않았다. 그렇다면 티오는 원래 자신들을 싫어했다는 말인데…….

"흥. 너희는 마음에 안 든다. 지금도 미운 감정이 솟아올라. ……허나 그것이 어쨌다는 거냐?"

"뭐?"

티오의 시선이 다시 카오리에게 돌아왔다. 그 눈동자에 담긴『깊이』에,『무게』에 카오리는 무심코 숨을 멈췄다.

훗, 하고 웃는 티오는 또 허점을 보인 카오리의 뒤로 브레스를 쏘면서 대수롭지 않게 말했다.

"감정의 호오(好惡) 따위에…… 그런 것에 좌지우지되어서야 500년이나 살진 못하지."

기억과 영혼의 자침(磁針)이 티오에게 올바른 판단을 내려 줬다. 한번 품은 마음을 쉽게 망각하고 감정에 휩쓸려서는 그녀의 긴 세월을 살아온 마음은 옛날에 망가졌을 것이다. 그래서 지금은 미워도 호의를 품었을 때의 기억만 있으면 티오 클라루스는 결코 떠내려가지 않는다. 그 마음은 긍정도 부정도, 사랑도 증오도 모두 삼키고 등진다.

　티오는 덧붙였다.

　"게다가 과업 앞에서 한낱 감정이야 사소한 문제지. 너도 마음에 들지 않으나, 기억이 내게 말해줘. 이곳에 있는 자들은 내가 지켜야 할 사람들이라고."

　사명, 의리, 의무. 어떻게 부를지는 차치하더라도 티오는 자신의 역할을 망각하지 않는다.

　그렇기에―.

　"카오리. 너도 내가 지키마. 『수호자』의 천직을 가진 흑룡 티오 클라루스의 이름을 걸고."

　몸에 품은 것은 왕과 같은 패기. 타인에게 주는 것은 대수와 같은 편안함. 눈에 깃든 것은 강철의 의지.

　불과 바람에 흑발이 휘날리며 긍지를 품고 선언하는 그 모습은 보는 이를 절로 매혹할 만큼 아름다웠다.

　"돼, 돼돼됐네요! 나는 알아서 싸울 테니까!"

　또 어린애 같은 말로 받아치고 말았다. 볼이 희미하게 빨개졌다.

　카오리는 생각했다. 감정 반전 마법은 대단하다고.

세기의 변태가 엄청 멋있게 보인다고!

아마 흔들리는 감정을 바로 잡기 위해 불필요한 감정, 생각을 떼어 버린 결과 『용인 티오 클라루스』가 전면적으로 표출된 것이겠지만…… 정상적인 티오는 멋있고 아름답고 긍지 높은 이상의 『누님』이었다.

카오리는 이상하게 쑥스러워 시아처럼 뛰쳐나가려고 했다. 시아의 무위에 압도되어 멈춰 있었을 뿐이었고 처음부터 하지메와 유에 곁으로 가려고 했었다. 물론 두 사람을 생각해서 하는 행동이 아니라 시아와 같은 이유로…….

하지만 날아가기 직전에 익숙한 비명 소리가 귀를 찔렀다.

"꺅?!"

"……!"

반쯤 무의식적으로 그쪽을 돌아봤다. 그곳에 있는 것은 엉덩방아를 찧은 시즈쿠였다.

아무래도 바닥에 묻은 『반인간형』의 체액을 밟고 미끄러져 넘어진 것 같았다.

그것은 치명적인 빈틈이었다.

『반인간형』이 검은 부식 연기를 두른 팔을 이미 쳐들고 있었다.

가까운 곳에 코우키가 있었다. 시즈쿠의 위기를 이미 눈으로 확인했다.

뒤에는 스즈도 있었다.

무엇보다 티오가 브레스를 쏘면 문제없을 일이었다.

그 생각들, 시즈쿠가 살아남을 가능성이 전부 카오리의 머리에서 빠져나갔다.

정신을 차리자 시즈쿠 옆에서 대검을 휘두르고 있었다.

"아…… 카오리……."

"시즈, 쿠……."

도울 필요성, 합리성. 그런 것은 쥐꼬리만큼도 생각하지 않았다.

무시당한 굴욕을 씻고 하지메와 유에에게 자기 존재를 각인시키겠다는 목적도 날아갔다.

그냥 몸이 움직였다.

방향성은 달라도 하지메와 동급의, 아니, 그 이상 가는 악감정이 드는 상대를 구하기 위해서…… 마음보다 먼저 몸이 움직였다.

몸이 허공에 붕 뜬 것처럼 가벼워진 느낌이 들었다. 마음에 낀 안개가 걷힌 듯한, 그런 기분이었다.

자연스럽게 카오리의 표정에 미소가 떠올랐다. 그것은 도무지 악감정을 품은 사람에게 보일 표정이 아니었다.

"자, 일어서, 시즈쿠! 쉬고 있을 여유는 없어!"

"어, 아, 응."

카오리가 손을 잡아당겨 시즈쿠가 허둥지둥 일어났다. 당황스럽게 쳐다보자 카오리는 이미 시즈쿠에게 등을 보인 채 대검을 들고 있었다.

"괜찮아. 시즈쿠는 내가 지킬 테니까."

"아……."

시즈쿠의 기억이 플래시백처럼 살아났다.

죽음을 각오했을 때의 일. 왕궁에서 친구에게 배신당하고 죽임당할 뻔한 순간 달려와 준 친구의 기억이…….

그 후 어떻게 됐던가.

그렇다. 친구는— 카오리는 자신을 지킨 후, 한 번 죽었다.

언제나 지킨다고 생각했는데 정작 중요한 때 아무것도 하지 못했다. 그저 보호받았고, 자신의 『절친』은 죽었다!

마음에 날카로운 통증이 퍼졌다. 동시에 어떤 족쇄 같은 것이 부서진 느낌이 들었다.

자연스럽게 시즈쿠는 카오리에게서 등을 돌렸다.

미운 사람이라서— 아니었다. 등을 맡기고, 등을 지키기 위해서였다.

친구와 등을 맞대고 시즈쿠는 힘 있게 말했다.

"고마워, 카오리. 괜찮아. 네 뒤는 내가 지킬게."

발도 일섬.

조금 전보다 현격히 날카로움을 더한 발도술이 일격에 『반인간형』을 양단했다.

"응!"

은색 날개가 난무했다. 회복 마법의 빛이 공간을 누비며 마력도 체력도 상처도 모조리 회복시켰다.

"티오! 이쪽은 나랑 시즈쿠가 대응할 테니까 반대쪽을 부탁해!"

"그래, 알았다!"

티오가 즉시 응답했다. 카오리를 보는 눈이 잘하고 있다고 칭찬하고 있었다.

코우키, 류타로, 스즈를 중심으로 삼각형을 이루도록 섰다.

여전히 코우키는 적에게 정을 붙여 반응이 신통찮았다. 류타로도 악감정 때문에 짜증이 나는지 힘을 제대로 발휘하지 못하고 있었다. 스즈 또한 평소와는 다른 두 사람의 행동에 진로 한정용 결계를 제대로 맞추지 못했다.

하지만 카오리와 시즈쿠, 그리고 티오가 대부분을 커버해 버리자 이제 대처해야 할 것은 정면과 머리 위뿐이었다. 그 위쪽도—.

"우랴아아아아아아!!"

한 차례 기합이 터지고 하늘색 파문이 퍼졌다. 시아가 코우키 쪽을 강습하려던 『반인간형』을 죄다 날려 버렸다. 카오리가 환하게 웃으면서 위쪽을 쳐다봤다.

"시아!"

"위쪽은 맡겨주세요!"

시아는 돌아와 카오리 쪽과 함께 싸우기로 한 모양이었다. 왜라는 의문은 살짝 붉어진 뺨과 티오를 힐끗 돌아보는 눈빛, 그리고 청각이 좋은 토끼 귀를 통해 헤아릴 수 있으리라.

이곳에 극 공격성 거점이 완성됐다.

아무리 『반인간형』이 『신의 사도』를 모방한 마물이라도 스펙은 『인간형』 이하였다. 물량공세가 강점이긴 했지만······.

그래도 지금 그들 앞에서 『반인간형』은 더 이상 시련이 되지 못했다.

총수 50마리의 『인간형』. 바꿔 말하면 50명의 『신의 사도』.

그것들이 모두 잔상을 끌고 날아들었다.

동시에 쏟아지는 압축된 부식 연기. 주먹만 한 포탄이 하지메와 유에에게 급속도로 접근했다.

하지메는 왠지 그것을 피하지 않고 『보물고』에서 꺼낸 대형 방패를 들어 방어했다.

거대한 방패가 하지메뿐 아니라 유에까지 가리고 부식의 비를 막는 우산이 됐다.

"그렇게 쉽게 돌파되겠냐?"

압축한 만큼 부식 강도는 높아진 것 같았다. 흑연 포탄은 삽시간에 방패 표면을 썩어 문드러지게 했다.

움직이지 못하는 하지메에게 『인간형』이 쇄도했다.

그 직후—.

"『괴겁』."

바로 위에서 엄청난 프레셔가 쏟아졌다. 정신적 압력이 아니었다. 물리적인 힘, 초중력이었다.

돌아보자 유에의 모습은 훨씬 위쪽에 있었다. 방금까지 하지메 뒤에 숨어 있었는데 왜 위에 있느냐? 그 답은 하지메가 보여줬다.

자기까지 압살하려고 쏟아지는 프레셔에 거스르지 않고, 하지메는 방패를 『보물고』에 돌려놓으며 떨어졌다. 쇄도하던 『인간형』이 똑같이 낙하하는 가운데, 그러나 하지메만은 뒤쪽의 빛나는 막—『게이트』로 등부터 돌입했다.

유에가 사용하고 그대로 남겨 둔 『게이트』였다.

하지메가 부식의 비를 피하지 않고 방패로 막은 이유는 유에가 『게이트』를 써서 전이하는 모습을 보이지 않기 위해서……. 『인간형』들의 위를 점유하기 위한 포석이었던 것이다.

위와 아래, 위치가 순식간에 역전됐다. 이번에는 『인간형』의 위에서 하지메가 비를 뿌렸다.

크로스 비트 50기를 통한 작렬 슬러그 탄의 비를…….

전투 기동이 아니라면 『순광』을 발동한 하지메에게 그 정도 원격 조작은 일도 아니었다.

아래쪽에 붉은 꽃이 만발했다.

엄청난 기동력으로 몇 겹이나 잔상을 낳는 『인간형』은 최종 시련의 가디언답게 대부분이 치사성 빗속을 빠져나가 상공으로 비상했다.

그러나 전혀 피해가 없을 순 없었다. 약 일곱 마리가 지금 공격으로 땅바닥으로 떨어졌다. 비상하는 것들 중에서도 심각한 타격을 받은 개체는 많았다.

되갚아주겠다는 양 부식 포탄이 극대 사이즈의 밀집 돌창이 되어 상승했다.

"—『화천』."

유에가 모행성이라면 그 주위를 공전하는 홍성은 수호 위성이라고 해야 할까. 초중력장을 형성하는 화천의 별이 부식 포탄을 끌어당겨 모행성에게는 스치지도 않도록 방향을 틀었다.

그곳으로 비래하는 『인간형』은 세 마리. 동시에 붉은 섬광이 하늘을 갈랐다.

유에는 손가락 지휘봉으로 『화천』을 조종해 하지메가 자신에게 쏜 총알의 궤도를 바꿨다.

그러자 비껴간 총알은 마치 노린 것처럼 달려들던 『인간형』 세 마리에게 직격했다.

"─『염탄』."

쉰 개. 그것도 모든 것이 푸른 화염을 총알 크기로 압축한 것이었다. 불 속성 최상급 마법 『창천』을 분할, 압축해 폭발적인 숫자와 파괴력을 증가시킨 이 오리지널 마법은 평범한 마법사라면 절규하지 않을 수 없는 신공이었다. 마법 이름이 초급 마법인 점이 기묘했다.

그것이 총알의 답례라는 듯 하지메에게로 날아들었다.

하지메는 크로스 비트를 수납하자마자 유에게로 돌진했다.

이어서 공중에 『공력』 파문을 일으키며 뛰어가 직격할 『염탄』 앞으로 원월륜들을 투척했다.

공중에서 원월륜 절반이 구멍을 전방으로, 나머지 절반이 다른 각도로 돌아갔다.

결과는 두말하면 잔소리. 원월륜의 『게이트』 기능으로 전송된 창염탄은 유에의 좌우와 아래쪽에서 달려들던 『인간형』을 기습했다.

두 마리는 간신히 피했지만 한 마리는 유에에게 너무 접근한 탓에 초중력장에 붙잡혀 몸이 둔해져서 정확하게 관통당했다.

그리고 보란 듯이 창염탄 탄막을 빠져나간 하지메의 등 뒤에서, 추격해 오던 『인간형』 몇 마리가 모두 창염탄의 먹이가 됐다.

하지메는 그대로 돌진했다. 유에의 옆을 지나 디가오던 『인간형』에게 주먹을 꽂았다.

의수의 『진동 분쇄』와 『마충파』를 합친 기술이었다. 검은 연기로 부식시킬 여유조차 없었다. 구타당한 『인간형』은 교차시켜 방어한 양팔째로 산산이 박살 났다.

주먹을 뻗고 있는 하지메에게로 좌측에서 『인간형』이 다가들었다. 네 개의 팔이 잔상을 끄는 모습은 마치 천수관음 같았다.

왼쪽 겨드랑이 아래로 오른손의 돈나가 불을 뿜었다.

『인간형』은 그 상태에서도 회전하며 레일건 일격을 피했지만, 하지메는 왠지 이미 우측에서 날아온 다른 『인간형』에게로 시선을 돌렸다.

대신 흡혈 공주가 보고 있었다. 조용히 앞으로 뻗은 손가락에는 황금색 스파크가 일었고 그것이 하지메에게 손을 뻗은 『인간형』의 관자놀이에 닿아 있었다.

그 찰나 발생한 굉음. 그리고 터지는 번개 포격.

『인간형』의 머리가 통째로 증발했다. 비명을 지를 새도 없었다.

그와 함께 협공할 생각이었던 우측 『인간형』도 하지메가 눈 앞의 적을 무시하고 자신을 공격한 터라 지근거리에서 레일 건 연타를 먹고 날아가 버렸다.

"천룡은 어쨌어?"

"⋯⋯상대 속도가 너무 빨라. 거구는 불리해. 그 정도는 말 안 해도 알아야지."

머리 위에서 들어온 기습. 미끄러지듯 나뉘며 그 사이로 적 을 통과시킨다. 동시에 중력구가 하지메의 눈앞에서 적을 멈 추고 그 적에게 시간차를 두지 않고 레일건이 발포됐다.

"전에 세분화했었잖아? 오천룡이니 뭐니 하지 말고 만천룡 이라도 써 봐."

"⋯⋯효율이 나빠. 바보야? 죽어#6."

"앙?"

"으응?"

눈싸움을 벌이면서도 서로의 후방에서 다가오는 적을 죽였다.

"『효율 좋은 방법』도 있으니까 그딴 식으로 말하는 거겠지?"

"⋯⋯있는데 어쩌라고?"

"아, 그럼 빨리 쓰시든가?!"

언성을 높이는 하지메에게 팔 네 개가 치고 들어왔다. 돈 나&슈라크, 아울러 크로스 비트로 힘 싸움을 벌이면서 부식 의 연기를 『금강』으로 막았다.

그 직후 몸이 거꾸로 돌아간 유에가 하지메의 가랑이 아래

#6 바보야? 죽어 소설 『제로의 사역마』에 등장하는 루이즈의 대사로 유명하다.

로 창염탄을 쐈다.

『인간형』은 뒤로 물러나려고 했지만, 하지메가 슈라크를 『보물고』에 전송하자마자 의수로 붙잡았기 때문에 도망치지 못한 채 고간부터 정수리를 창염탄으로 꿰뚫렸다.

그 결과에 눈길도 주지 않은 하지메는 뒤쪽으로 발포했다. 거꾸로 선 유에를 들이박으려던 『인간형』이 레일건의 먹잇감이 됐다.

"……지금 준비 중. 엄청 고도의 기술이야."

등을 맞댄 유에가 불쾌한 얼굴로 말했다.

아무래도 큰 기술을 준비하기 위해 대규모 마법을 삼가는 것 같았다. 『상상 구성』을 통한 마법 구축에 의식 대부분을 할당한 상태였다.

그리고 그때, 유에의 정면, 제법 거리가 있는 곳에서 『인간형』이 마법진을 형성하는 모습이 보였다. 마법 전문가로서 저것은 좋지 않다는 위기감이 고조됐다.

게다가 하지메의 정면에서는 일부러 결합을 해제한 『인간형』이 산탄처럼 날아들고 있었다. 하나하나가 부식 안개를 흩뿌리면서…….

─정밀한 공격이 필요해.

─광범위 공격이 필요해.

유에와 하지메는 각자 그렇게 생각한 순간 눈앞의 위기를 방치하고 뒤로 턴했다.

동시에, 그것이 당연한 것처럼, 등을 전혀 걱정하지 않고…….

절대적인 **신뢰를** 가슴에 품고……

마치 거울을 돌리듯 서로에게 등을 맞댄 채로 위치만 교환한 두 사람은—.

"그렇겐 안 되지."

"……그렇겐 안 돼."

그렇게 말하며 십팔번 기술을 사용했다.

마법에도 『핵』이 되는 부분이 있다. 보통은 보이지 않는 그것을 파괴하면 마법은 구성이 무너져 붕괴한다. 마안석은 그 『핵』을 간파한다.

바늘구멍을 통과하는 듯한 정밀 사격이 한 치 오차도 없이 발동 직전이던 마법을 파괴했다.

그리고 유에 쪽도 검게 소용돌이치는 흉성을 창조했다. 그것은 모형행성, 유에를 지키는 제2의 수호 위성이 되어 적을 모조리 빨아들이는— 중력 마법 『절화』.

비래한 부식의 산탄은 퍼진 보람도 없이 강제로 한곳으로 끌려와 한꺼번에 검은 중력구로 빨려 들어갔다.

"그럼 남은 건 한 30마리 정도인가?"

『인간형』이 거리를 두고 주위를 선회하기 시작했다. 파상 공세가 모조리 격파당하자 조금 신중해진 것 같았다.

하지메는 돈나로 어깨를 톡톡 치면서 유에에게 말을 걸었다.

"그래서 **유에**, 그 비장의 수단은 앞으로 얼마나 걸려?"

"……응. **하지메**가 지켜주면 20초."

그 말에 하지메는 씩 웃었다.

"슬슬 풀렸어?"

"……응. 하지메도?"

"그래. 혐오 정도는 아니야. 짜증 나는 건방진 꼬마란 느낌이야."

"……너무해. 훌쩍."

"응?! 그런 반응?!"

보나마나 또 쏘아붙이겠거니 했는데 예상외로 눈물 삼킨 슬픈 목소리가 돌아와 하지메는 무심결에 눈을 돌렸다. 전투 중에 적에게서 눈을 떼다니, 있어서는 안 될 일이지만 저도 모르게 그럴 만큼 엄청나게 당황한 것이었다.

그리고 그렇게 울먹이던 유에로 말할 것 같으면—.

"……푸풉. 놀라긴."

"……."

그냥 장난이었나 보다.

하지메의 이마에 푸른 핏줄이 떠올랐다. 하지만 왠지 소리를 칠 수는 없었다.

그것은 유에가 자신을 보는 눈빛이 즐겁고 기뻐 보여, 그만 말문이 막힐 정도로 마음을 휘저어 놓았기 때문이었다.

"가능하면 얼른 해."

"……응."

한숨이 나왔다. 웃음 한 방에 입을 다물어 버린 자신에게 어이가 없어 하며 하지메는 적을 다시 주시했다.

유에가 전장에서 절대로 해서는 안 될 행동— 눈을 감는다는 행위에 들어갔다.

깊이 집중했다는 것을 옆에서 봐도 알 수 있었다. 완전히 하지메에게 목숨을 맡긴 자세였다.

하지메는 자신의 마음이 마치 도화지에 색을 칠하듯 변하는 감각을 맛봤다.

흰색에서 검정으로, 빛에서 어둠으로 변하던 마음이, 이번에는 반대로 검정에서 흰색으로, 어둠에서 빛으로 덧칠되는 것처럼…….

『인간형』이 다음 수를 결정한 것 같았다. 몇 마리를 남기고 나머지가 일제히 돌격해 왔다.

어마어마한 숫자의 부식 회오리와 포탄이 날아들었다.

"유에는 못 건드려. —『한계 돌파 파궤』."

붉은 마력이 회오리가 되어 천지를 이었다. 『한계 돌파 파궤』로 지금 이 순간 모든 스펙이 다섯 배까지 뛰어올랐다.

방대하다는 표현도 하찮게 여겨질 압도적 마력 홍수. 그것이 전방위로 충격파를 퍼뜨렸다. 『한계 돌파』 발동 시에 퍼지는 마력 방출에 『마충파』를 부여한 결과였다.

다가오던 모든 검은 연기가 순식간에 흩어져 버렸다.

이것을 쓰면 하지메라도 싸울 수 있는 시간이 제한된다. 효과 시간이 지나면 저항할 수 없는 권태감이 몰려와 일시적으로 행동 불능 상태에 빠지기 때문이다.

하지만 걱정 따위 전혀 하지 않았다. 파트너가 약속했다. 모든 것을 끝낼 비장의 마법을 쓰겠다고…….

그렇다면 뒷일은 생각할 필요가 없었다.

지금 이 순간, **사랑하는** 파트너를 지키면 그것으로 족했다.

돈나&슈라크 대신 하지메가 손에 잡은 것은 전자 가속식 개틀링 포『메체라이』두 문(門).

매분 1만 2천 발의 괴물이 포효했다.

그것은 이미 빛의 창. 사선 위에 존재하는 모든 것을 지워버리는 붉은 빛을 발하는 거대한 창이었다.

『인간형』이 곧바로 산개했다. 그 기동력을 생각하면 조준이 흩어지는 개틀링은 오히려 불리하다고 생각되었지만―.

""""키이이이익?!""""

어마어마한 수의 탄알이 서로 도탄하며 정밀하게 적의 미래 위치를 꿰뚫었다.

다섯 배로 뛰어오른 스펙으로『순광』까지 썼다. 당연히 지각 능력도 그만큼 상승했다. 지금 하지메는 개틀링으로 정밀 사격마저 가능한 상태였다.

그렇다면 배후에서 노린다. 그렇게 생각해도 그곳에는 크로스 비트 40기가 똑같이 오싹하도록 정밀하게 저격해 왔다.

앞으로 가자니 정밀 개틀링 사격. 뒤로 가자니 올 레인지 병기.

하지메의 말대로 그것은 유에를 지키는 공중의 절대 요새였다.

―도저히 다가갈 수 없다.

『인간형』이 그렇게 판단하는 데는 오랜 시간이 걸리지 않았다.

그러나 『인간형』에게도 그 사실은 큰 문제가 되지 않았다.

하지메와 유에를 공격하는 『인간형』은 모두 양동 부대니까.

대수를 방패로 반대편으로 돌아간 『인간형』 몇 마리가 절규를 뿌렸다.

그러자 어디선가 들려오는 날갯소리와 벽을 기는 소리.

메체라이와 크로스 비트의 굉음으로도 묻어 버릴 수 없었다. 『인간형』이 불러들인 권속이 이 대미궁 안, 아니, 이 수해 전체에서 모이고 있기 때문일까?

"마지막에 와서 이건 아니지……."

아무리 하지메라도 감정 반전 마법을 점점 극복하고 있는 지금, 이 상상하기도 끔찍한 대량의 소리에는 표정이 굳을 수밖에 없었다.

"아니면 뭐야, 신의 사도는 벌레처럼 기어 나온다는 경고인가?"

그런 혼잣말을 흘린 다음 순간, 그 일이 일어났다.

지하 공간 전체 벽이— 분화했다.

그런 착각을 일으키는 기세로 모든 벽에서 바퀴벌레 무리가 쏟아져 나온 것이었다.

그것은 이미 해일이라는 표현으로는 한참 부족한, 지하 공간의 벽이 수축했다고 말해야 할 현상이었다.

분출한 바퀴벌레에 가려 벽과 천장은 물론이거니와 이제는 대수조차 보이지 않았다. 시아나 다른 일행의 모습도 보이지 않아 어떻게 됐는지 확인할 수 없었다.

만약 이 지하 공간을 위에서 내려다볼 수 있다면 하지메와 유에를 중심으로 거대한 구체가 형성된 광경이 보일 것이다.

그야말로 수억, 수십억에 달하는 바퀴벌레로 만들어진 폐쇄 공간이었다.

하지메는 직감적으로 깨달았다. 이건 대미궁의, 나아가서는 해방자들의 메시지라고……

―『신의 사도』와 정면에서 싸우지 마라. 근원을 제거해라. 그러지 않으면 잡아먹힌다.

그런 메시지였다.

"그렇다면 이 지하 공간 어딘가에 잘라야 할 『근원』이 있다는 뜻이겠지."

아마 그럴 것이다. 물량 공세에 굴복하기 전에 어딘가에 숨겨진 『근원』이라 할 만한 것을 찾아서 파괴하는 것이 『진짜 공략법』이다.

물론―.

"규칙을 따라줄 이유는 없지만."

하지메는 유에 바로 옆으로 갔다. 뒤에서 안듯이 다가가 크로스 비트로 2중, 3중으로 장벽을 전개했다.

"라스트, 5초야."

말이 떨어진 다음, 꾸직, 하고 뭔가가 뭉개지는 소리와 함께 하지메와 유에의 모습이 사라졌다.

바퀴벌레 폐쇄 공간이 단번에 압축된 것이었다.

압축률로 보아 중심부에는 아마 심해 수준의 압력이 존재한다. 쇠마저 원형을 유지하지 못하는 죽음의 영역이 되었으리라.

살아남은『인간형』수십 마리가 압축된 구체 폐쇄 공간 주위로 모였다.

그중 한 마리가 조용히 앞으로 나왔다. 그러자 구체에 점차 터널이 뚫렸다.

중심부로, 중심부로…….

그리고 보이는 광경은 무참한 모습이 된 두 명의 대미궁 도전자―.

"끼이?"

의문이 담긴 작은 울음소리였다. 터널 앞에 청색이 빛나고 있었다.

마치 반딧불처럼 어슴푸레하고 도깨비불처럼 오싹하며 하늘처럼 맑은 푸른빛이었다.

『인간형』이 자기도 모르게 뒤로 물러났다.

무자각한 행동이었다. 시련이라는 사명도, 마물로서 가진 본능도 모두 무시하고 뒤로 물러났다.

생물이 가진 원초적 본능 때문에…….

『저것』은 위험하다고, 의심할 여지 없는 공포가『인간형』을 덮쳤다.

터널이 열렸다.

그 앞에 두 사람이 있었다.

크로스 비트 3중 결계는 파괴당해 한 장만 남았다. 마지막 한 장도 크로스 비트까지 안쪽으로 밀린 탓에 압살을 피하기 위해 하지메가 안쪽에서 자기 몸으로 결계를 지탱하고 있었다.

크게 부릅뜬 눈은 모세혈관이 파괴됐는지 새빨갛게 출혈됐고 악문 입에서는 피가 맺혀 떨어졌다. 『금강』이 발동한 증거인 붉은 마력 옷은 당장에라도 사라질 것처럼 점멸을 반복했고 의수는 부담을 견디지 못해 흰 연기를 뿜었다.

가진 힘을 모조리 쥐어짰다는 것이 역력히 전해졌다.

품속의 소중한 흡혈 공주를 지키기 위해, 나락의 괴물이 사력을 다했다.

그렇다면 그 결과는 당연히―.

"……카운트, 제로다."

생채기 하나 있을 리 없었다. 유에는 하지메의 품속에 쏙 들어간 상태에서 처음으로 눈을 떴다.

"―『선정(選定)』."

눈을 뜨자마자 흘러나온 말.

가슴에는 기도하듯 맞잡은 조그마한 손. 그 안에서 새어 나온 푸른 빛이 조용히 맥동했다.

눈에 보이지 않는, 하지만 확실하게 힘을 가진 무언가가 파문을 펼치는 것을 『인간형』은 뚜렷한 공포와 함께 감지했다.

유에가 부서지는 물건을 다루듯 조심스럽게 손을 폈다. 그곳에 있는 것은 소용돌이치는 작은 불꽃이었다. 푸르게 빛나는 작디작은 한 알의 불꽃.

그것을 보고 하지메는 생각했다. 마치 작은 지구 같다고.

조금씩 맥동이 강해지는 모습은 확실히 작은 별의 탄생을

보는 것 같기도 했다.

유에는 그 작은 푸른 별을 하늘에 바치듯 들어 올렸다. 스스로 만들어 낸 창성(蒼星)의 빛에 비친 흡혈 공주는 한없이 신비하고 아름다웠다.

하지메가 뒤에서 유에를 끌어안았다. 유에도 받아들이듯 등을 맡겼다.

『인간형』이 퍼뜩 정신을 찾았다.

위기감과 초조함이 배어든 절규를 지르며 다시 한번 압축하려고 했다.

하지만 모든 것이 너무 늦었다.

"—『신벌의 불』."

가련한 목소리, 하지만 잔혹하게 울려 퍼지는 주문.

그 직후, 마법은 섬멸의 의지를 싣고 발동했다.

푸르게 빛나는 별이 한층 더 강하게 맥박 쳤다.

그 후 푸른 별을 중심으로 빛이 팽창해 지하 공간으로 퍼져 갔다.

꼭 바람 없는 물가에 떨어진 한 알의 물방울이 일으킨 파문처럼……. 조용히, 잔잔하게, 하지만 자비라고는 티끌만큼도 섞지 않고…….

우선 폐쇄 공간을 만들던 바퀴벌레가 재로 돌아갔다. 삽시간에, 한 마리 남김도 없이…….

『인간형』 또한 『신벌의 불』이란 이름이 불리운 순간 놀란 토끼처럼 줄행랑을 놓았으나, 얼마 가지도 못하고 공간 전체를 유린하는 푸른 빛에 붙잡혀 비명도 지르지 못하고 허망하게 소멸했다.

다른 일행의 모습이 보였다. 아무래도 무사한 모양이었다.

계속 퍼져 나가는 푸른 빛은 그대로 일행까지 말려들게 할 기세로 『반인간형』을 집어삼켰다.

눈 깜짝할 사이에 『반인간형』을 섬멸하는 창염을 보고 일행은 가슴이 철렁한 표정이었다.

하지만 이내 철렁할 가슴이 있다는 것 자체를 신기해하는 표정으로 바뀌었다.

그리고 자신들을 통과하고 대수와 가지 통로에는 어떤 피해도 주지 않으면서 오로지 바퀴벌레만을 사멸시키는 광경에 더욱 신기해하는 표정, 혹은 전율하는 표정이 되었다.

신기하고도 무시무시한 현상의 원인. 그것은……

─불, 중력, 혼백 복합 최상급 마법, 신벌의 불.

불 속성 최상급 마법 『창천』을 중력 마법으로 열 방 분량 압축하고, 거기에 혼백 마법 『선정』으로 유에가 지정한 혼을 가진 자만, 혹은 지정하지 않은 혼을 가진 자만 불사르는 초광역 섬멸 마법이었다.

유에에게 허락된 존재만이 살아남을 자격이 주어지는 마법.

유에에게 적으로 구분된 자는 도망칠 수 없이 소멸을 강요받는 마법.

그것은 이미 『신의 권능』이라고 불러 마땅했다.

유에라는 이름의 신이 내린, 이름 그대로 『신벌의 불』이었다.

『인간형』이 부활하지 않는 것을 보면 어딘가에 있었을『근원』도 소멸한 게 틀림없었다.

"어처구니없는 마법인데. 역시 유에야."

"……하지메."

창염의 빛이 사라지고 적막을 되찾은 지하 공간에 두 사람의 목소리가 울렸다.

역시나 대마법 중의 대마법을 사용한 탓인지 유에는 피로한 기색으로 휘청거렸다. 하지메는 그런 유에의 노고를 위로하듯 살며시 두 팔로 안아 들었다.

하지메의 목에 팔을 두른 유에는 빤히 하지메를 바라봤다.

자기 안에 있는 감정을 확인하듯. 하지메의 마음을 확인하듯…….

잠시 후.

마주 바라보는 하지메의 눈동자에 담긴 확실한 감정을 보았는지, 유에는 포근하게 미소 지었다.

그것은 세계에서 가장 사랑스럽다고 해도 누구 하나 토를 달지 않을 천상의 웃음이었다.

유에는 다시 한번 사랑스러움 넘치는 음성으로「……하지메」라고 이름을 불렀다. 그리고—.

"……잘 먹겠습니다."

"어흑?!"

목덜미를 음미하기로 했다. 마력 보급을 겸한 아름다운 애정 표현이었다.

흡혈 공주의 기준으로는…….

살짝 핼쑥해진 감이 있으나 상처는 회복된 하지메와 유난히 피부가 반질반질한 유에가 광장으로 내려오자 기다리던 시아와 카오리가 바로 목청을 높였다.

"유에 씨~, 하지메 씨~! 괜찮으셨어요? 이쪽은 안 괜찮았어요! 티오 씨가 멋있어서 기분 나빴어요!"

"하지메, 유에! 들어 봐, 들어 봐! 글쎄, 티오가 엄청나게 『누님』 같아서 무서웠어!"

방금 마법은 뭐였냐느니, 끝나기가 무섭게 애정 행각이 너무 심하지 않냐느니, 해야 할 말이 많을 텐데도 두 사람이 처음으로 꺼낸 소리는 그거였다.

"너, 너희, 무례한 데도 정도가…… 하아하아. 그래도 느껴 버려! 분해!"

티오가 움찔움찔 경련했다. 숙련된 변태스러움이었다. 어떻게 보나 평소 그대로였다.

"평소대로 변태인데?"

"……응? 평소대로 잡룡인데?"

티오가 풀썩 주저앉았다. 움찔움찔 황홀한 표정으로 떨고 있었다.

아무래도 감정 반전 마법의 영향 속에서만 『평범한 전설의 용인족 모드』라는 슈퍼 티오가 될 수 있나 보다.

즉, 두 번 다시 『너무 멋있어서 기분 나쁜 티오』도 『누님 같아서 무서운 티오』도 볼 수 없다는 뜻이다.

좋아해야 할지 아쉬워해야 할지 모를 일이었다.

그 후 하지메가 카오리에게 재생 마법을 받거나 다 같이 회복약과 휴대 식량으로 회복에 전념하는 등 휴식을 취했다.

그동안 감정이 반전되었을 때 언동은 구태여 언급하지 않았다. 긁어 부스럼밖에 되지 않는 사람도 있었고, 무엇보다 그 검은 자식에 대한 감정을 아무도 떠올리고 싶지 않으셨다.

그렇게 어느 정도 전원 육체적 피로가 회복되었을 무렵, 마치 그것을 기다렸다는 듯한 타이밍에 갑자기 천장 부근에 있는 대수 일부가 빛나기 시작했다. 그 빛나는 장소에서 우두둑 소리를 내며 커다란 가지가 자라났다.

그 가지는 새로운 통로가 되어 점점 자라더니 마침내 일행이 있는 광장까지 도달했다. 그리고 물결치듯 형태를 바꾸고 하늘로 이어지는 계단을 놓았다.

"방금 그게 마지막 시련이었다고 생각하고 싶군."

하지메가 『한계 돌파 파궤』의 영향으로 아직 몸에 남은 권태감을 느끼면서 힘겹게 웃었다.

다른 이들도 생각은 같았다. 특히 코우키 파티는 정신적 피로가 한계에 달했다. 이어지는 시련이 없기를 바라는 안색이었다.

가지 계단을 끝까지 올라가자 대수 기둥에 익숙한 굴이 생겨 있었다.

굴 안에는 이미 마법진이 있었다. 그 위에 모든 멤버가 올라

선 순간 항상 그렇듯 빛이 흘러넘치고 전이가 이루어졌다.

빛이 잠잠해진 뒤, 일행 눈앞에 펼쳐진 것은— 정원이었다.

공기가 굉장히 맑고 하늘이 아주 가깝게 느껴졌다.

정원의 넓이는 학교 체육관 정도였다. 아름다운 정원에는 깨끗한 물이 흐르는 아기자기한 수로가 있고 푸른 잔디가 펼쳐졌다. 키 작은 나무들에는 과일이 맺힌 것 같았다. 그 나무에 둘러인 작은 흰색 건물도 보였다.

일행이 선 곳은 그런 수로와 나무에 둘러싸인 정원 한쪽이었다.

사방에 다리가 놓여 원형 발판에는 마법진이 새겨져 있었다.

"이봐, 나구모! 저거야?!"

코우키가 조급한 태도로 손가락을 들었다.

정원 안쪽에 한층 큰 나무가 있었다. 지금 선 곳과 똑같이 수로에 둘러싸인 작은 원형 섬 위에 자란 나무였다. 나무 아랫동에는 석판이 박혀 있었다.

하지메 일행은 당장에라도 뛰쳐나갈 것 같은 코우키를 제지하고 주위를 관찰했다.

한눈에 봐도 대단히 높은 곳에 있다는 것은 알았다. 그도 그럴 게 **수평 방향에도** 푸른 하늘이 보이니까.

티오가 신중하게 정원의 풀밭까지 가서 아래를 내려다봤다.

"……세상에. 주인님, 아무래도 여긴 대수 꼭대기 같구나."

티오의 말을 듣고 다른 이들도 정원 외측으로 모였다.

그리고 아래를 봤다. 과연 티오의 말은 사실이었다.

아래에는 광대한 안개의 바다가 보였다. 어떻게 보나 수해보다 훨씬 높은 상공이었다.

수해 안에 그런 거대한 물체가 있다면 그것은 대수 우아 아르트밖에 없었다.

하지만 하지메는 그런 티오의 추측에 이의를 제기했다.

"……아니, 그건 이상하지. 우리가 폴니르로 수해 위를 날아왔을 때 대수는 보이지도 않았어. 안개가 있는 곳까지 어림잡아 계산하면 이 정원의 높이는 400미터는 돼. 그렇다면……."

하지메는 거기까지 말하고 자기 발언이 이상하다고 눈치챘다.

애초에 지상에서 본 대수의 크기는 수해를 덮는 안개를 넘어 위쪽이 하늘까지 나와 있는 것은 당연했다.

그런데도 불구하고 지금까지 폴니르에서 대수를 확인하지 못했는데 이상하다는 생각조차 들지 않았다.

"……그렇군. 은폐 마법이라도 걸린 건가."

"……응. 공간 마법으로 빛을 굴절했거나, 애초에 공간 자체가 어긋나 있을지도 몰라. 어쩌면 영혼 수준으로 인식에 간섭하는 혼백 마법이거나……."

하지메의 추론을 보충하는 형태로 유에가 마법에 관해 고찰했다.

어둠 속성 마법에도 인식 방해 계열 마법은 있었다. 하지만 규모가 이상했다. 그렇다면 유력한 후보는 신대 마법이지만 자세한 이유는 유에도 바로 규명할 수 없는 듯했다.

마법 전문가인 유에와 티오가 이상하다는 느낌조차 받지

못할 만큼 간섭받았으니까 전율을 금할 수 없었다.

누군가 마른침을 삼키는 소리가 들렸지만 그를 놀리는 이는 없었다. 누구나 마음은 같았으니까.

마련된 시련은 분명히 추잡하고 음흉한 것들뿐이었으나 해방자는 해방자인지 본성부터 꼬이지는 않은 것 같았다.

"역시 이곳이 골인가 보군."

얼굴을 마주 본 일행은 서로에게 고개를 한번 끄덕이고 석판 쪽으로 걸어갔다.

가장 안쪽 조그만 섬으로 이어진 앙증맞은 아치 다리를 건넜다.

그러자 석판이 빛을 뿜으며 수로에 연두색 마력이 흘러들었다. 수로 자체가 마법진이었나 보다. 빛나는 수로에서 반딧불 같은 빛이 몽실몽실 피어올랐다.

대미궁 공략을 할 때면 언제나 이루어지는 기억을 조사하는 감각과 그 직후의 지식을 억지로 각인하는 감각이 몰려왔다.

하지메 일행은 익숙했지만 한 사람, 그 충격과 이질감에 신음한 자가 있었다.

하지메가 흘러 들어온 지식을 되새기고 새로운 신대 마법을 입에 담으려고 한 그때, 석판을 묻은 나무가 꿈틀거렸다.

무슨 일인가 싶어 일행이 긴장했다.

그들이 그러거나 말거나 나무는 피어오른 빛을 받으면서 꾸물꾸물 형태를 바꿨고, 이윽고 그 기둥 한가운데 사람의 얼굴을 이루기 시작했다.

앞으로 돌출되어 어깨 윗부분뿐이지만 여성이라고 알 수 있는 용모가 되어 갔다.

그렇게 얼굴이 완성되자 그 여성은 감긴 눈을 뜨고 조용히 입을 열었다.

『먼저 축하부터 할게요. 많은 대미궁과 저— 류티리스 하르치나가 준비한 시련을 극복하셨군요. 당신들에게 최고의 경의를 표하며 지독하고 괴로운 시련을 겪게 한 점을 깊이 사과드려요.』

아무래도 나무를 매체로 한 기록 같았다. 오스카 오르크스가 준비한 영상 기록용 아티팩트와 비슷한 용도겠지.

"……꼭 여왕님 같아."

카오리의 말에 다른 이들도 그렇다며 고개를 끄덕였다.

류티리스 하르치나에게는 어쩐지 릴리아나처럼 왕족 같은 기품과 위엄이 느껴졌다.

나무로 만들어져 잘은 알 수 없으나 생머리를 앞가르마로 나눈 상당한 미인으로 보였다. 끝이 뾰족한 귀를 보면 아마 삼인족이리라.

『하지만 이것도 모두 필요한 일이에요. 다른 대미궁을 극복해 온 당신들이라면 신들과 우리의 관계, 과거의 비극, 그리고 지금 일어나는 어떤 사건…… 모두 파악하고 계시겠죠? 그렇기에 흔들리지 않는 관계와 흔들릴 수 있는 마음을 알아주길 바랐어요. 이곳까지 온 당신들이라면 마음이 얼마나 강한지, 반대로 약한지도 이해하시겠지요. 그것이 앞으로 미래에서 당신들의 힘이 되어주기를 간절히 바라요.』

아이들은 심각한 얼굴로 류티리스의 이야기를 경청했다.

하지만 하지메는 이미 안달이 났는지, 무슨 말이 이렇게 많냐는 표정이었다. 일단 분위기를 봐서 얌전히 듣고는 있었지만…….

『당신들이 어떤 목적을 위해 제 마법—『승화 마법』을 얻으려고 하는지는 모릅니다. 어떻게 쓸지는 당신들 자유예요. 하지만 부디, 부디 힘에 빠지지만은 않기를 바라요. 그렇게 될 것 같을 때는 인연의 이정표에 의지하세요.』

하지메가 두리번대기 시작했다. 아무리 봐도 공략의 증표를 찾고 있었다. 이미 이야기는 귀에 들어오지 않나 보다. 그 시선이 석판을 힐끔힐끔 돌아보는 것을 보면 조만간 다짜고짜 꺼내려고 들지도 몰랐다.

일단 왼손을 시아가, 오른손을 유에가, 허리를 카오리가 꽉 붙들어 분위기 좀 파악하라고 무언으로 호소했다. 아직 조금은 더 버틸 것 같았다.

『제가 드리는 신대 마법 『승화』는 모든 「힘」을 최소 한 단계 이상 진화시켜요. 이미 전해드린 지식대로 말이죠. 하지만 이 마법의 진가는 조금 다른 곳에 있답니다.』

하지메의 눈이 번쩍 뜨였다. 그게 무슨 소리냐며 류티리스에게 시선이 돌아갔다. 승화 마법의 진가? 각인된 지식 속에 그런 정보는 없었다.

하지메의 관심이 이야기 내용으로 돌아간 것을 알고 세 사람이 붙잡은 손을 났다. 아이들이 뭐 하는 거냐면서 어이없게 쳐다봤다.

『승화 마법은 이름 그대로 모든 「힘」을 승화시킵니다. 그것은 신대 마법도 예외는 아니지요. 생성 마법, 중력 마법, 혼백 마법, 변화 마법, 공간 마법, 재생 마법…… 이것들은 진리의 근간에 작용하는 강대한 힘. 그것이 모두 한층 진화하고 서로 맞물려 신대 마법을 능가하는 마법에 이릅니다. 신의 권능이라고 해도 될 마법—「개념 마법」으로…….』

누군가 꿀꺽 침을 삼켰다. 그 소리가 유난히 크게 울렸다.

하지메도 눈을 크게 뜬 채 놀라움을 드러내고 있었다.

그 뇌리에 한때 【라이센 대미궁】에서 밀레디 라이센이 한 말이 스쳤다.

—반드시 우리 『해방자』 전원의 신대 마법을 손에 넣을 것. 네 바람을 위해 필요하니까.

그녀는 분명 그렇게 말했었다. 그것은 이를 두고 한 말이었겠지.

『개념 마법— 더 이상 무슨 설명이 필요할까요? 온갖 개념을 이 세상에 구현해 작용하게 하는 마법이에요. 다만, 이 마법은 모든 신대 마법을 얻어도 쉽게 얻을 수 없을 거예요. 왜냐면 개념 마법은 이론이 아니라 극한의 의지로 만들어지니까요.』

그것이 마법진으로 지식을 옮기지 못한 이유였다.

하지메는 설명을 듣고 눈썹을 찌푸렸다.

『극한의 의지』— 너무 추상적인 설명이 아닌가?

『우리 「해방자」 일곱 명의 힘을 모두 합쳐도 단 세 개의 개념 마법밖에 만들어 내지 못했습니다. 물론 우리는 그걸로도 충분했지만요……. 그중 하나를 당신들에게 선물할게요.』

류타리스가 그렇게 말한 직후, 석판 중앙이 미끄러지고 열려 안쪽에서 회중시계 같은 물건이 나왔다.

하지메가 그것을 손에 쥐었다. 겉에는 반투명한 뚜껑이 있었고 안에는 바늘이 하나뿐이었다. 뒤쪽에는 류타리스 하르치나의 문양이 그려져 있었다. 아마 공략의 증표를 겸한 물건이 아닐까?

하지메가 손에 든 물건을 빤히 바라보고 있자 류타리스가 설명을 재개했다.

『이름은 「도월(導越)의 나침반」. 그곳에 담은 개념은─.』

─원하는 장소를 가리킨다.

"……?!"

그 말을 들은 순간, 하지메는 심장이 크게 뛰는 소리를 선명하게 들었다.

몸 안에 불이 붙은 것 같은 기분마저 들었다. 주위의 소리가 사라지고 그저 머릿속에 같은 말이 되풀이됐다.

『원하는 장소를 가리킨다.』

그렇다면 그것은…….

『원한다면 그 장소로 인도해줄 거예요. 찾는 사람이 있는 곳이든 숨겨진 물건의 위치든, 혹은─ 다른 세계라 할지라도.』

"……!"

류타리스는 분명히 말했다. 『다른 세계』란 신이 있는 세계를 말하겠지.

극한의 의지만으로 개념 마법이 만들어진다면 해방자들의 의지란 뻔한 것이었다. 그것은 당연히 신을 타도하는 것이다.

그렇다면 이 나침반은 신이 있는 장소를 찾기 위해 만들어 졌으리라. 아마 오스카가 생성 마법으로 개념 마법을 부여해 이 나침반을 창조했겠지.

하지만 다른 세계, 신의 세계로도 그 장소를 가리키고 인도해 준다면 그것은 고향으로도— 원래 세계로도 이끌어줄 것이다.

고향으로 돌아가기 위한 수단을 손에 넣었다.

마침내, 마침내 단서를 붙잡았다!

하지메의 마음속에 주체할 수 없는 환희가 북받쳤다.

도저히 말이 나오지 않았다. 표현할 방법조차 알 수 없는 압도적 환희.

나침반을 쥔 손이 떨렸다.

그날, 나락에서 울부짖으며 새롭게 태어나 마음에 내건 목표.

반드시, 무슨 일이 있어도 고향으로 돌아가리라.

얼마나 긴 여정이었던가. 주마등처럼 지금까지 해 온 여행 이 한순간에 뇌리를 스쳐 지나갔다.

견뎌라. 아직 때가 아니다.

하지메는 넘쳐흐를 것 같은 눈동자 속 열기를, 자신의 마음 을 그렇게 달랬다.

기계로 된, 이제는 변해 버린, 하지만 자랑이기도 한 왼팔 에 힘을 주어 주먹을 쥐었다.

다시금 결의를 다지듯이······.

옆에 선 유에가 더없이 상냥한 눈빛으로 하지메를 올려다봤다. 그리고 하지메의 의수를 그 작은 손으로 감싸듯 꽉 잡았다.

『모든 신대 마법을 얻고 확고한 의지를 가진다면 당신들은 어디든 갈 수 있어요.』

하지메의 환희를 보고 한 말은 아닐 것이다. 하지만 누구의 눈에나 나무로 된 류티리스가 미소 지은 것처럼 보였다.

류티리스가 마지막 말을 꺼냈다.

기록 건너편, 아득히 과거의 세계에서 그녀의 진심 어린 기도가 현재를 사는 일행에게 닿았다

『자유로운 의사 아래 미래를 선택할 수 있기를······. 당신들이 나아갈 길 앞에 행복이 가득하기를 진심으로 기도할게요.』

그 미소를 지은 채 류티리스는 다시 나무 안으로 돌아갔다.

이곳은 대수, 그곳의 정상이었다. 류티리스가 남긴 눈앞의 나무는 그 대수에서 자란 것이었다. 그렇게 생각하자 대수 자체에 류티리스가 깃든 것 같다는 기분까지 들었다.

빛을 거둔 석판 앞에서 여운에 잠긴 듯, 혹은 지금 일어난 일을 힘껏 되새기는 듯한 고요한 시간이 흘렀다. 살랑거리는 바람 소리와 나뭇잎이 부대끼는 소리만이 나고 있었다.

이윽고 하지메가 그 정적을 깼다.

냉정해지려고 애쓰는 것처럼 감정을 억누른 목소리로 유에에게 물었다.

"유에, 혹시나 해서 묻는데…… 승화 마법을 쓰면…… 공간 마법으로………… 세계를 넘을 수 있어?"

하지메의 등 뒤에서 아이들이 놀라는 인기척이 퍼졌다.

유에는 그 말의 무게를 알기에 바로 답하지 않고 필사적으로 그 가능성을 모색했다.

각인된 지식과 현대 최고, 최강의 마법사로서 지식을 총동원했다.

궁리와 사고를 거듭하고 시행착오를 반복한 결과 얻은 해답은―.

"…………미안."

"그래……."

그랬다. 그저 승화했을 뿐인 공간 마법으로 세계를 넘을 수 있다면 분명 해방자들도 고생하지는 않았으리라.

류티리스는 말했다. 세 개의 개념 마법을 만들었다고…….

하나는 『도월의 나침반』에 부여한 개념. 원하는 장소를 가리키는 마법.

그렇다면 남은 두 가지는 다른 세계로 넘어가기 위한 개념과 그곳에 존재하는 신을 타도하기 위한 개념이 틀림없었다.

즉, 개념 마법의 영역에 달하지 않으면 세계를 넘기란 대단히 어렵다는 뜻이었다.

하지메는 자신의 기대에 부응하지 못한 탓인지 고개 숙인 유에에게 다정한 눈빛을 보내고, 살며시 그 아름다운 금발을 손가락으로 쓸었다.

살이 닿는 감촉에 유에는 간지러워 고개를 움츠린 뒤 하지메를 올려다봤다.

"무얼, 문제없어. 혹시나 해서 물었을 뿐이야. 필요한 신대 마법은 앞으로 하나야. 그걸 손에 넣으면 될 뿐이지. 아무튼 유에가 그런 표정을 지을 필요는 없어."

하지메가 웃으면서 말했다.

그 익숙한 연인의 웃음에 유에는 왠지 자신의 심장이 뛰는 소리를 들었다.

하지메의 웃음이, 어딘가 다르다.

부드럽고 따뜻하다. 하지메라는 인간을 지금까지보다 훨씬 크고 깊게 보여주는 웃음이었다. 그것은 마치, 그래, 이 대수 같은─.

"유에?"

"……아. 응."

하지메가 부르는 소리에 유에는 수줍음 많은 소녀 같은 반응을 보이고 마음을 가라앉히려고 심호흡했다. 그리고 평소대로, 아니, 평소 이상으로 빛나는 웃음으로 대답했다.

두 사람은 서로를 물끄러미 바라봤다.

그 직후, 유에처럼 숨 쉬는 것도 잊고 하지메를 바라보던 시아가 정신을 차리고 자기 어필을 시작했다.

"험험. 하지메 씨~, 유에 씨~, 잠깐 괜찮나요? 아래로 내려가는 지름길도 출현한 것 같으니까 슬슬 이쪽 세계로 돌아오세요~."

시아가 조금 새된 소리로 외치자 하지메와 유에가 돌아봤다. 정말로 정원 한쪽에 마법진이 출현해 있었다. 시아의 예상대로 지상으로 내려가는 지름길이지 싶었다.

하지메가 어째선지 볼이 상기된 시아와 마찬가지로 멍하게 자신을 바라보는 카오리, 티오에게 고개를 갸웃거리며 그 마법진을 확인했다.

그러자 그런 하지메에게 코우키가 말을 걸었다.

"저, 저기, 나구모. 방금 이야기…… 그 개념 마법을 쓸 수 있게 된다면……."

"그래. 돌아갈 수 있겠지. 적어도 전이될 곳은 이 나침반이 알려줄 거야."

"그래……."

코우키가 희망을 찾은 것 같은 표정이 됨과 동시에 입술을 깨물었다.

류타로와 스즈, 시즈쿠도 얼굴에서 환희가 엿보였다. 그러나 하고 싶은 말, 확인하고 싶은 말을 꾹 참는 표정인 것은 코우키와 같았다.

아마 아직 완전한 귀환 수단을 얻지 못했다는 사실과, 모든 신대 마법을 얻을 가능성이 높은 사람이 아직 하지메밖에 없다는 점 때문에 겸연쩍은 마음이 있는 듯했다.

"어, 그게, 나구모는, 돌아갈 때…… 말이야……."

스즈가 말이 쉽게 떨어지지 않는 듯 머뭇머뭇 하지메에게 무슨 질문을 하려고 했다.

그 뒷내용은 말하지 않아도 짐작할 수 있었다.

스즈가 말문이 막힌 이유는 겸연쩍은 것 말고도 하지메의 급우에 대한 무관심을 생각하자 불안해졌기 때문이겠지. 귀환 방법을 얻은 후 하지메는 동료만 데리고 바로 돌아가 버리는 게 아닌가 하고……

평소 스스럼없이 말을 던져 사람의 마음을 휘젓는 분위기 메이커면서, 꼭 이럴 때만 소극적으로 변하는 것은 과연 스즈의 장점일까 단점일까……

하지만 자기들도 당연히 돌려보내 줄 거라고 근거도 없이 믿는 것보다 만 배는 나았다.

적어도 하지메는 그런 거리낌을 싫어하지 않았다.

"걱정하지 마. 인원 제한이나 핸디캡이 없는 한 겸사겸사 다 데리고 돌아갈 거야."

"그, 그렇구나. 에헤헤. 고마워, 나구모."

"그나저나 이상하게 자신 없이 묻는데……. 너희, 실패했지?"

""""윽?!""""

코우키, 류타로, 스즈 세 사람이 가슴을 붙잡고 고개를 푹 떨궜다.

승화 마법이 있으면 모든 능력 레벨을 적어도 한 단계 올릴 수 있었다.

물론 신대 마법이므로 승화시키는 것 자체에 막대한 마력이 필요했다. 비유하자면 부작용 없는 한계 돌파나 다름없으므로 시간제한도 있겠지만…… 그래도 일반적인 표층【오르크스 대미궁】 정도는 무난하게 공략하리라.

그 아래에 있는 진짜 대미궁에서도 나름대로 싸울 수 있을 것이다.

그런데도 불구하고 이토록 자신이 없다는 말인즉, 승화 마법을 얻지 못했다는 뜻이었다.

아이들은 낙담해 고개를 떨궜지만 걱정스럽고 거북한 눈치로 그들을 위로하기 위해 쭈뼛거리는 인물이 한 명 있었으니—.

"야에가시…… 너는 공략을 인정받았나 보지?"

"……! 음…… 그래. 쓸 수 있나 봐."

"저, 정말이야, 시즈쿠?!"

"역시 시즈시즈! 내 여보!"

쾌락 시련과 꿈속 이상 세계, 그리고 감정 반전은 자력으로 극복했으니까 충분히 공략을 인정받을 만했다. 전투 능력은 부족해도 정신력은 신대 마법을 얻기에 충분했다.

스즈는 그 사실을 순수하게 기뻐했다. 류타로는 기뻐하면서도 자기도 가지고 싶었다며 분하게 소리쳤고, 코우키는 웃으며 칭찬하면서도 어쩐지 표정에 그림자가 졌다.

시즈쿠는 그런 코우키를 걱정스럽게 힐끔거렸다.

"아무튼 한번 페어베르겐으로 돌아가서 쉬자. 바퀴벌레 대군이 살짝 트라우마가 됐어. 정신적 피해가 장난 아니야. 한계 돌파 후유증도 조금 남았고……. 유에로 마음의 안식을 찾고 싶어."

"……후후. 맡겨줘."

"하지메 씨, 마음의 안식이라면 여기 마침 폭신폭신한 토끼 귀가 있어요."

"치유하면 나야, 하지메! 천직이야! 치유의 전문가야! 뭐든 다 해! 뭐든 다 해! 중요하니까 두 번 말했어!"

"흠, 주인님은 피곤한가 보구먼. 좋다. 나를 의자 대신 쓰거라. 척추가 삐걱거려도 주인님을 위해 견디도록 하마."

평소와 같은 동료들의 어필에 하지메는 문득 표정을 고쳤다. 그리고 시선을 쭉 돌렸다. 시아, 카오리, 티오, 그리고 유에게. 무엇을 확인하는 듯한 그윽한 눈길로……

그러고 나서 고개를 올리고 시선을 하늘에 두었다. 자기 안에 있는 무언가를 확인하듯이……

하지메의 갑작스러운 행동이 네 사람은 어리둥절했다.

하지메는 그들에게로 눈길을 돌리고 조금 난감하게 웃었다.

"……아."

카오리의 목소리였다. 크게 뜬 눈은 마치 잊고 있던 무언가를 불현듯 떠올린 느낌이었다. 그리고 그 후 보인 울음을 터뜨릴 것 같은 얼굴은 아름다운 옛날을 그리워하는 것만 같았다.

하지메의 대담하고 오만방자하고 흉악한 웃음에 익숙한 유에와 시아, 티오도 방금 하지메가 웃었을 때 자기도 모르게 숨을 멈췄다.

역시 이 짧은 시간 동안 하지메는 조금 변했다는 생각이 들었다.

어떻게 표현해야 할까?

네 사람은 적절한 말을 찾지 못했지만 구태여 말한다면 강함과 부드러움이 공존하는 표정이라고 해야 할까?

마치 소환되기 전의 하지메와 나락에서 지옥을 맛본 하지메가 마음속에 공존하는 것 같은, 마음속에 엄격함과 여유를 둘 다 가진 듯한 그런 신기하고도 어째선지 몹시 마음을 끌어당기는 매력적인 표정이었다.

넋을 놓고 움직이지 않는 그들에게 하지메는 살며시 웃었다.

"왜 그래? 자, 돌아가자. 마음의 안식을 준다며?"

그렇게 말하고 휙 돌아섰다.

카오리가 눈시울을 벅벅 문지르자 그 심정을 눈치챈 시즈쿠가 미소 지으면서 옆으로 다가갔다. 서로의 눈동자 속에 담긴 『그』에 대한 그리움을 알아본 두 사람은 기쁘게 마주 웃었다.

"……응. 잘 알았어."

"유에……."

유에가 카오리의 팔에 손을 올리고 있었다. 그 미소는 무척 부드러웠다.

뭘 잘 알았다는 것일까? 그러나 시아와 티오도 유에의 짧은 말에 담긴 의미를 이해했다.

그것은 카오리가 하지메에게 끌린 이유일 것이다. 그래, 바로 일본에서…….

변한 후의 하지메밖에 모르는 세 사람과 변하기 전 하지메를 아는 카오리.

하지메를 마음에 둔 그녀들 속에서 두 명의 하지메가 지금

겹치며 강한 공감이 탄생한 듯했다.

돌아보자 이미 전이진을 기동한 하지메가 빨리 안 오고 뭐 하냐면서 고개를 갸웃거리고 있었다.

네 사람은 한 번 더 웃고는 뛰어들다시피 하지메에게로 달렸다.

다른 아이들도 고향으로 돌아갈 가능성이 보인다는 희망에 표정을 밝게 하고 뒤따랐다.

한 사람, 뻔히 보이는 억지웃음을 지은 소년도 있었지만.

뭐가 어찌 됐건 이리하여 7대 미궁 중 하나, 【하르치나 수해】 공략은 뚜렷한 희망을 붙잡으며 막을 내렸다.

흔해빠진 **직업**으로

ARIFURETA SHOKUGYOU DE SEKAISAIKYOU

세계최강

이른 아침 특유의 고요함으로 가득한 【페어베르겐】.

그 잔잔한 수면 같은 고요함에 파문이 퍼지듯 작은 새의 노랫소리가 조금씩 커져 갔다. 나뭇잎 소리와 어우러진 그것은 부드러운 숲의 음악 같았다.

하지만 그런 【페어베르겐】에서도 도시 외곽— 숲 안쪽의 어떤 외딴곳에서는 상반된 날카로운 소리가 울리고 있었다.

"흡! 훅! 핫!"

짧고 날카롭게 내쉬는 소리에 맞춰 휙휙 공기를 가르는 소리가 울렸다.

동시에 안개를 흩어 버리듯 검은 면이 허공을 달렸다. 그것은 막힘없이, 물이 높은 곳에서 낮은 곳으로 흐르는 것처럼 자연스럽게 휘두른 흑도의 궤적이었다.

사용자의 동작도 몹시 잘 다듬어졌고, 특징적인 흑발의 나부낌과 어우러져 마치 신에게 올리는 의식과도 같은 신비함마저 느껴졌다.

나뭇잎이 떨어지는 숲 속에서 원을 그리며 춤추는 흑도와 흑발.

그녀가 만든 검의 영역에 들어간 나뭇잎은 모두 산산이 조각났고 거기에 섞여 구슬땀이 튀었다.

도대체 몇 시간 그렇게 춤췄던 것일까?

그녀— 시즈쿠의 발치에는 검도의 이어걷기로 땅에 새겨진 몇 줄기 원과 잘게 썰린 나뭇잎 잔해가 무수히 떨어져 있었다.

흔들림 없는 아름다운 자세로 그저 한결같은 무심으로 칼을 휘둘렀다.

"—윽."

하지만 이대로 영원히 춤추는 게 아닐까 싶었던 시즈쿠의 연무가 돌연 흐트러졌다.

검의 궤도가 흔들려 베어야 할 나뭇잎을 스쳐 지나갔다.

빙글빙글 돌아 땅에 떨어진 나뭇잎처럼 시즈쿠도 원운동의 원심력에 떠밀려 빙글빙글 균형을 잃었다.

간신히 꼴사납게 넘어지는 불상사는 면했으나, 깽깽이걸음을 몇 발 뛰다가 흑도의 칼집으로 땅을 짚었다. 시즈쿠는 한 명의 검사로서 그런 자신의 모습에 인상이 찌푸려졌다.

"헉헉…… 아아, 진짜!"

시즈쿠가 짜증에 못 이겨 고개를 털었다. 트레이드마크인 검은 포니테일이 그 심경을 대변하듯 좌우로 요란하게 흔들렸다.

"명경지수. 명경지수야."

구태여 입 밖에 내어 말하고 크게 심호흡한 뒤 마음속에 고요한 샘을 떠올렸다.

정신을 가다듬고 조용한 상태를 유지하는 연습은 원래 세계에서 검술을 배우기 시작했을 무렵부터 해 왔었다. 이제는 습관이 되어 버린 행위를 통해 시즈쿠의 어수선한 마음은 이내 고요함을 되찾았다.

그렇게 생각했건만 수면에 흐릿하게 소년의 모습이 떠오르자—.

"으아아아아아아악!"

그 순간 여자답지 않은 우렁찬 절규를 지르고 흑도를 힘껏 들어 마음에 그렸던 수면을 내려쳤다.

'아니야, 아니라고! 저어어얼대로! 아니야!'

더 이상 잔잔한 샘 따위는 없었다. 오히려 태풍이 직격한 바다처럼 시즈쿠의 마음은 감당할 수 없이 흔들렸다.

'아니라니? 애초에 뭐가 아니란 건지도 모르겠어! 난 냉정해!'

어떻게 봐도 냉정하지 않았다. 마음속 절규도 지리멸렬했다.

사실 동이 트기도 전부터 계속 단련을 한 시즈쿠는 조금 전부터 집중할라치면 이내 마음이 흐트러져 검이 둔해지고, 씁쓸한 표정으로 다시 집중하면 또 이내 마음이 딴 곳으로 가서 상태가 이상해지길 반복 중이었다.

그 모습은 『무언가』가 단련을 방해한다기보다도 단련으로 『무언가』를 떨쳐내려는 것처럼 보였다.

왜 시즈쿠는 아직 밤이라고 해도 과언이 아닌 시각부터 그런 짓을 하고 있는가?

어제 【하르치나 대미궁】에서 귀환한 하지메 일행은 피로를 풀기 위해 곧장 휴식에 들어갔다.

당연히 시즈쿠도 식사와 목욕을 한 후 바로 침대로 들었지만……

왠지 전혀 잠이 오지 않았다. 몇 시간이나 몸을 뒤척이며 침대 위를 의미도 없이 뒹굴다가, 결국 이대로 누워 있어도 소용없겠다 싶어 축시(丑時)도 지난 야밤에 흑도를 들고 방을 뛰쳐나온 것이었다.

그럼 시즈쿠를 밤새 괴롭힌 것은 무엇인가?

그건 방금 명경지수를 방해한 원흉. 느닷없이 마음속 수면에 떠오르는— 한 명의 소년이었다.

"에잇! 에잇! 에에에잇!!"

기합도 더욱 거칠어졌다.

생각하지 않으려고 해도, 아니, 오히려 그러면 그럴수록 대미궁에서 있었던 어떤 사건이 떠올랐다. 계층을 이동하는 전이진을 기동한 직후 납치당한 꿈속 세계.

사로잡힌 자에게 감미로운 꿈을 보여주는 그 세계에서 시즈쿠는 지금 생각해도 얼굴이 붉어지는 『오글거리는』 꿈을 봤다.

그것이 자신의 이상적인 세계라니…… 절대로 인정할 수 없고 누구에게도 말할 수 없었다.

하물며 그 세계에서 꿈꾸는 소녀가 따로 없던 자신 곁에 있던 사람이—

"으아아아아아아아!!"

정점을 찍은 것은 대미궁 최종 시련이었다.

감정을 반전하는 어처구니없는 마법 때문에 그 검은 물체에 애정을 느끼고 말았다는 떠올리기도 싫은 사건.

하지만 가장 문제인 점은 시즈쿠가 그 소년을 몹시 싫어하게 됐다는 것이었다. 아니, 순화하지 않고 말하면 증오스럽다고 생각했다.

그 말인즉—.

"아니야아아! 우정이야! 우정 만세에에에!!"

이미 검술이고 나발이고 없었다. 캐릭터까지 붕괴할 판국이었다. 무턱대고 휘둘러대는 흑도가 어쩐지 비난하는 것처럼 조잡한 바람 소리를 냈다.

평소라면 이래서는 안 된다고 마음을 다스렸겠지만, 오늘의 시즈쿠는 상관하지 않고 엉망진창인 자세로 무작정 환영을 — 밉살스러운 웃음을 지은 그 소년을 — 베어 버렸다.

밉살스런 웃음은 뭉게뭉게 흩어졌으나 사라졌다고 생각한 직후, 이번에는 마지막 대미궁 공략 후의 『그 웃음』으로 변했고…….

"체스토오오오!#7"

야에가시류에 그런 기합은 없었다. 지금까지 단 한 번도 입에 담은 적이 없었다. 마음속 할아버지와 아버지가 「시즈쿠…… 너 뭐 하냐」라고 어이없게 쳐다봤지만 지금 시즈쿠는 분풀이에 가까운 후리기 연습을 하느라 바빴다. 마음속 할아버지와 아버지를 깨끗이 무시했다.

그렇게 마음의 여유가 없고 막무가내로 칼을 휘두르는 시즈쿠의 모습은 평소 늠름한 분위기와는 상당히 거리가 멀었다. 만약 이곳에 같은 반 친구들이 있었다면 모두 벌어진 입을 다물지 못했으리라.

그 후에도 얼마간 시즈쿠는 평정과 혼란 사이에서 때로는

#7 체스토 일본 가고시마 지방 검술에서 쓰는 기합 소리.

날카롭게, 때로는 허투루 칼을 휘둘렀다.

무엇을 떨쳐내듯이, 혹은 부정하듯이……. 『그 감정』을 못 본 척하면서, 착각이라고 되뇌면서, 하르치나는 제갈공명이라고 생각하면서…….

머지않아 편안……을 넘어선 피로가 시즈쿠의 머리를 무디게 할 무렵, 시즈쿠의 마음은 겨우 본래 고요함을 되찾고 있었다.

거칠어진 원인에 대해서도 대미궁이라는 비상식적 환경이 그에게 보내는 신뢰를 잠시 이상한 방향으로 뒤틀었다고 결론지었다.

더는 그를 떠올려도 평온한 마음이 흔들리지 않았다. 평소대로였다.

"후우……."

시즈쿠는 천천히 숨을 토하고 철컥, 하는 듣기 좋은 소리를 내며 칼을 칼집에 넣었다. 눈을 감으니 시야가 어둠에 갇혔지만, 땀을 흘린 피부는 시야 이상으로 아침의 상쾌함을 전해줬다.

뺨에 몇 가닥 머리카락을 붙이고 숨을 뱉는 모습은 어딘지 모르게 요염했다.

시즈쿠가 그런 식으로 단련의 여음에 잠겨 있는데 문득 말소리가 들렸다.

"역시라는 말밖에 안 나오는군."

"으?! 뉴구야?!"

아주 익숙한 목소리였다. 바로 뒤에서 들린 그 소리에 시즈쿠는 심장이 튀어나오는 줄 알았다. 게다가 말도 심하게 꼬였다. 전혀 평소와 같지 않았다.

설마, 하며 목소리가 들린 쪽을 확 돌아봤다.

그곳에는 상상한 대로— 하지메가 서 있었다. 시즈쿠의 단련을 방해하지 않기 위해서인지, 아니면 단순한 장난인지…… 기척을 없애고 접근해 있었다.

"나, 나구모. 놀라게 하지 마. 갑자기 사람 뒤에 서서 뭐 하는 거야?"

시즈쿠는 쿵쾅거리는 심장을 진정시키면서 비난하듯 눈살을 찌푸렸다.

그 눈총을 받은 하지메는—.

"……뉴구야…… 푸풉."

"……?!"

웃음을 참으며 시즈쿠의 귀여운 말을 복창했다.

시즈쿠의 눈에 담긴 비난의 색이 더 진해졌다. 하지만 그 뺨을 엷게 물들인 탓에 박력은 전혀 없었다.

본인도 알긴 아는지 이번에는 가시 돋친 말로 상대했다.

"무, 슨, 볼, 일, 이, 야!"

음절 단위로 또박또박 끊어진 말에 하지메는 살짝 실소해 버렸다.

그러나 더 놀렸다가는 진심으로 화낼 것 같아서 사과의 표시로 『보물고』에서 수건을 꺼내 던져줬다.

그것을 어렵지 않게 받은 시즈쿠는 이제야 자신이 땀범벅이란 사실을 깨달았다. 창피한 듯 시선을 돌리고 서둘러 땀을 닦았다.

그러는 사이 하지메는 시즈쿠의 질문에 대답했다.

"딱히 볼일이 있는 건 아니야. 일찍 깨서 단련이라도 할까 하고 적당한 곳을 찾다 보니 네 기척이 느껴져서 보러 왔지. ……상태를 보니 꽤 오랫동안 한 것 같은데, 어제 그 고생을 하고도 안 피곤해?"

"하, 항상 이러진 않아. 그냥…… 왠지 잠이 안 와서……."

"하긴, 첫 대미궁 공략이었으니까. 기분이 고양될 수도 있지."

"그, 그러게."

차마 다른 의미로 고양됐다, 오히려 미칠 것 같았다! 라고는 말하지 못해 시즈쿠는 어물쩍 눈을 피하고 말았다.

웬일로 시즈쿠의 반응이 이상하자 하지메가 미심쩍게 눈살을 찌푸렸다.

시즈쿠는 침착함을 잃었다. 물끄럼. 안절부절. 빤히. 움찔…….

"……야에가시. 너 좀 이상한 것 같은데? 설마 무슨 후유증이라도……."

"응? 어, 아니, 괜찮은데? 그래, 정말이지 건강 그 자체야. 오히려 컨디션은 최고조야."

"……아니, 많이 지쳐 보이고 묘하게 거동이 이상하다만……."

"이, 이상할 게 뭐 있어? 나는 지극히 정상이야. 언제나 주위를 경계하고 있어. 함부로 뒤에 서지 마. 나도 모르게 베어 버릴지도 모르니까!"

"네가 무슨 히트맨이냐? ……뭐, 괜찮다면 상관없지만."

분명히 정상이 아니었으나 본인이 그렇게 말하면 알 바 아니라며 아예 신경을 끊었다. 그리고 무엇을 떠올린 표정으로 갑자기 시즈쿠 쪽으로 걸어왔다.

하지메가 느닷없이 접근하자 시즈쿠는 격하게 당황했다. 허둥지둥 배리어라도 치는 것처럼 양손을 앞으로 쭉 내밀었다.

"뭐, 뭐야? 왜 가까이 와? 안 돼, 잠깐만! 나 땀났어! 영토 침범이야! 진정해! 앗, 수건 때문이구나? 자, 돌려줄 테니까…… 아, 안 돼! 이거 빨아서 돌려줄게! 그러니까 거기서 멈춰!"

"……너, 정말로 어떻게 된 거야? 난 흑도를 건네줬으면 했을 뿐이야."

하지메가 다가온 만큼 물러서는 시즈쿠의 태도는 흡사 변태와 마주친 여자 같아서 하지메도 은근히 불쾌한 표정이었다.

"흐, 흑도? 그건 또 왜……."

"강화하게. 승화 마법 덕분에 더 강화할 수 있을 거 같아. 싫다면 됐지만."

"그, 그래? 강화. 강화 말이지. 해주면 나야 고맙지."

시즈쿠는 머뭇머뭇 흑도의 끝부분을 쥐고 하지메에게 건넸다. 절대로 다가올 생각은 없는 듯했다.

땀을 흘리고 이성 옆에 있는 일은 이 세계에 온 후로 흔한 일이었다.

이제 와서 뭘 그리 신경 쓰느냐며 하지메는 점점 더 수상한 사람을 보듯 시즈쿠를 쳐다봤지만, 이번에도 아무럼 어때 라는 듯 어깨만 으쓱하고 말았다.

하지메는 말없이 흑도를 받아들고 발로 땅을 가볍게 밟았다. 그것만으로 신발에 들어간 연성 마법진이 발동해 바닥에서 간이 테이블과 의자가 지지직거리며 올라왔다.

하지메는 의자에 앉아 『보물고』에서 다양한 광석을 꺼내 흑도와 함께 테이블 위에 늘어놓았다.

시즈쿠는 그 모습을 빤히 바라보았다. 하지만 계속 서서 보는 것이 거슬렸는지 하지메는 앉으려면 앉으라고 눈짓했다.

시즈쿠는 안절부절못하면서도 맞은편 의자에 엉덩이를 붙였다.

"……."

"……."

대화는 없었다. 하지메가 절그럭절그럭 광석을 만지는 소리와 새의 노랫소리, 그리고 나뭇잎 소리만 들렸다. 다시 조용한 아침이 돌아왔다.

하지만 시즈쿠는 특별히 불편하다고 느끼지 않았다. 다소 긴장감은 들지만, 하지메가 시즈쿠가 그곳에 있는 것을 받아들여준 기분이 들었다. 갑작스러운 하지메의 등장에 울렁이던 마음도 차츰 진정되어 가고 있었다.

'……집중했구나.'

시즈쿠는 앞에 둔 흑도에서 시선을 떼려고 하지 않는 하지메를 별 이유도 없이 바라보았다. 옆에서 봐도 하지메가 깊이 집중한 것을 알 수 있었다.

투명하리만큼 맑고 선명한 붉은 마력광에 비친 하지메의 표정은 전투 중이라고 착각할 만큼 진지했다. 그 손에서 수많은 광물이 자유자재로 형태를 바꾸어 갔다.

'역시, 아름다워…….'

마음속으로 시즈쿠가 혼잣말을 흘렸다.

야릇하면서도 신비한 빛에 싸여 다양한 물건을 만들어 내는 모습은 시즈쿠가 상상하는 옛날이야기 속 『마법사』의 표상이었다.

마법사의 『마법』이 눈앞에서 이루어진다. 그런 식으로 느낀 시즈쿠는 어느덧 넋이 나간 사람처럼 멍하니 하지메를 바라보고 있었다. 한쪽 팔에 얼굴을 괴자 차츰 눈이 풀렸다.

그것은 과연 밤을 새서 찾아온 수마 때문일까.

아니면…….

도중에 하지메가 시즈쿠의 피를 채취하려고 갑자기 손을 잡았다가 당황한 시즈쿠가 의자에서 굴러떨어지는 해프닝이 있었지만 시간은 대체로 평화롭게 흘러갔다.

그렇게 시간이 흘러 시시각각 무거워지는 눈꺼풀과 묘한 편안함에 몸을 맡겨 버릴까 하고 시즈쿠가 반쯤 무의식중에 생각하던 도중, 하지메가 말을 걸었다.

"자. 다 됐어, 야에가시. 승화 마법 연습 겸 해 봤는데, 내가 생각해도 잘 완성됐어."

"……."

"야에가시?"

"……"

"……자?"

팔을 베고 거의 눈을 감고 있는 시즈쿠를 보고 하지메는 외눈을 찌푸렸다. 참 무방비한 표정을 보인다. 조금 어이없다는 생각이 가슴속을 스쳤다.

보통이라면 조심스럽게 깨우거나 상의라도 한 벌 걸쳐주겠지만…….

하지메는 잠깐 생각하더니 천천히 흑도를 시즈쿠 이마에 딱 붙였다.

그리고…… 마력을 불어넣었다.

"아가가가가가가가가?!"

파지지지지직! 스파크가 튀었다.

한순간에 벌떡 일어났으나 감전당해 경직된 시즈쿠가 기괴한 비명을 질렀다.

흑도가 떨어진 순간, 테이블에 철퍼덕 쓰러져 개그 만화처럼 흰 연기를 뿜는 시즈쿠를 본체만체한 하지메는 턱을 문지르고 고개를 끄덕였다.

만족스러운 완성도였나 보다.

"갑자기 무슨 짓이야!"

당연히 부활한 시즈쿠가 분노로 포효했다. 테이블을 탕 치고 몸을 내밀어 새침한 표정인 하지메를 노려봤다.

"아니, 정신을 놓고 있길래 성능 실험도 할 겸 깨우자 싶었지."

"미, 미안한 척도 안 하고 얘는!"

시즈쿠는 더 항의하려고 했지만 그것을 제지하듯 흑도가 날아들어 부랴부랴 받았다.

"승화 마법을 얻기 전에는 광석에 부여할 수 있는 능력은 한두 가지가 한계였지만, 연성 마법과 생성 마법 레벨이 한층 올라간 덕분에 여러 효과를 붙일 수 있게 됐어."

"그리고 내 분노는 무시하고 설명하는구나? ……이젠 됐어……."

하지메가 아무 일도 없었다는 양 강화한 흑도를 설명하기 시작하자 시즈쿠는 땅이 꺼지도록 한숨 쉬고 털썩 자리에 앉았다.

눈을 샐쭉거리며 「역시 애한테 느낀 감정들은 기분 탓이야!」라고 확신하면서…….

"그래서 말인데, 그 흑도에는 새로운 마법을 몇 개 부가했어. 하나는 중력 마법. 칼의 무게를 바꿀 수 있지. 그리고 칼날에 물체를 끌어당기거나 반대로 밀어내거나, 짧지만 중력 자체를 자를 수도 있어."

"그건…… 대단한걸."

하지메의 설명을 들은 시즈쿠는 저절로 눈이 동그래지며 손에 든 흑도를 봤다. 하지만 놀라기에는 아직 일렀다. 이어진 하지메의 설명을 듣는 사이 그 막강한 능력에 시즈쿠의 얼굴 근육이 돌처럼 굳었다.

그가 말했다. 공간 마법으로 공간 자체를 절단할 수 있다.

그가 말했다. 재생 마법으로 흑도는 가만히 놔둬도 자동으로 수리된다. 또한, 가지고 있기만 해도 미미한 양이지만 사용자에게 회복 효과를 부여한다.

그가 말했다. 혼백 마법으로 상대의 육체를 투과해 혼백에 타격을 줄 수 있다.

그가 말했다. 『뇌화』, 『조섭』도 성능이 향상되었고 새롭게 『충격 변환』도 부여했다 etc.

"……."

말도 나오지 않았다. 흑도가 어쩐지 흉악한 병기, 혹은 마검으로 보였다. 흑도를 가진 시즈쿠의 손이 희미하게 떨렸다.

"그리고 스테이터스 플레이트 인증 방법을 응용한 새로운 제어 방법도 넣어 봤어. 우선 흑도를 『발동 상태』로 두면 그 후로 『발동 중』일 때는 주문을 욀 필요가 없어."

즉, 높은 효과를 발휘하기 위한 긴 주문이 필요 없다는 말이었다.

지금까지 시즈쿠는 한 단어 주문으로 능력을 발동했지만, 사실 그래서는 전력에 한참 못 미치는 효과밖에 발휘할 수 없었다. 하지만 앞으로는 생각만으로 발동도 가능하고 한 단어 주문으로도 최대한 힘을 발휘할 수 있다는 것 같았다.

"검사이자 스피드 파이터인 야에가시가 칼싸움 중에 장황한 주문을 욀 시간은 없을 테니까."

그렇게 말하고 하지메는 설명을 마무리 지었다.

시즈쿠는 식은땀을 닦은 뒤 손에 든 흑도를 바라봤다. 아무리 생각해도 『성검』을 가볍게 뛰어넘었다. 사기적이란 말을 넘은 버그 검이었다. 이 성능이 알려지면 흑도를 둘러싼 처절한 싸움이 일어날 것만 같았다. 이것은 틀림없이 세계 최강의 도검이었다.

"괘, 괜찮아……? 이런 걸 가지고 있어도……?"

"만약을 위해서야."

"만약을 위해?"

고개를 기우뚱거리면서 되묻는 시즈쿠에게 하지메는 하늘을 올려다보고 고개를 살짝 끄덕였다.

그 눈빛은 야생 늑대처럼 날카로웠다. 마치 그 앞에 있는 무언가를 쏴 죽이려는 것 같았다.

"알고 있겠지만, 마지막 대미궁— 슈네 설원에 있는 빙설 동굴을 공략하면 원래 세계로 돌아갈 수단이 손에 들어와. 그대로 아무 일 없이 돌아갈 수 있다면 문제없지만, 그건 지나친 낙관일 거야."

"방해가 있을 거란 말이지? 마인족, 아니면 가짜 신……."

"그래. 신이란 자식이 용사 같은 재미있는 말과 나라는 이레귤러를 쉽게 놓치진 않을 거야. 그래서 처음에는 노인트 같은 『신의 사도』가 대량으로 출현했을 때를 대비해 고기 방— 어험! 우리 쪽 병력을 강화하기 위해 너희에게도 신대 마법을 얻게 하려고 했어."

"너 지금 고기 방패라고 하려고 했지? 응? 지금 그러려고 했지? 응?"

하지메가 얼떨결에 본심을 흘리자 시즈쿠가 그냥 넘어가지 않겠다며 핏대를 세우고 캐물었다. 하지만 하지메는 그것을 깔끔하게 무시하고 말을 계속했다.

"승화 마법 덕분에 내 아티팩트 제작 능력도 한 단계 진화했어. 신대 마법을 직접 얻지 않아도 상당히 강화할 수 있어. 녀석들이 습격해 왔을 때처럼 야에가시만이 아니라 다른 녀석들 도구도 마개조해주겠어. 우리가 빙설 동굴에 간 사이에 『신의 사도』든 뭐든 공격해 오면 꼭 격퇴해줘. 물론 강화한 무기를 가지고 다른 대미궁에 도전해도 상관없어."

"무슨 말인지는 이해했는데……."

하지메가 할 이야기는 다 했다는 태도로 서 있었다. 시즈쿠는 어쩐지 곤란하고 고민스러운 표정이었다.

"……역시 너희끼리 가려고?"

"응? 그럴 건데……. 설마 따라오고 싶어서 그래?"

"……."

시즈쿠는 대답하지 않았다. 원래 이번 일도 하지메에게 무리하게 부탁해 따라나선 것이었다. 대미궁 하나만 함께 따라가겠다는 조건으로…….

대미궁이 얼마나 성가신 곳인지는 【하르치나 대미궁】에서 사무치게 느꼈다. 어떻게 발버둥 쳐도 그들이 도전하기에는 실력이 부족하다는 점을 인정할 수밖에 없었다. 즉, 따라가도 하지메 일행에게는 방해밖에 되지 않는다.

심지어 다음 【빙설 동굴】만 공략하면 귀환 수단이 생긴다.

하지메는 겸사겸사 반 아이들을 데리고 돌아가겠다고 말했으니까 무리하게 따라나설 이유가 없었다.

그래서 대답하지 않았다기보다는 대답할 수 없었다. 시즈쿠는 그저 말없이 고개를 저었다.

하지메는 그런 시즈쿠를 보고 어깨를 으쓱이면서 말했다.

"야에가시만이라면 데리고 가도 상관은 없는데……."

"어?"

하지메에게서 나온 생각지도 않은 말에 시즈쿠는 놀라서 눈을 크게 떴다.

그리고 잠깐의 정적. 무슨 생각을 했는지 희미하게 붉어진 볼을 숨기려고 급히 뒤로 돌아섰다. 부자연스럽게 뛰는 심장을 달래면서 하지메의 진의를 물으려고 했다.

"그게 무슨……."

"빙설 동굴 신대 마법은 프리드가 쓰던 강력한 마물을 양산하는 마법일 거야. 그것과 승화 마법이 있으면 너 혼자서 다른 애들을 지탱해줄 수 있겠지? 우리가 없어도 다른 대미궁을 공략하며 알아서 쑥쑥 성장해줘."

"응. 그래. 그럴 줄 알았어. 정말이야."

기대는 허망하게 배신당했다. 물론 시즈쿠는 속으로 「기대 같은 거 안 했어!」를 외치고 있었지만…….

대번에 식어 버린 볼과 차분해진 마음을 의식하며 돌아선 시즈쿠는, 이미 몇 번이나 느낀 밉살스러움을 눈빛에 담아 하지메에게 눈총을 쐈다.

하지만 그 직후 하지메의 말에 다시 홍당무가 됐다.

"그렇게 쳐다보지 마. 어쩔 수 없잖아? 우리 멤버를 빼면 인격으로든 실력으로든, 이 세계에서 가장 믿을 수 있는 사람은 너야. 누군가를 맡겨야 할 때는 너 말고 딱히 의지할 사람이 없어."

"……!"

하지메는 쓴웃음 짓고 그런 소리를 했다. 시즈쿠의 차게 식은 눈을 「또 고생을 떠넘길 생각이냐?」라는 비난으로 해석했는지, 딴에는 일단 변명이랍시고 한 모양이었다.

하지만 그 변명은 지금 시즈쿠에게는 조금 자극이 강했다. 신뢰하는 사람이 정면에서 너를 믿는다고 말해주는 것은 역시 기뻤다.

시즈쿠는 다시 볼이 붉어지고 말았다.

하지메는 그런 시즈쿠를 보지 않고 처음 목적이었던 자기 단련을 준비하며 쓴웃음에 박차를 가했다.

"뭐, 그래도 정말로 야에가시만 데리고 갈 수는 없지만."

"그…… 그건, 왜……."

"아니, 왜냐니……? 다른 애들에게 네가 반드시 필요하니까 그렇지. 빙설 동굴에 간 동안 걔네가 얌전히 있을 거 같아? 일시적이라도 네가 이탈하길 허락한다고? 아니야. 절대로 안 그래. 십중팔구 폭주해. 그리고 그 화살을 아마 나한테 돌리겠지. 『만능 해결사 야에가시』는 난감한 녀석들 옆에 붙어 있어야 해. 안 그러면 내가 곤란하거든."

"……너무 직설적이잖아."

시즈쿠는 김이 팍 샌 표정이었다.

하지만 하지메는 전혀 개의치 않고 『보물고』에서 원월륜을 여러 개 꺼내 주위로 띄웠다.

어찌되었든 아이들을 두고 자기만 따라간다는 선택지는 시즈쿠도 선택할 수 없으므로 생각을 고치고 화제를 전환했다.

"그건 안쪽에 물건을 전이하는 기능이 있는 차크람이지? 그렇게 많이 꺼내서 뭐 하게?"

"훈련하려고. 원래 그러려고 왔다고 말했지? 너는 얼른 돌아가. 그렇게 지쳤으면 푹 잘 수 있을 거야."

하지메가 말한 대로 시즈쿠는 상당히 피로감을 느꼈다. 지금이라면 기절하듯 잠들 수 있을 것 같았다.

하지만…… 어째선지 이곳에서 멀어지기 싫었다.

30개를 넘는 원월륜이 하지메를 중심으로 원주를 이루도록 도는 광경을 바라보며 시즈쿠는 자기도 모르게 말문을 열었다.

"……잠깐, 보고 있어도 될까?"

"응? 상관없는데, 곯아떨어져도 난 모른다?"

"괜찮아. 질리면 알아서 돌아갈게."

시즈쿠에게 어깨를 으쓱여 승낙의 뜻을 전한 하지메는 눈을 감고 돈나&슈라크를 뽑았다. 그것을 본 시즈쿠도 자리에 앉아 테이블 위에 팔을 괴고 양손 사이에 볼을 끼우듯 머리를 받쳐 하지메를 구경했다.

잠시 후, 그것이 시작됐다.

탕탕탕탕! 연속된 발포음이 울렸다.

그 총구는 주위를 나는 원월륜을 향해 있었다.

총알은 경이롭게도, 보통 사람이라면 눈으로 인식하기 어려운 속도로 날아다니는 원월륜의 구멍으로 빨려 들어가듯 날아갔다.

그리고『게이트』가 다른 원월륜으로 총알을 뱉었고 전혀 다른 방향과 각도에서 하지메 본인을 강습했다.

"—후우."

나직이 숨을 내뱉은 뒤 바로 뒤에서 날아든 총알을 몸을 옆으로 틀어 피했다. 그리고 동시에 다른 원월륜을 조종했다.

스치다시피 지나간 총알을 원월륜 원주 결계에서 내보내지 않도록『게이트』를 통해 다시 안쪽으로 불러들였다.

운동 에너지를 잃을 때까지 계속해서 한정된 공간 내부에서 주인을 노리는 총알.

일련의 행동 사이에도 하지메는 연달아 방아쇠를 당겨 자신을 노리는 총알을 늘려 나갔다.

사방팔방에서 날아드는 총알을 나뭇잎이 흔들리듯 유연하게 최소한의 동작으로 피했다.

그 동작은 방금 시즈쿠가 선보인 연무 같은 무예에 비하면 유려함은 부족할지 몰랐다. 몇백 년이나 이어져 온 무술 특유의 아름다움이 없었다.

하지만 합리적이었다. 합리성을 극한으로 추구해 갈고닦은 필요 최소한의 움직임에는, 시즈쿠의 그것과는 또 다른 아름다움이 있었다.

탄막이라는 이름의 태풍의 눈 중심에서 방해물을 피하며 스스로 태풍을 일으키는 굉장히 특이한 수련 방법이었다. 시즈쿠가 무심코 눈을 동그랗게 뜨고 있는데 하지메가 갑자기 뛰어올랐다.

하지메는 그대로 붉은 파문을 넓히며 발판을 만들어 공중에 머무르고 『보물고』에서 원월륜을 꺼냈다. 그리고 이번에는 자신을 중심으로 한 구체에 둘러싸였다.

그 다음, 붉은 섬광 폭풍이 대량의 원월륜으로 만든 구체 안을 휘저었다.

전자 가속된 치사성 총알이 레이저처럼 구체 안을 붉은 면으로 구분 지었다.

처음 지름 10미터는 됐던 원월륜 결계는 서서히 범위를 좁혀서 지름 3미터 정도로 축소됐고, 지근거리에서 하지메에게 붉은 섬광을 토해 댔다.

하지메는 그것을 때로는 피하고, 때로는 총신으로 받아치고, 때로는 격추해 면했다. 양손에 든 돈나&슈라크가 별개의 생물인 양 움직여 공방 일체를 이루었다.

붉은 빛을 띠는 무수한 원월륜과 내부를 난비하는 붉은 섬광.

그것들이 합쳐져 빛이 강해지자 그 모습이 흡사 하늘에 뜬 붉은 달을 보는 것 같았다.

"……아름다워."

하지메의 붉은 마력을 볼 때마다 시즈쿠는 넋을 놓은 표정으로 같은 말을 중얼거렸다.

그것은 거의 무의식중에 흘러나오고 만 본심이었다.

울려 퍼지는 총성은 아침의 정적을 깨부쉈지만 시즈쿠는 오히려 지금이 더 편안하다고 느꼈다. 붉은 달에 눈길을 빼앗긴 시즈쿠의 눈꺼풀이 서서히 무거워졌고…… 그대로 소리 없이 잠속으로 빠져들었다.

"으응…… 응?"

시즈쿠는 어쩐지 요염한 소리를 흘리며 살며시 눈을 떴다.

정신은 아직 비몽사몽이었고 초점이 맞지 않는 눈이 멍하게 허공을 바라보았다.

눈을 뜬 곳에는 나뭇결이 드러난 천장이 있었다. 이어서 반각성 상태인 의식이 등과 뒤통수에 닿은 부드러운 감촉을 전해줬다.

자다 일어난 무방비한 얼굴로 멍해 있는 시즈쿠에게 익숙한 목소리가 들렸다.

"아, 시즈쿠, 일어났어? 세상모르고 자더라? 벌써 점심이야."

"으? ……카오리?"

시즈쿠가 목소리가 나는 쪽을 꾸물꾸물 돌아보자 역시나 그곳에 있는 사람은 절친이었다. 이미 몸단장을 마치고 창가 의자에 앉아 시즈쿠에게 상냥한 미소를 보내고 있었다.

깊은 물속에서 떠오르듯 의식이 선명해졌다. 시즈쿠는 상체를 일으켜 안짱다리로 앉아 둥글게 만 손으로 눈가를 문질렀다. 흐리멍덩한 머리로 의식이 끊기기 전 기억을 더듬었다.

"응~? 내가 왜 방에……. 분명히 숲 안쪽에서…… 그보다 여긴 카오리 방?"

【페어베르겐】에서 하지메 일행은 개개인에게 방이 마련되었다. 그래서 낯선 방에 카오리가 있는 것을 보고 이곳이 카오리 방이라고 짐작했다.

카오리는 고개를 까딱 기울이며 묻는 시즈쿠의 귀여운 모습에 볼을 살짝 물들이고 대답했다.

"응. 내 방이야. 아침 일찍 하지메가 시즈쿠를 데리고 왔어. 밤새워서 훈련했다며? 아이참, 안 돼. 대미궁에서 막 돌아왔으니까 제대로 쉬어야지."

"어, 어어, 그래. 미안. 그, 그래서 걔가 날 데리고 왔어? 전혀 기억이 안 나는데."

"시즈쿠, 푹 잠들었었어. 엄청 피곤했나 봐."

떽, 하고 혼내듯 손가락을 세운 카오리를 슬쩍 돌아보며 시즈쿠는 어쩐지 안절부절못하고 몸을 꼬았다.

평소 포니테일로 묶는 긴 검은 머리를 풀어 놓은 탓인지 냉정하기보다 얌전한 느낌이 들었고, 다소곳이 앉은 모습과 함께 평소와 제법 다른 분위기였다.

옷도 벗겨 셔츠 한 장만 달랑 걸쳤다.

이런 모습을 다른 남자들이나 시즈쿠를 나이 불문 『언니』라고 부르며 따르는 여자들이 목격이라도 하는 날에는, 분명 코피로 허공에 아치를 만들고 만족스러운 얼굴로 피바다에 가라앉을 것이다.

시즈쿠는 볼을 조금 물들이고 눈동자만 위로 들어 쭈뼛쭈
뼛 카오리에게 물었다.

"저기, 걔가 어떻게 날……?"

곯아떨어져도 모른다고 말했으면서 실제로는 자신을 방까
지 옮겨준 하지메를 생각하자 심박 수가 올랐다. 「아잉, 설마
신부처럼 안아들고!」라며 시즈쿠는 몸을 꼬려고 했다.

하지만 현실은 매정했다. 카오리의 얼굴이 굳어질 정도로…….

"어, 어떻게긴, 그냥 평범하게 옮겨왔지."

"……카오리. 어떻게 평범하게?"

"펴, 평범한 게 평범한 거지. 응, 조금 예술적이었을 뿐이야."

"기다려 봐, 카오리. 잠든 사람을 옮기는 데 어디에 예술성
이 끼어드는 거야?"

이상하게 말하는 것을 꺼리는 카오리에게 불길한 예감을
느끼고 캐물었다. 카오리는 잠시 눈을 이리저리 굴렸지만 머
지않아 억지웃음을 지으며 현실을 들이댔다.

"그게, 직설적으로 말하면…… 십자가에 매달려서 공중에
둥둥 떠 왔다고, 할까?"

"시, 십자가?"

사정을 자세히 들어보니 하지메는 중력석의 사용법을 단련
하기 위해 예전처럼 물건을 위에 실어 옮기지 않고, 인력(引
力)으로 매달아 방까지 돌아온다는 규칙을 정해 시즈쿠를 카
오리 방까지 옮겼다고 했다.

잠든 사람이 깨지 않을 정도로 부드럽고 부담 없이 끌어당기

는 밸런스 조절이 제법 어려워서 좋은 훈련이 되었다고 한다.

참고로 시즈쿠의 방이 아니었던 이유는 단순히 어딘지 몰랐기 때문이었다.

"왜, 왜 하필 십자가야?"

"공처럼 만들면 조정이 잘못됐을 때 시즈쿠 몸이 역 기역자로 꺾일지도 모르니까…… 십자가라면, 그치?"

"아니, 그치가 아니고……."

시즈쿠의 뺨이 실룩실룩 경련했다. 이마에 핏줄이 살포시 불거지며 가슴 안쪽의 열은 진작 식어 버렸다. 카오리의 억지웃음이 짙어졌다.

참고로 아침 경비를 돌던 전사들은 십자가에 매달린 시즈쿠를 똑똑히 목격했다.

지구의 교회에 걸린 예수상처럼 어쩐지 신비함을 주는 모습에 시즈쿠 팬이 늘어났다고도 하지만…… 말하지 않는 게 좋으리라.

시즈쿠가 해도 해도 너무한 취급에 조용히 분노를 불태우는데 갑자기 아래층에서 우당탕탕 시끄러운 소리가 들렸다. 이어서「우랴아아아아!」라는 익숙한 기합과「꺄아아아아!」 하는 여성의 비명까지 들렸다.

"어, 어쩐지 소란스럽네? 무슨 일 있었어?"

"아, 저건 시아랑 알테나 씨야. 아침부터 몇 번이나 싸움 비슷한 뭔가를 하고 있어."

"싸움 비슷한 뭔가?"

"으음, 뭐라고 설명해야 좋을지 모르겠는데…… 직접 보는 게 빨라. 가 보자."

시즈쿠는 머리 위에 대량의 물음표를 띄웠지만 카오리가 재촉해서 서둘러 나갈 준비를 했다.

그러는 동안 카오리가 아침에 생긴 일을 간추려서 설명했는데…… 그에 따르면 알테나가 하지메를 열심히 뒷바라지하려고 했으나, 같은 아인족인 시아가 싱글벙글한 얼굴로, 대단히 싱글벙글한 얼굴로 거절했다고 한다.

하지만 의외로 알테나는 물러나지 않았다. 그러기는커녕 희한하게 시아를 걸고넘어졌고, 결국에는 시아의 코브라 트위스트를 당했다나 뭐라나.

삼인족 족장의 손녀. 즉, 비유가 아닌 진짜 숲 속의 공주님.

그런 존귀한 사람을 상대로 시아는 하지메에게 장난삼아 배운 프로레슬링 기술을 걸었단 말이었다.

토인족 소녀가, 예부터 아인족 사이에서 현인으로 지위가 높은 삼인족 공주에게 폭력을 휘두르다니 생각도 할 수 없는 일이었다. 바로 처형이라고 소리쳐도 이상할 게 없었다.

하지만 지금 토인족은 그 이름 앞에 수식어 하나가 붙는 종족이었다.

바로 『참수』 토끼였다.

정확하게는 하우리아 족의 별명이었지만 다른 종족이 보면 이미 토인족은 『목 내놔 족#8』이라는 인식이었다.

#8 목 내놔 족 만화 『드리프터즈』에 등장하는 주인공의 별명 『목 내놔 요괴』의 패러디.

게다가 공포심만 있는 것은 아니었다. 명실상부 구국의 영웅들이자 아인 노예 해방을 이룬 영웅 일족이기도 했다.

한 마디 더 붙이자면 시아는 족장인 캄의 딸이었다.

아인족 중 제일 위험한 일족, 그중에서도 특별히 위험한 소녀였다(아인족 전체의 공통 인식).

그래서 모두 우왕좌왕하며 손을 대지 못하는 것이었다.

더불어 식당에는 하지메 일행을 제외하면 식사 시중을 드는 식당 사람과 알테나의 시종이 대부분이었다. 코우키와 류타로, 스즈는 생각할 게 있다면서 방에 틀어박혔기에 정말로 말리는 사람이 아무도 없는 상황이었다.

기술에서 풀려 내던져진 끝에 중지를 든 시아에게 「꺼지고 발이나 씻고 자라, 예요!」라는 욕을 먹는 숲 속 공주님.

태어나서 처음으로 그런 험하고 난폭하고 가차 없는 대우를 받은 알테나가 바닥에 쓰러진 채 얼이 빠진 것도 어쩔 수 없는 일이었다.

시아는 그런 알테나를 보고 이제 이 온실 속 화초 같은 공주님도 하지메에게 접근하지 않을 거라고 생각했지만―.

"우랴우랴우랴우랴! 그만두길 바라면 하지메 씨한테 추파 던지지 않겠다고 맹세나 하시라구요오!"

"꺄아아아아아아! 창피해애애애!"

아무래도 알테나는 꺾이지 않았나 보다.

아래층으로 내려온 시즈쿠가 할 말을 잃었고 카오리가 난감하게 웃는 가운데, 알테나는 현재 진행형으로 시아에게 근사한 레슬링 기술을 당하는 중이었다.

참고로 지금 당하는 기술은 소위 근○ 버스터[#9]란 것이었다.

거꾸로 들려 시아의 어깨에 올라간 알테나는 그 얇고 아름다운 다리를 좌우로 쩍 벌린 채 눈 뜨고 못 볼 추태를 드러내고 있었다.

"흠. 청순한 외모에 비해 제법 도발적인 속옷이구먼."

"……응. 공주님은 거의 다 속이 음란해."

유에 님이 독단과 편견에 찬 주장을 폈다. 나 몰라라 하던 하지메가 유에의 발언을 듣고 입에 머금은 수프를 풉 뿜었다.

참고로 말하지만 유에는 본래 왕녀님, 티오는 용인족 공주님이었다.

여기서 릴리아나가 『그렇다』면…… 유에의 주장은 증명 종료가 되고 만다.

세상 남자들을 위해 릴리아나는 제발 청순파 공주님이길 바라고 싶다.

겨우 정신을 차린 시즈쿠가 굳은 표정으로 입을 열었다.

"이, 이거 괜찮아? 저 애, 일단 공주님인데……. 입장도 입장이지만, 저거 봐, 시녀 같은 사람들이나 식당 사람들이 어쩔 줄 몰라 하잖아? 물구나무 쩍벌 상태인 알테나 씨를 더는 못 보겠다는 얼굴이잖아? 알테나 씨, 이제 페어베르겐에서 못 사는 거 아냐……?"

"으, 으응, 확실히 보통은 그런데……. 하지만 봐. 알테나 씨

#9 근○ 버스터 만화 『근육맨』에 등장하는 기술. 근육 버스터.

표정······."

"······어, 어? 어쩐지, 즐거워 보인다?"

알테나의 얼굴은 홍당무처럼 익었고 눈시울에는 빛나는 물방울이 잔뜩 고였다.

언뜻 보면 돌이킬 수 없는 치욕을 당해 눈물을 머금은 것 같았지만······.

자세히 보면 알테나의 표정에는 어딘지 모르게 즐거워하는 분위기가 있었다.

사실 공주님이 이렇게 사람들이 지켜보는 가운데서 치욕을 당하면 시아의 요구에 응할 법하지만, 그녀는 절대로 응, 이라고 말하지 않았다. 마치 「계속해주세요!」라고 무언으로 주장하는······ 것처럼도 보였다.

"쳇. 옹고집 같으니. 그럼 이건 어떤가요!"

"이, 이번에는 무엇을······ 그, 그만~! 상스러운 모습은 안 돼~!"

하지메에게 더는 다가가지 않겠다고 말하지 않는 알테나의 태도에 인내심이 끊긴 시아는 알테나를 한번 바닥에 내렸다.

하지만 놓아줄 생각은 전혀 없는지 바로 다음 기술로 넘어갔다.

이번에는 바닥에 엎드린 알테나에게 다리를 엮었다. 그리고 드러누우며 그녀의 몸이 꺾이도록 위로 들어올렸다. 흔히 말하는 로메로 스페셜이었다.

치마가 들쳐 올라가 역시나 보여서는 안 될 부분이 노골적으로 드러난 알테나는 평소 나긋나긋한 말투까지 망가져「그만~!」이라며 애원했다.

하지만 그 말은 어째선지 책을 읽듯 딱딱했고 무엇보다 표정이「에헤헤~」하고 웃듯이 풀어져 전혀 믿음이 가지 않았다.

자세 때문에 시아는 알테나의 표정이 보이지 않아 본인 딴에는 알테나를 혼내주고 있다고 믿는 눈치였지만, 이미 그곳에 있는 사람은 모두「얘, 기뻐하는 거지? 고통 받으면서 기뻐하는 거지?」라고 당혹감과 거부감을 얼굴에 드러낸 상태로 거리를 두고 있었다.

"그래. 이게『싸움 비슷한 뭔가』란 거구나……."

"응. ……티오가 동지를 찾았다는 얼굴이지만…… 제발 아니라고 믿고 싶어."

이제야 알겠다는 얼굴인 시즈쿠 옆에서 카오리가 불쌍한 사람을 보는 눈빛을 보내고 있었다.

실제로 희대의 변태인 티오가 여태껏 보인 적 없는 자애롭기 짝이 없는 눈빛으로 알테나를 바라보고 있었다. 그것은 마치 스승이 제자의 성장을 바라보는 듯한, 동포의 기쁨에 공감하는 듯한 그런 표정이었다.

맞은편 자리에 앉은 하지메와 유에가 무지막지 얼굴을 찌푸리고 있었다.

그런데 슬슬 그런 광경이 지긋지긋해졌는지, 하지메는 알테나의 관절이 삐걱거리도록 기술을 거는 시아를 향해 말을 던졌다.

"시아, 그쯤 해 둬."

"아뇨, 하지메 씨. 저는 계속해야겠어요! 가뜩이나 라이벌이 늘어나는 마당에 삼인족 공주님까지 추가라고요? 무조건 거부예요! 심지어 이 사람, 어쩐지 저를 묘하게 의식한다구요! 선공 필승이예요오!"

이어서 시아가 역 새우 꺾기로 이행했다. 아무래도 여기서 라이벌의 싹을 아예 잘라 버릴 셈 같았다.

다시 부끄러운 곳을 까발린 알테나는 역시나 기쁘면서도 애절하게 비명 질렀다. 그 모습에서 규중처녀다운 면모는 눈 씻고 봐도 찾을 수 없었다. 시종과 식당 사람들이 입에서 엑토플라즘 같은 것을 뱉으며 현실 도피 중이었다.

티오가 울컥할 정도로 이해한다는 표정을 지었다.

"……하지메."

유에가 어쩐지 부드러운 어조로 하지메의 이름을 불렀다. 그것은 부른다기보다 하지메의 등을 떠미는 것 같은 소리였다.

하지메가 머리를 벅벅 긁고 나서 유에를 조금 난감하게 쳐다본 뒤 고개를 끄덕였다. 유에도 대답하듯 마주 고갯짓했다. 하지메가 자리에서 조용히 일어섰다.

그리고 온 식당의 주목을 모으며 「우랴아아아!」하고 알테나의 다리를 잡은 시아에게 다가가 팔을 꽉 잡아당겼다.

"후아?"

예상하지 않은 힘에 끌려간 시아는 얼빠진 소리를 내고 하지메의 품에 폭 안겼다. 카오리가 「앗!」소리를 냈다. ……왠지 시즈쿠도.

하지메는 그것들을 모두 무시하고 품속에서 눈만 깜빡거리는 시아의 토끼 귀에 차분한 목소리로 속삭였다.

"시아. 너는 라이벌이 늘어난다고 하지만…… 예를 들면, 그래, 유에도 라이벌이라고 생각해?"

"어? 네? 유에 씨요? 아뇨아뇨, 설마요! 처음 만났을 때라면 몰라도 지금은 그런 생각 안 해요! 하지메 씨 옆에 유에 씨가 없다니, 이미 천재지변 급 이상 현상이잖아요? 호러라구요, 으으~."

"그, 그래. 그 정도냐……."

예상을 뛰어넘는 답변에 하지메의 뺨이 살짝 실룩거렸다. 시아에게 있어 하지메&유에 구도는 물리 법칙보다 확고한 것인가 보다.

하지메는 헛기침으로 분위기를 바꾸고 똑바로 시아를 봤다.

그 눈동자에 깃든 강한 힘에 시아는 호흡을 멈췄다. 하지메는 말에 마음을 실어 시아의 안절부절못하는 토끼 귀에 말했다.

"그렇다면 이제 라이벌이니 뭐니 신경 쓰지 않아도 돼. 알테나와 시아는 저울질할 필요도 없어. 난 시아를 우선해. …… 나에게 『특별』한 사람이니까."

"하, 하지메 씨……."

불시에 속삭인 『특별』이라는 단어에 시아의 얼굴은 삽시간에 새빨갛게 달아올랐다. 아우아우 소리를 내면서 차마 말을 잇지 못했고 토끼 귀가 방방 뛰었다. 토끼 꼬리도 전에 없이 파닥파닥 격렬하게 움직였다.

얼마 전부터 하지메의 태도에 은근히 느끼는 바는 있었다.

스스로 생각하는 것보다 자신을 소중하게 대해주는 기분이 든다고……

어렴풋한 기대도 있었다. 그날, 특별한 마음을 품었던 날부터 계속 전한 마음이 이루어진 것일까? 유일무이한 『특별』— 유에라는 존재에게, 적어도 가장 가까운 존재가 되진 않았을까?

그렇게 생각해도 역시 어딘지 모르게 불안은 있었다. 그래서 제국에서 가족들이 잡혔을 때도 폐를 끼치지 않고자 눈치를 살폈고, 지금도 알테나에게 조금 과격한 방법으로 대항했다.

하지만 그 불안도 지금의 말로 날아가 버렸다. 기대는 정말로 현실이 되었다.

그러나 특별한 상황도 아니고 설마 한낮의 식당에서 이렇게 쉽게 말할 줄은 예상도 하지 못했다.

완전한 기습이었다. 시아는 얼굴을 붉힌 채 돌처럼 경직했다. 다만 속마음을 보여주듯 토끼 귀와 고리만은 신속으로 파닥거렸다.

놀란 것은 다른 이들도 마찬가지였다. 카오리와 시즈쿠를 필두로 다들 입을 쩍 벌리고 굳어 있었다. 유에, 그리고 의외로 티오는 시아에게 다정한 눈길을 보냈다.

하지메는 굳은 시아에게 난감한 표정을 지으면서도 똑같이 굳어 버린 분위기를 풀기 위해서인지 화제를 전환하려고 했다.

"그리고 말이야, 시아. 알테나는 내가 아니라 오히려 너한테 매달리는 거 같은데?"

"응? 뭐, 뭐라고요? 네? 저요?"

하지메가 톡톡 달래듯 등을 두드리자 시아는 간신히 재기동에 성공했다. 아직 속에서는 동요의 폭풍이 멎지 않았으나 눈은 저절로 알테나에게로 돌아갔다.

알테나는 하지메와 시아의 대화를 듣고 볼을 붉히며 양손으로 얼굴을 가렸지만 손가락 사이로 본 건 다 보고 있었다. 그런 뻔히 보이는 짓을 하다가 시아와 눈이 맞은 순간 몸을 화들짝 떨었다. 심지어 부끄러운 듯 안절부절못했다.

"저기, 저한테 매달린다니…… 역시 하지메 씨 일로 탐탁지 않아서 그러는 게……."

"아, 아니에요! 시아 씨를 나쁘게 생각한 적 없어요! 저는 그냥 시아 씨가 거리낌 없이 그런 일을 해주셨으면 할 뿐이에요!"

"어……."

시아가 질겁했다. 토끼 귀가 「서, 설마 그쪽 사람?」이라는 느낌으로 털을 곤두세웠다.

알테나가 말하는 『그런 일』이란 의심할 여지 없이 레슬링 기술이었다. 부끄러운 관절기를 당하고 싶다니……. 시아는 무심결에 가까운 변태에게 눈길이 갔다.

티오가 흐뭇한 얼굴로 엄지를 척 들어 보였다. 세상에 둘도 없을 힘찬 섬즈 업이었다.

그것이 새로운 변태의 탄생을 말없이 암시했다. 설마 그쪽으로 눈떠 버렸나? 시아는 전율한 표정으로 알테나를 돌아보며 나직이 중얼거렸다.

"벼, 변태……"

"아, 아니에요! 시아 씨, 오해하고 계신 거예요! 저는 그저 시아 씨와 친해지고 싶을 뿐이에요!"

"저, 저랑, 요?"

시아는 전전긍긍하면서도 예상 밖의 말에 놀라 되물었다.

알테나는 꼼지락대며 진심을 토로했다.

그녀의 말에 따르면 이렇게 된 것이라고 한다.

알테나는 【페어베르겐】의 공주님이다. 아인족 중에서도 지위가 높은 삼인족 장로의 손녀이고 동족 사이에서도 고귀한 인물로 받아들여졌다. 그래서 어릴 적부터 그에 상응하는 대우를 받고 살았다.

결과는 말할 것도 없었다. 교육을 착실히 따른 알테나는 총명하고 성심 착한 소녀로 자랐고 많은 동족에게 사랑받았지만, 동시에 그녀는 언제까지고 특별한 존재였다.

동년배 소년소녀와 같은 시간을 보내도 항상 우선되고 공경받았다. 스스럼없는 대등한 관계는 어디에도 없었다.

알테나 곁에는 친절한 사람들로 넘쳤다. 그래서 쓸쓸하다고 느낀 적은 없었다.

하지만 동경심은 있었다. 하고 싶은 말을 기탄없이 할 수 있는 『친구』, 더 나아가 『단짝』이라고 부를 수 있는 존재.

하지메에게 끌린 이유도 아인족이라고 멸시하지도 않고, 알테나의 지위나 미모에 반응하지도 않고 극히 자연스럽게 대해줬다는 것이 큰 요인이었다. 그런 하지메에게 당연하다는 것처럼 붙어 있는 시아가 부러웠던 것 또한 사실이었다.

하지만 캄의 도발도 있고 해서 오기로 시아와 대항하는 사이, 알테나는 충격을 받았다.

그것은 관절에 오는 물리적인 충격이었고, 또한 정신적 충격이기도 했다.

동갑 토인족 소녀는 알테나에게 용서가 없었다. 전력으로 감정을 드러내어 말과 몸으로 부딪쳤다. 정말로 충격이었다. 무심결에 얼이 빠졌고, 그 직후 가슴속에 기쁨이 차올랐다.

그리고 생각했다. 동갑에 동족인 이 소녀와 허물없는 사이—단짝이라는 관계가 된다면 얼마나 멋질까, 하고…….

"저, 부끄럽지만 전 친구란 걸 어떻게 사귀어야 하는지 몰라요……. 하지만 시아 씨는 하지메 씨에게 다가가면 관심을 가져주시니까, 저도 모르게……."

"아니, 관심을 가져준다니, 개도 아니고……. 평범하게 말해주시면 됐을 걸……."

"개, 개…… 나를 개 취급……."

"어…… 반응할 부분이 거긴가요?"

개 취급에 묘하게 기쁜 듯 볼을 물들이는 알테나를 보고 시아가 「역시……」 하는 표정을 지었다.

알테나가 황급히 자세를 고치고 쭈뼛쭈뼛 일어나 시아에게 손을 내밀었다.

"그, 그럼 저, 친구가 되어 달라고 하면, 들어주실 건가요?"

"······어쩐지 고백이라도 받는 것 같아서 낯간지럽지만······ 친구가 되고 싶다는데 거절할 이유는 없어요."

시아는 참 특이한 공주님이라며 어이없는 표정을 지으면서도 알테나의 손을 잡아 악수했다.

알테나는 기뻐하면서 미소 지었다. 예상하지 못한 일이긴 했지만 사태가 좋게 수습되어 모두 안심한 표정이었다. 특히 시종들이······.

"······?"

하지만 손을 놓으려고 한 시아는 어리둥절하게 고개를 갸웃거렸다. 무슨 이유인지 알테나가 잡은 손을 놓으려고 하지 않았다.

"저기, 알테나 씨? 그만 손을······."

"저를 부르실 때는 알테나라고 해주세요. 저도 시아라고 부를게요. 다, 단짝이라면 당연한 일이죠?"

친구가 된 지 5초 만에 단짝으로 승격했다. 시아가 「어라? 이 애, 역시 좀 위험하지 않아요?」라며 식은땀을 흘리기 시작했다.

그 예감은 적중했다. 알테나가 볼을 붉히고 시아에게 말했다.

"그, 그래서 말인데요, 시아. 이번에는 어떤 기술을 써주실 거죠?"

"네?"

"아주 부끄럽고, 짜릿하도록 절묘한 고통에 시아의 온기가 전해지는 기술······. 저는 시아의 친구니까 더 많은 기술을 걸어주셔도 괜찮답니다. 좀 더 저『로』 노셔도 괜찮아요."

그 순간 시아는 알테나의 손을 뿌리치고 부리나케 벽까지 뒷걸음질 쳤다.

그 얼굴에서 구슬 같은 땀방울이 뚝뚝 떨어지고 있었다.

"치, 친구는 무슨! 역시 그냥 변태잖아요!"

"너무해요! 저는 그저 며칠 후면 떠날 시아와 조금이라도 즐거운 시간을 보내고 싶을 뿐인데!"

"그럼 왜 저『로』 놀아 달라고 하는 거예요! 보통은 저『랑』 아니에요?!"

알테나는 이해하지 못한 표정이었다. 시아가 「위험해요. 이 애, 진짜 그거예요」라며 토끼 귀를 곧추세웠다. 자연스럽게 하지메에게 도움을 요청하는 시선을 보냈다. 눈빛이 「트, 특별하죠? 우선해주는 거죠? 구해주세요오」라고 말하고 있었다.

그런 시아에게 하지메는 방금 말을 했을 때 이상으로 자상한 표정을 짓고 말했다.

"역시 나의 시아야. 기쁠 때도 슬플 때도 고락을 함께해주는구나."

"그 신성한 대사를 지금 쓰지 마세요! 미래의 기대감까지 사라지잖아요!"

변태에게 록 온 당하는 고생을 함께 맛보라는 제법 지독한 말에 시아는 결국 눈물을 머금었다.

아무래도 하지메는 도울 생각이 눈곱만큼도 없나 보다. 『특별』이란 대체 뭐였단 말인가.

벽에 힘껏 달라붙어 토끼 귀를 곧추세운 시아를 향해 알테나가 슬금슬금 다가왔다. 그 웃는 얼굴이 은연중에 요구하고 있었다. 아까 하던 걸 계속하자고!

힘으로 밀어붙이면 도리어 기뻐할 것이 눈에 선했다. 가까이 있는 왕변태가 펼치는 참상을 지겹도록 봐 온 시아였다. 그래서—.

"이, 이런 변태랑 같은 곳엔 못 있어! 예요오!"

시아는 식당 창문을 냅다 열어젖히고 탈토처럼 도망쳤다.

이 소동이 잠잠해질 때까지 잠적할 생각 같았다. 이상한 플래그를 세운 느낌이 들지만, 과연 끝까지 도망칠 수 있을지…….

"아얏! 시아, 어디 가나요! 기다려요!"

알테나가 시아를 쫓아 창문으로 몸을 날렸다. 자신을 버린 애인을 쫓는 여인처럼, 희한하게 높은 신체 능력을 발휘해 생각보다 빠른 속도로 시아를 추적했다.

뒤를 돌아본 시아는 그런 알테나를 보고 히익, 소리친 뒤 신체 강화를 풀가동해 질주하기 시작했다. 【페어베르겐】에 어마어마한 흙먼지가 일었다.

시아의 절박한 도주극과 무슨 원리인지 즐거운 얼굴로 그녀를 바싹 추적하는 알테나를 목격하고 도처에서 비명이 들리기 시작했다.

식당에 남은 인원은 하지메를 비롯한 일부를 제외하고는 이제 뭐가 뭔지 모르겠다는 느낌으로 넋을 놓고 있었다.

"……음. 모처럼 좋은 기회였는데 어쩌다 이렇게 됐지."

유에가 뭐라고 말하기 힘든 표정을 지으면서 중얼거렸다. 하지메는 씁쓸히 웃으며 어깨를 으쓱했다.

그것을 보고 정신을 차린 소녀 한 명이 천천히 앞으로 나왔다.

"……하지메…… 방금 그게 어떻게 된 거야? 응?"

블리자드 발생. 한냐 스탠바이!

흐느적흐느적, 기분 나쁘게 몸을 흔들며 귀신처럼 걸어온 사람은 카오리였다.

왠지 광원의 위치상 불가능한 그림자가 얼굴에 드리웠다. 눈 부분만 어두워진 것이다. 노인트의 차디찬 미모와 함께 엄청난 박력을 자랑했다.

당연하다면 당연하지만 시아에 대한 하지메의 명확한 애정 표현이 마음에 걸렸나 보다.

"얼마 전부터 그런 느낌은 들었지만…… 시아도 『특별』하게 됐어? 언제? 왜? 무슨 일이 있었어?"

말투는 온화했으나 웃음기가 전혀 없는 눈동자로 추궁했다. 하지메는 볼을 긁적이고 난감하게 웃었다. 그러고는 카오리뿐 아니라 티오 쪽도 돌아보고 말을 골라 가며 이야기했다.

하지메 나름대로 두 사람과 진지하게 마주하려는 태도를 느끼고 카오리와 티오도 조용히 귀를 기울였다.

"……뭐라고 하면 좋을까. ……아무래도 나는 여전히 유에와 동등하게는 생각할 수 없는 주제에, 시아에게 독점욕을 가진 것 같아. 얼마 전에 그걸 자각했어. 유에가 조언하기도 해서 나는 시아를 그에 합당한 태도로 대하기로 했어. 특별히 무슨 일이 있었던 건 아니야."

"그, 그 말은 시아에게 연애 감정이 있다는 뜻이야?"

"그건…… 솔직히 잘 모르겠어. 아닌 것 같기도 해. 다만, 사랑스럽다고는 생각해."

실제로 하지메는 시아에 대한 자신의 마음이 연애 감정인지 물으면 고개를 갸웃할 수밖에 없었다.

유에에게서 문득 느끼는 두근거림이나, 이성이 날아가 욕망에 몸을 맡기고 싶어지는 격정을 시아에게는 느끼지 않기 때문이었다.

유에를 향한 불타는 듯 주체하기 힘든 감정과는 달리 조금 더 조용하고 부드러운 감정.

구태여 말하자면 그건 역시 사랑스러움일 것이다.

언제나 언동이 조용한 유에에게는 태양처럼 불타는 마음을 품고, 언제나 천진난만한 시아에게는 달처럼 부드럽고 조용한 마음을 품는다.

참 아이러니한 이야기였다. 대조적인 감정이지만 단순한 친애 이상의 『정』이 있는 것은 틀림없었다.

그 크고 따스한 감정을 하지메는 뭐라고 이름 붙여야 할지 몰랐다. 그래서 설명하기는 어려웠다.

이기적이고, 상식적으로 생각하면 뻔뻔하기 짝이 없다는 자각은 있었다. 하지만 그래도 이제 와서 시아가 다른 남자에게 간다는 생각을 하자 몹시 참기 힘든 것 또한 분명했다.

그런 하지메의 거짓 없는 심정을 듣고 식당에는 방금과는 다른 정적이 깔렸다.

대부분의 사람은 아주 달달한 과자를 먹은 표정이 되었고, 유에와 티오는 어쩐지 다정한 표정을, 시즈쿠는 복잡한 표정을, 그리고 추궁한 카오리는—

"……그렇구나. 응, 알았어."

그렇게 조용히 고개를 끄덕였다. 그리고 왠지 기쁘게 미소를 흘렸다.

당연히 질투하지 않는 건 아니겠지. 지금 이 순간에도 복잡한 감정은 분명히 있을 것이다.

그래도 시아는 카오리에게 목숨을 맡길 수 있는 소중한 친구였다. 그런 친구가 한 몸 받쳐 좋은 꿈이 이루어졌다. 카오리 본인의 인격과 시아의 인덕이 카오리를 자연스럽게 미소 짓게 한 것이 분명했다.

'그래, 이것저것 생각만 해 봤자 소용없지.'

웃음 지은 자신에게 하지메가 눈을 동그랗게 뜬 것을 보고 묘하게 우스워하며, 카오리는 속으로 혼잣말했다.

카오리는 【메르지네 해저 유적】에서 그저 풀죽고 시샘만 해서는 아무것도 얻을 수 없다는 것을 이미 배웠다.

유에를 향한 하지메의 마음이 확고하다는 것은 이미 잘 안다. 소중하게 생각은 해도 어쩌면 이 이상 하지메의 마음에는 다가갈 수 없는 게 아닐까. 그런 불안도 있었다.

하지만 시아가 그렇지 않다는 것을 증명했다. 그렇다면 나도 좀 더—

"하지메."

"왜?"

카오리는 후홋, 하고 어쩐지 대담하다 싶은 웃음을 지었다.

"각오해야 할걸?"

"……."

마음은 전해졌다. 그래서 하지메는 더욱더 곤란한 표정이 되었다.

"……정말이지, 나한테는 과분한 녀석들뿐이라니깐."

"……! 후훗."

하지메가 돌려주는 대답에 카오리는 포근하게 표정을 풀었다. 그와 함께 가슴을 죄는 그리움이 밀려왔다. 눈앞에 있는 하지메의 난감한 표정, 역시 대미궁 정원에서 본 그 표정은 잘못 본 것이 아니었다.

그렇게 생각하자 더욱 기쁨이 밀려왔고―.

그러던 그 순간, 철퍽 소리를 내면서 카오리의 관자놀이에 뭔가가 달라붙었다.

관자놀이에서 볼로 주르륵 미끄러지는 그것은…… 수프를 듬뿍 머금은 빵이었다.

카오리가 포근한 표정을 유지한 채 천천히 시선을 돌렸다.

그곳에는 점심으로 나온 빵을 찢어 수프에 담가 다음 탄을 장전하는 유에 님이…….

아무래도 방금 공격도 유에가 범인 같았다. 『불린 빵 총알』 을 손으로 튕긴 것이다.

유에는 카오리에게 헹, 하고 코웃음 치는 시늉을 했다. 말보다 유창하게 전해지는 「카오리한테는 어림도 없어」라는 도발.

"유, 유에? 이게 무슨 짓일까? 응?"

다시 블리자드의 환영이 나타났다. 한냐가 바로 앞까지 나와 있었다.

유에는 딱히 신경 쓰는 기색도 없이 대답했다.

"……시아는 괜찮아. 하지만 카오리, 너는 안 돼#10. 발 닦고 잠이나 자."

그러고는 날아든 두 번째 탄환이 철퍽, 카오리의 미간에 정확하게 꽂혔다. 유에의 제구 솜씨에 물이 올랐다.

"캬아악!"

카오리가 짐승 같은 소리를 지르고 유에에게 달려들었다.

우당탕탕. 아옹다옹. 피츈!

"……응! 이 자식, 붙어 봐?"

"유에, 이 바보! 나도 안 져!"

두 사람은 서로에게 얽히고설키고 낑낑대며 드잡이 싸움에 여념이 없었다.

그러나 이곳은 식당. 드잡이에 어울리지 않는 장소였다.

식당 사람들이 덜덜 떠는 것을 봤는지, 유에와 카오리는 데굴데굴 구르다가 동시에 둥실 떠올랐다. 그리고 그대로 공중을 데굴데굴 굴러 시아가 나간 창으로 굴러 나갔다.

#10 하지만 카오리, 너는 안 돼 만화 『무적코털 보보보』에 등장하는 대사 「하지만 단무지, 넌 안 된다」의 패러디.

그야말로 환상의 호흡이었다.

과연 사이가 좋은 걸까 나쁜 걸까…….

적어도 유에가 싸움을 거는 것은 카오리뿐이었고, 카오리가 드잡이를 벌이는 것도 유에뿐이었다. 그리고 그런 일이 두 사람에게는 제법 일상다반사였다.

"그런데 주인님. 마침내 시아에게 함락당한 것 같은데, 어떤가? 이 여세를 몰아 나의 신산보다 크고 해저 유적보다 깊은 사랑을 받아주는 것이."

티오가 일부러 보라는 듯 가슴을 붙여 그 흉악한 가슴골을 강조했다. 그리고 찡긋 소리가 들릴 것 같은 윙크를 날렸다. 요염함이 철철 넘쳐 식당 내 남자들이 하나같이 허리를 못 펴고 있었다.

하지만 정작 그 요염함을 앞에 둔 하지메는—.

"카오리는 몰라도 넌 아니지."

"크?! 허억허억, 이, 이렇게 강력한 말을……. 이, 사랑스러운 주인놈! 나의 취향을 정확히 찌르는구나! 하아하아, 못 참겠어!"

잡룡은 하지메의 말에 몸을 움찔움찔 떨며 스스로 자기 몸을 끌어안고 다리를 배배 꼬았다. 방금과는 비교도 되지 않는 요염함, 아니, 관능적인 분위기를 무차별적으로 흩뿌렸다.

하지만 조금 전까지 허리를 펴지 못하던 남자들은 오히려 그 모습을 보고 열이 식은 듯했다. 티오의 표정이 기분 나쁘기 때문이리라. 모두 차마 못 볼 것을 봤다는 얼굴이었다.

그런 가운데, 할 일 없이 우두커니 선 시즈쿠는 하지메가 은근슬쩍 카오리도 시아와 같은 분류에 넣는 발언을 하여 딴 생각에 빠져 있었다.

'그럼 한 사람 더 있어도…… 아냐아냐, 뭐가『한 사람 더』야! 무슨 생각을 하는 거람! 한 사람이 누군데! 난 전혀 모르는 일이야! 나는 딱히 아무 생각도 안 해! 카오리도 잘 대우받는 것 같아 다행이야! 응, 그거 말고 다른 감정은 없어! 결단코 없어!'

식당 한쪽 구석에서 혼자 표정을 휙휙 바꾸는 시즈쿠. 티오에게 식겁하는 사람들. 한숨 쉬는 하지메. 밖에서는 비명과 고함, 물건이 부서지는 격한 소리가 울렸다.

본래 고요함은 어디로 갔는지, 오늘【페어베르겐】의 점심은 사뭇 소란스러웠다.

시각은 저녁. 저물어 가는 태양의 햇살이 나뭇잎 사이로 새어들며【페어베르겐】을 아름다운 오렌지색으로 수놓았다.

"으~, 험한 꼴 당했어요……."

도시 중심으로부터 조금 떨어진 광장에서 우는소리가 들렸다.

광장은 큰 그루터기 탁상과 의자, 샘물을 이용한 분수가 있는 주민들의 휴식 장소였다.

하지만 지금 그곳에는 두 사람밖에 없었다. 하지메와 시아였다.

주민들은 도시 복구 작업과 해방된 동포 돌보기, 전사단 재편 등으로 바빠서 휴식 장소에서 느긋하게 지낼 때가 아니었다. 유에와 티오, 카오리와 코우키 파티도 지금은 아인들을 돕거나 자기 단련, 혹은 다음 여행 준비를 하고 있었다.

그런 연유로 두 사람밖에 없는 조용한 광장에서 시아는 탁상에 얼굴을 파묻고 엎드려 있었다.

원인은 설명할 필요도 없겠지만 알테나의 극렬한 『놀아줘』 공격이었다. 알프레릭에게 회수당할 때까지 동물적인 감각으로 시아를 쫓아다닌 그녀 덕분에 시아는 정신력이 피폐해지다 못해 갈려 나갔다.

알프레릭도 각성해 버린 손녀의 모습에 우보아[11], 라는 해괴한 신음을 지를 정도로 정신에 타격을 입은 모양이지만……

정면에 앉아 열심히 연성에 집중하던 하지메는 녹초가 되어 처진 토끼 귀를 보고 픽 웃었다. 녹초 같던 토끼 귀가 움찔 반응하더니 한쪽만 일어나 탁상을 탁탁 때리면서 항의했다.

"아이참, 웃지 마세요. 제법 진심으로 무서웠다구요."

"너무 그렇게 말하지 마. 같은 또래의 친구가 생겨서 기뻤던 거겠지. 많이 가지고 놀― 같이 놀아주면 되잖아."

"이미 다 들렸거든요? 가지고 놀라고 하려고 하셨죠? 그건 친구라는 관계와 거리가 멀다구요. 어휴, 티오 씨에게 시달리는 하지메 씨의 마음을 잘 알았어요. 뭐랄까, 좋아해주는 것 자체는 나쁘지 않지만…… 엄청나게 피곤하네요."

토끼 귀가 다시 힘을 잃고 늘어졌다. 그와 함께 시아도 더

#11 우보아 게임 『파이널 판타지2』에 등장하는 단말마 소리. 괴상한 비명으로 유명하다.

욱 늘어졌다. 이미 『흐물 시아』라고 표현해야 하는 상태였다.

하지메는 다시 실소하면서 시아의 공감에 맞장구쳤다.

티오가 자신에게 보내는 호의가 단순한 변태성의 연장이 아니란 것을 하지메는 이해했다.

티오는 티오대로 시아나 카오리에게 지지 않을 만큼 강한 마음을 품었단 것도…….

그렇기에 그 마음을 표현하는 방식이 너무나도 엇나가 있어서 이루 말할 수 없는 피곤함을 느꼈다.

하지메는 얼굴에 띤 미소를 부드럽게 풀고 살며시 손을 뻗었다.

그리고 시아의 토끼 귀를 상냥하게 위로하듯 쓰다듬었다. 한순간 몸을 움찔 떤 시아는 그대로 더더욱 『흐물 시아』가 되었고, 다른 한쪽 토끼 귀를 어리광을 피우듯 하지메의 손에 비볐다.

폭신폭신하게 하지메의 손을 감싸는 두 개의 근사한 토끼 귀에 하지메의 볼도 자연스럽게 느슨해졌다.

잠시 동안 하지메가 손으로 토끼 귀를 어루만지고 시아가 토끼 귀로 손을 비비는 상황이 이어졌다. 조금씩 길어지는 그림자가 숲 속 광장에 아름다운 명암 대비를 낳았다. 고요하고 어딘가 달콤한, 그러면서도 무척 완만한 시간이었다.

이윽고 시아는 나뭇잎 사이로 새는 오렌지색 햇빛에 의해 반짝이는 머리카락으로 얼굴을 가린 채, 속삭이는 목소리로 하지메에게 물었다.

"……하지메 씨. ……그게, 낮에 하셨던 얘기…… 말인데요……."

쑥스럽지만 차마 숨길 수 없는 기대를 품은 목소리였다.

하고 싶은 말은 뻔했다. 확인하고픈 사실은 분명했다.

하지메는 자리에서 일어나 조용히 시아의 옆자리에 앉았다.

옆에서 느껴지는 인기척에 시아는 얼굴을 묻은 채 몸을 흠 칫 떨었다.

하지메가 손을 조용히 뻗어 시아를 강하게 안아 일으켰다.

시아의 얼굴은 불타는 저녁 해보다 붉었다. 눈동자는 뜨겁 게 젖어 기대감으로 빛났다.

바라보는 하지메의 눈빛은 전에 없이 평온하고 부드러웠다.

"……시아. 네 말이 맞았어. ─『미래는 절대적이지 않다』. 그 말이 정말로 옳았어."

"아……."

그건 시아가 하지메에게 여행에 데려가 달라고 부탁했을 때 의 말.

일생일대의 고백을 했고 하지메가 응해줄 수 없다고 확답했 을 때 되받은 말.

『점술사』라는 천직을 지닌 시아가 고한 미래이자, 반드시 하 지메를 돌아보게 하겠다는 결의로 뭉친 말이었다.

"시아. 이제 와서 새삼스레 네 마음을 확인하진 않겠어."

새삼스럽게 「유에라는 『특별』한 사람이 있어도 되는가?」, 「정말로 나라도 괜찮은가?」 따위의 말은 묻지 않았다. 시아도 새삼스럽게 그런 확인은 받고 싶지 않았다.

"네가 사랑스러워. 아무에게도 넘기고 싶지 않아."

한없이 이기적이고 옹졸한, 독점욕으로 점철된 말.

하지만 그것은 시아가 무엇보다 듣고 싶었던 말이었다.

"놓아줄 생각 없으니까 각오해. 너는 내 『특별』한 사람이야."

"……네. 네! 저는, 하지메 씨의 『특별』한 사람이에요!"

기나긴 여행 끝에 겨우 그 말을 들을 수 있었다. 환희로 만면에 웃음이 번졌다. 평소 웃음보다 몇 배는 아름답고 귀여운 웃음이었다.

분명히 다른 남자가 지금 시아를 본다면 종족도 귀천도 불문하고 심장 정중앙을 관통당할 것이다.

그건 하지메도 예외는 아니었다. 정신을 차리자 시아를 강하게 끌어안아 아주 자연스럽게 입술을 포개고 있었다.

"응…… 후우……."

하지메가 원하는 대로 시아는 기쁨에 떨며 응했다.

온몸이 솜사탕처럼 가벼워지고 달콤한 숨이 새어 나왔다. 몸은 뜨거워서 당장에라도 녹아내릴 것만 같았다.

"하지메 씨……."

겹쳐진 그림자가 조금 떨어졌다. 부끄러워 눈을 내리깐 시아는 평소의 쾌활함은 자취를 감추고 대단히 사랑스러운 분위기를 내고 있었다.

유에의 요염함과는 정반대지만 남자를 기어코 포로로 만드는 매력이 있었다.

시아의 벗꽃 같은 입술이 살짝 벌어지고 혀가 보드랍게 움

직였다. 그리고 애원하는 듯한 눈빛을 보내왔다. 시아가 하고 싶은 말은 분명했다.

시아의 귀여운 요구에 하지메는 눈을 가늘게 떴다. 그리고 거기에 응하고자 볼에 손을 얹고 다시 입술을 포개─.

"어떡해, 아직도 할 건가 봐, 저 두 사람! 이, 이런 야외에서……."

"자, 잠깐, 스즈! 목소리가 너무 커!"

"그러는 시즈쿠도 커! 하지메한테 들킨다구!"

"……전부 시끄러워. 시아를 방해하지 마."

몹시 귀에 익은 말소리였다.

시아의 토끼 귀가 삐쭉 섰다. 허둥지둥 몸을 떼고 소리가 들린 쪽으로 새빨개진 얼굴을 돌렸다.

그러자 시아에게 들켜서 동요했는지 누가 균형을 잃고 「아, 야, 밀지 마!」라는 뻔하디뻔한 비명을 질렀다. 그리고 광장을 둘러싼 화단 한쪽에서 사람이 우르르 쓰러지며 밀려 나왔다.

뒤엉켜 넘어진 인물은 코우키, 류타로, 스즈, 시즈쿠, 카오리 다섯 명이었다.

그 뒤에서는 한숨을 쉬는 유에, 재밌는 걸 봤다는 식으로 웃는 티오가 나타났다.

아무래도 시아와의 정사를 숨어서 실컷 구경한 모양이었다.

가장 흥미진진했던 것 같은 스즈를 필두로 아이들은 허둥지둥 일어나 얼굴을 붉히고 눈길을 피했다.

"여, 여여여여, 여러분?! 언제부터 거기 계셨어요?!"

폭발 직전인 것처럼 빨개진 시아가 동요를 고스란히 드러내고 캐물었다.

눈을 힘차게 굴리는 아이들을 대신해 하지메가 답했다.

"내가 시아의 토끼 귀를 만지기 시작할 즈음부터였지."

"처음부터잖아요! 저, 전부, 보고 있었어……. 왜 말씀 안 하셨어요오."

시아가 수치심에 못 이겨 하지메를 토닥토닥 때렸다. 아까와는 다른 이유로 눈망울이 촉촉해졌다.

"딱히 숨길 일도 아니잖아? 그리고 타이밍도 좋아서 놓치고 싶지 않았어."

"그, 그건, 그렇지만……."

마냥 태연한 하지메를 보자 기세가 죽은 시아는 기쁨과 부끄러움이 뒤섞여 토끼 귀를 신나게 들썩거렸다.

그런 시아에게 히죽히죽 웃으며 다가온 티오가 몹시나 짜증나는 표정으로 감상을 요구했다.

"그래서? 어땠느냐? 주인님의 열정적인 뽀뽀의 맛은 어땠느냐? 어서 이실직고해 보거라. 한층 성숙한 우리 시아의 기쁘고도 쑥스러운 체험담을 말해 보란 말이야. 말해 보라지 않느— 우붑?!"

시아의 어깨에 팔을 두르고 뺨을 손가락으로 쿡쿡 찌르던 티오는 곧 뒤통수에 갑작스런 충격을 받고 바닥에 고꾸라졌다. 마치 짜부라진 개구리 같았다.

"……자중해. 잡룡."

범인은 유에……라고 움찔움찔 경련하는 손가락이 바닥에 다잉 메시지를 남겼다.

뒤통수에 빙탄이 박혔는데 의외로 말짱해 보였다.

손가락 총을 든 채로 티오에게 싸늘한 눈길을 보내는 유에에게 시아가 말을 걸었다.

"유에 씨……."

"……시아."

유에는 팔을 내리고 시아를 물끄러미 바라봤다.

그리고 포근히 미소 지으며 양팔을 크게 벌렸다.

"……이리 와."

"으…… 유에 씨~!"

유에의 가슴에 뛰어든 시아는 풀썩 주저앉아 유에에게 꽉 매달렸다.

유에는 동생이자 친구를 끌어안은 채 자애에 찬 눈으로 상냥하게 머리를 어루만졌다.

"유에 씨, 저 드디어……!"

"……응. 열심히 했어."

"후에에에에엥, 유에 씨 사랑해요오! 쭉 함께할게요오!"

감개가 사무친 시아의 울음이 메아리쳤다.

시아는 알았다. 설령 얼마나 하지메가 누군가를 소중하게 생각해도, 유에가 자신만을 봐달라고 하면 하지메는 망설임 없이 그 누구도 받아들이지 않으리란 것을…….

그렇기에 시아는 유에가 이때까지 언니가 동생을 대하듯 자신의 노력을 지켜봐주고, 어떻게 보면 하지메 이상으로 제 마음을 받아들여 소중히 생각해준 것이 너무나도 기뻤다.

"⋯⋯나보다 유에 쪽이랑 더 기뻐하는 것 같은데?"

하지메가 무심코 떨떠름한 얼굴을 한 채 중얼거릴 정도로, 유에의 가슴에 얼굴을 벅벅 비비는 시아의 표정은 행복해 보였다.

나락과 수해. 폐쇄된 세계 밖에서 만나 서로에게 처음으로 생긴 친구. 언니이자 동생이자 스승이자 제자이기도 한 그들이 키운 정은 그 누구라 할지라도 끊을 수 없었다.

그런 두 사람이 서로를 끌어안은 광경은 그 자리에 있는 이들을 흐뭇하게 했다.

"티오. 다음은 우리 차례지? 힘내자."

"음, 그래. 주인님 쪽에서 적극적으로 괴롭혀주는 날을 꿈꾸며 힘내자꾸나."

"⋯⋯티오는 한결같구나."

카오리가 쓰러진 티오를 콕콕 찌르면서 말하자 티오가 희망으로 눈을 반짝이고 부활했다.

그 주위에서는 코우키와 류타로가 거북하게 얼굴을 마주 봤고, 시즈쿠는 뭐라고 표현하기 힘든 오묘한 표정으로 하지메와 그 일행들을 힐끔힐끔 보고 있었다.

카오리와 티오의 말을 들었는지, 하지메는 역시나 난감한 웃음을 짓고 지나가는 투로 중얼거렸다.

"⋯⋯너무 유혹하진 마."

““……!””

그 순간, 카오리와 티오가 퍼뜩 하지메를 돌아봤다.

카오리의 눈동자가 초롱초롱 빛났고 티오는 후훗, 하고 자신만만하게 웃었다.

하지메의 그 말이 두 사람에게 넘어가지 않을 자신이 없다는 말로 들렸기 때문이었다.

실제로 그것은 허황된 기대가 아니었다.

하지메는 유에가 거절한 상대를 받아들일 생각이 전혀 없었다. 하지만 유에는 카오리나 티오와 싸우고 어이없어하면서도 그녀들을 소중하게 생각하는 것 같았다.

하지메도 두 사람에게 무슨 일이 있으면 이성을 잃을 만큼 그녀들이 소중했다.

그렇다면 유에가 그녀들을 인정해 버렸을 때, 하지메는 과연 지금까지 한 것처럼 선을 지킬 수 있을까……. 단언하기는 어려웠다.

그도 그럴 것이 시아를 받아들인 이상『나에겐 유에가 있다』라는 거절 방식은 그녀들을 단념하게 할 힘을 상실했으니까.

'뭐, 처음부터 아무도 단념하진 않았지만…….'

그녀들의 적극성과 강한 의지는 익히 아는 바였다.

그러나 하지메는 그것을 점점 받아들이고 있었다. 본래 세계의 가치관으로 보자면 비상식적이기 짝이 없었다. 스스로 생각해도 기가 막혔다.

그러던 그때, 하지메 일행의 대화를 따분하게 지켜보던 스즈가 얼추 이야기가 정리됐다고 생각했는지 조금 긴장한 표정이 되었다. 마치 타이밍을 보는 것처럼 초조하게 눈을 굴렸다.

스즈의 반응을 못 본 척하고 하지메가 물었다.

"그래서? 다들 작당해서 훔쳐본 이유는 뭐야? 저녁 먹으라고 부르기에는 조금 이르지 않아? 무슨 볼일이라도 있어?"

"아, 그거 말인데, 유에 쪽이랑은 우연히 만났을 뿐이야. 우리는……."

시즈쿠가 난처한 표정으로 눈길을 스즈에게 돌렸다.

별일이지만 아무래도 하지메에게 볼일이 있는 사람은 스즈 같았다. 하지메를 찾는 도중에 우연히 이곳으로 오는 유에 일행과 합류했다고 한다.

이상하게 긴장하면서도 결연한 눈빛을 보내는 스즈에게 하지메는 의아한 표정을 보였다.

스즈는 그런 하지메를 향해 한 발자국 앞으로 나왔다.

"나구모. 있잖아, 다음 대미궁에 나도 데리고 가줘. 제발 부탁이야!"

스즈가 머리를 힘차게 숙이고 부탁했다. 하지메에게 무슨 말을 하려는지 듣지 못했던 코우키와 아이들이 놀란 눈으로 스즈를 돌아봤다.

하지메도 그런 부탁을 하는 사람이 있다면 코우키일 거라고 생각했던 터라 가장 먼저 나선 사람이 스즈란 사실에 조금 놀란 눈치였다.

"스즈, 그건……."

"코우키, 미안. 이건 내가 개인적으로 하는 부탁이니까 참견하지 말아줘."

대미궁에서 돌아온 이후 지금까지 상당히 분위기가 어두웠던 코우키가 스즈의 말에 얼떨결에 반응했지만, 스즈는 평소와 달리 단호하게 개입을 막았다.

다른 아이들도 파티 전원이 아니라 스즈 개인을 데려가 달라는 부탁임을 알고 다시 눈을 크게 떴다.

"그건 또 왜? 딱히 따라오지 않아도 원래 세계로 보내줄 거고 강해지고 싶다면 내가 아티팩트를 강화해 줄 테니까 큰 문제는 없잖아?"

"응, 그건 그래. 하지만 나구모는······."

거기서 일단 말을 멈춘 스즈는 그 이름을 부르길 조금 두려워하듯 잠시 망설인 후 입을 열었다.

"······에리까지, 도와주진 않을 거지?"

"······나카무라, 말이군. 그렇지. 오히려 내 앞에 나타나면 반사적으로 쏴 죽여 버릴 것 같군. 카오리를 죽인 원인 중 하나기도 하고."

하지메의 떫은 표정을 보고 스즈는 난처하게 웃었다.

"그렇, 지. 그래도 나는 다시 한 번 에리랑 만나서 얘기해 보고 싶어. 그러려면 힘이 필요해. 그러니까 대미궁에 한 번 더 도전하고 싶어. 그리고 결과가 어떻든지 살아서 나온다면······ 그대로 마인족 나라로 가려고 해."

"스즈, 그건!"

시즈쿠가 자기도 모르게 스즈의 어깨를 잡았다. 홀로 마인족의 나라 【가란드】에 간다니, 친구로서 도저히 허용할 수 있는 일이 아니었다.

하지만 시즈쿠를 올려다보는 스즈의 눈에는 한 치의 흔들림도 없었다. 시즈쿠는 그 눈에 깃든 강한 결의에 밀려 손을 놓고 말았다.

한편, 하지메는 무슨 소리인지 알았다며 납득했다.

에리를 설득해 데리고 오든 확실하게 결별하든, 왕도로 한번 돌아가기보다 하지메와 동행해 【빙설 동굴】에 도전한 뒤 그대로 에리가 있을 마인족의 본거지— 마왕성에 쳐들어가는 편이 효율적이었다.

그도 그럴 것이 【빙설 동굴】이 있는 【슈네 설원】은 남부 대륙 동쪽, 남부 대륙 중앙에 있는 【가란드】와 이웃한 곳에 위치했다.

스즈는 하지메가 에리에게 마음을 쓸 리가 없다는 것을 잘 알기 때문에, 자신이 에리와 이야기를 마칠 때까지 귀환을 기다려 달라고 부탁해도 들어주지 않을 거라 생각했다.

하지메가 【빙설 동굴】을 공략한 후 본격적으로 귀환 준비를 마칠 때까지 얼마나 시간이 있을까?

정확하게는 알 수 없으나 시간이 얼마 없다는 점에는 변함이 없었다.

스즈가 자기 소원을 이루기 위해서는 설사 힘이 부족하더라도, 혼자서라도, 무모하더라도 최단 거리로 전진할 수밖에 없었다.

눈을 하지메에게로 되돌린 스즈는 계속해서 간곡한 어조로 부탁했다.

"그래서 말인데, 그렇게 만약, 만약 에리를 데리고 올 수 있다면…… 그때는 에리도 함께 원래 세계로 돌려보내 줬으면 해. 부탁해! 부탁드립니다!!"

"……."

스즈의 비명 같은 애원이 메아리쳤다. 그리고 아무도 말을 꺼내지 못한 채 적막이 깔렸다.

솔직히 말해 하지메는 금방 말했다시피 에리의 얼굴을 본 순간 방아쇠를 당기리라 확신하고 있었다. 지금 이 순간에도 카오리가 쓰러지던 그때의 광경이 떠올랐고, 그 사건의 공범인 에리에게는 살의밖에 생기지 않았다.

스즈가 에리를 어떻게 하건 그건 본인 자유였다. 하지만 그러기 위해 협력할 마음은 털끝만큼도 들지 않았다.

하지메 안에서는 이미 나카무라 에리라는 소녀는 확고부동한 적이었다.

하지만 그렇게 말하고 스즈의 부탁을 야멸차게 거절하자니 옆에 있는 소녀의 시선이 심히 마음에 찔렸다. 바로 하지메가 에리에게 살의를 품게 된 원인, 카오리 본인의 시선이었다.

말은 안 하지만 무슨 말을 하고 싶은지는 알았다.

그때, 줄곧 말이 없던 코우키가 입을 뗐다.

"나구모, 나도 부탁할게. 에리의 목적은 나야. 나도, 아니,

내가 걔랑 이야기를 해야만 해. 스즈를 혼자 가란드에 보낼 수도 없고. 게다가……."

아랫입술을 질끈 깨물고 주먹을 쥔 코우키는 어쩐지 우울한 분위기를 내며 감정을 토해 내듯 말을 꺼냈다.

"이대로 끝낼 수는 없어. 시즈쿠도 신대 마법을 얻었는데 나는……! 다음번에는, 다음에야말로 기필코 힘을 얻고 말겠어! 그런 정신 공격만 해 오는 비겁한 곳이 아니었다면 나도 공략할 수 있었을 거야! 다음에 가는 대미궁은 그 마인족 남자가 공략한 곳이지? 그렇다면 나도 반드시……!"

"코우키……."

주먹을 떨면서 언성을 높이는 코우키에게 시즈쿠가 걱정스러운 눈길을 보냈다.

코우키가 얻지 못한 신대 마법을 시즈쿠는 얻었다. 그 사실에 코우키가 복잡하다는 말로는 이루 말할 수 없는 어두운 감정을 품었다는 것을, 시즈쿠는 알 수 있었다.

그래서 귀환 후에도 틈만 나면 마음을 쓰긴 했지만…….

과연 어떤 말을 하면 좋았을까.

어딘지 모르게 위태로운 소꿉친구를 보고 시즈쿠는 불안을 감추지 못했다.

"하긴, 스즈를 혼자 보낼 수는 없지. 에리 그 녀석도 한 대 패지 않으면 내 성이 안 차. 나구모, 미안한데 한 번만 더 부탁하자! 내가 이렇게 빈다!"

동료가 간다면 나도 가겠다! 류타로가 호쾌하게 부탁했다.

의도해서인지, 아니면 천성인지, 유난히 밝은 분위기를 주는 목소리에 시즈쿠는 조금 마음이 가벼워져 미소 지었다. 그리고 시즈쿠도 미안한 얼굴로 하지메에게 머리를 숙였다.

"나구모, 저기…… 부탁할 수 없을까?"

하지메는 그들의 결단에 눈물을 머금으면서도 꿋꿋이 참는 스즈와 감정을 죽인 듯한 코우키, 아마 의도해서 밝은 척하는 류타로, 코우키와 스즈를 배려하는 시즈쿠, 그리고 그런 소꿉친구들을 걱정하는 카오리를 돌아보고 한번 깊게 한숨을 뱉었다.

유에와 시아, 티오와 카오리를 곁눈질했다. 이렇게 말하는데 어떡하겠냐고 눈빛으로 물었으나, 그녀들은 어깨를 으쓱할 뿐 별다른 거절 의사는 없는 듯했다. 오히려 카오리는 시즈쿠, 스즈와 함께 여행할 수 있어서 기뻐 보였다.

하지메는 머리를 벅벅 긁고 다소 마뜩잖은 얼굴을 하면서도 대답했다.

"……나카무라를 데려왔을 때 조금이라도 적의가 있다면 그 자리에서 사살할 줄 알아."

"나구모! 고마워!"

스즈가 얼굴을 활짝 폈다. 다른 아이들도 안도하고 어깨에서 힘을 뺐다.

"……성격이 죽었다고 긴장해야 할지, 아니면 마음에 여유가 생겼다고 생각해야 할지 어렵군."

하지메가 그렇게 혼잣말을 흘렸다.

【빙설 동굴】을 공략하고 마지막 신대 마법을 얻은 후, 지구로 돌아가기 위한 개념 마법을 만들어 내는 데 얼마나 시간이 걸릴지 알 수 없었다. 재소환을 저지하는 개념 마법도 필요하다는 점을 생각하면 제법 시간이 걸리지 싶었다.

게다가 승화 마법 덕분에 기본 전력도 올라갔다. 아이들의 존재가 이번 대미궁 이상으로 걸림돌이 되진 않을 것이다.

그렇게 변명 같은 생각을 줄줄이 떠올리는 시점에서 역시 성격은 많이 유순해졌다고 봐야 할 것이다.

자조하고 만 하지메의 손을 부드러운 감촉이 감쌌다.

"……순해졌든 여유가 생긴 거든, 어느 쪽이라도 상관없어. 한 번 더 강해졌다는 건 변함없어."

"유에."

"……내가 하지메를 지켜. 하지메가 나를 지켜. 그러면 최강. 그렇지?"

하지메는 눈이 동그래졌다. 그것은 나락에서 나왔을 때 하지메가 한 결의의 말이었다.

그리고 다른 이들도 한마디씩 말을 거들었다.

"그렇다면 거기에 제가 끼면 이제 무적이네요! 누가 뭐래도 하지메 씨에게 인정받은 제가 이미 무적 상태니까요!"

염원을 이룬 버그 토끼는 본인의 말대로 자신감과 패기에 차 있었다. 보는 사람에게 손쓸 수 없는 무적 토끼라는 인상을 강제로 심어줄 정도로…….

"나, 나도 지킬 거야! 괜찮아! 무슨 일이 있어도 전부 『분해』

해 버릴게!"

문제가 일어나면 모두 소멸시켜 해결! 카오리는 그렇게 선언했다. 어떤 점에서 보면 역시 카오리도 성장했다. 과격한 방향으로…… . 분명히 의지가 될 것이다.

"안심하거라. 주인님도 다른 이들도 모두 내 흑린(黑鱗)이 지킬 테니까. 후후, 시아 말대로 우리는 무적이로구나."

변태성은 눈곱만큼도 느껴지지 않는, 경험과 강인한 의지가 배어 있는 말이었다. 과연 『수호자』란 천직은 괜한 것이 아니었다. 근간은 변치 않는 티오의 말은 정말로 필요할 때 마음까지도 지켜준다.

여행의 끝이 보이고 있었다.

난관이 막아서리라. 곤경이 닥쳐오리라.

하지만 하지메는 생각했다. 그래, 맞다. 그녀들과 함께 하는 한 우리는 틀림없이 무적이다.

하지메는 문득 입을 열었다.

"대미궁 공략이 끝나면 뮤를 데리러 가야겠어."

그 또한 하지메가 나눈 소중한 약속이었다. 깜짝 상자 같은 지구를, 사랑하는 딸에게 마음껏 보여주고 싶다.

캄을 비롯한 하우리아 족은 어떻게 할까? 티오네 가족은? 적어도 한 번은 만나러 가야겠지.

지구에서 부모님은 어떻게 지내고 계실까. 아들이 이세계에서 애인과 딸을 데리고 돌아오면 어떻게 생각할까?

"골치 아프네. 여행은 끝날 것 같은데 왜 생각할 일은 더 늘어났지?"

그렇지만 그렇게 말하는 하지메의 웃음에는 평소의 대담함
이 아니라 온화함으로 차 있었다.

그래도 문제는 없다.

그런 하지메의 변화를, 그녀들이 똑바로 바라보고 있었다.
기쁘고, 사랑스럽고, 자애롭고, 따스한 눈길로…….

곁을 지켜주는 그녀들이 있는 한 하지메의 어금니가 부러지
는 일은 결코 없다.

하지메는 무자각하게, 하지만 즐겁게 『미래의 전망』을 생각
하며 머나먼 하늘로 눈을 들었다.

에필로그

마인족의 나라 【가란드】.

그곳 마왕성 외곽에 있는 훈련장은 살기와 짐승의 포효로 가득 차 있었다.

하지만 훈련장에 짐승은 한 마리도 없었다. 대신 짐승 같은 『사람』이 있었다.

기묘한 광경이었다.

이곳은 마인족의 나라다. 그렇다면 그곳에 있는 『사람』은 마인족일 것이다. 그런데도 불구하고 그들은 모두 신체 일부에 짐승의 특징— 귀나 꼬리뿐 아니라 이빨과 손발톱, 길게 째진 동공 등을 가졌다.

그 행동거지는 짐승 같은 민첩함과 인간족이나 마인족에게 없는 완력을 가진 듯 보였다.

지금도 주먹질 한 번으로 강철 갑옷을 우그러뜨리고, 바닥을 때린 검이 땅을 깊게 팠다.

아무리 봐도 아인족이었다.

하지만 아인족일 리가 없었다. 왜냐면 아인들은 마법을 쓸 수 없으니까.

아인족 같은 신체 능력에 인간족과 마인족 같은 마법 능력……

그리고 또 하나.

살의에 들끓어 짐승처럼 포효하며 전투 훈련을 이어가는 그들은 한 사람 예외도 없이— 눈의 초점이 없었다.

산 자의 생기가 조금도 느껴지지 않고 의지조차 보이지 않는, 말 그대로 죽은 눈이었다.

"……비참하군."

훈련장에 인접한 건물 테라스에서 그들을 내려다보던 남자— 프리드 바그어가 혐오감을 감추지 못하고 중얼거렸다.

바람에 씻겨 날아갈 듯 작은 혼잣말이었지만 이 소름 돋고 기괴한 광경을 만들어 낸 하수인에게는 똑똑히 들렸다.

"어라~? 프리드, 왜 그래? 내 성과를 보러 왔어?"

나카무라 에리. 동향 친구를 배신해 왕국 기사단에 괴멸적 타격을 입히고 멜드와 콘도를 죽인 장본인이었다. 그녀는 어느샌가 테라스 입구에 등을 기대고, 능구렁이처럼 이죽거리는 웃음을 얼굴에 붙인 채 프리드를 보고 있었다.

"에리. 내 인식에 간섭하지 마라. 배신했다고 의심받고 싶나?"

전과자를 믿을 거라고 생각하지 마라는 뜻을 내포한 통렬한 비판이 날아왔다.

실제로 에리는 어둠 속성 마법 최고 난이도 마법인 강령술을 사용하는 『강령술사』였다. 그녀는 어둠 속성 마법 전반에 초월적인 적성을 자랑했다.

그 능력으로 죽은 자의 영혼을 묶어 자기 뜻대로 조종하는 『박혼』이라는 오리지널 마법을 만들어 내기도 했는데, 그것은 자력으로 신대 마법의 영역에 손이 닿았다는 뜻이기도 했다.

마인족의 대장군이자 신대 마법 사용자이기도 한 프리드조차 모르는 사이 배후를 내준 것은, 그의 말대로 그녀가 그만큼 쉽게 사람의 인식에 간섭하기 때문이었다.

그러나 살기 섞인 충고를 받은 에리는 여전히 히죽거리면서 대수롭지 않게 받아넘겨 버렸다.

"에이, 그렇게 신경질적으로 굴지 마. 나는 연약한 여자라고."

'헛소리를……'

프리드는 훈련하는 자들을 힐끔 보고는 속으로 내씹었다.

"시수병(屍獸兵)…… 마음에 들었어?"

"……병력으로는, 더할 나위 없다."

"그렇게 싫은 티 내지 마. 프리드가 도와줘서 이렇게 멋지게 큰 거라구."

악의를 감추지도 않는 끈적하게 엉겨붙는 목소리였다. 프리드는 크게 한숨 쉬었다.

아니라고는, 할 수 없었다.

─시수병.

왕국 기사단의 시체에 프리드가 마물의 특성을 부합하고 에리가 강령술을 이용해 혼을 묶어 만든 에리의 사병단. 죽음을 두려워하지 않고 고통조차 느끼지 못하며 그 몸이 부서져 사라질 때까지 싸움을 멈추지 않는 광전사 집단이었다.

죽어서도 영혼까지 착취당하는 그들에게는 연민을, 에리에게는 혐오감을 느꼈지만, 그녀를 돕고 수용한 시점에서 자신도 똑같은 인간이었다. 프리드는 자조를 섞어 웃었다.

그런 프리드를 보고 따분하게 콧방귀를 뀐 에리는 화제를 바꿔 물었다.

"그러고 보니 사도들은? 그렇게 바글대더니 오늘 아침부터 한 마리도 안 보이는데?"

에리마저 간담이 서늘해지게 한 그것— 『신의 사도』 500명 강림.

그것은 그야말로 신의 심판이었다.

그 모습을 보고 에리는 확신했다. 자신의 선택은 틀리지 않았다고…….

그런 것에 거슬러 봤자 무슨 의미가 있겠는가. 벌레처럼 죽고 끝이다.

설령 그 괴물이라 할지라도…….

"초청객을 마중하러 갔다. ……우선 주빈이 아닌 쪽을."

프리드의 말에 에리는 한순간 어리둥절했지만 곧 이해했다.

그리고 악의와 광기에 물든 소름 끼치는 웃음을 히죽 지어 보였다.

"그래? 그럼 이제 곧 즐거운 파티가 열리겠구나. 재회의 날이 어서 왔으면 좋겠어."

아하하. 아하하하. 마왕성에 광소가 울려 퍼졌다.

—하일리히 왕국 왕도.

왕도 중심에서는 일상이 되어 가는 유카의 서커스가 벌어지고 있었다.

오늘도 수많은 나이프가 공중에서 춤췄고 아이들의 환성이 하늘을 찔렀다.

더불어 관객이 던지는 나이프가 아닌 물건까지 돌리는 서비스를 선보이며 【신산】을 등지고 마지막 한 자루를 하늘 높이 던졌는데―.

"응? ……저게 뭐지?"

【신산】 위에서 빛나는 것이 떨어졌고…….

―라이센 대협곡의 대미궁 입구.

그곳 상공에 은빛이 떠 있었다.

깊은 미궁 가장 안쪽에서 동료가 남긴 아티팩트로 바깥 상황을 살피던 작은 골렘이 말했다.

"……드디어 시작됐구나. 내 오랜 여행도, 마침내 끝인가?"

작은 골렘에 겹쳐지듯 그곳에 깃든 영혼이 환영으로 나타났다.

금색 머리카락과 푸른 눈동자를 가진 소녀― 밀레디 라이센은 짜증스러움도 장난스러움도 보이지 않고 투명한 표정으로 하늘을 올려다봤다.

―먼 서쪽 바다, 바다 위 마을 에리센.

나루터에서 한 여성이 손에 바구니를 들고 포근하게 미소 짓고 있었다.

주위 남자들이 슬쩍슬쩍 훔쳐보는 가운데, 여성― 레미아는 바다를 향해 크게 소리쳤다.

"뮤~! 점심 먹을 시간이야~!"

그러자 「음먀!」 하고 고양이 같은 소리를 내면서 해면으로 작은 그림자가 튀어 올랐다.

그러고는 마치 물 만난 물고기처럼 헤엄쳐 돌아왔다.

"엄마, 점심에 뭐 먹어?"

"우리 뮤가 좋아하는 거란다. ……고기가 아니라 생선이리도 괜찮지?"

바다에서 첨벙 올라와 모녀가 함께 부두에 앉았다.

바구니에서 나온 것은 생선 꼬치구이였다. 꼬치구이는 뮤가 아주 좋아하는 요리였다. 꼬치구이라면 무엇이 꽂혀 있건 웬만한 것은 넘어갈 수 있었다.

왜냐하면 꼬치구이는 그날, 시아 언니와 아빠랑 만난 날 처음으로 먹은 잊을 수 없는 요리니까.

레미아는 꼬치구이를 열심히 우물거리는 뮤를 자애로운 눈빛으로 바라봤다.

그런 두 사람의 귀에 당황한 남자들의 목소리가 들렸다.

"어? 뭐야? 하늘에…… 누가 있어?"

레미아와 뮤가 함께 하늘을 올려다봤다.

정말로 있었다. 태양을 등지고 은빛 날개를 펼친 자가…….

무기질 같은 눈으로 모녀를 내려다보고 있었다.

수해 대미궁 공략을 마치고 아름다운 【페어베르겐】에서 잠깐의 휴양을 가지기로 한 하지메 일행.

【페어베르겐】 측도 복구 사업과 부상자 치료, 무엇보다 노예로 잡힌 동포 해방에 조력했다는 이유로 하지메 일행에게 큰 은혜와 호의를 느끼고 있었다. 그것이 환대라는 형태로 드러나 일행은 무척 쾌적한 나날을 보내는 중이었다.

그러나 언제까지고 편안한 생활에 빠져 있을 수도 없는 노릇이었다.

내일 마지막 대미궁—【빙설 동굴】로 출발하기 위해 일행은 도시 외곽에 있는 조용한 광장에 모여 그루터기 원탁에 앉아 향후 계획을 짜고 있었다.

"그러니까 빙설 동굴에 가려면 남부 대륙의 슈네 설원을 돌파해야 해. 하지만 뭐, 폴니르가 있으면 큰 문제는 없을 거야."

"원래는 수개월에 걸쳐 극한의 땅을 여행해야 하지? 정말로 나구모가 있어서 다행이야."

"타니구치, 먼저 말해 두겠는데 지름길로 가면 어쩌면 겪어야 할 중요한 경험을 놓칠지도 몰라. 편해서 좋다는 안일한 마음가짐으로 괜찮겠어?"

"윽. ……명심하고 집중해서 도전하겠습니다……."

수해 대미궁 공략에 실패한 처지라 마음가짐을 고치라고 하면 반론의 여지가 없었다. 하물며 무리하게 동행을 부탁한 입장이니 입이 열 개라도 할 말이 없었다.

하지메의 눈이 코우키와 류타로를 훑었다. 두 사람 모두 씁쓸한 표정으로 고개를 끄덕였다.

유에와 카오리, 그리고 티오가 그런 하지메를 따뜻한 눈길로 지켜봤다.

"······뭐야?"

시선을 알아차린 하지메가 왜 그렇게 보냐며 눈살을 찌푸렸다.

"······응. 아무것도 아니야."

"응, 아무것도 아냐."

"아무것도 아니다."

세 사람 모두 왠지 아까보다 훨씬 푸근한 표정으로 고개를 저었다.

시즈쿠는 그녀들과 기분이 묘하게 거북해진 하지메를 번갈아 힐끔거렸다. 어쩐지 시즈쿠는 그녀들의 심정을 알 것 같았다.

'······나구모. 조금 변했나? 뭐라고 해야 할까, 전보다 훨씬 차분해진 느낌? 조금 어른스러워졌나?'

얼마 전 하지메라면 그들에게 괜찮겠냐는 말 따위 묻지도 않았을 것이다. 그 차이와 하지메의 분위기를 통해 시즈쿠는 이렇게 생각했다.

지구로 돌아갈 가능성을 얻어 하지메에게 마음의 여유가 생겼는지도 모른다. 그것이 그의 인간성을 넓힌 게 아닐까······.

그러던 중 이 자리에 없던 동료가 마침내 도착했다.

"죄송해요~, 늦었죠? 우리 가족이 도시에 이명 붙이기를 유행시키려고 계획하는 바람에 전부 날려 버리고 오느라……."

"시아, 좋은 일 했어."

하지메가 무척 흡족한 얼굴로 엄지를 척 들었다. 시아도 무척 흡족한 얼굴로 엄지를 척 들었다.

지극히 자연스럽게 하지메가 엉덩이를 치웠고, 또한 지극히 자연스럽게 시아가 서로 닿을락 말락 하게 하지메 옆에 붙어 앉았다. 오른쪽에는 유에가 있어서 왼쪽이었다. 원래는 카오리가 있던 자리지만 두 사람의 행동이 너무 자연스러워서 아무도 뭐라고 말하지 못했다.

"우."

카오리가 작게 불만을 토했다. 시아가 아차 싶어 눈빛으로 자리를 바꾸겠냐고 묻자 카오리는 왠지 싱긋 웃은 뒤 그대로 시아에게 밀착했다. 시아도 해죽이 웃고는 카오리에게 체중을 실었다.

'……이걸 보면 시아도 변했어. 관록? 여유? 차분해진 건 확실해. 뭐, 원인은 보나 마나 그거밖에 없겠지만.'

시즈쿠가 날카롭게 인간 관찰을 했다.

하지메에게 받아들여졌다는 사실이 시아라는 소녀에게 흔들리지 않는 자신감을 준 것 같았다. 어딘지 모르게 『소녀』에서 『여성』으로 발을 들인 것처럼 점잖은 매력이 흐르는 느낌이었다.

"아 참, 오는 도중에 이걸 받았어요."

시아가 그렇게 말하고 원탁 위에 올려놓은 것은 지구에서 말하는 잡지였다. 같은 것이 몇 권이나 있었다.

그 표지에는 이렇게 적혀 있었다.

【월간 페어베르겐 재편판 1호】

"……응? 이거 설마 익인족이 만들던 그거?"

"맞아요. 익인족은 페어베르겐에서 홍보를 담당해요. 마인족이나 제국이 습격한 바람에 끊겼지만, 원래 한 달에 한 번 이걸 발행했다나 봐요. 그 왜, 어제인가 그저께 여러분도 취재했었잖아요?"

"아, 왔었지. 익인족 족장인 마오라는 여자가 직접 이것저것 물었어."

"응. 나도 이것저것 질문 받았어."

"취재는 처음이었어. 재미있는 경험이었지."

동포가 노예 신세에서 해방되어 활기가 넘치는【페어베르겐】이었지만 잃은 것이 크다는 점에는 변함이 없었다. 전사한 자들은 헤아릴 수 없고 노예가 된 후 사망해 돌아오지 못한 사람도 많았다. 많은 동포가 살아서 돌아왔기에 돌아오지 못한 자들에 대한 슬픔도 컸다.

그래서 중단됐던 월간 정보지 — 보통은 오락 정보나 밝은 뉴스를 주로 전한다 — 를 재개하기로 했을 것이다.

그리고 재간 기념으로 하지메 일행 이야기를 기사로 싣게 해 달라며 익인족 족장이자 장로 중 한 명인 마오가 직접 부탁하러 왔었다.

코우키가 싱글싱글 웃으며 한 권을 잡았다.

"그리운걸. 일본에서 인터뷰 받았을 때가 떠올라."

미남 검도 소년으로 검도 관련 잡지에서 수차례…… 그뿐 아니라 패션 잡지든 뭐든 일단 미남을 내세울 만한 잡지에서는 제법 인터뷰를 받았다고 한다.

하지메와 류타로는 딱히 신경 쓰지도 않았지만 이곳에 같은 반 남자들이 있었다면 혀를 찼을지도 몰랐다.

코우키는 별생각 없이 페이지를 팔락팔락 넘겼고─.

【용사님은 동성애자?! 나구모 씨, 표적이 되다!】

"왜?! 무슨 소리야!"

잡지를 냅다 바닥에 내팽개쳤다.

모두 다른 잡지를 들어 해당 페이지를 봤다.

그곳에는 이렇게 적혀 있었다.(※일부 발췌)

【용사 아마노가와 코우키 씨는 제국의 노예 해방을 위해 제성 침입에 협력하거나, 연설의 연출을 맡는 등의 노력을 해주신 큰 은혜가 있는 분이다.

그런 그에게 마음을 빼앗긴 아인 여성은 적지 않다. 필자가 독자적으로 조사한 바에 의하면 노예였던 미혼 여성 중 거의 3할이 그에게 접촉을 시도했다고 한다.

아쉽게도 뜻을 이룬 여성은 없는 것으로 알려지지만, 여기서 경악스러운 사실이 하나 밝혀졌다.

필자의 취재에 의하면 한 여성은 코우키 씨에게 「나에겐 지금 해야 할 일이 있어. 나는 나구모보다……」라고 말을 흐리며 거절당했는데, 그때 우연히 나구모 씨가 지나가자 코우키 씨는 그의 뒷모습에 뜨거운 시선을 보냈다고 한다.

이미 알 사람들은 알 것이다. 코우키 씨가 무슨 말을 하려고 했는지. 그것은 「나는 나구모보다 좋아하는 사람이 없어!」일 것이 분명하다. 그는 동성인 나구모 씨에게 말 못 할 마음을 품은 것이다! 코우키 씨의 뜨거운 눈빛은 지금도 나구모 씨의 뒷모습을 쫓고 있으리라. 외람되지만, 필자는 코우키 씨의 험난한 사랑을 응원하고 싶다.】

유에가 소리 없이 일어났다. 빛이 없는 눈동자가 「용사, 널 죽이겠다!」라고 무언으로 주장했다. 신벌의 불, 스탠바이.

시아도 소리 없이 일어났다. 굳은 각오가 담긴 눈동자가 「하지메 씨의 엉덩이는 제가 지켜요!」라고 무언으로 주장했다. 드뤼켄, 스탠바이.

"기다려, 기다려 봐! 악의야, 악의가 느껴진다고, 이 기사! 유에 씨도 시아 씨도 알잖아?! 독단과 편견과 개인적 취미에 악의가 블렌드된 기사잖아!"

코우키가 죽기 살기로 변론했다.

"아, 아마노가와, 너……."

"당장 멈춰, 나구모. 나를 그런 눈으로 보지 마!"

"그, 그래도 코우키, 하지메에게 뜨거운 눈빛이란 건……."

"카오리?! 부탁이니까 눈치채! 결의의 눈빛이야! 나구모보다 강해지겠다는 **굳은 결의**의 눈빛!"

"궁둥이의 눈빛?"

"류타로. 지금 장난칠 때 아니야. 맞고 싶어?"

잠시 코우키를 경계해 살의를 피우며 동공을 수축한 눈으로 바라보는 유에와, 드뤼켄에서 손을 떼지 않고 토끼 귀를 꼿꼿이 세운 시아(야쿠자처럼 눈을 부라린다)를 진정시키느라 시간을 썼다.

광장의 분위기는 겨우 진정됐다. 가장 중재에 힘쓴 시즈쿠가 녹초가 되어 있었다. 그 옆에서 코우키가 연신 「고마워, 시즈쿠. 시즈쿠, 고마워」를 반복하고 있었다.

그만큼 동공 수축 유에 님과 야쿠자 눈 시아는 무서웠나 보다.

"뭔가 안 좋은 예감이 드는데, 계속 읽을 거야?"

하지메가 찜찜한 표정을 지은 뒤 잡지로 눈길을 줬다. 시즈쿠가 지친 얼굴로 끄덕였다.

"반대로 우리 이야기가 어떻게 기재됐을지 확인하지 않으면 무서워."

"그, 그렇지? 나는 기껏 아인 아이들이랑 친해졌는데 이상한 눈으로 바라보면 싫으니까……."

일단 읽는 것으로 결정됐다. 처음부터 보자면서 저마다 잡지를 들어 첫 장을 펼쳤다.

【제1호 특집!! 하우리아 족 공주, 시아 님의 러브 로맨스 밀착 취재!】

"공주?! 시아 님?! 이게 뭐예요?!"

동요한 시아의 토끼 귀가 부르르 떨렸다. 하지메가 실소하며 말했다.

"아주 틀린 말은 아니잖아? 하우리아 족은 실질적으로 장로회와 동등한 권력을 가진 『동맹 종족』으로 인정받았고 영웅 일족이기도 해. 그곳 족장의 딸이니까 일반 아인들에게는 충분히 『공주님』이고 『시아 님』이겠지."

"……응. 여봐라, 어서 고개를 숙이지 못할까. 여기 계신 건 시아 님이시다!"

"그만하세요, 유에 씨! 창피해서 죽는다구요!"

「제 분수에 무슨 공주예요, 절 보지 마세요!」라고 말하고 싶은 것처럼 시아는 얼굴을 가려 버렸다.

모두 그런 시아를 몰래 히죽거리며 바라보고 다음 내용을 읽었다.

【하우리아 족 족장 캄 하우리아의 따님인 시아 님. 그녀의 인생은 파란만장했다.

어릴 적 어머니를 여의고 일족이 함께 수해를 떠났으나, 그 후 제국에게 쫓기고 라이센 대협곡에서도 죽음과 마주했다. 그런 고난 끝에 수해로 돌아온 그녀를 맞이한 것은 추방 처분!】

"추방 처분을 내린 건 페어베르겐이지만요. 그리고 결정자 중 한 명이 마오 장로였지만요."

지금은 마오 편집장이므로 객관적으로 적은 것이리라.

시아의 눈매가 엄청나게 냉랭했다. 유에만큼 냉랭했다.

【하지만 그런 역경 속에서 그녀는 포기하지 않았다. 그렇기에 비로소 만났다. 운명의 상대를! 바로 나구모 씨다!】

시아가 눈매를 풀고 꼼지락대기 시작했다.

"새, 새삼스럽게 들으니까 부끄럽네요."

마치 자신들의 실화를 책으로 엮은 것 같은 창피함이었다. 두 사람의 모습에 여성들은 미소 지었고 코우키는 뭐라고 말하기 힘든 표정이 되었으며 류타로는 노골적으로 아니꼬운 눈치였다.

【시아 공주에게 직접 이야기를 들어 보았다.

―나구모 씨와 처음 만났을 때, 역시 운명을 느꼈는가? 인상은 어땠는가?

시아 공주「오히려 만나기 전부터 운명을 느꼈죠! 우리는 운명에 이끌려 필연적으로 만났다고 해야 할 거예요. 실제로 만난 후에는 몸에 전기가 흐르고 정수리를 꿰뚫는 충격을 받았죠. 그리고 하늘을 날아가는 느낌이었어요!」】

"……하지메에게 『전기 두르기』를 당하고 팔꿈치로 얻어맞은 다음 비룡 무리에게 던져졌을 때 이야기?"

"……유에 씨. 제게도 체면이란 게 있어요."

하지메가 엉뚱한 방향으로 고개를 돌렸다. 아이들이 너 대체 무슨 짓을 한 거냐면서 믿어지지 않는다는 눈으로 쳐다봤다.

【―호의는 처음부터 있었는가?

시아 공주「아뇨, 설마요. 일족 전원 처형당하기 직전이었다고요. 하지메 씨가 담판을 낼 때까지 그럴 여유는 없었죠」

세상에, 이럴 수가. 운명의 만남을 이루고도 시아 공주를 덮치는 불행! 신은 대체 얼마나 그녀에게 시련을 내릴 생각인가!】

"글쎄, 처형하려고 한 건 페어베르겐이고 결정자 중 한 명이 이 필자, 마오 장로잖아요. 저한테 시련을 준 건 신이 아니라 당신이잖아요!"

"기자 정신이 있다고 해야 하나. 제법 얼굴 가죽이 두껍군."

【─그럼 언제 확실하게 호감이 있다고 깨달았는가.

시아 공주「역시 그때겠죠. 하지메 씨가 장로님들에게 말했어요.『시아는 내 운명의 상대다! 나에게서 시아를 빼앗겠다면…… 각오해야 할 거다』라고! 짜릿했어요!」】

"잠깐만! 그런 소리 한 적 없어!"

하지메가 언성을 높였다. 모든 이의 시선이 시아에게 쏠렸다. 시아는 토끼 귀를 격하게 이리저리 돌리더니 식은땀을 한 줄기 흘렸다.

"……죄송합니다. 조금 각색했습니다."

소녀인걸. 사랑 이야기에 약간 각색이 들어가도 어쩔 수 없어. 그렇게 생각했는지 측은하면서도 따뜻한 눈길이 시아에게 쏠리는 가운데, 유에가 위로했다.

"……그래도「나에게서 이 녀석들을 빼앗겠다면~」이란 말은 했어."

"……?! 그, 그걸 기억해? 유에."

유에는 하지메의 말은 모두 일언일구까지 암기하고…… 있을지도 몰랐다.

모든 이의 측은하면서도 따뜻한 눈길이 이번에는 하지메에게 모였다. 하지메는 한 손으로 눈을 가리고 웬일로「쪼, 쪽팔려……. 꼭 그런 식으로 말해야 했나, 나는?」이라며 수치심에 떨고 있었다.

【깊은 애정이 엿보인다. 이렇게 우리의 동포인 시아 공주는 멋지게 유에 씨에게 승리해 나구모 씨의 유일무이한 존재가 되었다. 유에 씨도 시아 공주를 축복하는 모습이었다. 아마 패배를 인정하고 깨끗하게 물러났겠지. 시아 공주의 매력에 이길 수 있을 리 만무하므로 어쩔 수 없는 일이라고 하겠다. 좌우지간 시아 공주의 지난 고생이 결실을 맺어 우리 동포 일동은 감동의 도가니에 빠졌다.】

유에의 얼굴이 시아에게로 슥 돌아갔다.

"……시아? 이게 무슨 소리?"

"모모모, 몰라요! 전 이런 소리 한마디도 안 했어요!"

"……OK. 잠깐 마오 편집장인지 뭔지 죽이고 올게."

"유에, 참아!"

카오리에게 팔을 뒤에서 잡히고도 유에는 「이 자식, 쳐 죽여주마#12」라며 팔다리를 버둥거렸다. 아마 『동포』를 강조한 것을 보아 아인들의 반응을 모으기 위한 연출의 일환으로 사실을 조금 왜곡한 것이지 싶었다.

"모, 목숨 아까운 줄 모르는구면. 그 마오란 자는…….."

티오의 혼잣말에 다른 아이들도 모두 고개를 끄덕였다.

【필자는 나구모 씨 주변에 있는 여성에 관해 불안은 없는지 시아 공주에게 물었다. 시아 공주는 무슨 말을 하는지 모르

#12 이 자식, 쳐 죽여주마 일본에서 수많은 인터넷 밈을 낳은 영화 「코만도」에 등장한 대사.

겠다는 태도였다. 필자는 다시 한 번 나구모 씨 주변에 있는 여성들을 어떻게 생각하느냐고 고쳐 물었다.

이후 시아 공주의 대답은 그 의미를 생각해 가감 없이 그대로 옮기겠다.】

"네?! 그대로?! 가벼운 코멘트로 편집한다고 했으면서?!"

시아가 동요를 고스란히 드러냈다. 여성 멤버들의 눈이 번뜩였다. 잡지를 잡아먹을 듯이 시선을 집중했다.

【아주 좋아해요. 제가 태어난 건 이 사람들과 만나기 위해서였다고 생각할 정도로, 정말로 좋아해요.】

"어버버."

이 시점에서 시아가 기괴한 소리를 냈다. 창피함에 새빨갛게 익어 원탁에 얼굴을 파묻었다. 아무것도 묻지 말라는 듯 토끼 귀를 양손으로 푹 눌렀다.

【유에 씨는 제게 언니 같은 사람이고 싸우는 법을 알려준 스승이자 처음으로 생긴 친구예요. 지금 제가 있는 건 유에 씨가 있어서죠. 유에 씨를 위협하는 건 설령 하지메 씨라도 제가 용서하지 않아요.】

유에가 발그레 뺨을 물들이고 원탁에 엎드린 시아를 바라봤다.

【카오리 씨는 사실 처음에 이 자식, 짜증 나! 라고 생각했어요.】

카오리가 펄쩍 뛰었다. 「뭐어?! 나 시아한테 미움받았어?!」라고 충격을 감추지 못하는 모습이었다.

【그도 그럴 게 무슨 일만 있으면 우리랑 자기를 비교하고 우

물쭈물하질 않나……. 좀 더 이렇게 팍하고 탁해서 떡하니 가슴을 펴면 될 텐데, 라고 생각했어요.】

코우키가 류타로를 보고 중얼거렸다.

"시아 씨는 사고방식이 류타로랑 비슷한걸."

"야, 코우키. 너 그거 무슨 뜻이냐?"

카오리는 신경 쓸 겨를도 없는지 서둘러 앞부분을 읽었다.

【심지어, 심지어 말이에요! 유에 씨가 이상하게 마음에 들어 하잖아요! 걸핏하면 카오리 씨를 놀리면서 걸고넘어진다구요! 꼭 어린애를 좋아해서 괴롭히는 것처럼! 절 놔두고! 네 이놈, 카오리 씨! 나의 유에 씨! 카오리 씨는 그냥 시즈쿠 씨 하고 꽁냥거리면 될 것을!】

카오리는 유에를 봤다. 유에는 고개를 휙 돌렸다. 귀 끝이 살짝 붉어져 있었다. 카오리 쪽도 쑥스러운지 발그레 뺨을 물들였다.

시즈쿠는 「아, 난 무시구나? 뭐, 상관은 없지만」이라고 중얼 댄 뒤 조금 쓸쓸한 얼굴이 되었다. 아무래도 시아의 심정을 잘 알게 된 모양이다.

【그래도 지금은 어쩌면 가장 존경하는 여성일지도 몰라요.】

카오리뿐 아니라 유에를 포함한 전원이 눈을 동그랗게 뜨고 시아를 봤다. 시아는 여전히 창피함을 견디며 엎드린 상태였다.

【카오리 씨가 신산에서 영혼만 남아서도 주장했어요. 『함께 갈 힘을 원한다』, 『어깨를 나란히 하고 싸울 힘을 바란다』라고……. 그러고는 정말로 몸을 바꿔 버렸죠.

그때 생각했어요. 아, 대단한 사람이구나, 강한 사람이구나. 잘 생각해 보면 처음부터 유에 씨를 좋아했던 저랑 달리 카오리 씨는 질투나 열등감 같은 안 좋은 감정을 전부 포용하고 여기 있는 거예요. 저보다 훨씬 강한 사람이라고 생각했죠.】

카오리는 눈을 크게 뜨고 말도 없이 그저 몸을 떨면서 문자를 좇았다.

【그래서 동경할 정도로 좋아해요. 이제 두 번 다시 카오리 씨가 쓰러지게 하지 않을 거예요. 제가 막을 거예요. 카오리 씨는 제가 지켜요.】

카오리는 옆에 있는 시아를 말없이 안았다. 시아는 움찔 떨었지만 카오리는 개의치 않고 붙어 있었다.

"확실히 이건 좀 질투가 나는걸."

"……응. 동감."

쓴웃음 짓는 시즈쿠의 말에 역시나 쓴웃음 지은 유에가 동의했다.

"어허, 나에 관한 이야기도 있구나."

따스한 눈길로 지켜보던 티오가 조금 설레는 듯 지면으로 시선을 떨어뜨렸다.

【티오 씨? 아, 그 사람은 진짜 변태예요!】

"왜냐?! 왜 그랬느냐, 시아아아아! 나도 따뜻한 말을 듣고 싶은데?!"

극성 마조히스트 변태면서? 라는 시선이 꽂혔다.

티오는 자업자득인가, 하며 네 발로 엎드려 바닥을 탕탕 쳤다.

"저기, 티오 씨. 뒷내용이 있어요!"

"정말이냐? 희망이 있는 게냐?"

스즈가 격려하듯 말하자 티오는 시무룩해져서 자리로 돌아왔다.

【엉덩이에 거대한 말뚝을 박았다고 보통 그렇게 되진 않잖아요! 말도 안 돼, 정말.】

"희망이고 나발이고 없었어! 시아 저것이 나를 밉보고 있었던 게야……"

다시 네 발로 엎드려 바닥을 탕탕 쳤다. 바퀴벌레 전(戰)에서 티오에게 질타받은 후 제법 그녀를 따르게 된 스즈가 열심히 위로하고 뒷내용을 읽었다.

【뭐, 그래도 그런 변태 티오 씨가 사실 우리를 가장 잘 안다고 생각해요. 티오 씨는 정신을 차리면 언제나 조금 떨어진 곳에서 아주 자상한 눈으로 우리를 보곤 해요.】

티오가 끄응, 하고 이상한 소리를 냈다. 살짝 볼을 붉힌 이유는 들켰다는 사실이 쑥스러워서일까.

【지켜봐주고 언제나 마음을 터놓아서 다가와줘요. 장난스러운 것 같으면서도 가장 차분하고, 언제나 냉정한 사람이 티오 씨예요. 제가 생각하기에 하지메 씨가 어떤 의미로 가장 기대는 사람은 티오 씨가 아닌가 싶어요.】

티오가 눈동자를 빛내면서 하지메를 봤다. 하지메는 뭘 보냐고 종알거린 뒤 고개를 돌려 버렸다.

【곁에 있어 주기만 해도 안심되는 사람. 그게 티오 씨예요.

이건 개인적인 이야기니까 싣지 말아주셨으면 하는데, 제 어머니랑 조금 닮았다는 생각도 들어요. 그래서, 에헤헤, 정말로 좋아해요. 아, 물론 저희 어머니는 변태가 아니에요!】

그런 멋진 사람인데 변태.

안타까움이 절절하게 전해졌다. 유에가 냉담한 눈으로 티오를 봤다.

"……정말이야. 내 동경심 돌려내."

"요, 용서해다오……."

못 참겠는지 티오는 얼굴을 가리고 말았지만, 그것은 유에의 말 때문이라기보다 시아의 마음을 알고 쑥스러움과 기쁨에 풀어진 얼굴을 보이고 싶지 않기 때문이었다.

【참고로 티오 씨가 변태인 건 하지메 씨 잘못이니까 하지메 씨는 책임을 져야 한다고 생각해요. 티오 씨를 변태라고 거절하면 제가 있는 힘껏 드뤼켄을 박아줄 생각입니다.】

하지메가 끄으윽, 하고 괴상한 신음을 흘렸다. 마치 복통을 참는 듯한 그 표정은 참으로 형용하기 어려운 모습이었다.

"주인님. 책임을 져야한다는구나?"

티오는 이보다 더할 수 없을 만큼 히죽댔다. 모든 이의 시선이 하지메에게 꽂혔다.

하지메는 지금껏 보인 적 없는 복잡 미묘한 표정으로 잠깐 고민한 뒤, 문득 체념한 것처럼 평온한 표정이 되어 말했다.

"……적어도 그런 이유로 거절하진 않아. 기대는 것도 사실이야. 나도 네가 있으면 안심돼."

"─으. 그, 그래. 그거 다행이구나."

그렇게만 대답하고 티오는 눈을 내리깔았다. 입꼬리가 자꾸만 실룩거리는 것은 지금 느끼는 감정을 곱씹기 때문일까?

발그레 볼을 붉히고 긴 눈썹을 떠는 모습은 평소의 이상 성욕은 조금도 느껴지지 않는 절세의 미녀라 부를 만한 자태였다.

코우키와 류타로가 무심결에 숨을 멈췄다. 스즈와 시즈쿠는 달콤한 과자라도 입에 넣은 것 같은 표정이었다.

하지메가 분위기를 바꾸기 위해서인지 헛기침했다.

"흠, 어험. 아마노가와랑 애들에 관해서도 언급했군. 어디 볼까."

"뭐? 우리도?"

시아가 자신들을 어떻게 생각하는가. 코우키와 류타로는 흥미진진하게 잡지로 눈길을 되돌렸다.

【네? 용사 씨요? 으음, 잘 모르겠네요! 파트너 쪽도 별로 이야기한 적 없고요. 관심도 없어요.】

코우키가 이럴 줄 알았다는 듯 눈에서 빛을 잃었다. 류타로는 「나는 그냥 『파트너 쪽』이야. 시아 씨, 설마 내 이름 모르는 거 아냐?」라며 죽은 눈으로 허공을 바라봤다.

【스즈 씨는…… 때때로 저랑 유에 씨, 카오리 씨랑 시즈쿠 씨가 같이 있는 걸 쓸쓸하게 바라볼 때가 있어요.】

스즈가 윽 소리를 냈다. 시즈쿠와 카오리가 걱정스러운 눈길을 보냈다.

【누구를 생각하고 그러는지 알아요. 그래서 스즈 씨가 하지

메 씨에게 다음 여행도 함께 가고 싶다고 부탁했을 때는 어쩐지 기뻤어요. 아, 아직 꺾이지 않았구나, 힘내려고 하는구나. 전 그런 사람은 좋아해요.】

스즈가 몸을 꼬았다. 코우키와 류타로가 취급 차이에 절망해 원탁에 엎드렸다.

【시즈쿠 씨는…… 시간문제죠!】

"뭐가?! 무슨 말이야?!"

시즈쿠가 허둥댔다. 그런 그녀에게 유에, 카오리, 티오가 그건 그렇다며 고개를 끄덕였다.

"그러니까 뭐가?!"

대답해주는 이는 없었다.

【시즈쿠 씨는 담백한 사람처럼 보이지만, 사실 제법 속으로 묵히는 사람이 아닌가 해요. 카오리 씨를 돕는 것처럼 보여도 실은 시즈쿠 씨 쪽이 카오리 씨에게 기대는 게 아닐까요? 제게는 카오리 씨와 함께 있는 시즈쿠 씨가 『곁을 지켜주는』 게 아니라 혼자가 되지 않도록 『따라가는』 것처럼 보여요.】

"야에가시가 카오리를 좋아하는 건 누가 봐도 알지."

하지메가 실소하면서 말하자 모두 그건 그렇다며 고개를 끄덕였다.

"에헤헤, 나도 시즈쿠를 정말 좋아해."

카오리가 말하자 시즈쿠는 긴 포니테일을 얼굴에 감은 뒤 의자 위에 무릎을 껴안고 앉아 얼굴을 파묻어 버렸다.

야에가시류 수치심 인내의 자세, 일지도 모른다.

스즈가 능글맞게 웃으며 다음 내용을 음독했다.

【뭐랄까…… 귀여운 사람이에요. 저희가 전부 육식동물이라면 시즈쿠 씨 혼자만 초식동물 같은 느낌?】

모두 묘하게 납득하는 투로 「초식동물」이라고 중얼거리자 포니테일 가드로 견디던 시즈쿠가 움찔 떨었다.

잡지로 시선을 돌렸다. 시아 특집의 마지막 부분이 기재된 페이지 같았다.

【이상이 시아 공주의 여성 멤버에 대한 감상이었다. 역시 나구모 씨의 유일무이한 공주님은 관록과 여유가 있었다. 다른 여성들과는 격이 다르기 때문이라 하겠다.

우리의 동포인 시아 공주님과 나구모 씨의 사랑은 영원불멸하다고 확신하는 바이다.】

"시아 밀어주기가 지독하군."

"……뭐가 됐든 마오 편집장은…… 없앨 거야."

"응. 조금 이야기할 필요는 있겠지?"

동포 편애에 치우친 마오 편집장의 목숨은 풍전등화인가…….

【―그럼 마지막으로 시아 공주에게 가장 소중한 것은?

시아 공주 「……미래예요. 언제든 미래를 소중히 해요. 그럼 천직 『점술사』인 저 시아 하우리아가 좋은 걸 알려드리죠. 미래의 예상은 맞는 게 아니라 맞추는 거예요. 『이렇게 되어라』라고 소망하고 미래를 그리며 현재를 열심히 살아간다. 그러면 분명 근사한 미래로 갈 수 있을 거예요」

근사한 미래를 계속 그려왔기 때문에 지금의 시아 공주가 있다. 필자는 연신 감탄할 따름이다.

　멋진 이야기를 들려주셔서 감사했습니다. 이상, 시아 공주님 특집이었습니다.】

　얼마간 아무도 말을 하지 않고 자상한 눈길로 시아를 바라봤다.

　"……우으. 너무 멋부렸어요. 창피해요오. 취재는 처음이라 너무 흥분했을 뿐이라구요오."

　본심을 여과 없이 드러내고 마지막에는 조금 신이 나서 독자에게 충고까지 한 자신을 원망하는 토끼 아가씨. 누가 뭐라고 말 좀 해 보라며 이 민망한 분위기를 어떻게든 타파하려고 중얼거리지만, 역시 따뜻한 눈길이 쏟아질 뿐 아무도 말은 하지 않았다.

　"에이잇! 저만 공개 처형 당하는 게 어딨어요! 여러분 인터뷰 기사도 보자구요! 보나마나 용사 씨처럼 폭탄이나 맞았겠죠!"

　"아, 맞아. 이거 이미 발행된 거지? 하하, 나는 페어베르겐 사람들에게 동성애자로 인식됐단 말이지. 하핫."

　코우키가 반쯤 정신을 놓았다. 류타로가 패서 제정신으로 되돌려 놓는 와중, 시아가 페이지를 넘겼다.

　【영웅 일족의 족장, 캄 하우리아가 말한다!

　캄 「내 이름은 심연준동의 어둠 사냥귀 캄반티스(생략)다. 내가 할 말은 단 하나. 우리의 위대하신 보스 『패홍신귀 백야천마의 성멸―】

　탕.

총성이 울렸다. 모두 화들짝 놀라 눈을 들었다.

"전원 동작 그만. 눈도 움직이지 마. 움직이면 죽인다."

무슨 테러리스트냐고 묻고 싶어지는 대사를 뱉은 건 물론 하지메였다.

모두 경직한 가운데, 하지메는 모든 잡지에서 해당 페이지를 찢어 바닥에 탁 팽개친 후 연소석 타르를 뿌려 불을 붙였다.

"그럼 뒷내용을 읽어 캄을 죽이겠다. 자, 뭐 해? 다음 페이지로 넘어가 마오도 죽인다."

아무래도 폭탄을 맞은 사람은 하지메 같았다. 이미 하지메의 무용담(?)과 멋들어진 이명은 【페어베르겐】 전체에 퍼졌을 것이다.

더불어 가족의 창피한 기사가 나돈다는 사실에 다시 시아가 엎드렸다. 이미 일어날 기력은 없어 보였다.

시아 외 전원이 말없이 다음 기사로 눈을 옮겼다.

【자격자들의 인간관계】

대단히 심플한 제목이었다. 참고로 『자격자』란 대미궁을 하나라도 공략한 자를 일컫는 아인들의 호칭이었다. 아마 하지메 일행 전원을 함께 기사화한 듯했다.

특집이 아니란 점에서 시아와 그 외 기타 인물의 취급 차이를 알 수 있었다.

【자격자인 나구모 씨, 유에 씨, 카오리 님, 티오 씨, 시즈쿠 씨에게 이야기를 들어보았다. 주로 그들의 인간관계에 관해서다. 그녀들이 나구모 씨에게 호의를 가진 것은 명명백백하다.

한 남자를 둘러싼 그녀들의 속사정은 어떠할까?】

시아의 기사와 달리 아무도 허둥대지 않았다. 아마 취재를 의식해 말을 신중하게 골랐을 것이다.

카오리가 「왜 나만 『님』이야?!」라고 살짝 당황하거나, 시즈쿠가 「잠깐 있어 봐. 이렇게 쓰면 나도 나구모한테 호감이 있는 것 같잖아!」라며 포니테일 가드를 풀고 소리쳤다.

코우키가 표현할 방법을 찾기 힘든 표정으로 지적했다.

"자격자로 뭉뚱그려서 정리했을 뿐이잖아? 왜 그래, 시즈쿠. 그렇게 당황해서……."

"어? 아, 응. 그렇지."

시즈쿠는 은근히 시선을 피하고 얌전히 앉은 자세를 고쳤다. 카오리도 조금 묘한 분위기로 말을 삼키고 기사로 눈을 돌렸다.

【지면 사정상 필자 나름대로 정리한 내용을 기재하겠다.】

자격자들이 입을 모아 「뭐?」라고 소리를 흘렸다.

【유에 씨의 시아 공주에 대한 심정은 생략하겠다. 다만 두 사람이 서로를 생각하는 마음이 강한 것은 분명하다. 취재하면서도 질투가 날 정도였다. 이전 기사에서 유에 씨에 관해 언급한 필자는 목을 매달고 싶은 기분이다. 익인족이므로 노대미지지만.】

반성하는 것인지 놀리는 것인지 모르겠다.

【카오리 님의 경우 유에 씨와의 관계가 참으로 신기하다. 취재 내내 두 사람은 상대를 욕했다. 정성스러울 만큼 긴 시간

을 들여서……】

"호오."

"흐응."

유에와 카오리가 서로에게 콧소리 섞인 탄식을 뱉고 뇌룡과 한냐를 스탠바이시켰다. 그러나—.

【그런데도 불구하고 그녀들의 표정은 시종일관 즐거워 보였다. 도무지 서로를 미워하는 식으로는 보이지 않았다. 이는 필자의 개인적 인상이지만 유에 씨는 카오리 님과 보내는 시간을 진심으로 즐기고 있으며, 카오리 님도 유에 씨와 보내는 시간을 소중히 생각하는 것이 아닐까 한다.

적어도 두 사람이 서로를 생각하면서 말할 때의 표정은 유에 씨가 시아 공주의 이야기를 할 때의 표정이나, 카오리 님이 시즈쿠 씨의 이야기를 할 때의 표정과는 또 다른, 하지만 그에 못지않은 행복함이 엿보였다.】

"……착각하지 마. 누가 카오리를 좋아한다고."

"착각하지 마, 유에. 난 딱히 유에 안 좋아하니까."

입을 맞춘 것 같은 츤데레 발언이었다. 서로를 외면하고 부루퉁하게 입술을 내밀었지만 뺨은 붉었다.

【또한, 카오리교 신자로부터 이런 증언을 얻었다. 한 신자가 유에 씨에게 괴롭힘당하는 카오리 님을 보고 「기습할까요?」라고 제안했더니 카오리 님은 분기탱천했다고 한다. 그리고 「유에는 내 소중한 친구니까 손대면 분해해 버릴 거예요!」라며 신자들에게 신신당부하고 돌아다녔다는 것이다.】

카오리가 원탁에 엎드렸다. 「치, 친구 아니야. 라이벌인걸」이
라고 작게 중얼거렸다. 유에가 쑥스럽게 카오리를 힐끔거렸다.

【또 하나, 놀랍게도 유에 씨는 『그』티오 씨에게 깊은 경애심
을 품었다는 것도 취재를 통해 밝혀졌다.】

"나, 나를?"

티오가 깜짝 놀라 눈을 크게 뜨고 말했다.

방금 동경심을 돌려내라는 말을 들었던 터라 참으로 신기하
다는 표정이었다.

유에가 더욱 볼을 붉히면서 무슨 변명이라도 하려고 했지만
하지메가 작게 웃은 뒤 음독을 개시했다.

【유에 씨는 티오 씨를 이야기할 때 기본적으로 기가 막혀하
지만, 말 곳곳에서 경의와 호의가 드러난다. 이를 단적으로
드러내는 말이 있다. 아마 본인도 모르게 한 말이겠지만⋯⋯
『쭉 변하지 않는 점은⋯⋯ 안심돼』이다.

그렇다. 유에 씨는 시아 공주와 같은 마음을 티오 씨에게
품은 것으로 보인다.】

"⋯⋯차, 착각하지 마. 누가 티오를 존경한다고."

"후훗, 그렇구먼, 그랬어. 유에는 나를 딱히 존경하지 않는
구나. 허나 내 옆에 있으면 안심된단 말이렷다?"

장난스럽지만 기쁨과 자애도 느껴지는 목소리였다. 유에는
결국 원탁에 엎드렸다.

"유에의 진귀한 모습을 봤군."

수치심에 떠는 유에를 흐뭇한 표정으로 본 하지메가 페이지

를 넘겼다.

【시즈쿠 씨는 코멘트가 너무 진지해서 재미없으므로 생략합니다.】

"……진지해서 미안합니다. 재미없어서 미안합니다."

시즈쿠는 다시 포니테일 가드에 들어갔다. 의외로 멘탈이 약한 걸지도 모르겠다.

【티오 씨는 다른 분들의 소감대로 분명히 변태성을 제외하면 대단히 뛰어난 지성과 깊은 정을 가진 듯했다. 그런 그녀의 말 중 인상적이었던 내용을 발췌한다.

티오「음? 다른 아이들을 한마디로 한다면? 후후, 『라이벌』 같은 말을 기대했는가? 안타깝지만, 아니네. 굳이 말하면 나에겐…… 『기적』이지.

그래, 기적이야. 지금 이곳에 모두와 함께 있는 것은 참으로 기적이지.

나락에서 기어 올라온 평범한 소년. 300년의 봉인에서 풀려난 흡혈 공주. 이 시대에 태어난 유일한 마력 보유 토인족. 신의 사도조차 자기 것으로 만든 소녀.

대체 누가 상상이나 했겠는가. 신이라도 상상하지 못했을 게야. 모든 만남은 기적이었어. 모든 이의 존재 자체가 기적이야.

나는 지금 기적 속에 있다. 어찌 행복하지 않겠나」

티오가 원탁에 엎드렸다.「말했어. 확실히 나도 모르게 흥이 올라서 말했어」라며 부들부들 떨고 있었다. 기적이라고 칭한 동료에게 자신의 말을 객관적으로 보이자 티오라도 부끄러운 모양이었다.

이것으로 유에, 시아, 카오리, 티오가 원탁에 엎드렸고 시즈쿠가 포니테일 가드 상태가 되었다. 생존자는 하지메, 코우키, 류타로, 스즈 네 사람뿐이었다. 코우키는 동성애자 논란으로 빈사 상태이므로 실질적으로 세 명일까?

"무시무시한 잡지군. 내 파티 멤버가 나를 제외하고 전멸했어."

"나구모는…… 시즈시즈처럼 무난했지?"

"그래도 시즈쿠에 비하면 나구모 쪽이 관심을 끌 만한 주제를 은근히 말했군. 생략되지도 않았어."

"나구모…… 왠지 인터뷰에 익숙하지 않아?"

"우리 어머니가 유명한 소녀 만화가였으니까. 잡지 취재도 자주 했었어. 그쪽 바닥은 자극적인 내용을 끌어내려는 경향이 있어서 사전에 재밌는 질문을 준비하거나 하지. 그래서 어머니 인터뷰 연습을 돕곤 했었어."

어디서 어떤 기술이 도움이 될지 모르는 법이었다.

스즈가 자격자 특집 마지막 페이지를 넘겼다.

"아, 마지막은 유에 씨 인터뷰로 마무리 같아."

유에가 흠칫 떨었다. 자신이 무슨 부끄러운 말을 하진 않았나, 고속으로 머리를 굴리는 모습이었다.

하지메가 그런 유에를 보고 내심 귀엽다고 생각하며 기사로 시선을 옮겼다.

【유에 씨에게 이번에 시아 공주가 나구모 씨의 연인이 된 사건과 다른 여성들의 접근에 관해 어떻게 생각하는지 다시 한

번 물었다. 처음 페어베르겐을 찾았을 때부터 유에 씨가 나구모 씨와 강한 인연으로 맺어졌다는 것은 제삼자의 눈으로 봐도 알 수 있었다. 우리의 시아 공주님께서 고부 갈등을 겪진 않을지, 동포로서 확인하지 않을 수 없다.】

"역시 유에가 물러나지 않았다는 걸 알면서 썼군. 정말 제 명에는 못 살 인간이야."

유에를 『시어머니』 취급한 시점에서 마오 편집장이 일행의 관계를 정확히 파악했다는 것을 알 수 있었다. 아인들을 격려하기 위한 월간지라지만, 제 목숨도 돌보지 않는 『시아 밀어주기』에서 강한 기자 정신을 느꼈다.

【그러나 마지막으로 유에 씨에 대한 사과도 겸해 그녀가 한 말을 그대로 기재하겠다.】

"아, 꼬리 내렸다."

"역시 유에 씨가 무서웠나 봐."

스즈와 류타로가 마오 편집장의 「이것저것 적었지만 용서해 주십시오」라는 무언의 메시지를 읽어내고 피식 웃었다.

그럼 유에가, 하지메의 절대 부동인 특별함이 대체 무슨 말을 했을까…….

엎드린 자가 많아 스즈가 대표로 읽었다.

【……하지메에게 소중한 걸 많이 받았어. 그 날, 데리고 나와 주지 않았다면 나는 지금도 나락 아래 깊은 어둠 속에 있었을 거야.】

예상치 않은 무거운 이야기에 모두 숨을 죽였다.

【……살아갈 의미를 줬어. 친구를 만났어. 동경하던 사람도 만났어. 싸울 친구도 생겼어. 그리고 분명 앞으로도 나는 하지메에게 많은 걸 받을 거야.

그러니까 하지메도 많은 『소중한 것』을 얻었으면 해. 사람이든 물건이든, 뭐든지.

나는 이 여행이 끝났을 때 많은 『소중한 것』에 둘러싸인 양지 속에 있는 하지메를 보고 싶어.】

그래서 시아를 받아들였다. 나락의 어둠 속에서 만난 사랑하는 사람이 언젠가 빛이 비치는 세계에서 웃어주길 바라니까.

일대가 쥐 죽은 듯 고요했다. 마치 작은 벌레들조차 배려해 침묵하는 듯했다.

일단 하지메가 원탁에 엎드렸다. 귀가 빨갰다. 이제껏 들은 적 없는 흡혈 공주님의 진심 중 하나를 듣고 무지막지하게 창피해진 것이다.

나락의 괴물이 수치심에 떠는 모습은 정말로 보기 드문 일이었다.

"……결국 이 파티, 전멸했네."

"크아~! 너무 달달해서 설탕이라도 퍼먹은 기분이네! 매운 거라도 먹고 입가심 해야지. 코우키, 가자."

"그, 그래. 응, 그러자. 아, 사람들은 피해서 가자, 류타로. 지금은 남자인 너랑 있는 모습을 이곳 사람들에게 보이고 싶지 않아."

"아, 잠깐, 나도 데려가! 이 분위기 속에 두고 가면 내가 못

버텨!"

코우키와 류타로, 그리고 스즈가 함께 자리를 떴다.

그 후에도 하지메 일행은 잠시 원탁에 엎드린 채 고개를 들지 못했다. 생각지 않게 전해져 버린 동료의 본심은 상상 이상으로 민망하고, 쑥스럽고, 어떤 표정을 지어야 할지 모를 정도로 기뻤다.

숲으로 새어드는 햇빛이 원탁을 내리쬐며 양지를 만들었다.

그런 가운데, 사이좋게 원탁에 얼굴을 묻은 일행의 모습은…….

확실히 기적 같은 광경이었고 마음속 밝은 미래를 시사하는 것 같았다.

참고로 【월간 페어베르겐 재편판 제1호】는 아인, 특히 아인 여성에게 폭발적 인기를 얻어 증쇄에 증쇄를 거듭했다.

시아 공주의 이야기는 그야말로 신데렐라 스토리여서 아인 여성의 동경을 샀고 그 후 【페어베르겐】을 대표하는 동화, 소설 등으로 만들어져 후세까지 전래되었다나 뭐라나.

「흔해빠진」 제8권을 읽어주셔서 정말로 감사합니다.

중2를 좋아하는 시라코메 료입니다.

8권, 어떠셨나요? 즐겁게 읽으셨나요?

저 시라코메는…… 괴로웠어요! 아니, 글을 쓰는 건 언제나 즐겁지만 말이죠. 그래도 역시 이런 캐릭터의 연애 관련 이야기를 쓰는 건, 흡사 독 맵에서 지속 대미지를 받는 것처럼 수치심에 타격이 오는군요. 이번 권은 로맨스 비중이 높았던 터라…….

뭐, 아무튼 제 수치심은 아무래도 좋습니다. 이번 권의 이야기를 하자면 많은 변화가 있는 이야기였지 않았나 싶습니다.

특히 큰 변화는 역시 시아의 염원이 이루어졌다는 점이겠죠. 여기까지 오는 데 일곱 권이 걸렸으니까요.

독자 여러분의 반응이 궁금하네요. 이제야 이어졌냐고 생각하실지도 모르고, 여기까지 왔으면 유에만으로 가길 바랐다고 생각하실지도 모르죠…….

어쨌건 저는 전전긍긍하고 있습니다.

변화라고 하면 하지메 내면에도 변화가 찾아왔습니다. 지금까지도 여행을 통해 다양한 만남이 그에게 조금씩 영향을 줬었지만, 드디어 귀환 수단 중 하나를 얻었다는 사실로 인해 척 봐도 알 수 있는 변화가 생겼습니다.

이쪽 변화도 독자 여러분은 어떻게 느끼셨을지, 저는 전전 궁긍하고 있습니다.

변화란 언제나 두렵고 언제나 가슴 설레는 것이니까요.

어쨌거나 「흔해빠진」 이야기에도 끝이 보이기 시작했습니다.

이 변화를 포함해 앞으로 조금만 더 함께 즐겨주신다면 저 시라코메는 대단히 기쁠 것입니다.

공간이 조금 남으므로 외람되지만 선전을 할까 합니다.

이번 권 발매와 동시에 코믹스 3권과 스핀오프 코믹스 「흔해빠진 일상에서 세계최강」이 발매된다고 합니다. RoGa 선생님 만화의 대단함은 말할 필요도 없을 것입니다. 모리 미사키 선생님이 그리시는 『일상』도 센스 있는 개그가 넘치는 멋진 작품입니다. 꼭 한 번 읽어 봐주셨으면 합니다.

마지막으로 감사 인사를 드리겠습니다.

갓 일러스트를 그려주시는 타카야Ki 선생님, RoGa 선생님, 모리 미사키 선생님, 외전 코믹스 『제로』를 그려주시는 카미치 아타루 선생님, 담당 편집자님, 교정 담당자님, 그 외 출판에 힘써주신 관계자 여러분. 정말로 감사합니다.

무엇보다 이 책을 읽어주신 독자 여러분! 그리고 소설가가 되자 유저 여러분!

정말로 항상, 항상 감사합니다!

앞으로도 「흔해빠진」을 잘 부탁드리겠습니다!

시라코메 료

흔해빠진 직업으로 세계최강 8

1판 1쇄 발행 2018년 12월 10일
1판 3쇄 발행 2023년 11월 3일

지은이_ Ryo Shirakome
일러스트_ Takaya-ki
옮긴이_ 김장준

발행인_ 최원영
편집장_ 김승신
편집진행_ 권세라 · 최혁수 · 김경민 · 최정민
편집디자인_ 양우연
관리 · 영업_ 김민원

펴낸곳_ (주)디앤씨미디어
등록_ 2002년 4월 25일 제20-260호
주소_ 서울시 구로구 디지털로 26길 111 JnK디지털타워 503호
전화_ 02-333-2513(대표)
팩시밀리_ 02-333-2514
이메일_ lnovellove@naver.com
L노벨 공식 카페_ http://cafe.naver.com/lnovel11

ARIFURETA SHOKUGYOU DE SEKAISAIKYOU 8
ⓒ 2018 by Ryo Shirakome
First published in Japan in 2018 by OVERLAP, Inc.
Korean translation rights reserved by D&C MEDIA Co., Ltd.
Under the license from OVERLAP, Inc., Tokyo JAPAN

ISBN 979-11-278-4792-0 04830
ISBN 979-11-278-1840-1 (세트)

값 7,700원

성수국의 금주술사 1~7권

시노자키 카오루 지음 | 시메사바 코하다 일러스트 | 김덕진 옮김

사가라 쿠로히코는 어느 날 하얀 빛에 휩싸여 의식을 잃게 된다.
그가 눈을 떴을 땐 성스러운 나무를 신앙하는 이세계에 서 있었다.
학원에 들어가게 된 쿠로히코는 어째서인지 아무도 읽지 못했던
『금주』의 주문서를 간단히 읽어 버린다.
"—제9금주, 해방."
『성수사』를 육성하는 학원에 입학하게 된 한 명뿐인 『금주술사』.
그 새로운 인생의 막이 오른다!

**제1회 오버랩 문고 WEB 소설 대상
『금상』 수상작의 이세계 판타지, 여기에 등장!**

저 어리석은 자에게도 각광을! 1~2권

히루쿠마 지음 | 유우키 하구레 일러스트 | 이승원 옮김

「돈도 없고, 여자도 없어!」
풋내기 모험가의 마을 액셀의 (자칭) 지배자인
양아치 모험가 더스트는 주머니 사정이 신통찮았다.
신참 모험가 카즈마 일행이 착착 명성을 쌓아가는 가운데—
더스트는 자작극 사기에 도난품 매매,
귀족 영애를 뜯어먹으려고 획책하는 등,
오늘도 액셀 마을에서 돈벌이에 힘썼다!
그런 와중에 나리라 부르며 따르는 대악마 바닐에게서
「재미있는 미래가 찾아올 것이다」라는 불길한 예언을 듣는데?!

더스트 시점에서 그려지는 조금 음란한 외전이 새롭게 시작!

발할라의 저녁 식사 1~4권

미카가미 카즈토시 지음 | fal maro 일러스트 | 이신 옮김

신계의 부엌 『발할라 키친』의 저녁 준비 시간은 언제나 매우 바쁘다!
말할 수 있는 멧돼지인 나, 세이는 주신 오딘 님의 지명을 받아
이곳의 식사 준비에 도움을 주러 왔어.
―『요리되는 쪽』으로서!
아니, 확실히 내가 『하루 한 번 되살아난다』는
신기한 능력을 갖고 있기는 하지만,
그렇다고 해서 『매일 죽어서 밥이 되어라』라니 너무하지 않아?!
……뭐, 그 덕분에 아름답고 귀여운 발키리 브룬힐데 님 곁에 있을 수 있으니까
모든 게 다 괴로운 건 아니지만 말이지…….
응? 어라? 신계 No.2 로키 님이 어째서 이곳에?
어? 신계에 위기가 찾아왔으니 함께 가자고?!
아니, 나는 평범한 멧돼지인데요으아아아아아아―!

제22회 전격 소설 대상 《금상》수상작!
신들의 부엌을 무대로 펼쳐지는 『부드러운 신화』 판타지!

라이트노벨의 새로운 빛! L노벨의 신간은 매월 10일에 발매됩니다. http://cafe.naver.com/lnovel11

데스마치에서 시작되는 이세계 광상곡 1~13권, EX

아이나나 히로 지음 | shri 일러스트 | 박경용 옮김

한창 데스마치를 치르던 프로그래머 스즈키 이치로(29).
『사토』란 닉네임을 쓰는 그가 잠시 잠들었다 깨어나 보니
듣도 보도 못한 이세계에 방치되어 있었다!
혼란에 빠질 틈도 없이 눈앞에는 처음 보는 괴물의 대군이 다가오고,
하늘에서는 유성우가 쏟아진다.
정신을 차리고 보니, 최강 레벨의 힘과 막대한 부를 손에 넣었는데……?!
이렇게 사토의 「유유자적, 가끔 시리어스, 그리고 하렘」인
이세계 모험담이 시작된다!!

**최강 레벨과 막대한 재보를 가지고
시작되는 유유자적 이세계 관광!!**

NOVEL